Martina Sahler

Die englische Gärtnerin
Blaue Astern

Roman

Ullstein

Besuchen Sie uns im Internet:
www.ullstein-buchverlage.de

Originalausgabe im Ullstein Taschenbuch
1. Auflage Januar 2020
© Ullstein Buchverlage GmbH, Berlin 2020
Umschlaggestaltung: bürosüd GmbH, München
Titelabbildung: Arcangel Images / Rekha Arcangel (Frau);
© www.buerosued.de (Landschaft, Blumen, Rahmen)
Satz: Pinkuin Satz und Datentechnik, Berlin
Gesetzt aus der Quadraat Pro
Druck und Bindearbeiten: CPI books GmbH, Leck
ISBN 978-3-548-06071-2

Kapitel 1

Die Baumkronen breiteten sich wie das Dachgewölbe einer Kirche aus. Durch das Geäst und die jungen Blätter fiel das Sonnenlicht und zeichnete Muster auf den von Steinen begrenzten Pfad. Charlotte lehnte sich auf der schmiedeeisernen Bank zurück, legte den Kopf in den Nacken und blickte nach oben. Durch die Zweige sah sie den sommerblauen Himmel, an dem nur ein paar Schleierwolken zogen. Dennoch hatte sie den Schirm mitgenommen und ihn an die Rückenlehne gehängt. London war kein Ort, an dem man sich auf den Sommer verlassen konnte. Ihr Atem wurde langsamer, Ruhe breitete sich in ihr aus.

Sie hätte früher nach Kew kommen sollen. Sie wusste doch, welche Wirkung der baumbestandene Park der Royal Botanic Gardens auf sie hatte.

Die Vorstellung, zufällig auf Dennis zu treffen, ließ ihr Herz schneller schlagen, obwohl es eher unwahrscheinlich war, dass er vor der Mittagspause seinen Büroplatz verließ, um sich von der lebenden Flora verzaubern zu lassen. Er arbeitete im Herbarium, im Archiv mit den getrockneten und katalogisierten Pflanzen, das vor dem Haupttor in einem Klinkerbau untergebracht war. Dort, wo das Wachstum zwischen Bögen von Papier zum Stillstand gekommen war.

Im Park blühten und grünten Pflanzen aus allen Ländern der Erde. Korkeichen, Birken, Kastanien und Erlen wuchsen einträchtig neben Bambus, Zedern, Azaleen, Maulbeerbäumen und den nach Schokolade duftenden Tulpenbäumen in den Himmel. Ein lebendes Museum. Im Lauf der Jahrzehnte waren aus manchen mächtige Gewächse geworden. Charlotte glaubte zu spüren, wie sie miteinander flüsterten. Wie sie sich darüber austauschten, wer den anderen überragen durfte und wer sich neue Wege suchen musste, um zu gedeihen. Die Harmonie und Ästhetik ließ sie andächtig werden. Ihre Sorgen traten in den Hintergrund, verloren an Bedeutung angesichts der Geheimnisse der Natur.

Sie liebte den Garten zu jeder Jahreszeit, freute sich an dem frischen Grün der Bäume im April, ein wunderbarer Gegensatz zu den leuchtend gelben Narzissen, die unter ihnen wuchsen. An den Kirschblüten, die im Mai wie duftender Schnee auf die Wege fielen, an den Hyazinthen und Glockenblumen, die einen Teppich zwischen den Baumstämmen bildeten, an dem Steingarten, in dem Pflanzen aus dem Himalaja vom Dach der Welt wuchsen.

Das Arboretum, also der Teil des Gartens, in dem die Bäume und Sträucher standen, war so weitläufig, dass sich die wenigen Spaziergänger an diesem Dienstagvormittag selten über den Weg liefen. Gegen Mittag, wenn die Gewächshäuser öffneten, würde es voller werden. Charlotte war eine der Ersten gewesen, die durch das Haupttor eingetreten war, als die Pforten um zehn Uhr aufglitten.

Linker Hand bei den Azaleen knieten ein paar Arbeiter in den Beeten. Charlotte hörte sie murmeln, während sie die Erde um Setzlinge festklopften. Der Geruch nach Mutterboden stieg ihr in die Nase, mischte sich mit dem Duft von Lorbeer und Eukalyptus. Sie atmete tief ein und genoss es, wie sich jeder Muskel in ihrem Körper entspannte.

Es hing viel davon ab, was sie am Nachmittag in der Botanischen Fakultät erfahren würde. Würde man ihr die Urkunde überreichen, die sie als Bachelor of Science auszeichnete? Ach, sie hoffte es so sehr! Noch heute würde sie ihre Bewerbung für Kew Gardens vorbereiten. Mit Freude würde sie zunächst in den Laboratorien, Pflanzhallen und Beeten arbeiten. Insgeheim hoffte sie, dass man sie, sobald man von ihrer Kompetenz und ihrer Zuverlässigkeit überzeugt war, auf Expeditionen rund um den Globus schicken würde. Kew Gardens war für sie das Zentrum eines weltweit gespannten Netzes von Botanikern, die ihre Forschungsergebnisse zusammentrugen. Wie gern wollte sie dazugehören!

Und wenn nicht? Wenn ihre Abschlussarbeit nicht den Anforderungen genügte? Ihre Intuition sagte ihr, dass sie sich nicht sorgen musste, sie beherrschte ihren Stoff, aber dennoch. Gerade mit jungen Frauen waren die Professoren besonders streng.

Sie richtete sich den Hut, bevor sie die Brille hochschob und das Gesicht zur Sonne wandte. Nein, sie würde kein weiteres Jahr botanische Theorie an der University of London dranhängen, beschloss sie. Sie mochte nicht mehr nur über Pflanzen lesen, statt sie auf Reisen in exotische Länder und in den Forschungsstätten von Kew Gardens zu betasten, zu riechen, zu untersuchen. Falls sie nicht bestanden hätte, würde sie versuchen, einen Job zu bekommen wie die Gärtner drüben in den Beeten. Mit dieser Arbeit kannte sie sich aus. Im Krieg hatte sie hier als Aushilfe gearbeitet. Keine Forschungsreise, keine Wissenschaft, nur Anzucht und Pflege. Ein akzeptabler Anfang, bei dem sie zumindest schon mal einen Fuß in der Tür hätte. Als Gärtnerin würde sie schon dafür sorgen, dass die Wissenschaftler in ihren Büros und Versuchsräumen auf sie aufmerksam wurden. Es gab nicht nur einen Weg zu ihrem Ziel. Bei allen Plänen musste sie auf ihre Flexibilität vertrauen und Herausforderungen bewältigen, wenn sie sich vor ihr auftaten, statt zu verzweifeln. Ihr unerschütterlicher Optimismus hatte sie immerhin bis hierher gebracht: Mit ihren fünfundzwanzig Jahren hatte sie bei weitgehender Unabhängigkeit eine fast abgeschlossene akademische Ausbildung. Und ein Herz voller Hoffnung.

Sie griff in ihre Manteltasche, ertastete kühles Silber und zog ihr Glücksmedaillon hervor. Es hing an einer Kette und ließ sich mit einem Schnappschloss öffnen. Charlotte erinnerte sich, als wäre es gestern gewesen, dass ihr Großvater das Schmuckstück in einem vollgestopften Geschenkeladen auf der Insel Skye für sie ausgesucht hatte. Darin bewahrte sie die erste Pflanze, die sie bei ihrem Ausflug durch die Sumpfgebiete der Hebriden gefunden hatte, getrocknet und geplättet. Eine Wasser-Lobelie mit einer weiß-rosa Blüte, eine Glockenblumenart, die ihre Wurzeln und Laubblätter im Wasser hielt und den Blütenstand darüber. *Lobelia dortmanna* hatte sie in ihrer Kinderschrift unter die Blüte geschrieben. Die linke Seite des Medaillons war leer.

Das Schmuckstück fühlte sich wie ein Stück ihrer Kindheit in der Hand an, voller Erinnerungen und Träume. Hoffentlich brachte es ihr heute Glück.

»Kann ich mich für eine kurze Pause zu Ihnen hocken, Miss?«

Charlotte betrachtete die Frau, die sich breitbeinig vor sie stellte und sie im gedehnten Cockney-Slang ansprach. Sie trug eine sandfarbene Hose, dicke umgekrempelte Strickstrümpfe in Clogs und unter einer abgewetzten Lederschürze einen Männerpullover. Charlotte kannte diesen *Kampfanzug*, wie die Kew-Mitarbeiterinnen Schuhe und Kittel nannten, von ihrer eigenen Aushilfstätigkeit und erinnerte sich gut daran, wie wackelig es sich anfühlte, auf den Holzsohlen über Steine zu balancieren. Um ihre zu einem Knoten gedrehten Haare hatte die Frau ein Tuch geschlungen.

»Aber ja.« Charlotte rückte auf der Bank, um Platz freizugeben. »Ist das Wetter nicht herrlich?« Sie schätzte die Frau auf Ende vierzig. Ihr Gesicht war voller Sommersprossen und ledrig. Aus dem Schürzenlatz zog sie eine verbeulte flache Dose, die sie mit einem Schnippen öffnete. Sie hielt sie Charlotte hin, ohne auf sie einzugehen. »Zigarette?«

»Danke, nein.« Charlotte wandte sich nach links und

rechts, aber keiner beobachtete sie, während sich die Arbeiterin eine Zigarette ansteckte. »Ist das Rauchen im Park immer noch verboten?«, fragte sie mit freundlicher Miene.

Die Frau stieß ein Lachen aus. »Na und? Teepause steht uns auch nicht zu.«

Charlotte runzelte die Stirn, während sie sie musterte. Unter dem harschen Auftreten der Gärtnerin schien mehr zu lauern. Was mochte sie verbittert haben? Sie überwand sich und reichte ihr die Rechte. »Ich bin Charlotte Windley.«

Die Frau drückte kräftig zu wie ein Hafenarbeiter. »Vivian Leicester. Ich hab Sie früher öfter hier gesehen.«

Ihr selbst war die Frau nie aufgefallen. Charlotte zuckte die Schultern. »Ich liebe Kew Gardens, aber mein Studium und ... familiäre Verpflichtungen haben mich in den letzten Monaten oft davon abgehalten, meine Freizeit hier zu verbringen.« Bestimmt würde sie dieser angriffslustig wirkenden Fremden nicht von der prekären Situation ihrer Mutter erzählen, die Woche für Woche mehr auf ihre Hilfe angewiesen war.

Vivian Leicester starrte zur Themse, wo das Dampfschiff vorbeifuhr, das die Besucher am Brentford Ferry Gate mit direktem Zugang zum Garten absetzen würde. Zu beiden Seiten mussten die Ruderboote ausweichen. Das Horn des Passagierschiffs hallte über die Anlage hinweg. Bis zur Bank konnte Charlotte den Rauch aus dem Schornstein riechen. Früher hatte sie selbst den Wasserweg genutzt, um von Bloomsbury nach Kew Gardens zu gelangen. Aber inzwischen bevorzugte sie die South Western Railway, die sie von Ludgate Hill direkt zur Kew Bridge Station nördlich von Richmond brachte.

»Ich hab die letzten sechs Jahre hier verbracht, manchmal zehn Stunden am Tag. Tja, 1914 hat man uns Frauen noch mit Handkuss genommen«, begann die Frau. »Als mein Mann zum Kriegsdienst nach Frankreich zog, war es keine Frage, dass ich seine Arbeit übernahm. Ohne uns Frauen wäre Kew Gardens zusammengebrochen.«

Bei Kriegsausbruch hatte Charlotte gerade ihr Studium begonnen. Viele Frauen hatten damals die Stellen der Männer eingenommen, als Fabrikarbeiterinnen, Fahrkartenkontrolleurinnen, Polizistinnen. Charlotte setzte ihr Studium trotz der Personalengpässe in der Universität fort, kam aber nicht so schnell voran, wie sie es sich erhofft hatte. Sie hatte während der Kriegsjahre als studentische Aushilfe in Kew Gardens Setzlinge sortiert, Bäume gewässert und Unkraut gejätet, um sich das Studium zu finanzieren. Obwohl sie damals nur eine von vielen war, vom Gärtner eingestellt und ohne Kontakt zur Forschungsabteilung, war in ihr die Gewissheit gewachsen, dass sie eines Tages als Wissenschaftlerin für den Botanischen Garten arbeiten und um die Welt reisen würde.

Von der direkten Art der Fremden fühlte sich Charlotte unangenehm berührt, ließ sich jedoch nichts anmerken und bewahrte ihre freundliche Miene. »Für mich ist Kew Gardens der schönste Ort in London.«

Ein Lächeln ließ Vivians Gesicht weicher erscheinen. »Und ich hab das Gärtnern von Anfang an geliebt. Welche Welt sich mir hier erschlossen hat! Wissen Sie, dass man mich hier brauchte, war der größte Trost. Es half mir über die Zeit, als ich nicht wusste, wie es Dave ging, und es half mir«, sie schluckte, »als die Postbotin die Nachricht brachte, dass er gefallen war. Als Held, natürlich. Alle waren sie Helden«, fügte sie wieder zynisch an. »Ich durfte mich noch glücklich schätzen, dass er beerdigt werden konnte. Andere Männer galten als vermisst, und ihre Frauen erfuhren nie, wie es ihnen ergangen war.«

Charlotte empfand das Bedürfnis, der Frau die Hand zu streicheln, unterließ es aber. »Es tut mir leid«, murmelte sie. Ihr Bruder Robert war mit einundzwanzig eingezogen worden und als einer der Glücklichen körperlich unversehrt heimgekehrt. Er war damals schon im zweiten Jahr des Medizinstudiums gewesen und deshalb als Sanitäter eingesetzt worden. Wie viel Schaden seine Seele genommen hatte, konnte Charlotte nur erahnen. Robert sprach selten über die Zeit. Sie wandte sich wieder Vivian zu. »Wie gut, dass Sie hier eine Aufgabe gefunden haben.«

Vivian musterte sie abschätzig von der Seite. »Am Freitag ist mein letzter Tag. Dann verlass ich als letzte Frau diesen ach so wundervollen Ort. Alle anderen sind längst weg, nur ich hab bei meiner Anstellung auf einen langfristigen Vertrag gepocht. Vielleicht hatte ich es im Blut, dass es nicht gut enden würde.«

Charlotte schluckte. »Nicht eine einzige Frau ist dann noch hier angestellt?« Mit der Rückkehr der Männer aus dem Krieg waren ihre Geschlechtsgenossinnen aus ihren Jobs vertrieben wurden. Männer regierten die Welt, Männer bestimmten, wo der Platz der Frau im Alltag war, ein unerträglicher Zustand, der den Kampf der Frauenrechtlerinnen befeuerte. Aber hier in Kew Gardens? Es gab nicht den geringsten Anlass zu glauben, eine Frau leiste geringere Arbeit als ein Mann, vor allem nicht in der Wissenschaft und Forschung.

»Nicht eine einzige, jedenfalls nicht als Gärtnerin«, bestätigte Vivian und fischte sich einen Tabakkrümel von der Lippe. »Wir Frauen sind nicht länger willkommen in der Männerwelt. Wir haben ausgedient und können an den Herd zurückkehren.«

Charlotte wusste viel über Kew Gardens, aber dass Frauen generell unerwünscht sein sollten? Unwahrscheinlich. Dennoch hatte es diese Fremde geschafft, ihr Furcht einzuflößen. Was, wenn ihr Lebenstraum platzte? Sie steckte die Hand in die Manteltasche und umfasste schutzsuchend das Medaillon.

Schon als Zehnjährige, als sie mit ihrem Großvater auf den Britischen Inseln nach seltenen Pflanzen gesucht hatte, um sie gepresst dem Herbarium von Kew zu übergeben, hatte sie es geliebt, sich mit der Flora zu beschäftigen. Damals hatte sie ein Feldbuch geführt, in das sie penibel eintrug, wo, wann und unter welchen klimatischen Bedingungen sie die Pflanzen gefunden hatte. Manchmal fertigte sie dazu unbeholfene Zeichnungen an, aber lieber beschrieb sie sie in allen Details von der Wurzel bis zum Blütenstand. Vermutlich hatte sich ihr Großvater als ehemaliger Mitarbeiter im Herbarium von Kew insgeheim darüber amüsiert, aber ihr gegenüber war er voll des Lobes.

Vivian drückte ihren Zigarettenstummel mit der Holzsohle der Clogs aus, hob die Kippe auf und warf sie in den Abfallbehälter neben der Bank. »Aber trösten Sie sich. Als zahlende Besucherin sind Sie jederzeit willkommen in Kew Gardens.«

Ihr scharfzüngiger Humor schmerzte Charlotte körperlich. Erleichtert erwiderte sie den Gruß, als die Frau sich mit einem Nicken verabschiedete und zurück zu ihrer Arbeit stapfte, die Hände in den Hosentaschen vergraben.

Was für ein Jammer, dass die Direktoren mit den Frauen so rigoros verfuhren, obwohl sie erheblichen Anteil daran hatten, dass der berühmteste Garten der Welt mit seinen über zwanzigtausend systematisch arrangierten Pflanzenarten den Krieg überstanden hatte. Charlotte drückte das Kreuz durch und nahm einen tiefen Atemzug. Sie würde ihren Weg als Botanikerin gehen und als Allererstes ihr hoffentlich herausragendes Abschlusszeugnis in der Universität entgegennehmen. Voller Energie stand sie auf und wandte sich zum Ausgang. Nach wenigen Schritten kehrte sie um. Der Schirm. Es wäre der fünfte, den sie in diesem Jahr bereits irgendwo liegen gelassen hatte. Charlotte war in Gedanken versunken, als sie sich an der Kew Bridge Station in die Massen von Menschen einreihte, die von Richmond ins Stadtzentrum von London wollten. Mit quietschenden Bremsen fuhr die Bahn ein. Charlotte ließ sich vom Menschenstrom auf die Zugtüren zutreiben. Nach rechts und links entschuldigte sie sich wie die meisten Bahnfahrer unentwegt, während sie angerempelt wurde. Gerüche nach Fettgebackenem, Ruß und Funkenschlag umwehten sie und weckten ihre Sehnsucht, umzukehren und den Tag im duftenden Botanischen Garten zu verbringen. Aber sie biss die Zähne zusammen und fand sogar einen Sitzplatz am Fenster.

Mit der Schläfe an der Scheibe gingen ihre Gedanken zu Professor Dr. Helen Gwynne-Vaughan, bei der sie an diesem Nachmittag einen Termin hatte. Die Zielstrebigkeit, Disziplin und Klugheit der Botanikerin bewunderte sie über die Maßen, obwohl ihr Fachgebiet für Charlotte eher unspektakulär war. Die Vorlesungen über Pilze hatte sie nur besucht, um die mehrfach ausgezeichnete Wissenschaftlerin zu erleben, nicht etwa, weil sie sich auf die Mykologie spezialisieren wollte. Charlottes Leidenschaft galt allem Blühenden, besonders der Rhodologie. Über die mannigfaltigen Sorten von Rosen und deren Zucht hatte sie für ihre Abschlussarbeit recherchiert. Gründlich hatte sie sich mit der Verbesserung der Kulturbodenschicht befasst, in welchem Verhältnis Sand und Lehm geschichtet werden mussten, um reichlich Faserwurzeln zu erzielen, statt bindfadenartige Wurzeln, die beim Ausgraben der Rosen leicht verloren gingen. Spannend fand sie die Frage, ob aus Samen gezogene Wildlinge widerstandsfähiger waren als in Wald und Feld ausgegrabene Stämme. Mit den von der Professorin geliebten Pilzen hatte Charlotte nur die schlechtesten Erfahrungen gemacht. *Erysiphe clandestina* bildete auf den Rosen den Mehltau, einen staubigen Überzug der Blätter und Triebe von weißlich grauer Färbung, der sich in rascher Geschwindigkeit ausbreitete. Und die Plage *Phragmidium incrassatum* verursachte mit ihren Sporen den Rosenrost, der die Unterseite der Blätter mit einem braunroten Pulver überzog und sie mit der Zeit tötete. Charlottes Liebe zu den Pflanzen war breit gefächert, aber um Pilze sollten sich besser andere kümmern und möglichst schnell verwertbare Ergebnisse erzielen, damit sie die Schönheit der blühenden Blumen nicht angriffen.

Dr. Helen, wie Charlotte sie bei sich nannte, hatte sich bereits um die Jahrhundertwende als Studentin der Botanik eingeschrieben und danach als wissenschaftliche Assistentin namhafter Professoren gearbeitet, um wenig später den Doktortitel zu erhalten. Hätte sie sich von ihrer Karriere abbringen lassen, nur weil man ihr schlechte Chancen prophezeite? Nein, niemals! Daran würde Charlotte sich ein Beispiel nehmen. Obwohl ihr keine akademische Karriere vorschwebte. Sie wollte raus in die Welt: zu den chinesischen Teeplantagen, nach Jamaika und Singapur, nach Brasilien, Indien, Sri Lanka, Japan, um die Heimat der Gewürze, des Hanfs, der Gummibäume kennenzulernen und Feldforschung zu betreiben. Was für eine himmlische Vorstellung, durch tropische Wälder, Täler und Flusslandschaften zu schreiten, nach neuen, unbekannten Pflanzen zu suchen und sie in ihrem natürlichen Umfeld zu erforschen.

Wann immer das Fernweh in ihr wuchs, glitt ein Lächeln über ihr Gesicht, und zu ihrem Entsetzen musste sie feststellen, dass der Mann mit der Schirmmütze und den jungenhaften Zügen, der ihr gegenübersaß, ihre Miene gründlich missverstand. Er erwiderte das Lächeln und tippte sich an die Kappe. »So einen herrlichen Frühsommer hatten wir lange nicht mehr, nicht wahr?«

Charlotte spürte ein Glühen in ihrem Gesicht. Wahrscheinlich sah sie aus wie Klatschmohn. *Papaver rhoeas.* »Es soll sich aber nicht halten«, erwiderte sie abweisend, um ihm zu signalisieren, dass sie das Gespräch damit als beendet betrachtete. Sie wandte sich von dem Mann ab, der ein enttäuschtes Gesicht machte, wie sie aus dem Augenwinkel mitbekam. Sie schob sich die Brille zurecht.

Ihre Erfahrungen mit Männern waren eher gering. Vor dem Krieg war sie eine Zeitlang mit Francis, einem Freund ihres Bruders, ausgegangen. In den Sommernächten hatten sie an verschwiegenen Plätzen ungeschickt Zärtlichkeiten ausgetauscht. Doch dann war der Krieg ausgebrochen und Francis hatte sich in die Schlange von Männern eingereiht, die sich in ihren besten Sonntagsanzügen als Soldaten bewarben. Er war zu Kriegsbeginn gerade achtzehn Jahre alt gewesen, aber auch jüngere Männer und Schuljungen folgten dem Aufruf, für das Vaterland zu kämpfen. Wie stolz die Eltern auf ihre Burschen waren, die in eine Schlacht ziehen würden, die, wie sie glaubten, kurz und heftig sein würde, und danach wäre der Weltfrieden wieder hergestellt. Ihre Hoffnungen wurden zerstört, als unzählige Söhne auf den belgischen *killing fields* zurückblieben. Die Rückkehrer hatten dem Krieg ihre Jugend und oft auch ihre Gesundheit geopfert.

Mit Francis hatte Charlotte eine kühne Intimität zugelassen, vielleicht, weil die Zeit drängte. Aber er kehrte aus Belgien nicht zurück.

So nah wie er war ihr Dennis bislang nicht gekommen, obwohl Charlotte bereit war, ihm alles zu geben. Er war vor zwei Jahren in ihr Leben getreten, als er nach dem Krieg sein Studium der Botanik wieder aufnahm und es in Rekordzeit beendete. Seit Herbst vergangenen Jahres arbeitete er als wissenschaftlicher Assistent in Kew Gardens.

Nach einigen Wochen an der Universität hatte er sie das erste Mal zu einem Tee eingeladen. Sie selbst war zu dem Zeitpunkt schon lange in ihn verliebt gewesen, in seine meergrünen Augen und die rotbraunen Locken, die sich nicht mit Pomade bändigen lassen wollten und die er meist zu lang trug, als dass es noch als modisch durchging.

Dennis hatte keine auf den ersten Blick ersichtlichen Kriegsverletzungen davongetragen, nur auf dem linken Ohr war er taub, weil in seiner Nähe eine Granate explodiert war, als er einen verletzten Kameraden vom Feld in den Schützengraben ziehen wollte. Wie nur wenige andere hatte sich Dennis trotz all der grausamen Erlebnisse seine Lebensfreude bewahrt, ein stiller Mann mit innerer Kraft, dem man die unmenschlichen Erfahrungen nur anmerkte, wenn er den Kopf drehte, um sein gutes Ohr einem Gespräch zuzuwenden. Und wenn man von seiner verlorenen Jugendliebe erfuhr, einer Frau, die ihr Versprechen gebrochen hatte und während der Kriegsjahre nicht auf ihn gewartet hatte. Diese Enttäuschung, davon war Charlotte überzeugt, prägte Dennis' Umgang mit Frauen. Er war kein Mann, der leichtherzig eine Beziehung hinter sich ließ und die nächste begann. Sie wusste, dass er Angst hatte, erneut verletzt zu werden, und dass er deswegen seine Gefühle zurückhielt. Wie sehr sich Charlotte nach ihm sehnte, nach einer Berührung, einem Versprechen auf die Zukunft ...

Manchmal meinte sie, er müsste das in ihren Augen sehen. Und manchmal meinte sie, vor Sehnsucht nach mehr Intimität mit ihm zu vergehen. Seine Zurückhaltung war verletzend, aber dann lächelte er sie wieder an und küsste sie voller Liebe, bis sich Charlotte sicher war, dass er das Geschehene irgendwann überwinden und sie um ihre Hand bitten würde. Obwohl seine Küsse eher freundschaftlich waren und sie sich manches Mal gefragt hatte, ob es ihn als Mann nicht nach mehr verlangte. Sie zweifelte nicht daran, dass sie ihm gefiel, aber es wunderte sie, dass er nicht versuchte, ihr körperlich näher zu kommen. Das wäre doch nur natürlich nach all der Zeit, oder? Es gab Tage, da wurde sie aus Dennis einfach nicht schlau und fragte sich, ob sie einer Illusion hinterherhing. Auf jeden Fall würde sie ihn nie im Leben verletzen! Auf sie könnte er zählen, und gemeinsam könnten sie die Welt aus den Angeln heben.

Als der Zug in Ludgate Hill einlief, hatte er sich deutlich geleert. Der junge Mann ihr gegenüber war ausgestiegen, ohne dass sie es bemerkt hatte. Mit ohrenbetäubendem Quietschen kam die Eisenbahn zum Stehen. Charlotte erhob sich, um mit den anderen Passagieren auszusteigen. Sie schaute auf ihre Armbanduhr. Kurz vor zwei. Um drei Uhr hatte sie den Termin in der Universität. Sollte sie den Omnibus nehmen? Nein, sie entschied sich dagegen, als sie von den Stufen auf den Bahnsteig sprang und durch die Menschenmenge hindurch zum Ausgang steuerte. Sie würde den Umweg über Covent Garden nehmen und zu Fuß zur Universität spazieren. Sie liebte das bunte Treiben in der mit Eisenstreben überdachten Markthalle und davor, die Vielfalt an Gerüchen, Farben, Geräuschen. Überall traf man dort auf Straßenmaler und Musiker mit Konzertinas und Drehorgeln, die mit ihrer Kunst ihren Unterhalt bestritten. Händler mit hoch beladenen Karren, Blumenfrauen, Bettler und Bauchladenverkäufer, Schuhputzer und Scherenschleifer. Nur an den Versehrten, die mit amputierten Gliedmaßen in den Ecken kauerten und den Passanten ihre Blechdosen entgegenreckten, ging Charlotte zügig vorbei, wenn sie nicht gerade ein paar Pennys übrig hatte. Dieses Chaos aus Menschen, wackeligen Türmen von Körben und Kisten, die lautstark zum Verkauf angepriesenen Hühner, Enten, Esel und Schafe: Die Überflutung an Sinnesreizen würde sie abhalten von weiteren Grübeleien, ob sie den Universitätsabschluss bekam oder nicht.

Kurz bevor Charlotte den Bahnhof verließ, stockte sie. Verdammt! Sie wirbelte herum, um zurück zum Gleis zu laufen, vielleicht hatte sie Glück und der Zug stand noch da. Aber nein. Er hatte sich bereits gemächlich in Bewegung gesetzt.

Und mit ihm verschwand der Schirm.

Kapitel 2

Vor dem Haupteingang der Universität richtete Charlotte Hut und Mantel. Der Ärger über ihre eigene Schusseligkeit war verraucht, der Spaziergang durch die Stadt hatte sie belebt. Nun galt es, sich zu konzentrieren. Das fiel ihr nicht immer leicht, aber heute war es wichtig. Sie durfte sich keinen Patzer erlauben, wenn sie mit Dr. Helen die Abschlussarbeit und das Ergebnis besprach. Eine Empfehlung der Professorin wäre ein gewaltiger Vorteil bei ihrer Bewerbung in Kew Gardens.

Sie trat an die Treppe, stolperte über die erste Stufe, fing sich und straffte die Schultern. Da flog die Tür des Hauptportals über ihr auf und eine hoch aufgeschossene Frau in einem grün-blau gestreiften Seidenkleid sprang heraus wie ein Fohlen auf die Frühlingswiese. Sie warf die Arme in die Luft. »Ja, ja, ja!«, schrie sie und strahlte wie die Sonne.

»Du hast es geschafft«, stellte Charlotte fest, als sie ihr gegenüberstand. Sie drückte Ivys Schultern und küsste links und rechts neben ihre Wangen. Die wenigen Frauen an der Botanischen Fakultät kannten sich, doch schon während der Schulzeit hatte Charlotte sich lieber mit Jungen zusammengetan als mit Geschlechtsgenossinnen. Ivy mit ihrer burschikosen Art bildete eine Ausnahme. Die beiden Frauen pflegten eine Freundschaft, die aber vermutlich nicht andauern würde, wenn Ivy mit ihrem Verlobten nach Deutschland ging. In diesem Moment wünschte sich Charlotte nur, dass sie in einer halben Stunde genauso glücklich das Universitätsgebäude verlassen würde.

Ivy löste sich von ihr und wiegte den Kopf, das Lächeln blieb. »Dr. Helen hatte ein paar Kritikpunkte. Wahrscheinlich nimmt sie es mir noch übel, dass ich nicht auf ihren Vorschlag eingegangen bin, mich mit ihren geliebten Pilzen auseinanderzusetzen. Zumindest habe ich bestanden mit meiner Arbeit über Orchideen, und nichts anderes zählt, oder?«

»Nichts anderes zählt«, stimmte Charlotte zu.

»Hey, du zitterst.« Ivy nahm Charlottes Hände in ihre. »Keine Sorge. Wenn ich den Abschluss habe, bekommst du ihn erst recht. Du warst immer besser als ich.«

»Ich werde wahrscheinlich vor Aufregung plappern wie ein Wasserfall. Du kennst mich.«

Ivy lachte. »Na und? Hauptsache, du hältst nachher die Urkunde in der Hand.«

Charlotte stieß einen Seufzer aus. »Drück mir die Daumen, Ivy.« Dann betrat sie das Gebäude. In ihrem Bauch schienen Kieselsteine hin- und herzurollen, aber ihre Schritte waren kräftig, und den Kopf hielt sie aufrecht, während sie sich ein letztes Mal die Brille von der Nasenspitze hochschob.

»Sie sind mir einige Male im Hörsaal aufgefallen, Miss Windley.« Ein warmer Glanz flog über das ausdrucksstarke Gesicht der Professorin. Helen Gwynne-Vaughan war Anfang vierzig und hatte sich mit Pflichtbewusstsein und Ehrgeiz einen Platz im öffentlichen Leben von London erkämpft und die Anerkennung ihrer männlichen Kollegen errungen. Bei Kriegsausbruch war sie zu einer der führenden Frauen in den Women's Army Auxiliary Corps aufgestiegen, war Kommandeurin der weiblichen Truppen in Frankreich gewesen und 1919 in Anerkennung ihrer Leistungen zur Dame Commander des Order of the British Empire ernannt worden. Vor Kurzem hatte die Linnean Society, eine der renommiertesten naturforschenden Gesellschaften, sie mit der Trail Medal ausgezeichnet. Sie besaß ein herausragendes Organisationstalent, mit dem sie erstklassiges Lehrpersonal an die Universität geholt hatte, ihre Vorlesungen waren Meilensteine für jeden Studenten der Botanik, und ihre Bücher würden vermutlich zu Standardwerken werden. Einer solchen Frau konnte man nur voller Ehrfurcht begegnen. Charlottes Herz klopfte bis zum Hals, während sie, auf der Kante des Besucherstuhls sitzend, die Finger ineinander verkrampfte.

Dr. Helen hatte die Arme auf ihrem Schreibtisch gekreuzt. Aufmerksam blätterte sie die Papiere vor sich durch. Charlottes Abschlussarbeit. Um die eng beschriebenen Seiten herum waren Stifthalter, Telefon, Brieföffner, Stempelkissen, Ablageordner und Lampe perfekt angeordnet, ein Arbeitsplatz, der von der Disziplin dieser Frau sprach.

Sie war ihr aufgefallen? Das konnte nichts Gutes bedeuten. Charlottes Hände begannen wieder zu zittern, und sie drückte die Finger umeinander. Den Blick hielt sie starr auf die Professorin gerichtet.

Deren kantige Züge entspannten sich, in ihre Augen trat ein Glitzern. »Waren Sie nicht diejenige, Miss Windley, die für Unterbrechung meiner Vorlesung durch allgemeine Erheiterung gesorgt hat, als Sie mit einem Kopftuch und in Hosen zu spät in den Hörsaal hineingestolpert sind?«

Charlottes Gesicht brannte. »Ich ... das war ... ich hatte mich für meine Aushilfsarbeit im Botanischen Garten angekleidet, doch auf dem Weg dahin war mir eingefallen, dass an dem Tag Ihre Vorlesung auf meinem Plan stand, und es war keine Zeit mehr ...«

Die Professorin zog die Lippen nach innen, als wollte sie ein Lachen unterdrücken. »Und Sie sind die junge Frau, die nach meiner Vorlesung an die Tafel trat, um Ihre Notizen zu vervollständigen, statt währenddessen mitzuschreiben, wobei Ihnen der Ordner mit allen Unterlagen aus den Händen glitt und sich vor meinem Pult verteilte.«

Ob es eine Option war, sich unter dem Schreibtisch zu verstecken? Charlotte wünschte, der Erdboden täte sich vor ihr auf und würde sie verschlingen. Die Scham drohte sie zu überwältigen. Dass die Professorin sich an diese tollpatschigen Zwischenfälle erinnerte, du lieber Himmel, sie war doch nur eine von Hunderten! Und bestimmt nicht die Einzige, die hin und wieder etwas ungeschickt war. Sie riss sich zusammen, um ihre Würde kämpfend. Jetzt bloß nicht noch einmal ins Stottern geraten. »Ich hatte meine Brille verlegt und konnte von meinem Platz aus nicht lesen, was Sie geschrieben hatten. Deswegen habe ich die Notizen nach der Vorlesung übertragen.« Sie wusste, dass ihr Gesicht immer noch radieschenrot leuchtete. Dennoch hielt sie dem Blick der Frau stand.

Die Wissenschaftlerin winkte ab. »Entspannen Sie sich, Miss Windley. Ich wollte nur zum Ausdruck bringen, wie sehr mich Ihre Abschlussarbeit überrascht hat. Ihre Auffassung von wissenschaftlichem Arbeiten scheint im krassen Gegensatz zu Ihren ... nun, nennen wir es Unsicherheiten zu stehen. Sie haben exzellent recherchiert und fehlerfrei geschlussfolgert. Ich habe selten eine so saubere Abschlussarbeit gesehen und halte Sie für ein vielversprechendes Talent der Wissenschaft. Sie haben exakt die richtigen Quellen herangezogen und die neuesten Erkenntnisse der Rhodologie herausgefiltert. Gleichzeitig liefern Sie Beurteilungen, die von Belang für die weitere Forschung sein werden. Obwohl ich selbst Pilze reizvoller als Rosen finde.«

Ein Glücksrausch begann Charlottes Körper zu wärmen. Leichtigkeit und Dankbarkeit durchfluteten sie, und sie begann breit zu lächeln. »Ihr Lob bedeutet mir unendlich viel«, sagte sie. »Mein Leben gehört der Forschung. Wenn meine Arbeit Ihrer Einschätzung nach genügt, dann gehe ich mit Begeisterung meinen Weg weiter.«

»Das freut mich, Miss Windley. Wir brauchen Frauen wie Sie, die Vorbildfunktion für die nachfolgenden Generationen übernehmen. Ich könnte mir gut vorstellen, Sie als wissenschaftliche Mitarbeiterin in meinem Fachbereich einzusetzen. Ich würde Sie mit Projekten betreuen, über die Sie Ihre Doktorarbeit schreiben könnten. In drei bis vier Jahren würden Sie promovieren, und wenn Sie sich dermaßen erfreulich weiterentwickeln, garantiere ich Ihnen: mit der höchsten Auszeichnung summa cum laude.«

Charlotte wurde es abwechselnd heiß und kalt. Einerseits ihr Traum von der Feldarbeit überall auf der Welt für Kew Gardens, andererseits diese Ehre, als Favoritin der Professorin eine Doktorarbeit schreiben zu dürfen. Aber ein ermüdendes Fachgebiet wie Pilze?

Die Professorin beobachtete sie. »Selbstverständlich würde ich Sie, wenn Sie sich nicht für die Mykologie erwärmen können, einem Kollegen der Rhodologie empfehlen, wenn dies Ihren Neigungen mehr entspricht. Ich könnte mir jedoch vorstellen, dass Sie sich fachlich breit aufstellen und wir ein gutes Team wären. Immerhin haben Sie sich am Rande Ihrer Abschlussarbeit mit Pilzen beschäftigt, notwendigerweise, möchte ich sagen.« Sie zwinkerte ihr zu. »Ich mag Sie, Miss Windley. Mit all Ihrem Elan und Ihren Schwächen.« Beim Lächeln zeigte sie ebenmäßige Zähne.

»Ihre Anerkennung ehrt mich, aber ich habe das Studium der Botanik mit einem festen Ziel aufgenommen: Ich will für Kew Gardens arbeiten. Ich kenne und liebe den Botanischen Garten seit meiner Kindheit, habe dort während der Kriegsjahre eine Zeit lang als studentische Aushilfe gearbeitet und kann mir nichts Spannenderes vorstellen als die Erforschung und Sammlung exotischer Pflanzen.«

»Und haben sich dennoch in Ihrer Abschlussarbeit für die heimischen Rosen entschieden.«

Charlotte hob das Kinn. »Ja, mich begeistert die Kultivierung von Wildrosen. Ich finde es grundsätzlich hochspannend, wie es Wissenschaftlern gelingt, in der Natur vorkommende Gewächse zu veredeln, und die Rosenzucht ist in unseren Breitengraden ein hervorragendes Beispiel.« Sie hob die Schultern. »Noch habe ich keine Möglichkeit, mich mit exotischeren Gewächsen zu befassen. Daher kann ich es kaum erwarten, auf einer Expedition eingesetzt zu werden.«

Ihr entging nicht, dass der Teint der Professorin eine Spur fleckiger wurde. Sie hielt die Augen auf die Abschlussarbeit gerichtet und legte die Hände darauf. Als sie aufschaute, lag in ihrer Miene eine steinerne Härte. »Ich werde Sie nicht zu überzeugen versuchen, Miss Windley. Es gibt genügend Studenten, die die wissenschaftliche Mitarbeit in unserer Fakultät anstreben. Wir können aus den Besten auswählen. Sie sind ein vielversprechendes Talent, jedoch beileibe nicht das einzige. Ich verstehe, welche Anziehung das internationale Flair der Royal Botanic Gardens auf angehende Wissenschaftler hat, aber Ihre Bewerbung dort wird wenig Aussicht auf Erfolg haben. Ich kenne den Direktor und seine Ansichten über Frauen in seinem Fachgebiet. Ich bin mir nicht sicher, ob er überhaupt noch Botanikerinnen einstellt. Er bevorzugt die männlichen Studenten, die sich nach Kriegsende ins Zeug gelegt haben, um ihre Abschlüsse zu erlangen. Seiner Meinung nach haben die Soldaten, die für uns auf die Schlachtfelder gezogen sind, einen Anspruch darauf, dass ihnen das Empire etwas zurückgibt.«

»Das verstehe ich.« Charlotte räusperte sich, weil ihre Stimme auf einmal kratzig klang. »Meine Chancen würden steigen, wenn Sie mir ein Empfehlungsschreiben …«

Die Professorin hob eine Hand. »Ich habe Ihnen dargelegt, welche Pläne ich mit Ihnen habe. Wenn diese Ihren eigenen Vorstellungen zuwiderlaufen, kann ich nichts für Sie tun. Ich investiere nicht in die Angelegenheiten anderer. Und ich warte nicht ewig auf Ihre Entscheidung. Wenn Sie sich bis Ende nächster Woche nicht gemeldet haben, vergebe ich die Assistenz anderweitig.«

Alles Sanftmütige war aus den Zügen von Helen Gwynne-Vaughan verschwunden. Charlotte plumpste das Herz herab. Die Meinung einer einfachen Gärtnerin wie Vivian Leicester konnte sie wegstecken, aber wenn eine Koryphäe wie die Professorin ihr Vorhaben für wenig aussichtsreich hielt, war es selbst für eine optimistische Frau wie sie bedenklich, an ihren hochfliegenden Plänen festzuhalten. Und trotzdem. Sie hob das Kinn, als sie aufstand. Die Professorin streckte ihr die Urkunde entgegen. »Mit Bestnote«, kommentierte sie dabei emotionslos.

»Ich danke Ihnen, Dr. Helen … äh.« Die Urkunde zitterte in ihrer Hand, als Helen Gwynne-Vaughan sie mit hochgezogenen Brauen anstarrte. »Ich meine, Mrs Professor Dr. Gwynne-Vaughan.«

Dann drehte sie sich um und eilte aus dem Büro. Dass ihre Ohren vor Hitze brannten, verbarg hoffentlich ihr Hut.

»Was bist du für ein Trotzkopf geworden. So warst du früher nicht, Schwesterchen.« Robert Windley übernahm es, im Salon der Wohnung in der Hunter Street den Tee auszuschenken. Mit Beistelltischen aus Mahagoni und goldgelben Lampenschirmen, geblümten Ohrensesseln, der Chesterfield-Sitzgarnitur und Aquarellen über dem Kamin an der Wand hatte Mutter Elizabeth ihn mit Liebe zum Detail eingerichtet. Die Sessel und das Sofa waren allerdings bereits abgewetzt, und durch das Fenster, das nach Norden ging, wehte Zugluft herein, als sich die Zweige der Kastanie im Hof in einer Böe bogen.

Wann immer es möglich war, versuchte die Familie Windley Tee und Sandwiches um fünf Uhr gemeinsam einzunehmen und sich über das Tagesgeschehen auszutauschen. Morgens gingen sie alle zu unterschiedlichen Zeiten aus dem Haus, mittags aßen Robert und Charlotte in der Universität, Debbie in der Schulkantine und Elizabeth daheim. Abends traf sich Robert in den Studentenkneipen mit seinen Kommilitonen.

Heute war die gemeinsame Teatime mit Spannung erwartet worden, weil Charlotte verkünden wollte, ob sie ihren Bachelor of Science erlangt hatte. Zu ihrem Ärger war es, wie häufig, die zwölfjährige Debbie, die sich ausgerechnet heute nicht um das Familienritual scherte. Vermutlich trieb sie sich irgendwo am Piccadilly Circus oder im Hyde Park herum und heckte mit ihrem Freund Tom Dummheiten aus. Darin war sie Meisterin. Ihre Mutter ließ ihr viel zu viel durchgehen, fand Charlotte, was nicht weiter wunderte, wenn man die Mittfünfzigerin beobachtete, wie sie mit zitternden Händen die Teetasse zum Mund führte. Die Tasse klapperte auf dem Unterteller, und das Getränk schwappte über den Rand. Elizabeth hatte wirklich größere Sorgen als die Eskapaden ihrer jüngsten Tochter. Ihre berufliche Existenz stand auf dem Spiel.

Der Tremor war vor zwei Jahren zum ersten Mal aufgetreten, wenige Wochen nachdem Brendon Windley mitten in seiner Praxis im Parterre des Hauses an einem Schlaganfall gestorben war. Die Helferinnen und Patienten waren vor Schreck in Hysterie verfallen. Der heranstürmende Praxiskollege Dr. Jacob Tyrell konnte nur noch den Tod seines Freundes feststellen. Brendon und Jacob waren seit ihrer Jugend befreundet gewesen, hatten gemeinsam studiert, zu Beginn des Jahrhunderts zusammen die Praxis aufgebaut und zu großem Ansehen geführt. Die Patienten hatten in dem überaus beliebten und kompetenten, stets gelassenen Dr. Windley vermutlich eine gottgleiche, unsterbliche Gestalt gesehen. Nach seinem Tod ging es mit der Praxis bergab. Zu Jacob Tyrell hatten die Patienten weit weniger Vertrauen als zu Brendon Windley. Zudem verfügte Dr. Tyrell zwar über Empathie, aber ihm fehlte der notwendige Geschäftssinn. Mit seiner weichherzigen Art lockte er Patienten an, zahnlose zerlumpte Gestalten, die sich die Behandlung nicht leisten konnten und ihm das Honorar schuldig blieben.

Im Praxisbetrieb hinterließ Dr. Windley eine klaffende Lücke, und Elizabeth verlor den Mann, den sie seit ihrer Jugend geliebt hatte, der ihr Freund in allen Lebenslagen gewesen war. Charlottes Augen füllten sich mit Tränen, wann immer sie daran dachte, wie groß der Verlust ihrer Mutter war.

Einige Zeit nach Brendons Tod hatte das Zittern begonnen. Dazu kam die Müdigkeit. Ihre Mutter beschrieb zu diesem Zeitpunkt oft das Gefühl, durch Schlamm zu waten. Alles lief in Zeitlupe ab. Ihre Handschrift wurde verkrampfter, Knopflöcher zu Hindernissen, und beim Treppensteigen musste sie sich ans Geländer klammern, um nicht die Balance zu verlieren. Auf seine etwas hektisch wirkende, aber stets durchdachte Art diagnostizierte Dr. Tyrell bei Mutter die parkinsonsche Krankheit. Die Schüttelbewegungen ihrer Hände nahmen mitunter bizarre Formen an. Manchmal wirkte es, als würde sie auf etwas eintrommeln, manchmal schien sie ein Sieb zu halten oder Pillen zu drehen. Charlottes Magen rumorte, wenn sie in der Mimik ihrer Mutter die Hilflosigkeit erkannte, während ihr Körper sich weigerte, ihr zu gehorchen.

Zu den Familienwerten, die Elizabeth genau wie Brendon den Kindern vermittelt hatte, gehörten Selbstständigkeit und Unabhängigkeit. Ihre Mutter hatte Charlotte stets in ihren Plänen unterstützt, glaubte aus voller Überzeugung daran, dass es ihrer Tochter gelingen würde, als eine der wenigen Frauen an abenteuerlichen Expeditionen teilzunehmen und im tropischen Regenwald zwischen Schlingpflanzen und Unterholz umherzustreifen. Jetzt erst recht, wo sie ihren erstklassigen Abschluss feiern konnten. Auch Elizabeth hatte vor knapp dreißig Jahren ihre Ideen verwirklicht und war Journalistin geworden, statt als Ehefrau im Hintergrund des bekannten Arztes karitative

Ehrenämter zu übernehmen und Kissenhüllen zu besticken. Doch dann setzte das Schicksal ausgerechnet eine fortschrittlich denkende, selbstsicher durchs Leben gehende Frau wie sie schachmatt. Als Journalistin brauchte Elizabeth funktionierende Hände, um ihre Texte auf der Schreibmaschine zu tippen.

Es gab Tage, da fiel das Zittern kaum auf. Und es gab andere, da schaffte Elizabeth es nicht mal, sich ein Stück Sandwich zum Mund zu führen. Charlotte blutete das Herz bei diesem Anblick. Ihre starke, kluge Mutter mit diesem entsetzlichen Handicap, das sie in manchen Stunden in eine hilflose Greisin verwandelte.

Sie kehrte aus ihren Gedanken wieder in die Gegenwart zurück. Wie hatte ihr Bruder sie gerade genannt? Trotzkopf? Der sollte bloß nicht versuchen, sie von oben herab zu behandeln. Das konnte Charlotte gar nicht leiden. »Was hättest du geantwortet, wenn jemand dir vorgeschlagen hätte, statt Allgemeinmediziner Zahnarzt zu werden?«

Robert schnalzte mit der Zunge. »Das ist nicht zu vergleichen. Als Mann stehen mir alle Wege offen.«

»Und als Frau soll ich nach den Brosamen greifen und die Klappe halten?«, fuhr ihm Charlotte hitzig dazwischen.

Elizabeth grinste und griff nach der Hand der Tochter, um sie zustimmend zu drücken. Charlotte spürte, wie stolz sie auf sie war.

»Tja, ob es uns passt oder nicht, so sind die Dinge«, erwiderte Robert lapidar. »Fabelhaft, dass du einen guten Abschluss geschafft hast, Charlotte, wirklich. Respekt! Aber deine Professorin rät dir nicht ohne Grund davon ab, dich in Kew Gardens zu bewerben. Sie ist vom Fach und kennt sich aus. Warum musst du mit dem Kopf durch die Wand, obwohl sie dir eine akademische Karriere auf dem Silbertablett serviert? Das ist mehr, als die meisten Frauen je erreichen werden. Sei doch realistisch, Charlotte.«

Charlotte brach ein Stück von ihrem Scone ab und bestrich es mit Butter und Marmelade. »Ich weiß das Angebot zu schätzen, Robert. Aber wenn sie mich in Kew Gardens in der Forschung und für die Expeditionen nicht wollen, fange ich lieber dort als einfache Gärtnerin an, bevor ich mich der Theorie widme und dem Kommando einer Dr. Gwynne-Vaughan unterwerfe. Ich werde ihnen schon beweisen, dass sie keine leidenschaftlichere und gewissenhaftere Feldbotanikerin als mich finden.«

Elizabeth drückte erneut ihre Hand und lächelte ihr zu. Der Zuspruch der Mutter tat Charlotte gut. In ihrem Inneren war sie davon überzeugt, dass sie ein Recht darauf hatte, über alle gesellschaftlichen Hindernisse hinweg als Frau ein spannendes Leben zu führen. Nie hatte ihre Mutter ihr etwas anderes vermittelt.

Sie verschränkte die Finger mit denen ihrer Mutter, um ihr für ein paar Momente Halt zu geben. Sofort wanderte das Zittern weiter an Elizabeths Arm hoch. »Soll ich dir einen Eisbeutel holen, Mutter?« Etwas Kaltes, das sie sich auf die Stirn legte, brachte manchmal kurzfristig Besserung.

Elizabeth schüttelte den Kopf. »Es geht bestimmt gleich wieder, sorg dich nicht um mich.« Sie lächelte sie an. »Ich weiß nicht, wie erfolgversprechend dein Weg ist, Lottie, aber ich weiß, dass es die richtige Entscheidung ist, seinem Herzen zu folgen. Ich bin damit immer gut gefahren, obwohl es Verletzungen und Zurückweisungen gab. Ich habe mich nie selbst aufgegeben. Dein Großvater hat mich unterstützt, als ich begann, als Reporterin zu arbeiten. Und ihr könnt mir glauben, das war für eine Frau Ende des vorigen Jahrhunderts wirklich speziell.« Sie schwieg einen Augenblick versonnen. »Genau das fand euer Vater anziehend: dass ich meinen Passionen gegen alle Widerstände nachging.«

In Charlottes Erinnerung war ihre Mutter während ihrer Kindheit stets in munterer Eile gewesen, eine Frau, die nicht still sitzen konnte, hungrig nach dem Leben, immer auf der Suche nach neuen Sinneseindrücken. Für alles, was die Kinder brauchten, gab es die Großeltern, wechselnde Nannys und den Vater, dennoch hatte Charlotte nie die mütterliche Seite Elizabeths vermisst, im Gegenteil – sie hatte sie bewundert für ihre Schönheit, ihre Stärke und ihre Überlegenheit gegenüber den Müttern ihrer Freundinnen, die sich lieber im Hintergrund hielten und sich im Ruhm der Ehemänner sonnten, als nach vorn zu preschen und selbst Erfolg zu haben. Sie müsste sich nur in der aktuellen Situation, da Debbie begann, schwierig zu werden, mehr um die jüngste Tochter kümmern, denn jetzt gab es weder die Großeltern noch den Vater, und für eine Gouvernante fehlte ihnen das Geld. Abgesehen davon, dass man es keiner fremden Frau zumuten konnte, die Zwölfjährige im Zaum zu halten.

Ein paar Sekunden lang legte sich bedrücktes Schweigen über die Windleys. Brendon Windley fehlte überall. Er fehlte seinen Kindern als Ratgeber und Tröster, als Impulsgeber und Ruhepol. Ihre Eltern hatten eine sehr liebevolle Beziehung gepflegt, bei der selbst im Streit nie ein wirklich böses Wort gefallen war. Er hatte eine besondere Art gehabt, die Gemüter zu beruhigen, wenn sich Unstimmigkeiten hochschaukelten. Nur knapp so groß wie Elizabeth und mit schütterem Haupthaar, war er kein übermäßig attraktiver Mann gewesen, dafür aber mit Augen, aus denen die Sanftmut und Klugheit leuchtete, und alabasterweißen Händen, mit denen er bei seinen Patienten Brüche und Geschwüre ertastete und den Kindern die Stirn fühlte, wenn sie kränkelten. Als praktischer Arzt war er der Hauptverdiener der Familie gewesen, und dadurch, dass sich die Praxis im Parterre des Hauses befand, war er für die Kinder sehr präsent, während Mutter Elizabeth kreuz und quer und mitunter tagelang durch London und die Umgebung reiste, immer auf Recherche oder auf der Suche nach neuem Stoff für ihre Reportagen und Berichte.

»Manchmal stellen sich dir Hindernisse in den Weg. Dann brauchst du Alternativen«, griff Robert das Thema wieder auf. Mit seinem blonden Haar und den grünbraunen Augen kam er nach seiner Mutter. Er war hoch gewachsen, breitschultrig, und sein gutes Aussehen in Kombination mit seiner lässigen Eleganz machte ihn zu einer umschwärmten Erscheinung. Trotz seiner siebenundzwanzig Jahre war er noch unverheiratet, mehr als ein paar Monate hatte keine seiner Bewunderinnen durchgehalten. Seit einiger Zeit gab er sich in seinen wenigen freien Stunden die Aura eines Gentlemans, der es sich leisten konnte, in den Tag hinein zu leben. Vermutlich hoffte er damit, die Damenwelt zusätzlich zu beeindrucken. Nach Charlottes Meinung zog er damit allerdings genau die falschen Frauen an, die an solch oberflächlichen Attitüden Gefallen fanden. Nur seine engsten Kommilitonen und seine Familie wussten, wie hart er an seinem Studium arbeitete, um es möglichst bald abschließen zu können. Obwohl Charlotte nicht immer einer Meinung mit ihm war, bewunderte sie ihren älteren Bruder sehr. Er bereitete sich mit beispielhaftem Pflichtgefühl darauf vor, als Partner in die Praxis einzusteigen, die Dr. Tyrell seit Brendons Tod mehr schlecht als recht alleine führte. Dann könnte er endlich die Familie so unterstützen, wie sein Vater es sich gewünscht hatte.

»Ich habe eine Alternative«, gab Charlotte zurück. »Du hörst mir nicht zu.«

»Also Kew Gardens«, stellte er nachgiebig fest.

Charlotte nickte. »Nichts anderes.«

»Nun, wenn es um den Verdienst geht, wirst du als Botanikerin dort genauso schlecht bezahlt wie an der Universität. Wissenschaft und Forschung werden immer noch von Idealisten überschwemmt, die sich für einen Hungerlohn ein Bein ausreißen.«

Charlottes Wangen begannen zu glühen. »Ich werde schon zurechtkommen. Ich bin nicht anspruchsvoll.«

»Und für alles Übrige hast du mich«, gab Robert lächelnd zurück.

Charlotte spürte Unbehagen bei dem Gedanken, dass es auf Roberts Schultern lastete, ob sie das Haus in der Hunter Street halten konnten. Die nächsten Monate würden sie noch vom Ersparten leben können. Und dann?

»Hoffentlich werden bald Mittel gegen diesen verdammten Tremor gefunden. Ich hasse es, mitzuerleben, wie meine Kinder um ihre Existenz ringen.« Elizabeth war den Tränen nahe.

Charlotte nahm sie in den Arm, obwohl sie wusste, dass Trost nicht das war, was ihre Mutter brauchte. Dr. Tyrell hatte ihr diverse Behandlungsmöglichkeiten erläutert, wie das Spritzen von Arsen oder Strychnin, aber die Risiken waren bei der Dosierung dieser Gifte erheblich, sodass Elizabeth sich weigerte. Dann ließ sie lieber das Sticheln mit glühenden Nadeln längs der Wirbelsäule über sich ergehen, das kurzfristig eine Linderung brachte. Sie war stets eine Kämpferin gewesen. Auf das Wohlwollen und die Hilfsbereitschaft der Mitmenschen angewiesen zu sein nagte an ihrer Würde.

»Wir ringen nicht, Mutter. Wir sind beide auf einem guten Weg, das weißt du. Unsere Zukunft und Debbies Ausbildung sind gesichert.«

Elizabeth wischte sich über die Stirn. Debbie war diejenige, um die sie sich noch mehr sorgte als um die finanzielle Existenz. Ihr Lächeln hatte im Zuge der Krankheit jede Leichtigkeit verloren. »Wie geht es Dennis, Lottie? Habt ihr schon Pläne?«

Ein Kribbeln breitete sich unter Charlottes Haut aus. Was zwischen Dennis und ihr war, besprach sie nur ungern im Familienkreis. Mutter und Robert hegten Erwartungen, die Charlotte beunruhigten. Wie sollte sie ihnen erklären, dass sie, wenn es nach ihr gegangen wäre, schon längst verheiratet wären? Dass sie in einen Mann verliebt war, der sich ihr gegenüber dermaßen zurückhaltend verhielt, war ihr anderen gegenüber peinlich. Sie hasste es, wenn Robert sie deswegen aufzog, und fühlte sich dann mit ihren fünfundzwanzig Jahren wie eine alte Jungfer. Dabei hätten sich einige andere Gelegenheiten ergeben, aber keiner der Männer, die ihr näherkommen wollten, hatte sie so fasziniert wie Dennis mit seiner klugen, tiefsinnigen, manchmal spröden Art und seiner Leidenschaft für die Forschung.

»Ich treffe ihn nachher noch im *White Swan*.«

Robert zog eine Grimasse. »Wenn er nicht aufpasst, schnappt ein anderer dich ihm weg. Und dann ist es für Reue zu spät.«

Wut kochte in ihr hoch, obwohl sie mit einem blöden Spruch gerechnet hatte. »Ich lasse mich nicht wegschnappen. Ich bin kein Beutetier«, gab sie zurück, bewirkte aber nur, dass Robert schallend auflachte und ihr in die Wange kniff. Sie riss den Kopf weg.

»Das weiß ich doch, Schwesterchen. Der Mann, der dich mal zur Ehefrau bekommt, muss hart im Nehmen sein.«

»Streitet nicht, Kinder, bitte.« Elizabeth massierte sich die Schläfen, bevor sie sich an Charlotte wandte. »Bestimmt ist ihm nicht klar, was du für ihn empfindest. Manchen Männern gegenüber muss man deutlich werden, sie sind unempfänglich für die Signale.«

»Überlasst das mir, ja?«, sagte sie, während sie im Geiste hinzufügte: *Aber es wäre schon schön, wenn ich mich nach all der Schwarzmalerei an diesem Tag in Dennis' Arme schmiegen könnte* und seine *Zärtlichkeiten meine Ängste vertrieben.* Bei den Bildern, die vor ihrem inneren Auge aufstiegen, begann Charlottes Herz schneller zu schlagen.

Sie warf einen Blick auf die Standuhr. Schon nach sechs Uhr. Eine Stunde, bis sie Dennis traf. Wo blieb ihre kleine Schwester bloß? Sie stapelte das Teegeschirr auf und trug es in die Küche, während ihre Mutter sich in dem Ohrensessel zurücklehnte, als habe das Gespräch sie ermattet. Robert schlug die Beine übereinander und griff nach der Abendzeitung, die neben dem Ledersofa auf einem Beistelltisch lag. In London gab es nur wenige Menschen, die nicht zwei Zeitungen am Tag lasen. Uninformiertheit war verpönt.

Charlotte nahm die Etagere und den Korb mit den restlichen Scones, die sie in der Küche in Papier einschlagen würde, damit sie bis zum nächsten Tag nicht austrockneten.

Andere Familien ihres Standes bezahlten Hausmädchen für solche Arbeiten. Die Windleys verzichteten darauf, sie beschäftigten lediglich eine Frau, die dreimal in der Woche zum Putzen kam. Greta war die Frau eines Hafenarbeiters, hatte drei Kinder und freute sich über das Zubrot, das sie im Haus Windley verdiente.

Mit einem trockenen Tuch polierte Charlotte die Etagere, als ihr Bruder in die Küche trat. Er lehnte am Türrahmen, die Arme vor der Brust verschränkt. »Du solltest nicht den herkömmlichen Weg wählen, wenn du dich in Kew Gardens bewirbst. Vielleicht landen deine Unterlagen im Papierkorb, sobald jemand liest, dass es sich bei dem Bewerber um eine Frau handelt.«

Charlotte sog die Luft ein, während sie das Poliertuch faltete. »Leider habe ich kein Empfehlungsschreiben von Professor Gwynne-Vaughan bekommen. Und ich habe keinen anderen Mentor, den ich um Hilfe bitten könnte. Ich muss mich auf mich selbst verlassen. Dennis ist selbst ein Neuling im Botanischen Garten, auf ihn hört kein Mensch.«

Robert strich sich eine Haarsträhne aus der Stirn. »Du bist klug, du bist attraktiv, und du kannst dich gut verkaufen. Geh hin und sag ihnen, was du kannst und was du willst. Mich würde es nicht wundern, wenn der ein oder andere der einflussreichen Mitarbeiter dich noch von früher kennt.« Er grinste. »Ich weiß noch, wie du an Großvaters Hosenbein hingst, wenn er seine Fundstücke ins Herbarium brachte, und wie pingelig du seine Aufzeichnungen überwacht und korrigiert hast, wenn dir Ungenauigkeiten auffielen.«

»Ach, du Träumer. Sie werden sich doch nicht an mich erinnern. Ich war damals noch ein Kind.«

Sie hatte die innerbritischen Expeditionen mit ihrem Großvater geliebt. Später, als er sich zur Ruhe setzte und sie schon älter war, verbrachte sie die Ferien bei ihm auf der Insel Skye, der größten Insel der Inneren Hebriden – viel lieber als in Cornwall, wo ihre Großeltern mütterlicherseits bis kurz vor ihrem Tod ein Pferdegestüt besessen hatten.

Hugh Windley, der Vater ihres Vaters, war ein Kewite durch und durch gewesen. Selbst als Pensionär schrieb er regelmäßig für die jährlich erscheinende Druckschrift der

Kew Guild. Charlotte hatte ihm bei allen Arbeiten über die Schulter geschaut. Ihr Großvater hatte sie ermuntert, neugierig zu sein und selbst ein paar Artikel zu schreiben. Die tatsächlich erschienen waren, wenn auch unter seinem Namen. Gemeinsam waren sie die unendlich lange Küstenlinie der Inseln entlanggewandert, durch die Moore und Sanddünen und über das Gestein, hatten Kräuter, Lilien, Rosengewächse, Farne, Schilfrohr und blühende Sträucher entdeckt und Proben davon nach Kew Gardens geliefert. Im Gegenzug brachten sie in Holzkisten und Säcken Setzlinge und Samen von Nutzpflanzen aus Kew mit, die das Marschland befestigen und die Wachstumsphasen auf den Weiden verlängern sollten. Als ein Nachbar eines Morgens noch vor Kriegsbeginn Hugh Windley friedlich in seinem Bett entschlafen fand, während der Inselwind an den geschlossenen Fensterläden seines Hauses rüttelte, war für Charlotte ein Teil ihrer Kindheit vorbei, an die sie auf ewig das Medaillon mit der Lobelie erinnern würde.

Robert holte sie aus ihren Gedanken und breitete die Arme aus. »Dann hilf ihnen auf die Sprünge. Lass dich nicht abspeisen. Das hast du nicht verdient. Erzähl ihnen von deinen Reisen mit Großvater, und zeig ihnen deine Artikel. Sie sollen dir ins Gesicht sagen, dass die Enkeltochter des brillanten Hugh Windley ungeeignet für die Pflanzenforschung ist.«

Charlotte zog die Nase kraus und schob mit dem Finger die Brille auf ihren Platz. »Vielleicht hast du recht«, sagte sie schließlich. »Mehr als mir die Tür zu weisen können sie nicht tun, oder?« Sie lachte gequält.

Robert kam drei Schritte auf sie zu und gab ihr einen Kuss auf die Wange. »Ich drücke dir die Daumen, dass es gut läuft, Schwesterchen. Der Wissenschaft ginge etwas verloren, wenn sie dich nicht zum Zuge kommen lassen.«

Charlotte seufzte erleichtert. »Gut, so werde ich es versuchen. Ich stelle heute noch die Papiere zusammen und überfalle die Kew-Mitarbeiter. Ich glaube, Professor Dr. Bone ist noch im Dienst.« Ein verschwommenes Bild von einem struppigen Nagetier stieg in ihrer Erinnerung auf. »Erinnerst du dich an ihn? Er war Großvaters Ansprechpartner damals für die Flora auf den Hebriden. Während meiner Aushilfstätigkeit in Kew Gardens hatte ich aber nichts mit ihm zu tun. Ein Fehler, dass ich den Kontakt zu ihm nicht gehalten habe.«

Roberts Antwort ging im Klang der Türglocke unter. Sie schauten sich an. Debbie? Fünf Minuten später stand die Jüngste der Windleys mit hängenden Schultern im Salon. Ihre Strümpfe waren zerrissen, das Kleid voller Schmutzflecken.

»Wo hast du dich herumgetrieben?«, ging Elizabeth auf sie los. »Ist es zu viel verlangt, dass du dich genau wie alle anderen an die Familienregeln hältst?«

»Es tut mir leid, Mama«, erwiderte Debbie zerknirscht. Die blonden Haare, die sie an der Stirn und an den Schläfen in kurzen Locken trug, ringelten sich an guten Tagen in Spiralen den Rücken hinab. Heute war kein guter Tag, ihre Frisur erinnerte an ein zerpflücktes Sofakissen. »Ich wollte ja pünktlich hier sein, aber ich musste laufen, als ich bemerkte, wie spät es schon war, und dann bin ich hingefallen.« Sie beugte sich zu ihrem Knie und strich darüber. »Das Bein hat geblutet. Zum Glück hatte Tom ein Taschentuch dabei.«

Debbies Freund war als Sohn des Kolonialwarenhändlers Keith Emerson ebenfalls in der Hunter Street aufgewachsen und ein Jahr älter als sie. Seit sie laufen konnten und allein das Haus verlassen durften, waren Debbie und Tom unzertrennlich. Wer da wen zu Dummheiten anstachelte, war nicht immer klar. Fest stand für Charlotte nur, dass ihre Schwester Abenteuer liebte und gern mit dem Feuer spielte. Debbie interpretierte auf jeden Fall die Familienwerte von Freiheitsliebe und Unabhängigkeit auf besorgniserregende Art. Aber sie war noch jung, mit den Jahren würde sie hoffentlich ruhiger und besonnener werden.

»Das heilt, bis du heiratest«, gab Robert mitleidslos zurück. »Es geht nicht, dass du uns allen ständig auf der Nase herumtanzt! Und es dreht sich vor allem nicht immer nur um dich.«

»Das weiß ich!« Mit zerknirschter Miene blickte sie Charlotte an. »Hast du deinen Abschluss geschafft?«

Charlotte stemmte die Hände in die Hüfte. »Ach, das interessiert dich? Ich hatte gehofft, dass du heute, wie besprochen, mit uns Tee trinkst. Dann hättest du alles sofort erfahren. Das geht so nicht weiter, Debbie.«

»Hast du es geschafft oder nicht?«, beharrte Debbie ungerührt.

»Ja. Aber das ist nicht das Ende, sondern erst der Anfang. Und eine Schwester, um die ich mir auch noch Sorgen machen muss, ist das Letzte, was ich in Zukunft gebrauchen kann.«

Debbie kam auf sie zu, legte die Arme um ihren Hals und schmiegte sich an sie. »Herzlichen Glückwunsch, Charlotte. Ich bin stolz auf dich! Du bist mein Vorbild, weißt du das?«

Nein, das hatte Charlotte nicht gewusst. Bislang tat sich Debbie nicht durch besondere Interessen oder Talente hervor. Sie selbst war mit zwölf schon viel weiter gewesen. Nun gut, die Menschen waren verschieden, und vielleicht brauchte die jüngere Schwester einfach mehr Zeit. Charlotte tätschelte ihr den Rücken.

Debbie löste sich von ihr, die Miene entspannt und offenbar erleichtert, dass es so glimpflich für sie ausgegangen war. »Sind noch Scones da?«

»Sorry, Dennis, ich habe mich wirklich beeilt!« Charlotte hielt ihren Hut mit einer Hand, als sie außer Atem in den Pub *White Swan* am Regent's Park stürmte. Anders als in den Studentencafés in der City war es hier selten überfüllt, der Geräuschpegel hielt sich auf einem angenehmen Level.

Dennis hob die Hand, als er Charlotte entdeckte. Das braune Haar trug er, wie die meisten Männer, an der Seite gescheitelt. Die Stirnlocke musste er ständig zurückstreichen. Hinter seiner Nickelbrille mit dem schmalen schwarzen Rand verbargen sich wache Augen, die im Kerzenlicht des Pubs wie grüne Murmeln schimmerten. Sein heller Bartwuchs fiel kaum auf. Er stand auf, um Charlotte in den Arm zu nehmen. Ein Duft nach frisch gelockerter Erde strömte von ihm aus. Seine Hände auf ihren Schultern erinnerten sie an die ihres Vaters, genauso lang und schlank wie bei einem Pianisten. Sie hatte ihn einmal darauf angesprochen, und er hatte gelacht und erklärt, es sei ein beispielloses Glück für die Menschheit, dass er das Klavierspielen als Elfjähriger nach den ersten Wochen aufgegeben habe.

Er hielt sie in drei Handbreit Entfernung, sodass er sie ansehen konnte. Charlotte spürte seine Nähe überdeutlich, versank in seinem Blick, aber in seinen Augen las sie nur die drängende Frage, ob sie es geschafft hatte. »Es ist vollbracht!«, stieß sie hervor. Die anderen Gäste im Pub wandten sich ihnen zu, als Dennis einen Jubelschrei ausstieß und Charlotte an sich drückte. Er packte sie und drehte sie im Kreis herum. Eine übermütig freundschaftliche Geste, mehr nicht. Was hatte sie erwartet? Sie schluckte die Enttäuschung hinunter und zauberte ein Lächeln in ihr Gesicht. Du lieber Himmel, es gab Grund zu feiern! Sie ließ sich ihm gegenüber nieder. Mit Mittel- und Zeigefinger bestellte er zwei Half-Pints beim Wirt.

»Bestnote übrigens«, fügte sie grinsend hinzu.

»Wie nicht anders zu erwarten. Gratulation.« Sie wusste, dass er selbst im mittleren Bereich benotet worden war. Dennoch hatte ihm sein Abschluss die Anstellung in Kew Gardens ermöglicht. So weit musste sie erst einmal kommen. Es lag ihr jedoch nichts ferner, als mit Dennis in Konkurrenz zu treten. Er hoffte genau wie sie darauf, dass man ihn in nicht allzu ferner Zukunft zur Feldforschung schicken würde – sein Lebenstraum. Es war auch die Vision seines Vaters gewesen. In dessen Jugend hatte das Geld nicht gereicht, um ihn Pflanzenkunde studieren zu lassen, und er hatte früh als Angestellter in einem Post Office seine Brötchen verdient. Für den Sohn sparten sich Mutter und Vater das Geld vom Munde ab, damit er studieren konnte, und gerade als Dennis seine erste Anstellung in Kew Gardens bekommen hatte, starb sein Vater an einem Infarkt, seine Mutter wenige Wochen später an gebrochenem Herzen, wie es hieß.

Dennis war entschlossen, die Pläne seines Vaters zu verwirklichen. Auf Expedition zu gehen bedeutete für ihn mehr als ein Abenteuer. Es bedeutete, ein Versprechen einzulösen, und Charlotte sehnte sich mit jeder Faser danach, dabei als seine Ehefrau an seiner Seite zu sein. Eine tollkühne Vision, die kaum mit der Realität mithalten konnte, aber Charlotte war bereit, für dieses Lebensziel auch ungewöhnliche Wege zu gehen und einen langen Atem zu haben. Ihre Ehe würde aus dem Rahmen fallen: Sie wären kein Paar mit der althergebrachten Rollenverteilung, sondern ein Team, das die Welt bereiste. Und nur in den Nächten würden sie ihre Lebensaufgabe vergessen, sich gegenseitig leidenschaftlich küssen und voller Sinnlichkeit streicheln, um schließlich ... Charlotte nahm einen Atemzug und wischte sich über die Stirn, um ihre Gedanken zu vertreiben.

Dennis hatte sein Essen bereits halb verspeist. In diesem Pub wurden Fish and Chips auf einem Teller serviert, am Hafen und in den Studentenvierteln gab es die Mahlzeit stets in Zeitungspapier gewickelt. Das Aroma des Essigs, den Dennis auf seinem Gericht verteilt hatte, überlagerte die Gerüche der voll besetzten Bar nach Tabak und Bier.

Dennis schob seinen Teller in die Mitte, um Charlotte etwas anzubieten. »Wundert mich, dass Dr. Helen dir keine Assistentenstelle angeboten hat.«

»Das hat sie getan.« Charlotte griff nach einer Fritte und biss ein Stück ab. Sie war knusprig, essigsauer und salzig.

Dennis hob beide Brauen. »Und?«

»Ich habe abgelehnt, was denkst du!«

Dennis verzog den Mund. »Kew Gardens?«

»Das weißt du.«

Der Wirt stellte zwei Gläser Bier vor sie. Sie stießen an. Dennis trank das Glas halb leer, Charlotte nahm nur wenige Schlucke. Mit dem Handrücken wischten sie sich gleichzeitig über die Lippen und lachten sich an, weil die Geste wie gespiegelt wirkte.

»Also gut«, fuhr Dennis fort. »Ich werde den Boden für dich bereiten«, er grinste über das botanische Wortspiel, »aber ob ich Professor Bone beeindrucken kann, bevor deine Bewerbung bei uns eingeht, weiß ich nicht. Und selbst wenn, er hat nicht die letzte Entscheidungsgewalt bei Neueinstellungen. Das muss er mit dem Direktor klären.«

Charlotte schüttelte den Kopf. »Bitte nicht. Ich möchte sogar im Gegenteil, dass vorerst niemand weiß, dass wir uns kennen.«

Dennis wandte ihr sein gutes Ohr zu. »Was soll das, Charlotte? Ich bin beliebt und anerkannt in meinem Job. Schaden kann es dir bestimmt nicht, wenn ich dich empfehle, obwohl ich noch zu den Neulingen zähle. Warum sollen wir unsere Bekanntschaft geheim halten?«

Entsetzt erkannte Charlotte, dass sie ihn verletzt hatte.

Das war nicht ihre Absicht gewesen. Sie legte die geöffnete Handfläche auf den Tisch, in der Hoffnung, er würde seine Rechte hineinlegen, aber das tat er nicht. Er nahm für den Fisch Messer und Gabel auf.

»Ich zweifle nicht an deinem Ansehen, du Dummkopf«, sagte sie zärtlich und zog die Hand zurück. Manchmal fragte sie sich wirklich, ob Dennis blind für die Zeichen ihrer Zuneigung war.

Er musste doch sehen, dass sie zueinander passten wie füreinander geboren. Ivy hatte einmal in ihrer übermütigen Art gescherzt, wenn sie beide Kinder bekämen, wären das Setzlinge statt Babys. Von Familiengründung waren sie beide jedoch an diesem Abend im *White Swan* weiter entfernt als vom tropischen Regenwald.

»Man wird mir nicht glauben, dass wir nur befreundet sind. Die anderen Mitarbeiter werden sich die Mäuler zerreißen. Ich will ernst genommen werden als Botanikerin, als Wissenschaftlerin, als Kollegin. Und ich will nicht den Anschein erwecken, als würde ich mich mit Heiratsabsichten herumschlagen.« Was sie selbstverständlich tat. Sie wartete täglich darauf, dass Dennis sich ihr offenbarte. Sie wünschte, sie könnte mit ihm gemeinsam in solchen Fantasien schwelgen, doch den Anfang musste er machen. Sie würde nicht den ersten Schritt tun. Ihre Wangen wurden heiß, aber sie sprach tapfer weiter. »Ich will als Botanikerin wahrgenommen werden, nicht als heiratswillige Frau, die vor der Ehe noch ein bisschen Arbeitsluft schnuppern möchte, bevor es sie an den Herd und zu den Kindern zieht.«

Dennis starrte Charlotte eine Weile an. Sie erwiderte den Blick, versuchte in seiner Miene zu lesen. Zum Glück hatte sich seine Stirn geglättet. In seinen Zügen lag ein Hauch von Melancholie. »Ich finde das traurig«, sagte er. »Man kann doch gleichzeitig lieben und für die Wissenschaft brennen. Das eine schließt das andere nicht aus.«

Ja, ja, ja! Das sah sie genauso! Charlotte rutschte auf ihrem Stuhl hin und her. Wie genial war Dennis in seinem Fachgebiet – und wie hilflos im Alltag. Von niemandem wünschte sie sich weniger gut gemeinte Ratschläge, ihr Liebesleben betreffend, als von ihm. Sollte sie ihm wirklich geradeheraus ihre Liebe und ihre Visionen von einer gemeinsamen Zukunft gestehen? Nein, denn was sollte sie tun, woran sollte sie glauben, worauf hoffen, wenn er ihr die falsche Antwort gab?

»Nichts kümmert mich in diesen Tagen weniger als die Liebe«, behauptete sie. »Ich werde vor Aufregung kein Auge zutun heute Nacht.«

»Du willst mit deinem Abschluss und deinen alten Artikeln in die Büros spazieren und sagen, hallo, hier bin ich, wo soll ich anfangen?«

Charlotte spitzte die Lippen. »So ungefähr.«

»Und wenn wir uns begegnen, soll ich höflich den Hut ziehen und ansonsten vorgeben, dich nie zuvor gesehen zu haben?« Er trank den Rest aus seinem Bierglas.

»Wenn es dir möglich ist?« Sie grinste ihn an.

»Es wird nicht leicht, aber ich gebe mein Bestes«, erwiderte er im selben Ton, bevor er ernst wurde, sich vorbeugte und sie anschaute. »Versprich mir, dass du nicht durchdrehst, wenn es schiefgeht. Wir treffen uns morgen in der Uni, an der Bank unter der alten Kastanie auf dem Campus.«

»Und wenn ich eine Zusage bekomme?«, erwiderte sie mit vorgeneigtem Kopf.

»Dann auch.«

Nachdem Dennis bezahlt hatte und sie aufgestanden waren, wies er mit dem Kinn auf den Saum ihres Mantels. Charlotte folgte seinem Blick und bemerkte, dass sie die Knöpfe falsch geschlossen hatte. Ein Ende des Saums hing lang an ihrem Rock hinab. Mit betont gelangweilter Miene öffnete sie den Mantel und knöpfte ihn neu. Aus dem Augenwinkel sah sie Dennis' belustigte Miene und wie er sich das Lachen verbiss. Pah, als käme es auf solche Nebensächlichkeiten an!

Ihr graute nur vor der Nacht. Wie sollte sie bloß ihre Gedanken abstellen und Schlaf finden, wenn sich am nächsten Morgen ihr weiteres Leben entschied?

Kapitel 3

Mehrere Fenster in der Arbeitshalle des Pflanzenarchivs waren weit geöffnet. Der mächtige Klinkerbau, der das Herbarium beherbergte, lag außerhalb des Gartens. Sonnenstrahlen glitten wie Finger über den langen Tisch, an dem gut zwei Dutzend Angestellte saßen, manche mit Vergrößerungsgläsern vor ein Auge geklemmt, manche mit Stiften in der Hand, alle mit hochgekrempelten Ärmeln. Feine Staubpartikel tanzten in der Luft.

Charlotte hielt die Mappe mit ihren Unterlagen fest umklammert, während sie sich umschaute. Die Eingangstür war offen gewesen, eine hölzerne Schwingtür, von der aus es über eine Treppe in die erste Etage ging. Hinter dem Tisch befanden sich kleinere Büros, die meisten Türen standen offen. In dem weitläufigen Raum konnte man das Zwitschern der Vögel und das Rufen der Gärtner von draußen hören. Drinnen unterhielt man sich mit gedämpften Stimmen, als befände man sich an einem ehrwürdigen Ort.

Und ich könnte eine von ihnen sein!, dachte Charlotte.

Mit Herzklopfen sog sie die Arbeitsatmosphäre in sich auf und versuchte sich vorzustellen, an welchem Platz sie sitzen und wie sie in ihre Arbeit vertieft sein würde. Möglicherweise hatten am Morgen Lieferanten neues Material aus Übersee gebracht, zerbrechliches Gut in zugenagelten Holzkisten, das mit Respekt und Vorsicht entpackt wurde, um gezeichnet, kategorisiert und einsortiert zu werden. Welche Geschichten erzählten die Stängel und Blüten von der weiten Welt, welche Gefahren mochten die Forscher auf sich genommen haben, um genau jene Pflanze zu ergattern und nach England zu schicken? Dieser Raum atmete den Duft einer exotischen Welt.

Die Sammlung der Pflanzen diente nicht nur dem Erkenntnisgewinn. Die Wissenschaftler lieferten, wie Charlotte wusste, auch nutzbringende Impulse in wirtschaftlich schwache Länder. Es war zum Beispiel, so hatte sie es in einem botanischen Journal gelesen, auf die Arbeit in Kew Gardens zurückzuführen, dass heute Brotfruchtbäume mit ihrem wertvollen Holz und den Früchten auf den Westindischen Inseln wuchsen und Kautschukbäume auf der Malaiischen Halbinsel. Wie erfüllend es sein musste, für ein so bedeutendes Unternehmen die Erde zu bereisen!

Niemand beachtete Charlotte, während sie im Türrahmen stand. Ihr gefiel der Gedanke, dass die arbeitenden Botaniker denken mochten, sie sei eine von ihnen. Sie betrachtete die Gesichter, tiefe Konzentration und hier und da ein Hauch von Freude, vielleicht, weil vor einem gerade ein besonders seltenes Exemplar aus Neuseeland oder Peru lag. Dennis entdeckte sie nicht. Zum Glück. Es hätte sie in dieser Minute überfordert, vorzugeben, dass sie ihn nicht kannte. Vermutlich hielt er sich in einem der Büros oder Archive auf, bestaunte gerade eine Pflanzenlieferung oder sammelte die Samen ab.

Sie blickte sich weiter um und stutzte, als sie eine Dame sah, etwa Mitte sechzig, die sich über ein gelbliches Papier beugte, einen Pinsel führend. Ihr weißes Haar war im Nacken zu einem Knoten geschlungen, ihr Gesicht war faltig und wurde von dichten Brauen dominiert. Der Dame schräg gegenüber saß eine weitere Frau, jünger, ebenfalls mit strenger Frisur. Ihr Pinsel klingelte in dem Wasserglas, in dem sie ihn gerade auswusch. Ihr Gesicht wirkte maskenhaft. Ein wütender Anflug ließ Charlotte die Luft ausstoßen, wobei sie sich bemühte, möglichst kein Geräusch zu verursachen.

Was behaupteten all die Leute? Keine Frau in Kew Gardens? Hier saß der lebende Beweis, dass das nicht stimmte!

Hoffnung keimte in ihr auf und ließ sie freier atmen. Sie ging ein paar Schritte in den Raum hinein, bis sie hinter der älteren Zeichnerin stand und ihr über die Schulter schauen konnte. Sie strichelte an der Illustration einer großblütrigen Blume, die Charlotte, obwohl sie sich näher herabbeugte, um jedes Detail erkennen zu können, nicht einordnen konnte. »Heute Morgen kam eine Lieferung aus Neuseeland. Diese Schönheit hat noch keinen Namen«, sagte die Frau, ohne von ihrer Arbeit aufzusehen.

Charlotte erschrak. »Entschuldigen Sie, ich wollte Sie nicht stören.«

»Sie stören mich nicht. Mich stört niemand«, erwiderte

die Frau und gab ein gluckerndes Geräusch von sich, das entfernt an ein Lachen erinnerte.

Der Mann neben ihr warf einen Blick zu seiner Kollegin, bevor er flüchtig zu Charlotte hochsah. Mit plötzlich erwachendem Interesse wandte er sich ihr zu. »Eine neue Illustratorin?« Um sein rechtes Auge war noch der Abdruck der Lupe zu sehen.

Charlotte erwiderte sein Lächeln. »Beim Zeichnen habe ich leider zwei linke Hände. Ich bin Botanikerin.« Vor dem Mann lagen in dünnes Pergamentpapier gepresste Pflanzenbestandteile. Säuberlich geplättet und gekennzeichnet entdeckte Charlotte Stängel, Blätter, Blütenböden, Kronblätter, Kelchblätter, Staubblätter, Narben.

Nun wandte sich die Dame um und starrte ihr ins Gesicht. Charlotte fühlte sich auf unangenehme Art begutachtet. »Haben Sie hier in London studiert? Bei Professor Dr. Gwynne-Vaughan?«

Charlotte strahlte. »Ja, genau. Sie kennen sie?«

Statt der Dame antwortete der Mann neben ihr. »Mrs Smith kennt alle wichtigen Persönlichkeiten in London. Hier in Kew Gardens gehört sie praktisch zum Inventar, nicht wahr, Matilda?«

»Sprichst du von einem alten Möbelstück, mein lieber James?«, erwiderte sie gespielt von oben herab mit steifer Oberlippe.

»Niemals, Verehrteste! Von deiner Lebendigkeit können die jungen Mitarbeiter nur lernen.« Er stieß ein dröhnendes Lachen aus. Keiner der im Umkreis Sitzenden beachtete sie, alle schienen in ihre Arbeit versunken zu sein.

James wandte sich an Charlotte: »Matilda arbeitet seit über vierzig Jahren als Illustratorin für Kew Gardens. Wenn Sie Botanik studiert haben, müssten Sie ihre Zeichnungen in *Curtis' Botanical Magazine* gesehen haben.«

Charlotte schlug sich die Hand vor den Mund. Matilda Smith! Selbstverständlich kannte sie ihre Arbeiten, aber sie hatte angenommen, dass sie schon im Ruhestand war oder zumindest nur noch von zu Hause aus Zeichnungen anfertigte. »Was für eine Ehre, Sie kennenzulernen, Mrs Smith.«

Die Dame machte eine wegwerfende Geste und widmete sich wieder ihrer Zeichnung. Vertraulich wandte sich James hinter ihrem Rücken an Charlotte und flüsterte so, dass Mrs Smith es hören konnte: »Sie stellt ihr Licht gern unter den Scheffel. Man munkelt, dass sie die Ehre haben wird, in Kürze in der Linnean Society aufgenommen zu werden.«

»Still jetzt«, fuhr Mrs Smith ihn an. »Hast du nichts zu tun, James?«

Der Mann setzte eine offizielle Miene auf. »Wie kann ich Ihnen helfen, Miss ...?«

Charlotte schluckte. »Windley. Charlotte Windley. Ich würde gerne mit Professor Dr. Edward Bone sprechen, wenn das möglich ist.«

James musterte sie mit hochgezogenen Brauen, und auch Matilda sah auf. »Windley? Sind Sie verwandt mit Hugh Windley?«

Charlottes Blut brauste in ihren Adern. »Er ist mein Großvater.«

James bog anerkennend die Mundwinkel herab. Matilda wandte sich an Charlotte: »Wir älteren Jahrgänge haben

Hugh in bester Erinnerung. Sie können stolz auf Ihren Großvater sein, Miss Windley.«

»Das bin ich«, erwiderte Charlotte im Brustton der Überzeugung.

»Erwartet Professor Bone Sie?«, fragte James, während sich Matilda wieder über ihre Zeichnung beugte.

»Nun, äh ... nicht wirklich, aber ich habe interessante Neuigkeiten für ihn«, fügte sie an und überlegte in der gleichen Sekunde, ob es eine noch billigere Art gab, Aufmerksamkeit zu erregen.

Für den offenbar von ihrer Erscheinung angenehm berührten James genügte es. Er deutete mit dem Kinn zu einem der Büros. »Versuchen Sie Ihr Glück«, sagte er lächelnd, bevor er sich wieder seinen Ordnern zuwandte.

Sie ging in die angegebene Richtung und nickte der jungen Frau schräg gegenüber zu, die sie mit Blicken verfolgte. Charlotte erkannte, dass sie ebenfalls an einer Illustration arbeitete. War das Zeichnen der Pflanzen eine Frauendomäne in Kew Gardens? Die einzige möglicherweise?

Charlotte rang alle Zweifel nieder, als sie Professor Bones Büro erreichte. Sie hob die Hand, um anzuklopfen, als sie erkannte, dass die Tür halb offen stand. Nach kurzem Pochen, auf das keine Antwort kam, trat sie ein. »Professor Bone?«

»Was ist denn?« Ungehalten fuhr der Mann herum. Seine Haare lagen dicht wie ein Fell an seiner Kopfhaut. Zwischen seinen Brauen stand eine steile Falte.

Charlotte rutschte das Herz in die Hose. Sie erinnerte sich daran, dass sie ihn als Kind mit einer Ratte verglichen hatte, was überaus ungerechtfertigt in Bezug auf seine Persönlichkeit war. Der Professor hatte sich damals gefällig und herzlich ihr gegenüber verhalten. Sie wusste zwar, wie schlecht ihre Chancen auf eine Anstellung standen, auf pure Feindseligkeit und Ablehnung war sie jedoch nicht vorbereitet. Bone war gut einen halben Kopf kleiner als sie, er schien im Alter geschrumpft zu sein, oder vielleicht hatte sich ihre Perspektive geändert. Er musterte sie vom Scheitel bis zur Sohle, als wäre sie ein seltenes Tier, das sich in sein Büro verirrt hatte.

»Sie werden sich nicht an mich erinnern«, sprudelte sie hervor, »aber mein Großvater ist Ihnen bestimmt im Gedächtnis geblieben, Hugh Windley. Er hat als Botaniker mehrere Britische Inseln bereist und in seinen letzten Jahren auf den Hebriden gelebt. Regelmäßig sind wir …«

Das verkniffene Gesicht des Mannes lockerte sich wie von Zauberhand, und ein Strahlen verschönerte seine Züge.

Mit ausgebreiteten Armen kam er auf sie zu. »Hugh Windley! Wie sollte ich ihn je vergessen? Ich habe die Flaschen schottischen Whiskys nicht gezählt, die auf unsere Kappe gingen. Er war so begeistert von den Hebriden! Ich vermisse ihn, habe ihn in jungen Jahren sehr bewundert, bevor wir dann trotz des Altersunterschieds gute Freunde wurden. Ich hoffe, dass sich irgendwann einer der Männer bereit erklärt, auf die Hebriden zu ziehen. Dort gibt es noch viel zu entdecken. Hugh hätte gewollt, dass jemand sein Lebenswerk fortsetzt.«

»Wie schön zu hören, in welch guter Erinnerung Ihnen mein Großvater geblieben ist«, sagte Charlotte. »Er war immer mein Vorbild. Bei jeder Gelegenheit habe ich ihn besucht und bin mit ihm gemeinsam auf Forschungstour gegangen. Damals hat sich mein Wunsch entwickelt, später ...«

Auf Professor Bones Miene zeichnete sich Überraschung ab, als er Charlotte musterte. »Jetzt sagen Sie nicht, Sie sind das klapperdürre Ding mit den schlaksigen Armen und Beinen, das immer seinen Strohhut in meinem Büro vergessen hat.« Er ergriff ihre Hände und betrachtete sie wie ein Vater die Tochter vor dem Abschlussball.

Charlottes Kehlkopf schien sich zu verschließen. Wie gut, dass sie an diesem besonderen Tag extra darauf geachtet hatte, dass ihr kein peinliches Malheur passierte und sie etwa einen braunen und einen schwarzen Strumpf trug oder ein Fettfleck auf ihrem Kragen prangte. Robert hatte am Morgen mit unverhohlenem Vergnügen überprüft, ob sie vorzeigbar war. Sie räusperte sich. »Ich fürchte, genau die bin ich. Inzwischen bin ich fünfundzwanzig Jahre alt«, fügte sie an, als wiese ihr höheres Alter darauf hin, dass sich mögliche Charakterschwächen ausgewachsen hatten.

Edward Bone hatte sich immer noch nicht von seiner Überraschung erholt. Er schob seinen Schreibtischstuhl in die Mitte des Raums gegenüber einer Sesselgruppe, ließ sich quietschend darauf nieder und wies auf einen der altmodischen Polsterstühle. »Nehmen Sie bitte Platz, Miss Windley.« Er hob die Stimme, als er den Kopf zur Tür wandte, die nach wie vor offen stand. »Terence, bring uns Tee, bitte!« Dann schaute er sie wieder an. »Ich hätte Sie nicht erkannt, Miss Windley.«

»Dafür haben Sie sich kaum verändert«, gab Charlotte zurück. Es konnte nicht schaden, dem männlichen Ego ein bisschen zu schmeicheln. Tatsächlich glitt ein selbstzufriedenes Grinsen über das Gesicht des Professors. Er richtete seinen Kragen, der tadellos saß.

»Erinnern Sie sich, dass ich Ihnen damals versprach, irgendwann würde ich in Kew Gardens arbeiten?«, fuhr sie fort. »Hier bin ich also und hoffe, dass Sie mir eine Chance geben.«

Der Professor richtete sich in seinem Stuhl auf. Die Lockerheit wich einer offiziell wirkenden Steifheit. »Haben Sie in der Mappe Zeichnungen, die ich mir einmal anschauen dürfte? Wir beschäftigen einige hervorragende Illustratorinnen, allen voran die wunderbare Matilda Smith. Ich könnte mir vorstellen, dass da eine weitere versierte Künstlerin von Interesse ist.«

»Ich bewerbe mich nicht als Illustratorin, Sir«, stellte Charlotte richtig. »Ich bin Botanikerin und würde gerne in der wissenschaftlichen Abteilung von Kew Gardens arbeiten.«

Einen Moment lang starrte der Professor sie an. Dann, als sie seinem Blick standhielt, ließ er sich wie ermattet im Stuhl zurücksinken und fasste sich an die Stirn. »Miss Windley, Ihr Engagement in allen Ehren, aber ich fürchte, Sie sind umsonst gekommen. In Kew Gardens werden keine weiblichen Botaniker eingestellt.«

»Steht das irgendwo geschrieben?«, erwiderte Charlotte. »Kew Gardens war für mich von jeher nicht nur die berühmteste, sondern auch die fortschrittlichste Institution in unserem Land. Warum sollte man ausgerechnet hier in der Frauenfrage rückwärtsgewandt denken? Ich habe ein abgeschlossenes Studium in Botanik. Gestern habe ich bei Professor Helen Gwynne-Vaughan meine Abschlussarbeit mit Bestnote abgeholt. Meine Arbeit ist besser als die der meisten männlichen Kommilitonen, ich habe von meiner Kindheit an für die Erforschung der Flora gebrannt, und ich scheue mich nicht, bei Wind und Wetter überall auf der Welt mit meinen Händen im Erdboden zu wühlen, wenn das notwendig ist.«

»Und wann werden Sie uns weggeheiratet? Vielleicht dann, wenn Sie gerade beginnen, nützlich für Kew Gardens zu werden, sodass wir erneut in die Ausbildung eines Mitarbeiters investieren müssen?« Das Gutmütige war aus seiner Miene verschwunden. Seine Stimme klang schneidend.

»Ich habe diesbezüglich keine Ambitionen. Ich will mein Leben dem Botanisieren widmen, nicht der Aufzucht einer Schar von Kindern und der Haushaltsführung für einen Ehemann. Ich gehe ferner davon aus, dass das Reisen zu meinen Aufgaben gehören wird. Ich bin unter allen Umständen bereit dazu.« Ein Teil von Charlotte staunte darüber, wie selbstsicher sie sein konnte, wenn ihr etwas wirklich wichtig war. Sie hatte alle Scheu abgelegt, während sie hellwach und schlagfertig um ihr Glück kämpfte.

Skeptisch musterte der Professor sie. Charlotte hob das Kinn. Es war an der Zeit, Männer und Frauen nach ihren Talenten, nicht nach ihrem Privatleben zu beurteilen.

Professor Bone streckte einen Arm aus. »Würden Sie mir das bitte einmal zeigen?«

Charlotte reichte ihm die Mappe mit ihren Zeugnissen und Aufsätzen und beobachtete mit pochendem Herzen, wie sich der Institutsleiter darin vertiefte. Er nickte ein paarmal, stieß zustimmende Geräusche aus und blätterte raschelnd. »Die Rosen sind also Ihr Fachgebiet.«

Es belebte und ermutigte Charlotte, dass er sich den inhaltlichen Themen zuwandte. »Keineswegs ausschließlich!«, rief sie. »Ich musste mich für ein Gebiet entscheiden, und ich mag Rosen. Aber nicht weniger liebe ich Orchideen, Lilien oder Farne. Mein Interesse ist breit gefächert, Sir. Mit meiner Abschlussarbeit über die Rosenzucht hoffe ich, nicht nur in einem wissenschaftlichen Magazin veröffentlicht zu werden, sondern auch in einer Publikumszeitschrift, die sich an Gärtner richtet. Ich habe hier bezüglich des Bodens einige wirklich überraschende Erkenntnisse gesammelt, die ...« Sie rutschte auf ihrem Sessel nach vorn und wies mit dem Finger auf einen Absatz, während sie ihr Expertenwissen in knappen Worten zusammenfasste. Zum ersten Mal war sie auf ihre besondere Begabung stolz, sich mit fotografischem Gedächtnis die lateinischen und englischen Namen jeder Pflanze merken zu können. Im Gespräch mit Edward Bone machte das sichtlich Eindruck. Jede Rückfrage, die der Professor stellte, beantwortete sie schnell und selbstsicher, und während sie über Wildrosen und ihre Kultivierung ins Fachsimpeln gerieten, vergaß Charlotte, warum sie hier war. Ihr Gesicht glühte, ihr Verstand lief auf Hochtouren, und sie meinte, den Duft der *Countess of Roseberry* und der *Duchess of Wellington* in der Nase zu haben. Ihre Stimme war laut und klar.

Irgendwann kam ihr in den Sinn, dass der Professor sie als anmaßend empfinden könnte, aber als sie seine Miene studierte, las sie Bewunderung darin.

»Ich bin angenehm überrascht, Miss Windley. Sie haben Ihre Studien tatsächlich verinnerlicht. Aus jedem Ihrer Worte klingt die Liebe zur Botanik. Glücklicherweise zeigen Sie neben Ihrer ansteckenden Leidenschaft eine außerordentliche Klugheit bei Ihren Rückschlüssen und Vorschlägen zur Verbesserung der Bodenkultur bei der Anzucht. Ich bin davon überzeugt, dass Sie für jedes Botanische Institut eine Bereicherung wären.«

»Ja?« Charlotte hielt den Atem an, rückte vor.

»Wie es der Zufall will, ist tatsächlich eine Assistentenstelle im Herbarium vakant. Der junge Mann ist dem Ruf aus Übersee gefolgt und an das Botanische Institut der Universität in Kalifornien gewechselt.«

»Ja?« Möglicherweise würde sie in Ohnmacht fallen, wenn sie nicht bald weiteratmete. Ihre Rippen schienen von einer Würgeschlange zusammengedrückt zu werden.

»Ich hätte Sie sehr gern in meinem Team, Miss Windley. Und dies nicht nur aus alter Verbundenheit zu Ihrem Großvater. Ich glaube, wissenschaftliche Debatten mit Ihnen werden nie langweilig sein. Mit Ihren originellen Denkansätzen werden Sie uns möglicherweise neue Türen aufstoßen.«

Charlotte stieß die Luft aus und konnte nicht verhindern, dass ihr Gesicht zu leuchten begann. Sie spürte ein Fieber unter ihrer Haut und ein Prickeln überall. Kurz war sie versucht, aufzuspringen und den Professor zu umarmen.

Aber sie zwang sich, sitzen zu bleiben. Innerlich brennend vor Aufregung, knetete sie ihre Finger. »Wann kann ich anfangen?«

Professor Bone lachte auf. »Es ehrt Sie, dass Ihre erste Frage nicht dem Gehalt gilt. Aber nichts anderes habe ich von Ihnen erwartet. Sie werden verstehen, dass nur ein zeitlich befristeter Vertrag infrage kommt. Üblich ist ein Zeitraum von einem Jahr, bevor die Anstellung weiter verhandelt wird.«

Charlotte hätte auch genickt, wenn er ihr erklärt hätte, dass sie sich bei der Arbeit in den Beeten Hasenohren aus Plüsch aufsetzen musste.

»Ich könnte mir vorstellen, dass wir Sie hier mit Ihren umfangreichen Kenntnissen und Talenten inoffiziell als Mädchen für alles, als Springerin einsetzen.« Er lachte einmal kurz auf und warf ihr einen fragenden Blick zu. Charlotte verzog keine Miene. Bloß den Mann nicht unterbrechen. Er war aus ihrer Sicht auf dem allerbesten Weg. »Offiziell würden Sie einen Vertrag als Illustratorin bekommen. Denn unglücklicherweise entscheide ich nicht allein über die Einstellungen, sondern in Zusammenarbeit mit Direktor Sir David Prain, der nun ... äh ... nicht gut auf Frauen zu sprechen ist, die den Männern die Jobs wegnehmen, statt die Familie zu versorgen.« Für ein paar Sekunden runzelte er sinnend die Stirn, und Charlotte glaubte, ihr Herz würde ihr aus der Brust springen. Völlig egal, welches Frauenbild Professor Bone oder Sir Prain hatten und ob sie sich wegen ihr in die Haare kriegen würden oder nicht. Hauptsache, sie gaben ihr eine Chance!

»Ich müsste die Zustimmung des Direktors einholen, bevor ich Ihnen eine Zusage geben kann, Miss Windley.«

Sie hatte alles gegeben, jetzt erlaubte sie sich die Schwäche, wie ein junges Mädchen zu wispern, das sich am Ziel all seiner Träume wiederfand: »Würden Sie das für mich tun, Sir?«

Die Sonne schien heller, die Pflanzen dufteten intensiver, die Menschen, denen sie begegnete, hatten freundlichere Gesichter: Die Welt war eine andere, als Charlotte eine halbe Stunde später den Klinkerbau verließ und durch das Hauptportal den Botanischen Garten betrat. Sie hatte keine Eile, irgendjemandem von diesem Triumph zu erzählen. Wo konnte sie das Glücksrauschen besser genießen als inmitten der Schönheit von Kew Gardens?

Professor Bone hatte gespürt, wie sehr sie um eine Anstellung in Kew Gardens kämpfte, und hatte sie nicht lange zappeln lassen. Sie wartete eine Viertelstunde in seinem Büro, während er mit Sir Prain sprach. Als er zurückkehrte, erklärte er: »Wie ich bereits befürchtet habe, lässt der Direktor keine Ausnahme zu, wenn es darum geht, weibliche Botaniker einzustellen. Ich habe jedoch sein Zugeständnis, Ihnen einen Einjahresvertrag als Illustratorin anzubieten mit der Option, dass Sie als Springerin eingesetzt werden. Wäre das in Ihrem Sinne, Miss Windley?«

Charlotte riss sich zusammen, um ihm nicht um den Hals zu fallen, bevor sie sich verabschiedete. In der Arbeitshalle sahen James und Matilda sie fragend an. Als sie strahlend nickte, hob James einen Daumen und Matilda neigte anerkennend den Kopf.

Draußen stieß sie ein Juchzen aus, reckte die Faust in die Luft.

Der Pförtner winkte sie durch, als sie ihm ihre Jahreskarte zeigte, die sie berechtigte, den Garten zu besuchen, wann immer es ihr gefiel. Bald schon würde sie den Mitarbeiterausweis vorzeigen können.

Sie nahm den Weg zum rot verklinkerten Kew Palace, der eine Sammlung von Bildern, Möbeln und persönlichen Gegenständen von George III. präsentierte. Die Ausstellung interessierte sie an diesem Tag weniger. Sie warf einen Blick auf die Sonnenuhr, die auf dem Palastrasen angelegt war, und verglich die Zeit mit ihrer Armbanduhr. Kurz vor Mittag. Sie hatte noch ein bisschen Zeit, bis sich die Wege des Botanischen Gartens füllen würden. Es fühlte sich an, als gehörte ihr dieser Ort allein.

Am Museum vorbei lief sie über den Rasen zum Sonnentempel, neben dem einige Bäume wuchsen, die so alt waren wie der Botanische Garten selbst, also mehr als einhundertfünfzig Jahre. Der Blauregen lieferte einen herrlichen Kontrast zum Grün der Blätter. Die angrenzenden Gewächshäuser kannte Charlotte in- und auswendig. Sie wusste genau, welches die tropischen Farne beherbergte, wo die Blumen der Saison gezeigt wurden, die Begonien und insektenfressenden Pflanzen, die Orchideen und die Sukkulenten und Kakteen, die sich dem Wüstenklima angepasst hatten und unter bestimmten Bedingungen für wenige Stunden die wundervollsten Blüten austrieben.

Charlotte ließ sich auf einer Bank nieder, als sie von einer Duftwolke aus Basilikum, Liebstöckel und Minze eingehüllt wurde. *Ocimum basilicum, Levisticum officinale, Mentha.* Der Kräutergarten beherbergte über siebentausend verschiedene Arten, alle Pflanzen waren hier nach ihrem natürlichen Vorkommen arrangiert. Ein Gärtner zog einen Karren mit Kübelgewächsen über den Weg, vermutlich um die Pflanzen aus dem Wintergarten ins Freie zu setzen. Mehrere Arbeiter waren damit beschäftigt, Unkraut zu zupfen und die Schilder mit den lateinischen Namen der Kräuter neu zu arrangieren.

Ob sie selbst jemals einer Pflanze einen Namen geben würde? Einer neuen Art, die sie entdeckte und mit der sie die Welt der Botanik in Aufruhr versetzen würde? Früher, als sie mit ihrem Großvater auf den Inseln unterwegs gewesen war, hatte sie oft geglaubt, eine neuartige Blume gefunden zu haben, bis ihr Großvater sie eines Besseren belehrte.

Wie würde ihre Familie reagieren, wenn sie ihnen später bei der Teestunde erzählte, dass sie tatsächlich in Kew Gardens arbeiten würde? Robert würde sich in seinem eigenen Ruhm sonnen, weil er derjenige gewesen war, der ihr geraten hatte, sich persönlich zu bewerben. Ihre Mutter würde sich bedingungslos mit ihr freuen, nur möglicherweise ihr niedriges Gehalt und den Vertrag bemäkeln, der ein Hilfskonstrukt war, um sie in Kew Gardens beschäftigen zu können. Aber Charlotte würde sich nicht davon stören lassen, dass sie nicht wirklich als Botanikerin angestellt war. Sie vertraute darauf, dass sie in der Praxis beweisen würde, dass sie jedem männlichen Kollegen das Wasser reichen konnte.

Als sie aufstand und zum Teepavillon schlenderte, hoffte sie, dass ihr Vivian nicht über den Weg lief. Bis Freitag war sie hier noch beschäftigt. Charlotte legte keinen Wert darauf, einer Frau, die um ihre Existenz bangen musste, zu berichten, dass sie einen Job ergattert hatte. Hoffentlich würde Kew Gardens irgendwann fairer gegenüber Frauen sein.

Sie steuerte das Erfrischungshaus an, um das Goldregen wucherte. Eine Limonade würde ihr jetzt guttun, ihr Mund fühlte sich trocken an, seit sie Professor Bones Büro verlassen hatte.

Der neue Pavillon war erst vor wenigen Wochen eröffnet worden. Ein funktionelles Gebäude mit einem Flachdach und Butzenfenstern, ohne Charme und Sinn für Ästhetik. Aber wer besuchte Kew Gardens schon wegen stilvoller Architektur? Vor sieben Jahren hatten die radikalsten Suffragetten tagelang die Schlagzeilen der Zeitungen geprägt, weil sie den Pavillon in Brand gesteckt und das Orchideenhaus zerstört hatten, um auf sich und ihre Sache aufmerksam zu machen. Charlotte vertrat genau wie die meisten Frauen die Ansicht, dass das Frauenwahlrecht überfällig war. Dass die Suffragetten jedoch zu solch drastischen Mitteln griffen, lehnte sie, wie die gemäßigten unter ihnen, ab.

Sie setzte sich an einen der Bistrotische und bestellte eine Limonade. Um diese Uhrzeit war sie der einzige Gast. Würde sie hier demnächst ihre Mittagspause verbringen? Charlotte horchte in sich hinein, wie es sich anfühlen würde, nicht mehr nur Gast, sondern Teil von Kew Gardens zu sein. Sie würde die Tage bis dahin zählen. Professor Bone hatte ihr versprochen, dass sie bereits zum ersten Juli anfangen konnte, sofern die Verwaltung bis dahin den Vertrag aufgesetzt und ihr zugeschickt hatte. Charlotte nahm sich vor, auf jeden Fall ab dem Ersten des nächsten Monats vor Professor Bones Tür zu stehen, einerlei, ob der Vertrag bis dahin erstellt war oder nicht.

Nachdem sie sich erfrischt hatte, machte Charlotte noch einen Abstecher in den Rosengarten, wo sich die rosa Tausendschön und die Veilchenblau neben den Wildrosen um Mauern, Ranken und Pergolen schlangen. Während des letzten halben Jahres ihres Studiums hatte sie ein paarmal hier gesessen, auf der Suche nach Inspiration für ihre Abschlussarbeit und um zur Ruhe zu kommen. Der süße Duft der Rosen ließ sie fast schwindelig werden. Sie berührte eine der Blüten, die sich erst gestern geöffnet haben musste, hielt die Nase daran und schloss die Augen. Die Rosen hatten ihr Glück gebracht. Sie würden für immer einen besonderen Platz in ihrem Herzen haben.

Stimmen von Gästen wurden laut, Menschen, die unterwegs waren zur Pagode oder zum Chokushi-Mon, einem Modell des japanischen Tores in Kyoto, das vor zehn Jahren für die japanisch-britische Ausstellung in London erbaut, dann abmontiert und nach Kew gebracht worden war.

Der wachsende Andrang war für Charlotte das Zeichen, den Park zu verlassen. Kew Gardens war nicht länger ihr Paradies, wenn Touristen und Einheimische es überschwemmten. Die Anlage war das beliebteste Erholungsgebiet im Großraum von London. Männer, Frauen, Kinder konnten hier den Lärm und den Trubel der Metropole hinter sich lassen. Ein halbes Dutzend Mädchen und Jungen tanzten einen Ringelreihen um einen Baum herum, ein Geschwisterpaar spielte Nachlaufen zwischen den Baumstämmen, von den Eltern auf einer Bank lächelnd beobachtet. Auf den Pfaden wichen die Besucher sich gegenseitig in weiten Bögen aus.

Zügig spazierte Charlotte zum Hauptweg zurück, hinaus aus dem Herzen Kews, an regenbogenbunten Beeten und federigen Gräsern vorbei, den Duft von Lavendel und Hibiskus in der Nase. Überall spazierten nun die Menschen herum, beugten sich zu den Pflanzen, streichelten eine Baumrinde, zogen sich einen blühenden Zweig vor die Nase. Und alle trugen sie ein Lächeln im Gesicht. Wie sollte es anders sein an einem Ort wie diesem?

Doch hinter all dieser Schönheit arbeiteten die Kew-Mitarbeiter in den Laboratorien, den Pflanzhallen und Büros für zukünftige Generationen: nicht nur, um ihnen eine grüne Arche mit Exoten aus aller Welt und einen Ort der natürlichen Schönheit zu hinterlassen, sondern auch, um die Widerstandskraft oder den Ertrag von Nutzpflanzen zu erhöhen und neue Kreuzungen in alle Welt zu exportieren.

War es nicht umwerfend, bald dazuzugehören?

Der Pförtner tippte sich grinsend an die Mütze, als Charlotte winkend an ihm vorbei gegen den Strom der Besucher nach draußen lief. Sie fühlte sich, als wären ihr Flügel gewachsen.

Kapitel 4

»Ich werde demnächst nach Galway reisen. Zwei Wochen längstens, dann bin ich wieder bei euch und achte darauf, dass du keine Dummheiten anstellst.« Robert wuschelte seiner Schwester Debbie durch die Haare.

Sie wandte sich biestig ab. »Ich brauche keinen Aufpasser. Ich bin schon fast erwachsen.«

»Dann benimm dich auch so«, ging Elizabeth dazwischen.

Debbie tat, als hätte sie sie nicht gehört, und wandte sich an Robert: »Nimmst du mich mit?«

Wie belastend Debbies widerborstiges Wesen war. Am Vormittag hatte die Schule angerufen und Elizabeth gefragt, warum Debbie nicht zum Unterricht erschienen war. Wie sich herausstellte, war sie lieber mit Tom zu der Zirkustruppe spaziert, die im Hyde Park ihre Tiere, Freaks und Kunststückchen zeigte. Elizabeth hatte ihr eine Woche Hausarrest erteilt. Ob Debbie sich daran halten würde, stand in den Sternen. Die Wohnung war großzügig geschnitten, sodass jeder ein eigenes Schlafzimmer hatte. Dennoch war Debbies Reich nicht größer als eine Abstellkammer. Für sie bedeutete es die schlimmste Strafe, diese nicht verlassen zu dürfen.

Zum Glück sprach Robert neben aller Neckerei immer mal wieder ein Machtwort. Aber ihr Bruder war für Debbie der ältere bewunderte Freund, keine Autoritätsperson. Nicht zum ersten Mal fragte sich Elizabeth, was in der Erziehung der jüngeren Tochter schieflief. Robert gab sich zwar wie ein Gentleman im Müßiggang, und Charlotte wirkte mit ihrer Vergesslichkeit manchmal unzuverlässig. In ihrem Inneren jedoch waren beide verantwortungsbewusst, während Debbie mit einer planlosen Sehnsucht nach Abenteuer in den Tag hinein lebte. Sie nahm es als selbstverständlich, dass jemand das Schulgeld bezahlte und ihre Kleider ausbesserte, wenn sie einmal wieder mit Rissen im Rock heimkehrte.

»Selbstverständlich nehme ich dich nicht mit. Womit solltest du dir das verdient haben?«, erwiderte Robert, aber er grinste dabei.

Elizabeth war nicht nach Scherzen zumute. Die Sorge um ihre jüngste Tochter trat hinter Roberts überraschende Ankündigung zurück. »Das darfst du nicht, Robert. Jeden Tag werden in Irland Menschen erschossen. Die Meldungen über Tote im Kampf der IRA gegen unsere Soldaten und Polizisten reißen nicht ab. Man ist dort nicht sicher, solange die Irland-Frage nicht geklärt ist.«

Während sie sprach, hatte Robert den Kopf geschüttelt und die Lippen aufeinandergepresst. »Die irischen Freiheitskämpfer überfallen die Stützpunkte unserer Armee und der Polizei. Ich habe noch nicht gelesen, dass sie unschuldige Wissenschaftler abknallen. An der Universität von Galway bin ich sicher. Ich möchte es mir auf keinen Fall entgehen lassen, Seans Dissertation vor der Veröffentlichung zu lesen. Er hat mich darum gebeten, und für mich ist das eine Ehre. Es geht um die Gewinnung von Insulin aus den Bauchspeicheldrüsen von Schweinen und Rindern. Eine Revolution im Kampf gegen den Diabetes, Mutter! Ich finde das hochspannend. Einige der erfolgreichsten Wissenschaftler der Welt sind auf ähnlichen Spuren unterwegs.«

Elizabeth drehte sich der Magen um. Es würde ihr nicht gelingen, ihren Sohn davon abzuhalten, nach Irland zu reisen. Abgesehen von der Gefahr, in die er sich aus ihrer Sicht ohne Not begab, hatte sie nicht die geringste Ahnung, wie sie die Reise bezahlen sollten. Natürlich gönnte sie es Robert, sich mit seinem Jugendfreund Sean O'Leary zu treffen, der vor fünfzehn Jahren mit seinen Eltern und Geschwistern nach Galway gezogen war. Robert und Sean hatten über all die Jahre brieflich den Kontakt gehalten, zumal sie sich beide entschieden hatten, Medizin zu studieren. Es war verständlich, dass Robert seinen Freund nun, da dieser kurz vor dem Höhepunkt seiner akademischen Karriere stand, wiedersehen wollte, um ihn fachlich zu unterstützen und mit ihm den Doktortitel zu feiern.

Robert nahm einen Schluck aus seiner Teetasse und fixierte seine Mutter über den Rand hinweg. »Ich bekomme eine Aufwandsentschädigung von der Universität, mit der ich die Fahrt finanzieren kann, und ich werde selbstverständlich bei Sean und seiner Familie wohnen.«

Ein Teil von Elizabeth war erleichtert, der andere ließ sich nicht beruhigen. Kein Mensch sollte in diesen Tagen auf die Grüne Insel reisen. Die bürgerkriegsähnliche Situation war völlig unüberschaubar.

Vielleicht konnte Charlotte noch etwas ausrichten. Ihre älteste Tochter bekam sie allerdings seit dem ersten Juli kaum noch zu Gesicht. Vor allen anderen war sie morgens auf den Beinen, um die erste Bahn nach Kew Gardens zu erwischen. Und abends kehrte sie nicht vor acht, neun Uhr zurück, das Gesicht gebräunt und von Sommersprossen bedeckt, die Wangen rot, die Augen glitzernd und mit dem Dreck der Tagesarbeit unter den Fingernägeln. Es beglückte Elizabeth, wie sehr ihre Tochter in dieser Arbeit aufging, wenn auch für einen Hungerlohn. Solange Charlotte keine Gehaltserhöhung bekam, würde sie selbst doppelt und dreifach Artikel und Reportagen schreiben und hoffen, dass sie gut genug waren, um von den Zeitungen gekauft und veröffentlicht zu werden. In den letzten Monaten hatten die Redakteure in den Verlagsräumen miteinander zu tuscheln begonnen, wenn sie an ihnen vorbei in die Büros der Chefreporter schritt, die zitternde Hand in die Riemen ihrer Arbeitstasche gekrallt, die Schritte hölzern, die Miene wie aus Stein. Möglicherweise schlossen sie Wetten darauf ab, wie lange sie noch als Journalistin arbeiten konnte.

Manchmal waren es Auftragsarbeiten, manchmal eigene Ideen, die sie in ihren Texten recherchierte. Elizabeths Themen waren nicht die große Politik, sondern die Sorgen der Arbeitslosen und Versehrten, der Kriegswitwen, Waisen und der Suffragetten, die sie in ihren Texten zu Wort kommen ließ. Sie hatte einen sehr bildhaften Schreibstil, der Farbe zwischen die trockenen Nachrichten über das innen- und außenpolitische Geschehen, die royalen und sportlichen Ereignisse in der *Daily News* und dem *Observer* brachte, und ihre intelligenten Wortspiele in den Überschriften waren legendär. Aber letzten Endes würde keiner der Verlagschefs sie aus alter Verbundenheit halten, wenn sie anfing, unzuverlässig zu werden, und ihre Termine nicht mehr einhalten konnte.

Aus diesem Gedanken heraus erhob sie sich zum Zeichen, dass die Teegesellschaft aufgelöst war. Robert tupfte sich den Mund mit der Serviette ab. Debbie schob knarrend den Stuhl zurück und wollte in ihr Zimmer sprinten.

»Hiergeblieben, Miss Windley«, fuhr Elizabeth sie an.

Debbie wirbelte herum und starrte sie an.

»Du räumst erst das Geschirr in die Küche, danach kommst du in mein Arbeitszimmer und assistierst mir an der Schreibmaschine.«

Dem Mädchen fiel der Unterkiefer herab. »Aber das macht doch immer Charlotte! Ich kann das nicht!«

»Charlotte ist nicht da, ich muss meine Berichte abliefern, und es wird Zeit, dass du lernst, mit der Remington umzugehen. Beeil dich. Die Texte sollen heute noch rausgehen.«

Debbie zog einen Schmollmund und begann, ohne Eile den Tisch abzuräumen.

Elizabeth ging voran in ihr Arbeitszimmer und ließ

sich an ihrem Schreibtisch nieder. Schwarz glänzend mit dicker Walze, silbernen Bügeln und kreisrunden gelben Tasten stand die Remington vor ihr. Sie streckte die Hand aus, hielt sie bebend über den Tasten, nahm ein Blatt Papier vom Stapel neben der Maschine und versuchte, es einzuziehen. Es zerknickte und geriet schief in die Walze.

Elizabeth stützte die Ellbogen auf und legte das Gesicht in die Hände. Jetzt bloß nicht weinen. Ihrer Trauer und Enttäuschung über das eigene Unvermögen freien Lauf zu lassen war Verschwendung ihrer Energiereserven. Es änderte nichts an der Misere.

Kapitel 5

Charlotte lief vorbei am Herbarium mit seinen über zwei Millionen gepressten Pflanzen und der reich ausgestatteten Bibliothek, an den Büroräumen und Pflanzenshops. Die Pergolen waren überladen von Rosen kurz vor der Blüte und überdachten den Weg zu Kew Palace, dessen rote Ziegelsteine im Sonnenlicht leuchteten. Staunend und schnuppernd schlenderten die Besucher durch den Wildkräutergarten und weiter zu den Gewächshäusern mit den Farnen, Agaven, Kakteen und Orchideen, zum Palmenhaus oder hinter den Museumsteich zum Modell einer Rafflesia, der weltgrößten Blume. Viele zog es zu den gigantischen Wasserlilien, darunter die *Victoria amazonica*, auf deren Blättern ein Kind sitzen oder ein Hund herumspringen konnte. Zahlreiche Tempel gab es schon seit der Gründung des Gartens in der Mitte des vorigen Jahrhunderts, als Prinzessin Augusta, Mutter von George III., die ersten exotischen Pflanzen aus fernen Ländern einschiffen und auf dem Kew Green anpflanzen ließ. Auch die zehnstöckige Pagode mit ihren Holzdrachen auf den Dächern gehörte zur Gründerzeit des Parks. Manche Besucher schlugen heute noch einen Bogen um sie, weil sie der Tragkraft und Standhaftigkeit des hoch aufragenden Bauwerks misstrauten.

Obwohl Kew Gardens kein Elfenbeinturm der hehren Wissenschaft war – dafür spielten zu viele wirtschaftliche Interessen in der Pflanzenbeschaffung und im Verkauf eine Rolle –, empfand Charlotte die Museen des Parks, die Labore, das Herbarium und die Gewächshäuser wie heilige Hallen und freute sich jeden Tag darüber, hier wandeln und werkeln zu dürfen.

An diesem Tag hatte Charlotte eine ganz besondere Aufgabe, daher eilte sie auf das Gewächshaus zu, das die riesige *Victoria amazonica* beherbergte.

Das Wasser schwappte und brachte die riesigen Blätter zum Schwingen, als sie langsam wie ein Molch einen ersten Schritt in den Wasserlilienteich setzte. Sie trug eine gummierte Hose, mit den kniehohen Stiefeln verbunden, die gute Dienste leistete und das lauwarme Nass von ihrer Kleidung abhielt. In den Händen, die sie schulterhoch angehoben hatte, hielt sie ein scharfes kleines Messer, wie ein Skalpell geformt, und einen kreisrunden Behälter aus Glas. Vorsichtig schritt sie auf die größte Wasserlilie, die *Victoria amazonica* zu, die an diesem Tag zum ersten Mal blühte. Voller Konzentration schob Charlotte die Unterlippe über die obere. Die weißen Blätter, die im feuchten Klima des Gewächshauses einen betörenden Duft verbreiteten, würden sich im Lauf des Tages rosa färben. Sie würde behutsam vorgehen müssen, um millimeterfeine Proben der Blüten und Blätter zu nehmen, ohne die Attraktion von Kew Gardens zu beschädigen.

Irgendwo rauschte ein Wasserfall, Tropfen plätscherten von Schlingpflanzen, Gärtner klackerten mit ihren Handschaufeln und Harken. Die Mittagssonne gleißte durch das Glasdach, ließ das grüne Dickicht der Pflanzen schillern wie mit Edelsteinen beworfen und das Wasser dampfen.

Endlich hatte sie die Wasserlilie erreicht und beugte sich hinab, um die Struktur der Blätter und Blüten einer eingehenden Prüfung zu unterziehen. Näher kam kein Besucher an die Pflanze heran. Die grüne Blattspreite besaß einen Durchmesser von drei Metern, die Blüte mit ihren Stützrippen präsentierte sich seitlich davon. War es nicht ein wissenschaftliches Wunder, dass es in Kew Gardens gelungen war, diesen ursprünglich nur in Südamerika wachsenden botanischen Schatz zu kultivieren?

Die Düfte und Geräusche im Gewächshaus hüllten Charlotte ein wie eine Wolke. Die Wissenschaftler in den Forschungsräumen würden sie mit dem Mikroskop untersuchen und mit den neuen Lilien vergleichen, die eine Gruppe von Forschern vergangene Woche aus Bolivien mitgebracht hatte. Um diese Uhrzeit, nur in Gesellschaft der ruhig arbeitenden Kollegen, fühlte sich Charlotte eins mit dem Wachsen und Gedeihen der Pflanzen. Sie meinte zu hören, wie sie miteinander flüsterten und seufzten, eine stillschöne Atmosphäre wie in einem Tempel. Außerhalb des Gartens trieben sie viel zu häufig Gedanken, Impulse und verrückte Ideen, aber hier war sie im Einklang mit ihrem Inneren und dem Äußeren und konzentrierte sich auf die Aufgabe, die vor ihr lag. Sie legte das Skalpell und den Glasbehälter vorsichtig auf dem großen Blatt ab, zog die Handschuhe aus, stopfte sie in die Tasche am Latz der Gummihose und ließ die Finger durch das warme Wasser gleiten, bevor sie über die harte Oberfläche des Blattes streichelte und die Struktur ertastete. Mit allen Sinnen nahm sie die Eindrücke in sich auf.

»Hey, Charlotte.«

Aus ihrer Versunkenheit gerissen, plumpste sie in der nächsten Sekunde auf ihr Hinterteil, sodass sie für ein paar Schrecksekunden bis zum Hals im Wasser saß. Prustend und schimpfend richtete sie sich auf. Ihr Blick suchte nach dem Störer. Als sie ihn erkannte, glitt ein Leuchten über ihre Züge. Sie winkte. »Dennis! Ist schon Mittagspause?«

»Schon seit zehn Minuten.« Dennis hatte sich auf eine der Bänke am Schaubecken gesetzt und die Beine übereinandergeschlagen. Auf seinem Knie balancierte er eine metallene Sandwichbox, aus der er ein belegtes Weißbrot nahm. Er halbierte es mit kräftigem Biss.

Wie immer in seiner Nähe durchflutete Charlotte ein kribbeliges Glücksgefühl. Sie liebte alles an ihm, die etwas umständliche Art, wie er auf der Bank sitzend seine Beine faltete, wie er seine Mahlzeit verspeiste und sich nach jedem Bissen mit Daumen und Zeigefinger die Krümel aus den Mundwinkeln strich. Und die Art, wie er den Kopf so drehte, dass er sie mit dem rechten Ohr gut verstehen konnte, die liebte sie auch.

Mittlerweile arbeitete Charlotte seit zwei Monaten in den Royal Botanic Gardens. Professor Bone hatte nicht zu viel versprochen, als er angekündigt hatte, sie werde als Mädchen für alles eingesetzt. Das hatte zunächst nach langweiligen Aushilfstätigkeiten geklungen, in Wahrheit jedoch konnte sie sich auf diese Art einen kompletten Überblick über alle Forschungsarbeiten, die Anzucht, Veredelungen und Archivtätigkeiten verschaffen. Sie wusste nicht genau, wie viel Überzeugungsarbeit Professor Bone gegenüber Sir Prain hatte leisten müssen, bevor er sein Einverständnis zu ihrer Anstellung gab. Sie hatte den Direktor ein einziges Mal an ihrem ersten Arbeitstag getroffen. Sein Interesse an ihr war gering gewesen. Er hatte ihr die Hand gedrückt und ihr eine erfolgreiche Zeit in Kew Gardens gewünscht. Mehr nicht. Möglicherweise war es am Ende tatsächlich ihr hoch angesehener Großvater, der ihr die Tür ins botanische Paradies geöffnet hatte – na und?

Charlotte achtete weder auf die Mittagspause noch auf den Feierabend. An manchen Tagen bekam sie vor lauter Überstunden ihre Familie gar nicht zu Gesicht, aber das schlechte Gewissen ihrer hilfsbedürftigen Mutter gegenüber hielt sich in Grenzen, seit Elizabeth Debbie bei der Schreibarbeit eingespannt hatte.

Dennis klopfte neben sich auf die Bank. »Komm, setz dich zu mir. Wenn du dich beeilst, lasse ich dir etwas vom Hühnchensandwich übrig.«

Charlotte lachte. »Ich habe keinen Hunger und will das hier fertigstellen. Außerdem ist mir das Wasser in die Hose gelaufen, als du mich so plump erschreckt hast.«

»Nichts war plump daran«, gab Dennis gespielt hochmütig zurück. »Du lebst lediglich in einer anderen Welt.«

»Darum bin ich hier«, gab sie zurück und wandte ihm lachend den Rücken zu, um sich über die *Victoria amazonica* zu beugen. Behutsam schabte sie mit der Klinge Proben des Zellmaterials ab und strich es in die Glasschale, bevor sie sich den Blüten widmete und den Kelch öffnete.

»Du verpasst zu viel. Wo warst du heute Morgen, als alle anderen das Forschungsteam verabschiedet haben, das das nächste halbe Jahr in Thailand verbringen wird?«

Charlotte zuckte zusammen. »Oh, das habe ich nicht mitbekommen. Schade!« Es war immer ein Erlebnis, die Reisenden in ihren Wanderstiefeln und Leinenanzügen, die Tropenhelme im Gepäck, in die Welt hinauszuschicken. Kaum einer der Kew-Mitarbeiter konnte sich in diesen Minuten vor dem Fernweh schützen und der Sehnsucht danach, auf unerforschten Wegen zu wandeln. »Ich habe die Kiste mit den Proben vom Amazonas in Empfang genommen und gleich beim Auspacken geholfen.«

»Fahren wir denn später wenigstens zusammen nach Hause? Die Bahnfahrt ist ermüdend lang, du könntest zu meiner Unterhaltung beitragen.«

Charlotte lachte auf, ohne sich zu Dennis umzudrehen. Was gäbe sie darum, wenn dies hier nicht eine der üblichen Neckereien zwischen Dennis und ihr wäre, sondern wenn er es ernst meinte: dass er sich nach ihrer Nähe sehnte. »Darauf wirst du wohl verzichten müssen. Ich brauche hier mindestens noch sechs, sieben Stunden, bevor ich für heute Schluss machen kann.«

Als Dennis nach ein paar Sekunden immer noch schwieg, wandte sie sich irritiert um.

»Schade«, sagte er da und hob einen Mundwinkel. »Seit du hier arbeitest, sehen wir uns viel seltener als vorher. Das hatte ich mir, ehrlich gesagt, anders vorgestellt.«

In ihrem Leib flatterte etwas wie der Flügelschlag von Libellen. Es war das erste Mal, dass Dennis so über seine Gefühle sprach. Sie schaute ihn an. »Ich vermisse dich auch«, sagte sie leise.

Sein Lächeln wirkte verunsichert, als er sich erhob und sich mit einem Winken verabschiedete.

Charlotte sackte in sich zusammen. War dies die Chance auf ein Liebesgeständnis gewesen? Immerhin, ein Anfang war gemacht.

Bislang wusste niemand, dass Dennis und sie sich bereits vor ihrer Anstellung gekannt hatten. So sollte es bleiben. Aber was, wenn er ihr endlich einen Antrag machte und sich mit ihr verloben wollte?

Mit ihrer kostbaren Zellprobe watete sie zum Ufer zurück. Was hätte sie darum gegeben, wenn Dennis in den vergangenen zwei Jahren einen solchen Schritt auf sie zugegangen wäre. Jetzt war die Situation eine andere, ihre Anstellung in Kew Gardens hatte oberste Wichtigkeit, auch wenn sie Dennis nicht weniger liebte als zuvor.

»... Das Wasserlilienhaus wurde 1852 für die *Victoria regia* erbaut, die wir heute als *Victoria amazonica* kennen. Es hat mehrere Anläufe gebraucht, bevor wir sie zum Blühen gebracht haben. Heute ist sie die spektakuläre Attraktion ...«

Als sich eine Besuchergruppe näherte, hob Charlotte den Kopf und schüttelte die Verwirrung ab. Sie konnte es sich nicht leisten, wegen ihres komplizierten Liebeslebens unkonzentriert bei der Arbeit zu sein. Henry, der Dozent, sprach mit munterer Stimme. Es war sein mit humorvollen Einlagen gewürzter Spezialvortrag, den er mitunter mehrmals die Woche vor interessierten Gästen hielt. Für den allgemeinen Publikumsverkehr war es noch zu früh. Als Charlotte die Gruppe musterte, erkannte sie, dass es sich wohl um etwas wie einen Betriebsausflug handelte. Männer zwischen zwanzig und sechzig, alle in dunklem Tweed und Leinenhosen, viele trugen Schnauzbärte, die jüngeren Schirmkappen, und alle lauschten sie aufmerksam dem Sprecher. Ein paar Blicke gingen zu Charlotte, zwei jüngere Männer tuschelten miteinander und lachten dann lautlos. Charlotte hob das Kinn, weil ihr die Brille auf die Nasenspitze gerutscht war und sie keine Hand frei hatte, um sie hochzuschieben. Sie ruckelte ein wenig mit dem Kopf, sodass das Gestell sich bewegte, bevor sie mit dem Handgelenk nachhalf.

»Beachten Sie bitte unsere mit allen Wassern gewaschenen Assistenten, die im Dienst der Wissenschaft keine Mühe scheuen und dennoch eine fantastische Figur abgeben.«

Charlotte starrte Henry mit offenem Mund an, während die Gruppe laut loslachte. Puh, das würde sie ihm heimzahlen. Ihr Gesicht begann zu glühen.

Als sich Schweigen über die Gruppe senkte, vernahm Charlotte eine sonore Stimme. »Wissen Sie, Henry, ich habe nichts dagegen, wenn sich Frauen mit Tatkraft hervortun. Auf jeden Fall lobenswerter, als wenn Männer der Geschwätzigkeit verfallen.«

Nun war Henry derjenige, der rot wurde. Charlotte suchte in der Menge nach dem Mann, der in exzellentem Oxford-Englisch mit kaum wahrnehmbarem ausländischem Akzent für sie in die Bresche gesprungen war. Ein Paar steingrauer Augen fixierte sie. Sie bemerkte die Lachfältchen in den Augenwinkeln, die gerade Nase und Lippen, um die ein spöttisch-amüsiertes Lächeln spielte. Er trug einen Trenchcoat von Burberrys und einen Stockschirm. Als sich ihre Blicke begegneten, nickte er ihr zu und hob den Bowler kurz an. Darunter kamen dunkle Haare zum Vorschein, die ordentlich gescheitelt waren.

Charlotte lächelte höflich, schwang sich auf den Mauerrand und holte die Beine ins Trockene, während die Gruppe weiterzog und Henry seinen Vortrag wieder aufnahm. Sie hasste es, wenn sie von den Besuchern begafft wurde wie ein exotisches Tier. Sie stellte sich auf und sprang ein paarmal auf und ab, damit das Wasser von ihr abperlte. Unter ihr hatte sich bereits eine Pfütze gebildet. Sie würde gleich bei ihrem Spind Hosen und Strümpfe tauschen. Bei jedem Schritt quatschte das Wasser in den Stiefeln. Wie ein Pudel schüttelte sie sich, weil ihre Haare im Nacken feucht geworden waren, und als sie aufsah und ihr die Frisur vermutlich wie ein Wischmopp ums Gesicht stand, hatte sich der Herr mit dem Bowler noch einmal zu ihr umgedreht. Seine anhaltend heitere Miene konnte alles bedeuten: Höflichkeit, Sympathie oder Spott.

Charlotte stolzierte mit hochgerecktem Kinn davon. Tunlichst vermied sie es, noch einmal zu der Gruppe zu sehen.

Eine Viertelstunde später hatte sich Charlotte die Haare trocken gerubbelt und gekämmt, die Gummibekleidung zum Trocknen aufgehängt und eine frische Hose mit einem V-Pullover übergestreift. Die Proben lagen bereits im Labor, wo mehrere Kollegen damit beschäftigt waren, mithilfe von Mikroskopen, Leuchten und Lupen pflanzliche Substanzen zu untersuchen und zu vergleichen. Den Nachmittag würde sie vermutlich in diesen steril gehaltenen Räumen verbringen und Listen mit Merkmalen und Auffälligkeiten anlegen.

Sie hatte gerade das Mikroskop auf die richtige Schärfe eingestellt, als Henry hereinstapfte und die arbeitsame Stille mit einem theatralischen Seufzer unterbrach. Der Assistent des Museumsdirektors war zwei Jahre jünger als Charlotte. Sein Markenzeichen war die Schirmkappe, die er sich stets bis über die Brauen zog. »Bei diesen Fabrikanten weiß man nie, ob sie wirkliches Interesse haben oder dich für den seltsamsten Vogel unter Gottes weitem Himmel halten. Sie stellen keine Fragen, nicken nur andächtig, und ob sie angetan waren oder nicht, erfährt man erst, wenn der Bericht von oben kommt.«

»Du könntest deinen Ruf verbessern, wenn du aufhören würdest, deine Kollegen vor allen bloßzustellen«, erwiderte Charlotte.

»Ach, komm schon, Charlie.« Henry trat an sie heran und boxte ihr sanft auf den Oberarm. »Wenn das eine abkann, dann du. Ein paar Scherze am Rande lösen die Stimmung ungemein, das weißt du, und sind wir nicht alle daran interessiert, dass die Gelder fließen?«

»Beim nächsten Mal: Lass es einfach, ja?«

Henry leckte Daumen, Zeigefinger und Mittelfinger an und hob die Rechte zum Schwur. Sein Grinsen war unwiderstehlich.

»Woher kam die Gruppe?«, erkundigte sie sich möglichst beiläufig.

»Aus Dartford.« Henry wechselte seine Schnürschuhe mit den Clogs. Offenbar wurde er draußen gebraucht. »Sie arbeiten alle in der Verwaltung einer Papierfabrik. Der Firmeninhaber war dabei, der Mann mit der Melone«, fügte er an, als hätte er erraten, warum Charlotte genauer nachfragte. »Ein Deutscher, Victor Bromberg. Nach dem Krieg hat er die Fabrik seines Onkels geerbt und macht nun hier einen auf dicke Hose.« Er zuckte mit gleichmütiger Miene die Schultern. »Uns kann es recht sein, wenn er für Kew Gardens als Sponsor auftreten will.«

»Was glaubst du? War er beeindruckt?«

Henry zuckte die Schultern. »Gut möglich. Besonders das Arboretum hat ihm gefallen. Vermutlich hofft er, durch uns günstiger an Bäume für seine Fabrik zu kommen.«

»Ach, Quatsch.« Charlotte winkte ab. »Der wird keine Exoten importieren, in England gibt es genug Fichten und Kiefern, die sich für die Papierherstellung bestens eignen. Drücken wir mal die Daumen, dass er sich an den Kosten für die kommenden Expeditionen beteiligt.«

Henry hob grüßend die Hand und verließ das Labor, um im nächsten Gebäude bei der Aussaat und der Veredelung zu helfen.

Während der nächsten Stunden im Botanischen Garten glitten Charlottes Gedanken immer wieder zu diesem Mann mit dem Bowler und seinem intensiven Blick in der Farbe von Kieselsteinen. Sie schätzte ihn auf Ende dreißig, Anfang vierzig. Was für ein seltsamer Weg für einen Deutschen, nach dem großen Krieg im Feindesland sein Glück zu suchen. Aber gut, die Papierindustrie in England boomte, eine Papierfabrik konnte Gold wert sein. Ob er mit seiner Familie umgesiedelt war? Ein Mann in seinem Alter hatte vermutlich eine Gattin und einen Stall voller Kinder, von denen das älteste bereits in jungen Jahren an die Aufgabe herangeführt wurde, eines Tages die Fabrik zu übernehmen.

»Charlotte, bist du nicht ausgewiesene Expertin in Sachen Rosenzucht?«

Sie fuhr zusammen. Verdammt, wohin trieben ihre Gedanken? Sie schaute zur Tür, wo einer der Gärtner mit hochgekrempelten Ärmeln und Dreck an den Clogs erschienen war. »Wir haben eine Kiste voller wilder Rosenstöcke aus Polen bekommen. Kannst du sie dir anschauen und uns bei der Einordnung helfen? Da scheinen ein paar sehr robuste Exemplare dabei zu sein, die wir eventuell mit einheimischen Pflanzen veredeln oder kreuzen wollen.«

Charlotte schaltete das Licht ihres Mikroskops aus und nickte dem Mann zu. »Ich komme.« Was ging sie der Deutsche aus Dartford an, der sie angestarrt hatte, als wollte er bis zum Grund ihrer Seele vordringen? Vermutlich war er nur ein Spinner, der früh genug herausfinden würde, dass England kein Ort für einen Deutschen mit allzu ehrgeizigen Plänen war.

Kapitel 6

»Du lässt mich viel zu lange allein.« Tricia zog das blütenweiße Laken über ihren Körper und rückte näher an Robert heran, der sich im Hotelbett ausstreckte und die Hände im Nacken verschränkte. Vom Fenster des *Rubens* konnte er direkt zum Buckingham-Palast schauen. Was für ein Luxus für ihn, den Studenten, der jeden Penny zweimal umdrehen musste. Genüsslich schmiegte sich seine Geliebte an ihn, ein Bein quer über seine Oberschenkel, einen Arm auf seiner Brust, während sie an seinem Ohr knabberte und ihm verliebten Unsinn zuflüsterte.

Er grinste. »Ich liebe es, wenn du es vor Sehnsucht nach mir kaum noch aushältst.«

»Du Schuft!« Tricia biss ihm ein bisschen zu fest ins Ohrläppchen und schlug auf seine Brust, bevor er ihre Taille packte und sie auf sich zog. Er genoss die Zartheit ihres Körpers und wie ihre federleichten hellblonden Haare um ihr Gesicht schwebten und ihn an der Nase kitzelten. Tricia Hambling gelang es, den aktuellen Modetrends zu trotzen und dennoch die attraktivste Frau der Stadt zu sein. Während Roberts Hände ihren Rücken hinab bis zu ihrem Gesäß wanderten, küsste sie ihn mit einer Leidenschaft, die sein Verlangen erneut weckte. Er gab sich seinen Gefühlen hin und triumphierte, als sie zu stöhnen begann. Sie war wie Wachs in seinen Händen.

Nicht immer ließen sich die zahlreichen Frauen, die zuvor mit Robert Windley das Bett geteilt hatten, so leicht erregen wie Tricia Hambling. Sein geheimer Ehrgeiz war es, dass sie selbst dann noch ins Schwärmen über ihn gerieten, wenn er sich mit einem Handkuss aus ihrem Leben verabschiedete, meistens mit der Ausrede, dass ihm sein aufreibendes Studium keine Zeit für die Fortsetzung der Liaison ließ.

Vor drei Wochen hatten sie sich kennengelernt. Tricia war die Attraktion bei Murray's gewesen, ein Tanzclub, in dem sich die Studenten der medizinischen Fakultät am liebsten vergnügten. Mit seinen Kommilitonen hatte Robert Wetten abgeschlossen, wem es zuerst gelang, ihre Aufmerksamkeit zu erregen. Bei solcherart Spielchen war der attraktive Robert Windley stets im Vorteil.

Inzwischen wusste er, dass Tricia sich gleich am ersten Abend in ihn verliebt hatte. Er hingegen erinnerte sich lediglich an das Gefühl des Triumphs, das ihn erfüllt hatte, als er seinen Freunden draufgängerisch zugrinste, während zu den Klängen der Jazzband die Kleiderfransen über Tricias Schenkel flogen.

Dass sie nicht nur die Schönste war, die man an diesem Abend erobern konnte, sondern auch die beste Partie, hatte Robert erst in den Tagen darauf erfahren. Er hatte es nicht darauf angelegt, aber es störte auch nicht, dass sie zu ihren Rendezvous das Zimmerkontingent in einem der besten Hotels der Stadt nutzen konnten, das ihr Vater für seine Besucher aus dem In- und Ausland dauerhaft angemietet hatte. William Hambling war Direktor in einer der größten Banken der Stadt und gewährte seiner einzigen Tochter alle Annehmlichkeiten, die man für Geld kaufen konnte. Diesen Umstand gedachte Robert zu genießen, solange Tricia ihm gewogen war.

Nach dem Liebesakt glitt sie, das Laken wie eine Toga um ihren Leib gewickelt, aus dem Bett, um für sich und ihn Champagner in langstielige Gläser einzuschenken. Ein Hotelpage hatte Getränke und frisches Obst auf einem Rollwagen ins Zimmer gebracht, nachdem Tricia sich für den Abend angekündigt hatte. Den Angestellten war nicht anzusehen, was sie von den Eskapaden der jungen Miss Hambling hielten und ob sie ihrem alten Herrn gegenüber diskret bleiben würden. Aber Tricia scherte sich nicht darum, sie war sich sicher, dass nichts, was sie tat, die Liebe ihres Vaters zu ihr mindern konnte.

Robert hob sein Glas. »Cheers.« Er nippte nur vorsichtig daran. Am nächsten Morgen sollte es im Hörsaal der Uni eine Operation an der Lunge eines Achtjährigen geben, die er auf gar keinen Fall im Rausch verschlafen wollte. Und für die er nüchtern sein musste.

Tricia hingegen trank das Glas zur Hälfte leer. »Soll ich uns für später noch einen Tisch beim Inder in Soho reservieren? Danach könnten wir noch in den Club und …«

»Nein, mein Herz, ich muss morgen zeitig aus den Federn und noch einiges abarbeiten, bevor ich am Wochenende nach Galway fahre.«

Tricia schürzte die Lippen. »Was willst du bloß da? Gott, gibt es etwas Langweiligeres als ein kleines Kaff in Irland?«

Robert grinste. »Ich hatte nicht angenommen, dass du mich begleiten willst. Wenn ich nach Paris oder Berlin muss, sage ich dir rechtzeitig Bescheid.«

»Das will ich hoffen.« Sie küsste ihn mit vom Champagner feuchten Lippen. »Wann geht dein Zug?«

»Nun, genau darüber wollte ich mit dir reden«, begann er und überlegte, wie er den besten Einstieg für sein Anliegen finden konnte. Aber Tricia hatte ihm bislang noch keinen Wunsch abgeschlagen, warum sollte sie es jetzt tun? »Mit der South Western Railway gestaltet sich die Anreise etwas umständlich. Ich wollte die Fähre ab Holyhead nach Dublin nehmen. Von Dublin aus muss ich quer über die Insel bis nach Galway.«

»Und dafür hättest du gerne meinen Laubfrosch.«

Wie weit es um Tricias Geistesgaben stand, hatte Robert noch nicht endgültig herausgefunden, aber sie war eindeutig in der Lage, in Sekundenschnelle den Kern eines Anliegens herauszuschälen. Ihr Vater hatte ihr einen Zweisitzer geschenkt, mit offenem Verdeck und grün lackiert bis hin zu den Radspeichen. Der kleine Benz fiel auf im Londoner Straßenbild, das von meist schwarz glänzenden Automobilen dominiert wurde. Das Automobil war zuverlässig und mit 18 PS komfortabler als die Bahn. Robert hatte die Fahrlizenz, war jedoch nie zuvor eine längere Strecke aus

London hinausgefahren, was vor allem daran lag, dass er sich, genau wie die meisten seiner Kommilitonen, kein Automobil leisten konnte. Was für ein atemraubendes Gefühl von Freiheit musste es sein, vorbei an den englischen Dörfern, Feldern und Wäldern bis an die Irische See zu fahren. Er nahm Tricias Hand und drückte einen Kuss darauf. »Wenn du ihn für zwei Wochen entbehren kannst?«

Tricia erhob sich, trat mit ihrem Champagnerglas ans Fenster und schaute ein paar Herzschläge lang auf den Palast, wo in dieser Stunde der Wachwechsel zelebriert wurde. Zahlreiche Schaulustige drängten sich um den Zaun. Robert musterte ihre Rückenansicht und fragte sich, was in ihrem Kopf vorging. Er wusste, dass sie das Automobil liebte, es aber nur für ein Erprobungsexemplar hielt, bis sie ihren Vater davon überzeugt hatte, dass sie in der Lage war, das Gefährt unfallfrei und nach allen Regeln der Verkehrssicherheit zu lenken. Für danach hatte er ihr bereits einen sonnengelben Aston Martin versprochen.

Als sie sich umwandte, lag ein Lächeln auf ihren Lippen. »Natürlich überlasse ich dir den Laubfrosch. Bring ihn mir nur bitte ohne Kratzer und Beulen zurück. Mein Vater soll bloß nicht ins Zweifeln geraten, ob er mir den Aston Martin kauft oder nicht.«

Robert schwang die Füße aus dem Bett und griff nach seiner Wäsche. »Du bist ein Schatz, Tricia. Wenn du magst, könnte ich vorab bei deinem Vater vorsprechen.«

»Nein, nein, lieber nicht vorher. Gerne danach«, sagte sie. In ihrer Stimme lag ein kaum wahrnehmbares Hoffen.

Robert wusste nicht, ob das, was ihn mit Tricia verband,

ausreichte, um an eine dauerhafte Verbindung zu denken. Romantische Stimmungen lagen ihm fern. Für ihn war das Herz nichts anderes als ein Hohlmuskel, der die Blutversorgung im Körper sicherte. Alle blumigen Metaphern von gebrochenen oder höherschlagenden Herzen entlockten ihm nur ein müdes Grinsen. Aber er konnte sich vorstellen, die bildschöne, leidenschaftliche und finanziell unabhängige Tricia zu heiraten. Sie hatte bereits einige Male angedeutet, dass sie ihrem Vater den angehenden Arzt gerne vorstellen wollte und dass William Hambling weder interessiert an Titeln noch an gesellschaftlichem Rang sei. Robert wusste, dass er eine Verpflichtung einging, sobald ihre Beziehung offiziell war, und bislang hatte er sich davor gescheut. Aber nun war es an der Zeit, über den eigenen Schatten zu springen.

Er knüpfte sich das Halstuch und nahm Tricia dann in die Arme. Sie war immer noch nackt und würde sich, wenn er gegangen war, bestimmt wieder hinlegen und schlafen. »So machen wir es. Sobald ich aus Irland zurückkomme, stellst du mich deinem Vater vor«, sagte er und küsste sie auf die Schläfe. »Wann kann ich den Wagen abholen?«

»Schwesterchen!«

Charlotte wandte sich um und zog die Nase kraus, während sie über den Strom der Passanten spähte. Da entdeckte sie ihn, Robert, der die meisten Menschen überragte. Sie lief auf ihn zu und hakte sich bei ihm unter.

»Was treibst du um diese Uhrzeit noch auf der Straße?«, erkundigte er sich neckend. »Oder willst du mir erzählen, dass du bis jetzt in Kew Gardens die Muttererde bewegt hast?« Am Russel Square vorbei setzten sie den Weg zur Hunter Street gemeinsam fort.

Charlotte liebte es, zum Abschluss des Tages von der Endstation der Bahn nach Hause zu laufen. »Aber ja! Wo sollte ich sonst gewesen sein? Und von wegen Erde bewegen! Von wissenschaftlichem Arbeiten hast du keine Ahnung«, gab sie zurück. »Und du? Universitäts-Bibliothek?«

Sie betrachtete ihn von der Seite. Er sah nicht aus wie ein Student, der in den vergangenen Stunden über seinen Büchern gebrütet hatte. Sein Haar wirkte ein bisschen zerwühlt. Junge Damen blickten ihnen hinterher, und Charlotte hob die Nase ein bisschen höher. Schöne Vorstellung, für seine Freundin gehalten zu werden. Einer Frau in London konnte Schlechteres passieren, als in Gesellschaft des smarten Medizinstudenten gesehen zu werden. Dass er in Wahrheit ihr rechthaberischer, schuftiger Bruder war, sah man schließlich nicht auf Anhieb.

»Selbstverständlich«, gab er im gleichen Tonfall zurück und zog eine entrüstete Miene, als sei es völlig abwegig, dass er sich mit etwas anderem als seinen medizinischen Fachbüchern vergnügte.

»Ernsthaft, wie heißt sie, woher kommt sie, was macht sie?« Charlotte drückte seinen Arm.

»Das wirst du noch früh genug erfahren«, erwiderte er. »Ich habe noch nicht entschieden, wie es mit der Beziehung weitergeht.«

»Was findet sie bloß an dir?« Charlotte tat, als müsste sie darüber angestrengt nachdenken.

Robert lachte. »Ärgere dich nicht, du wirst schon noch herausfinden, was Männer und Frauen aneinander anziehend finden.«

Charlotte beschloss, diese Frechheit zu überhören. »Du weckst bei ihr doch wohl keine falschen Hoffnungen, wenn du nichts Ernstes im Sinn hast? Ich kann die gebrochenen Mädchenherzen, die deinen Weg pflastern, nicht mehr zählen.«

»Keine Sorge, sie kriegen von mir genau das, was sie wollen.«

Charlotte schnitt eine Grimasse und löste sich von ihm. Das übersteigerte Selbstbewusstsein ihres Bruders war manchmal schwer erträglich, auch wenn sie die geschwisterliche Neckerei meistens genoss. Zwei kleine Jungen mit Ballonmützen, Hosenträgern und Kniebundhosen zogen große Eisenbahnen aus Holz an Schnüren hinter sich her. Auf der einen saß ein vor Freude glucksendes Kleinkind, auf der anderen ein Teddy. Charlotte und Robert wichen der kleinen Prozession aus und steuerten den italienischen Eisverkäufer an, der mit seinem überdachten zweirädrigen Wagen von Kindern und Jugendlichen umringt war. Charlotte bestand auf ein Erdbeereis, obwohl Robert sie davon abzuhalten versuchte. »Nicht dein Ernst, oder? Du holst dir eine Krankheit. Die haben nichts mit Hygiene zu tun. Oder willst du eine Portion mit Mikrobengeschmack?«

Charlotte winkte ab. »Ihr besserwisserischen Mediziner immer. Du weißt nicht, was dir entgeht.« Kurz darauf schleckte sie die Creme genießerisch aus einer Waffel. »Neben allen anderen fernen Ländern möchte ich unbedingt nach Italien reisen. Auf jeden Fall machen sie das weltbeste Eis.«

»Dir ist nicht zu helfen«, murmelte Robert. »Apropos andere Länder: Willst du dich anschließen, wenn ich Sean in Galway besuche?«

»Oh, ich liebe Irland!«, rief Charlotte und ließ sogleich die Schultern hängen. »Aber ich werde bestimmt nicht jetzt schon in Kew Gardens um freie Tage bitten. Dann bin ich meinen Job los, darauf kannst du wetten.«

»Schade, Sean hätte sich bestimmt gefreut, dich wiederzusehen. Er ist immer noch alleinstehend, der alte Streber.«

»Darauf läuft es also hinaus – du willst mich verkuppeln?« Das Erdbeereis war ein Genuss, wie es kühl ihre Kehle hinabrann und die letzten Staubreste von der Gartenarbeit aus ihrem Mund vertrieb.

Robert hob beide Hände. »Wer bin ich, dir zu empfehlen, was zu tun ist. Aber, Hand aufs Herz, Charlotte, jünger wirst du nicht. Und dein Dennis scheint mir in anderen Sphären zu wandeln. Der kriegt nicht einmal mit, wie bezaubernd du sein kannst, wenn du dir Mühe gibst.«

»Kümmere dich um dein Liebesleben und lass mir meines, einverstanden?«, fauchte Charlotte. Manchmal gingen ihr die brüderlichen Frechheiten zu weit. Am liebsten wäre es ihr, wenn sich alle aus der Familie aus ihrem Privatleben heraushalten würden. Sicherheitshalber wechselte sie das Thema. »Mutter hat recht, es ist gefährlich, nach Irland zu reisen. Da sind überall Kämpfe …«

Robert winkte ab. »Hauptsächlich in Nordirland. Ich bin in Galway, da läuft der Universitätsbetrieb wie seit Jahrhunderten ohne besondere Vorkommnisse. Das habe ich Mutter mehrfach versichert. Sean hätte mich nicht eingeladen, wenn es gefährlich wäre, und ich kann mich notfalls verteidigen.« Er vollführte aus dem Stand heraus ein paar Boxhiebe.

Als sie in die Hunter Street einbogen, sah Charlotte zu ihm auf. »Pass auf dich auf, Robert.«

»Aber immer, Kleines«, sagte er und zog sie kurz in den Arm. »Stell dir vor, ich werde nicht mit dem Zug, sondern mit einem Automobil fahren, ein giftgrüner Benz mit offenem Verdeck.«

Charlotte klappte der Mund auf. »Woher hast du das Geld?«

Er lachte auf. »Kein Geld. Beziehungen, mein Schatz. Die sind wertvoller als jedes dicke Bankkonto.«

»Du hast keine Fahrpraxis«, wandte sie ein.

»Ihr besserwisserischen Weiber immer«, gab er zurück. »Zum Glück kommst du nicht mit. Mit dir als Beifahrerin wäre die Fahrt bestimmt eine Katastrophe.«

Sie stupste ihn in die Seite und lief dann voraus, als ihr Elternhaus in Sicht kam.

Robert hatte so eine leichte Art, in den Tag hineinzuleben. Manchmal beneidete sie ihn um seine Gelassenheit. Alles, was er anpackte, schien ihm zu gelingen. Ein Glückskind, vom Schicksal bevorzugt. Aber gut, seit sie in Kew Gardens arbeitete, fühlte sie sich selbst wie von der Sonne geküsst. Und alles andere würde sich schon ergeben.

Kapitel 7

Der Lärm in der mit Glas und Eisenstreben überdachten Fabrikhalle fuhr einem durch Mark und Bein, während die riesige Papiermaschine mit all ihren Rollen, Rädern, Hebeln, Walzen und Zylindern, vom brummenden Motor angetrieben, rhythmisch arbeitete. Überall standen Vorarbeiter in Kitteln bereit, um die einzelnen Schritte der Papierherstellung zu überwachen: das Auflaufen des Faserstoffes, das Aussieben, das Nasspressen, Trocknen und Aufrollen. Im hinteren Bereich der Halle hingen lange Leinen, an denen einige besonders beanspruchbare Papierstreifen trockneten. Im Raum dahinter sortierten ein Dutzend Frauen Lumpen, die ausschließlich für ein besonders haltbares Papiermaterial genutzt wurden, wie man es zum Beispiel für Briefmarken und Geldscheine benötigte.

An den Seiten unter den Fenstern wuchsen Berge von Papierstapeln, darüber wiesen Blechschilder auf die Unfallverhütungsvorschriften und den Erste-Hilfe-Schrank hin. Überall liefen Arbeiter herum, schütteten Holzfasern in riesige Bottiche, gossen Wasser nach, prüften die Qualität der feuchten Masse oder schleppten Rollen von fertigem Papier ins Lager. Von draußen drang das Kreischen der Sägen herein, an denen Massen an Baumstämmen zerstückelt wurden. Die Luft war erfüllt vom Gestank nach Benzin aus dem Generator und faulen Eiern, der bei der chemischen Aufschließung des Kiefernholzes entstand.

Die Hände auf dem Rücken, schritt Victor Bromberg an der Maschine vorbei, nickte hier einem Mann zu, prüfte da zwischen zwei Fingern den Holzschnitt, das Faser-Wasser-Gemisch oder die Qualität des Papiers.

Als Victor vor zwei Jahren nach England gekommen war, waren Papierfabriken ein Buch mit sieben Siegeln für ihn gewesen. Dennoch hatte er die seit hundert Jahren bestehende Fabrik übernommen, die ihm sein Onkel testamentarisch übertragen hatte. Ihm war nichts anderes übrig geblieben, als sich auf den von den Engländern gepriesenen *common sense*, also den gesunden Menschenverstand, und das Wissen seines Assistenten Albert zu verlassen. Das Handwerk war nie Victors Stärke gewesen, wohl aber der Umgang mit Bilanzen, mit Gewinnen und Verlusten, mit Investitionen und Steuern. Er hatte seinen Job bei einer Bank in Berlin leichten Herzens aufgegeben, weil ihn das Abenteuer reizte, in einem fremden Land neu anzufangen.

Sein Instinkt hatte ihn nicht getrogen. *Dartford's Paper* hatte längst den Sprung in die Industrialisierung geschafft und gehörte zu den angesehensten, produktivsten Papierherstellern. Universitäten, Schulen und Druckereien aus allen Ecken des Landes bestellten das Papier bei ihnen.

Albert neben ihm hielt ein Bilanzbuch geöffnet in den Händen. Der Vierzigjährige stammte aus einer Familie von Papiermachern, schon sein Großvater hatte für *Dartford's Paper* gearbeitet. Er hatte das Metier von der Pike auf gelernt und kannte sich mit handgeschöpftem Papier genauso gut aus wie mit den Widrigkeiten der Maschinen.

Vieles erschien Victor skurril in England, aber er war entschlossen, sich der englischen Mentalität anzupassen. Im Kleidungsstil zumindest war er das Musterbeispiel eines Angehörigen der oberen Mittelklasse.

Manches brauchte seine Zeit: Er musste verinnerlichen, wie die Maschinen funktionierten, wer welchen Job erledigte und wo es Qualitätsprobleme geben konnte. Erst danach würde er es sich leisten, nur noch halbtags die Bücher zu studieren und die freie Zeit beim Pferderennen, Kricket oder der Moorhuhnjagd zu verbringen.

»Wie weit sind Sie übrigens mit Ihren Erkundigungen bezüglich der jungen Dame aus Kew Gardens?«

Albert raschelte in seinen Papieren und zog eine Notiz hervor. »Sie heißt Charlotte Windley, ist fünfundzwanzig Jahre alt, hat an der University of London Botanik studiert und seit Juni eine befristete Anstellung als Illustratorin in den Royal Botanic Gardens, jedenfalls offiziell. Sie scheint dort anderen Tätigkeiten nachzugehen. Sie wohnt in Bloomsbury mit ihrer Mutter, einer freiberuflichen Journalistin, ihrem Bruder, der Medizin studiert, und einer jüngeren Schwester.«

»Verlobt, verheiratet oder verwitwet?«

»Nichts dergleichen, Sir. Ich habe wenig Hinweise auf

ihr Privatleben gefunden, abgesehen von einem Freund, den sie gelegentlich in ihrer Freizeit trifft, den Botaniker Dennis Lloyd. Sie scheint sich der Wissenschaft verschrieben zu haben.«

Victor zog einen Mundwinkel hoch. »Was zu beweisen wäre«, sagte er. »Schicken Sie ihr ein Geschenk.«

»Sehr wohl, Sir. Unser gutes Briefpapier in der Schmuckversion?«

Victor strich sich beim Nachdenken über das Kinn, während er die eiserne Treppe ansteuerte, die hinauf zu den Büros führte. Die Blicke seiner Mitarbeiter folgten ihm. Er wusste, dass ihm viele mit Misstrauen begegneten, diesem Deutschen, der nicht vom Fach war und der dem Arbeitsverhalten und der Produktivität besondere Beachtung schenkte. Aber Victor in seinem maßgeschneiderten Anzug, mit der goldenen Uhrenkette an seiner Weste und den polierten Schuhen lag nichts daran, ihre Sympathie zu erringen. Er wollte ihren Respekt und ihre Loyalität.

»Nein, nicht unser Papier. Das ist zu einfallslos.« Er erinnerte sich daran, wie die junge Frau in dem Teich herumgetapst war. Er hatte ihre Selbstvergessenheit außerordentlich entzückend gefunden, wie sie um die Balance rang und ihre Augen, durch die Brillengläser verstärkt, wie Sterne an einem nachtblauen Himmel gestrahlt hatten. »Astern, Albert. Besorgen Sie blaue Astern.«

Albert zuckte zusammen. Das war ungewöhnlich. Der Assistent zeichnete sich in der Regel durch Souveränität und bis zur Selbstverleugnung gehende Höflichkeit aus. »Blaue Astern, Sir?«

Victor klopfte ihm auf die Schulter. »Das schaffen Sie, mein Lieber. Klappern Sie sämtliche Floristen in London ab und notfalls darüber hinaus. Ich will blaue Astern für sie, mindestens fünfzig Stück.«

»Mit Verlaub, Sir, ob Sie einer leidenschaftlichen Botanikerin mit Schnittblumen eine Freude bereiten?«

»Was soll ich ihr sonst schicken?«, schnauzte Victor ihn unvermittelt an. »Einen Gummibaum?«

Albert hob eine Braue. »Verzeihen Sie, Sir. Ich gebe mein Bestes, um das Gewünschte zu finden. Obwohl es nicht mein Job ist«, fügte er ein bisschen verschnupft an.

»Ich weiß, dass ich mich auf Sie verlassen kann. Meinen Sie, Sie können die Astern bis morgen früh besorgen lassen? Wenn wir zu lange warten, erinnert sich die junge Dame vielleicht nicht mehr an mich. Das wäre doch jammerschade, nicht wahr?«

Im Büro griff Victor nach seiner Pfeife, zündete sie an und lehnte sich in dem Ledersessel weit zurück. Von seinem Fenster aus blickte er auf das zum Firmengelände gehörende Wohngebäude aus grauen Backsteinen, mehr als hundert Jahre alt, mit neuen Fenstern, Türen und Dielen. Ein ansprechendes Gebäude, jedoch klein mit niedrigen Decken und wenig Licht im Inneren. Seit zwei Jahren wohnte er dort mit seiner Cousine Aurora, deren Wohlergehen seit dem Tod des Onkels ebenso in seinen Händen lag wie die Leitung der Firma.

Was für eine Achterbahn sein Lebenslauf war.

Bei allen Veränderungen und Umstellungen war ihm

eines stets zupassgekommen: seine Anpassungsfähigkeit. Einige mochten ihm unterstellen, sein Fähnchen in den Wind zu hängen. Er selbst hielt diese Eigenschaft für seine beste. Auf neue Gegebenheiten konnte er sich schneller und gründlicher als viele andere Menschen einstellen.

Wie ein Geschenk des Himmels war ihm vor zwei Jahren der notarielle Brief erschienen, der ihn in Berlin erreicht hatte und in dem ihm mitgeteilt wurde, dass ihn sein Onkel Mortimer Ainsworth zum Alleinerben seines Vermögens und seiner Papierfabrik eingesetzt hatte.

Onkel Mortimer? Victor hatte nie von einem solchen Onkel gehört, aber seine Recherchen ergaben, dass es sich tatsächlich um den leiblichen Bruder seiner Mutter handelte, der sich selbst nie verziehen hatte, dass er den zehnjährigen Victor nicht zu sich nach England geholt hatte, als dessen Angehörige starben. Das Erbe von Onkel Mortimer war eine späte Wiedergutmachung, die Victor mit der ihm eigenen geistigen Beweglichkeit annahm.

Aurora mit ihrer Höckernase und ihren flachsdünnen Haaren war der Wermutstropfen in dem Füllhorn, das sich über ihm ausschüttete. Onkel Mortimer und seine Frau Felicity hatten sie mit weit über vierzig als einziges Kind bekommen, und Tante Felicity war im Kindbett gestorben. Die Vierundzwanzigjährige hatte niemanden außer ihm. In dem firmeneigenen Wohngebäude hatten sie sich miteinander arrangiert, sie bewohnte zwei Zimmer, er vier, und für die Wäsche und Putzarbeiten hatten sie ein Hausmädchen angestellt. Ansonsten kümmerte sich Aurora aufopferungsvoll um die Behaglichkeit im Kaminzimmer und Victors leibliches Wohl. Sie schien in dieser Aufgabe aufzugehen, was Victor ein bisschen Magengrimmen bereitete. Die Idee war eigentlich, sie möglichst schnell mit einem braven Mann zu verheiraten, sodass er die Verantwortung abgeben konnte.

In den vergangenen zwei Jahren hatte er all seinen Ehrgeiz dareingelegt, das Papiermacherhandwerk zu verstehen und die Gewinnzahlen zu optimieren. Er war auf einem guten Weg. Niemand konnte in diesen Jahren sagen, wohin sich die Wirtschaft entwickeln würde, aber England hatte mit seiner weit fortgeschrittenen Industrialisierung einen guten Stand.

Victor fand inzwischen, dass es Zeit war, sich nach einer passenden Partnerin umzusehen. Natürlich hatte er in seiner Anfangszeit in England mit Ressentiments zu kämpfen gehabt. Deutschland hatte einen Krieg angezettelt, der ganz Europa ins Elend stürzte. Doch im Lauf der Zeit spielte seine Nationalität eine immer geringere Rolle. Mit seinem perfekten Englisch und seinem Sinn für Humor scherzte er sich in die Herzen der oberen Mittelklasse, er war gern gesehener Gast bei Gartenpartys, besuchte die Pferderennen auf dem Ascot Racecourse und die Tennisturniere in Wimbledon, empfahl sich als Sponsor für prestigeträchtige Unternehmen wie die Royal Botanic Gardens. Selbstverständlich hielt er dabei Ausschau nach heiratswilligen Ladys, zwei oder drei hatte er bislang in die engere Auswahl für seine Zukunftspläne gezogen, in denen ein Landhaus im Grünen, etwas Hübsches mit Erkern und Schrägen, klassizistisch oder im Tudor-Stil, eine zentrale Rolle spielen sollte. Solange er in dem Haus auf dem Firmengelände wohnte, blieb er der Deutsche, der sich allzu gründlich in das Erbe seines Onkels einarbeitete. Ein Landhaus für den kultivierten Müßiggang wäre die Krönung seines ehrgeizigen Ziels, in der englischen Lebensart aufzugehen. Eine auf dem gesellschaftlichen Parkett sicher wandelnde Frau aus gutem Haus, ob mit oder ohne Adelstitel, würde das Bild komplettieren.

Und mitten hinein in seine Pläne war das hinreißendste Wesen gestolpert, das er je zu Gesicht bekommen hatte. Am meisten imponiert hatten ihm tatsächlich ihre strahlenden Augen, die nicht verbergen konnten, wie sehr diese Frau im Reinen war mit sich und ihrer Umgebung, obwohl sie in unförmigen Gummihosen durch einen Teich watete und die Brille rutschte.

Victor konnte selbst nicht glauben, dass er zweiundvierzig Jahre alt werden musste, um zum ersten Mal wie von einem Blitz getroffen zu werden. Noch dazu bei einer Art von Frau, die er sich niemals in seinen Tagträumen bei gesellschaftlichen Veranstaltungen an seiner Seite vorgestellt hatte.

Aber das war hinfällig. Er hatte noch nie eine Frau kennengelernt, die sowohl Stärke als auch Zartheit ausstrahlte. Er wollte sie in den Arm nehmen und gleichzeitig von ihr gehalten werden, eine berauschende Vorstellung, die ihm schier die Sinne vernebelte.

Er musste sie kennenlernen. Er wollte herausfinden, ob sich ihre Wangen so samtig anfühlten, wie sie ausgesehen hatten, und er musste beobachten, ob sich das Strahlen in ihrem Blick intensivierte, wenn sie sich zum ersten Mal küssten.

Seine Gedanken überschlugen sich, und die aufsteigenden Gefühle schienen sein Innerstes nach außen zu kehren. Alle Pläne waren vergessen. Was zählte, war, dass Charlotte Windley, von himmelblauen Astern überwältigt, ein erstes Interesse daran zeigen würde, ihn näher kennenzulernen.

Er konnte es kaum erwarten.

Kapitel 8

»Es ist nicht schlimm, Charlotte. Bitte geh jetzt, sonst kommst du zu spät. Der Eisbeutel wird mir guttun.« Elizabeths Stimme klang gebrochen. Ihr Gesicht war aschfahl, ihre Hand zitterte unaufhörlich auf der dünnen Bettdecke.

Obwohl Charlotte sich jeden Morgen darüber freute, nach Kew Gardens zu fahren, belastete sie die familiäre Situation von Tag zu Tag mehr. Ihre Mutter behauptete, eine leichte Migräne zu haben und deswegen lieber im Bett zu bleiben. Charlotte wusste es besser: Elizabeth drohte in eine Depression zu sinken, die ihr Gemüt derart belastete, dass sie es morgens kaum noch aus dem Bett schaffte. Sie erkannte das an der schleppenden Art, wie Elizabeth mit ihnen sprach, an dem leeren Gesichtsausdruck und den Seufzern, die ihr Sprechen begleiteten, als staue sich die Luft schmerzhaft in ihrer Brust an.

Charlotte drückte sich die Hand gegen die Stirn, während sie in Mantel, mit ihrem Glockenhut und in den Schnürstiefeln im Salon stand und sich umschaute, ob sie etwas vergessen hatte. Ihre lederne Schultertasche fühlte sich so leicht an. Da entdeckte sie auf dem Beistelltisch die letzten drei Ausgaben des *Kew Guild Journals*. Genau! Die hatte sie am Abend noch lesen wollen, aber dann war sie so erschöpft gewesen, dass ihr die Lider über den Heften zugeklappt waren. Die jährlich erscheinenden Zeitungen boten einen umfassenden Einblick in die Arbeit und das soziale Leben in Kew Gardens. Erklärtes Ziel der Redaktion war es, neue und bereits ausgeschiedene Mitarbeiter miteinander zu verbinden. Wer sich auf einer Recherchereise befand, der publizierte Neuigkeiten. Verließ ein Kewite England, veröffentlichte er im *Kew Guild* seine neue Adresse, öffnete sein Haus für Gäste und half Reisenden mit seinem Insiderwissen. Forschungsergebnisse zeigte man zunächst in diesem Heft, bevor sie in botanischen Magazinen veröffentlicht wurden. Ferner erfuhr man, welche Bäume leider eingegangen waren oder mit welchem Aufwand Riesenbaumstämme ins Arboretum gebracht wurden. Es gab Statistiken über die wachsenden Besucherzahlen und über die botanische Arbeit in den englischen Kolonien. Man erfuhr, wer geheiratet hatte, wer verstorben war und wer im Kricket-Spiel zwischen der Tropenabteilung und den übrigen Mitarbeitern von Kew Gardens den Pokal nach Hause geholt hatte. Diese Notizen überflog Charlotte stets nur. Eher interessierte sie, in welch entlegene Gebiete Exkursionen aufgebrochen und welche Züchtungen von Erfolg gekrönt waren.

 Rasch stopfte sie die drei Hefte in ihre Tasche und wandte sich noch einmal zu ihrer Mutter, die sie aus ihrem Bett heraus durch die offene Tür beobachtete und ihr mit einem Lächeln zunickte.

»Kann ich dich wirklich allein lassen, Mutter? Soll ich zu Greta laufen und sie fragen, ob sie dir heute Gesellschaft leistet?«

Elizabeth schüttelte den Kopf. »Wirklich nicht, Lottie. Sie hat noch einen anderen Job, da kann sie heute nicht absagen. Sie kommt morgen wieder, um die Böden zu wischen, das reicht völlig.«

Charlotte biss sich nachdenklich auf die Unterlippe, dann aber gab sie sich einen Ruck. Es half ihrer Mutter schließlich nicht, wenn sie ihre Arbeit in Kew Gardens wegen Unpünktlichkeit verlor. Mit wenigen Schritten war sie bei ihr, atmete den Duft nach Seife und Minze ein, den ihre Mutter verströmte, und küsste sie auf die Stirn. »Ich versuche, früh nach Hause zu kommen.« Sie nahm einen tiefen Atemzug. »Und Debbie soll es nicht wagen, sich nach der Schule noch irgendwo herumzutreiben, statt dir hier zu helfen. Dann wird sie mich kennenlernen.«

»Sie wird schon kommen, Charlotte. Jetzt geh schon! Du verpasst sonst den Zug!«

An diesem Tag fuhr Charlotte mit dem Bus zum Bahnhof, da sie bereits spät dran war. Im Laufschritt eilte sie dann zum Zug, der schon mit offenen Türen wartete, und sicherte sich ihren Lieblingsplatz am Fenster. Als sich der Zug in Bewegung setzte, griff Charlotte in ihre Tasche und zog die Journale heraus. Sie schlug das Heft von Dezember 1919 auf und versuchte sich auf den Bericht eines Forschers aus Indien zu konzentrieren, aber immer wieder verschwammen die Buchstaben, und ihre Gedanken kehrten zu ihrer angespannten familiären Situation zurück.

Vor zwei Tagen war Robert nach Galway aufgebrochen. Wie stolz er hinter dem Lenkrad des giftgrünen Mercedes gegrinst hatte, den Ellbogen lässig aus dem Seitenfenster gelehnt. Er hatte extra noch einen Umweg über die Hunter Street genommen, um ihn der Familie zu präsentieren. Charlotte war nicht weniger beeindruckt gewesen als Debbie und Tom. Elizabeth hatte vom Fenster aus auf die Straße gespäht und die Hand zum Gruß gehoben, als er zweimal die Hupe erklingen ließ.

Er hatte noch kein Telegramm geschickt, dass er gut angekommen war. Das sollte bis zum Abend eintreffen.

Robert fehlte. Er wollte zwar nur zwei Wochen wegbleiben, aber Charlotte vermisste ihn jetzt schon. Ohne ihn schien der Familie der Halt zu fehlen, der Fels in der Brandung. Sie hatte Verständnis, dass er seinen Jugendfreund in Irland besuchen wollte, auch, weil ihn sein medizinisches Fachgebiet interessierte. Aber sie zählte die Tage, bis er wieder bei ihnen war. In seiner Nähe schien ihre Mutter kräftiger zu sein und Debbie friedlicher.

Kurz vor seiner Abreise hatte er bei der Redaktion vom *Star* vorgesprochen, weil der Chefreporter Elizabeth mitgeteilt hatte, dass sie künftig auf ihre Reportagen verzichten wollten, da sie nunmehr zum vierten Mal zu spät abgegeben hätte und die Texte im Übrigen unsauber geschrieben und voller Fehler seien. Man hatte ihr nahegelegt, das Schreiben aufzugeben. Mit einem Handicap wie ihrem sei es außerordentlich schwer, sich von der starken

Konkurrenz abzusetzen, die nicht nur die interessanteren Themen anbot, sondern die Berichte pünktlich und sauber getippt einreichte.

Früher, bevor das Zittern begonnen hatte, war Elizabeth eine resolute Frau gewesen, die mit einer Krone auf dem Kopf durchs Leben zu schreiten schien und ihre Rechte einforderte. Die Krankheit hatte sie verändert, baute Stück für Stück von ihrem Selbstwert ab und ließ sie mit hängenden Schultern und gesenktem Kopf durch die Straßen von London schleichen. Als sie beim gemeinsamen Tee von diesem Erlebnis erzählte, nahm Robert sich noch nicht einmal die Zeit, seine Tasse leer zu trinken.

»Du verschlimmerst alles nur noch!«, rief Elizabeth ihm hinterher. Charlotte wusste, wie sehr es ihre Würde verletzte, dass der Sohn für sie in die Bresche springen wollte. Doch Robert war nicht zu bremsen.

Elizabeth ließ die Schultern sinken, ihre Augen schwammen in Tränen. »Weißt du, Charlotte, niemand fällt tot um wegen dieser verdammten Krankheit«, stieß sie hervor und wischte sich mit einem Tuch über die Augen. Ihr Teint war grau. »Aber die Seele, die stirbt mit ihr.«

Charlotte schluckte und nahm ihre Mutter in die Arme. Sie wünschte, sie hätte eine tröstende Erwiderung, aber ihr fiel nichts ein.

Als Robert nach einer halben Stunde zurückkehrte, hatte er in der Redaktion zwar gewütet wie ein Löwe, letzten Endes jedoch nichts erreicht. Man hatte ihm zum Abschied sein Mitgefühl über den beklagenswerten Zustand seiner Mutter ausgesprochen.

Außer für die abends erscheinende *Star* arbeitete Elizabeth für die *Daily News*, den sonntäglichen *Observer* und leichtere Monatsmagazine wie *Chamber's Journal* und die altehrwürdige *London Gazette*. In sämtlichen Redaktionen stieß Elizabeth seit dem Ausbruch ihrer Krankheit auf Widerstände und Ablehnung, als wären nicht nur ihre Hände betroffen, sondern auch ihr Kopf. Es war eine Ungerechtigkeit, die Charlotte vor Wut fast platzen ließ. Ein ohnehin vom Schicksal benachteiligter Mensch wurde rücksichtslos gesellschaftlich und finanziell ins Abseits gedrängt. Kein Wunder, dass ihre Mutter an manchen Tagen lieber die Decke über den Kopf zog, als auf die Straße zu gehen.

Charlotte gab einen Teil der Schuld an dem Dilemma auch Debbie, die nicht den geringsten Ehrgeiz an der Schreibmaschine entwickelte, sondern – sofern sie zu dieser Arbeit zur Verfügung stand und sich nicht mit Tom draußen herumtrieb – immer noch im Ein-Finger-Such-System arbeitete und unentwegt Buchstaben überschreiben und Wörter ausstreichen musste, weil sie sie falsch getippt hatte. Sie selbst hatte leider viel weniger Einfluss auf das Mädchen als Robert, aber immerhin war sie durchsetzungsstärker als die Mutter, der an manchen Tagen alles egal zu sein schien.

Ohne das Honorar aus ihren journalistischen Arbeiten würde es eng werden in den nächsten Monaten, bis Robert endlich in die Praxis einsteigen konnte. Im Gespräch mit ihrer Mutter spürte Charlotte die unausgesprochene Bitte, sie möge in Kew Gardens um einen höheren Lohn bitten. Aber das wagte Charlotte nicht. Auf eine angemessene

Bezahlung zu pochen stünde im Gegensatz zu ihrer idealistischen Ambition, die Dr. Bone davon überzeugt hatte, dass sie die Richtige auf diesem Posten war. Lieber würde Charlotte noch einen zweiten Job annehmen, um das Familieneinkommen aufzubessern. Nur wann? Nachts? Abends im Bett schaffte sie es vor Erschöpfung nicht einmal, noch einen Fachartikel zu lesen.

Wenig später rannte Charlotte am Pförtner von Kew Gardens vorbei, die Rechte an der Tasche, die Linke auf ihrem Hut, damit er nicht wegflog. Sie schenkte dem älteren Mann ein strahlendes Lächeln, ohne die Geschwindigkeit zu drosseln, und eilte gleich zu den Labor- und Büroräumen, wo sich die Spinde mit der Arbeitskleidung, den Schuhen und dem Werkzeug befanden. Es gab noch den Umkleidebereich für Frauen aus vergangenen Jahren. Zurzeit war Charlotte die Einzige, die ihn nutzte. Die Illustratorinnen brauchten weder Schutzkleidung noch Clogs, sie kamen täglich in ihren bequemen, weit geschnittenen Kostümen aus Tweed und schmucklosen Blusen.

Im Umkleideraum befanden sich außerdem die Schubfächer für die interne Post: Honorarabrechnungen, Verträge, Vereinbarungen, Nachrichten. Jeden Morgen lag in ihrer Box eine Liste mit den Arbeiten, die sie erledigen sollte. Zwar erkannte Charlotte selbst, was für sie zu tun war, mit Listen zu arbeiten entpuppte sich jedoch als eine feine Sache: Man konnte hinter jede erledigte Aufgabe einen Haken setzen und brauchte keinen Gedanken daran zu verschwenden, wo man zuerst anfangen sollte und ob man etwas vergaß. Listen wären ihr während ihres Studiums eine wertvolle Hilfe gewesen, aber sie hatte in Kew Gardens arbeiten müssen, um das herauszufinden. Charlotte fand sich innerlich aufgeräumt und strukturiert wie selten zuvor. Ein königliches Gefühl.

Auf dem Weg in die obere Etage nahm Charlotte immer zwei Stufen auf einmal. Sie freute sich auf die Arbeit heute. Eine Lieferung mit Pfingstrosen und Schwertlilien wartete darauf, eingepflanzt zu werden. Stecklinge für Geranien und Fuchsien mussten geschnitten werden, die Dahlien angebunden und mit Bambus gestützt werden, damit sie nicht abknickten. Und überall gab es jetzt Aufräumarbeiten: Das fallende Laub zusammenkehren und kompostieren, Abgestorbenes und Verblühtes entfernen und zwischendurch die im Frühjahr neu hinzugekommenen Pflanzen überprüfen, wie sie mit den veränderten Klimabedingungen zurechtkamen und ob sie gediehen. Vieles in der Botanik basierte auf Versuch und Irrtum, manchmal musste man schlicht ausprobieren, welche exotische Pflanze an welcher Stelle am besten gedieh, kräftige Wurzeln austrieb und gesunde Blätter zeigte. Charlotte litt unter jedem Verlust, sie hätte am liebsten für jeden einzelnen Exot die Patenschaft übernommen, aber das war natürlich in der Fülle des Botanischen Gartens nicht möglich.

»Guten Morgen«, rief Charlotte, als sie das Herbarium betrat. Die anderen erwiderten ihren Gruß, manche brummelnd, andere energievoll wie sie selbst. Es war ihr zur lieben Routine geworden, jeden Morgen Professor Bone persönlich zu begrüßen. Manchmal kam er ihr wie ein Einsiedler vor. Bevor sie jedoch bei ihm anklopfen konnte, hörte sie, dass jemand drüben an der Treppe ihren Namen rief.

»Willst du mich zum Wettlauf herausfordern, Charlie?« Henrys Stirn war gerötet, im Arm hielt er ein riesiges in Papier gewickeltes Gebilde.

»Ich bin spät dran«, erwiderte sie. »Was gibt's?«

»Der Pförtner hat mich aufgehalten, weil er bei dir keine Chance hatte. Du bist an ihm vorbeigerauscht, und mich hat er verdonnert, dir das hier hinterherzutragen.« Er streckte das papierne Gebilde von sich, und Charlotte erkannte die Stängel, die unten herausragten. Ein Blumenstrauß, und was für einer! »Willst du ihn, oder soll ich ihn zum Kompost bringen?«

Die Wärme wanderte ihren Hals hinauf bis in die Wangen. Sie spürte die Neugier aller Kollegen, die ungeniert ihre Arbeitsgeräte beiseitegelegt hatten und den Schlagabtausch zwischen Charlotte und Henry verfolgten.

Scham überkam sie. Ein Blumengruß ausgerechnet für sie, die sich stets den Anschein gab, mit Romantik und zwischenmenschlichem Geplänkel keine Zeit verschwenden zu wollen. Was mochte sich Dennis nur dabei gedacht haben? Sie wusste jetzt schon, dass ihnen ein ausgesprochen hitziges Gespräch bevorstand. Schnittblumen für sie! Du lieber Himmel, Dennis wusste doch, dass es ihr im Herzen wehtat, tote Blumen entgegenzunehmen! Was war bloß in ihn gefahren?

Sie nahm Henry den Strauß ab. »Danke.«

Henry breitete die Arme aus, als sie sich mit dem Strauß ins Parterre zurückziehen wollte. »Das geht gar nicht, meine Liebe! Jetzt habe ich dir den Strauß hinterhergetragen, jetzt will ich auch wissen, von wem er ist.« Er sah sich vergnügt um. »Hat nicht einer von euch seine Kamera dabei? Das wäre ein wunderbarer Bericht im nächsten *Kew Guild. Charlotte Windley und ihr mysteriöser Blumenkavalier.*«

Alle stimmten in sein Lachen ein, nur Charlotte presste die Lippen aufeinander. Nun begannen sie überflüssigerweise einen Sprechgesang: »Aufmachen, vorlesen, aufmachen, vorlesen!«

Ihr blieb keine Wahl. Die Kollegen wollten wissen, wer es wagte, einer leidenschaftlichen Botanikerin einen Blumenstrauß zu schicken, und was er im Schilde führte.

Charlotte hingegen konnte sich niemand anderen als Dennis vorstellen, der an diesem Vormittag zu einem Gastvortrag in die Uni gebeten worden war. Es passte zu dieser neuen Art, sie zu umwerben und ihr zu zeigen, wie wichtig sie ihm war.

Ein Raunen ging durch die Reihen der Kollegen, als Charlotte das Papier abwickelte und ein künstlerisch zusammengesteckter Strauß aus tiefblauen Astern zum Vorschein kam. Die Blumen dufteten, aber Charlotte traten trotz der Schönheit die Tränen in die Augen. Wie viel üppiger und inspirierender hätten diese Blüten in einem Beet wachsen können, mindestens noch bis in den Oktober hinein. Als Schnittblumen würden sie nicht länger als eine Woche halten. Was für eine Vergeudung von Schönheit.

»Da hat sich einer ins Zeug gelegt«, sagte der schnauzbärtige James, lehnte sich zurück und hakte die Daumen in die Armausschnitte seiner Weste.

»Lass mir eine der Blüten hier«, rief Illustratorin Matilda. »Ich will ihr wenigstens zeichnerisch ein Denkmal setzen, bevor sie auf dem Kompost landet.«

»Jetzt lies das Beischreiben!«, rief die zweite botanische Malerin, die Rhonda hieß und die schon mehrmals versucht hatte, mit Charlotte darüber zu reden, wer mit wem in Kew Gardens flirtete. Angesichts der wenigen Frauen war der Gesprächsstoff recht überschaubar, dafür wollte Rhonda ihn gern umso intensiver abhandeln. Charlotte blockte sie regelmäßig freundlich ab.

Heute jedoch war Charlotte in Bedrängnis. Die Aufmerksamkeit aller war auf sie gerichtet, und je geheimnisvoller sie tat, desto interessanter fanden sie es, und der Klatsch würde Blüten treiben.

Sie zog eine längliche Karte aus feinstem handgeschöpftem Papier aus dem Umschlag und überflog die Zeilen. Die Luft blieb ihr weg, aber sie überspielte die Verunsicherung mit einem Lachen, das selbst in ihren eigenen Ohren künstlich klang. »Ach, der nette alte Herr, dem ich eine Privatführung durch das Palmenhaus gegeben habe, weil er fast taub ist und in den Gruppen nie etwas mitbekommt. Wie liebenswert von ihm, sich mit Blumen zu bedanken.«

Die Enttäuschung der anderen hing fast greifbar im Raum. Alle seufzten oder stöhnten, bevor sie sich wieder ihrer Arbeit zuwandten. Ein dankbarer greiser Besucher war das Letzte, was die Kew-Mitarbeiter von ihrer Arbeit abhalten konnte.

Charlotte beeilte sich, das Schreiben wieder in den Umschlag zu stecken, und nahm die Vase, die Rhonda für sie mit Wasser gefüllt hatte. Ihrem Gesichtsausdruck nach zu urteilen schien Rhonda persönlich beleidigt, dass Charlotte nicht mehr zu bieten hatte als einen gebrechlichen Alten. Am Anfang hatte Charlotte gehofft, dass Rhonda etwas wie eine Freundin werden konnte. Aber sie hatte sich getäuscht, ihre Interessen waren zu unterschiedlich. Obwohl sie eine sehr begabte Zeichnerin war, hoffte Rhonda, bald einen passenden Ehemann zu finden und eine Familie zu gründen. Charlottes demonstrative Gleichgültigkeit gegenüber jeder Art von Romantik schien sie zu provozieren und regte sie zu kleinen Sticheleien an. Charlotte ging ihr inzwischen meistens aus dem Weg.

An der Treppe gestattete sich Charlotte einen kleinen Seufzer der Erleichterung, weil es ihr gelungen war, die Kollegen zu täuschen. Wer überzeugend lügen wollte, musste sich nur an die erste Regel halten: Bleib dicht an der Wahrheit. Es hatte tatsächlich einen gehörlosen alten Mann gegeben, den sie spontan zu den Attraktionen im Palmenhaus geführt hatte. Jeden, der in Kew Gardens arbeitete, hielten die Besucher für einen Spezialisten, von dem sie erwarteten, dass er alles wusste. Dem alten Herrn wäre es jedoch nicht eingefallen, ihr abgeschnittene Blumen zum Dank zu schicken.

Auf eine derart groteske Idee kam ausgerechnet der Deutsche, der die Papierfabrik seines Onkels in Dartford übernommen hatte. Unterschrieben hatte er schlicht mit *Ihr Victor Bromberg*, aber verunsichert hatten sie vor allem die Zeilen darüber:

Der Blick Ihrer Sternenaugen geht mir seit unserer Begegnung nicht mehr aus dem Sinn. Welche Blume könnte da passender sein als die blaue Aster? Ich hoffe, Ihnen mit diesem Blumengruß eine Freude zu bereiten, und warte voller Vorfreude auf Ihre Antwort. Die Pflanzenwelt ist Ihr Leben, das habe ich in Ihrer Miene gelesen. Gestatten Sie mir, herauszufinden, was Sie sonst noch begeistert? Darf ich Sie am kommenden Samstag zum Dinner einladen? Es wäre mir eine besondere Ehre.

Du lieber Himmel, wenn Rhonda ahnte, welch brisantes Abenteuer ihr da entging! Würde es sich dazu entwickeln? Während Charlotte an ihren Spind ging, um die Karte in ihre Schultertasche zu stecken und die Vase mit den Blumen vor ihrem Schrank auf der Holzbank zu deponieren, forschte sie in ihrem Inneren, ob sie Interesse daran hatte, diesen Deutschen näher kennenzulernen.

Ja, ihr war der Moment, als sich ihre Blicke begegnet waren, in Erinnerung geblieben, und ja, es hatte ihr imponiert, mit welcher Selbstsicherheit er sich für sie eingesetzt hatte, als Henry versucht hatte, sie bloßzustellen. Er war nicht klassisch attraktiv gewesen, aber breitschultrig und mit markanten Zügen, ein Mann, der mit beiden Beinen auf dem Boden stand, auf den man sich verlassen konnte. Ein Mann, bei dem eine Frau auch mal schwach sein und sich halten lassen durfte, während ... Oje, wohin trieb ihre Fantasie? Um den wortgewandten Blumenschneider Victor Bromberg sollte sie sich besser nach der Arbeit kümmern. Jetzt war dafür keine Zeit.

Sie sollte mit ihrer Liste beginnen, bevor sie mit ihren Gedanken davonfliegen konnte.

Kapitel 9

»Sie sind noch schöner, als ich Sie in Erinnerung habe.« Victor Bromberg beugte sich über Charlottes Hand, nachdem er ihr an der Garderobe des Restaurants im Savoy Hotel aus dem Mantel geholfen hatte. Diener eilten herbei, um behilflich zu sein, der Maître d'hôtel begrüßte den Deutschen mit Namen. Es roch nach blumigen Damenparfums und Weinaroma, nach gebratenem Fleisch und provenzalischen Kräutern. Charlotte war so verkrampft, dass sie befürchtete, keinen Bissen herunterbringen zu können.

Seit Bromberg sie in Charing Cross abgeholt hatte, ihre Hände sich bei der Begrüßung berührt hatten und sie an der Themse entlang zum Hotel spaziert waren, verspürte Charlotte eine Beklemmung, die sich nicht abschütteln ließ.

Vielleicht war es ein Fehler gewesen, all die vergangenen Jahre Männer weitgehend aus ihrem Alltag auszuschließen. Doch was hätte sie anders machen können? Wenn es nach ihr gegangen wäre, wären Dennis und sie sich doch längst nähergekommen. Aber mit ihm, seiner Zurückhaltung und der Trauer um die verlorene Jugendliebe war es schwierig, und nun stand sie da mit einem Mann an ihrer Seite, der sich offenbar in sie verliebt hatte und in dessen Gegenwart sie tunlichst vermeiden wollte, wie eine verknöcherte Wissenschaftlerin mit einem Hang zur Tollpatschigkeit zu wirken. Nein, sie wollte gleichzeitig elegant und schlagfertig, geistreich und amüsant sein. Es begann jedoch wenig vielversprechend, als sie beim Betreten des Hotels gegen die Glastür lief, die derart blank geputzt war, dass man sie wirklich kaum sehen konnte.

Überschwänglich erkundigte sich Bromberg, ob sie sich verletzt habe, obwohl sie bloß mit ihrer Fußspitze und der Nase an die Scheibe geraten war. Zu allem Unglück eilte einer der Angestellten bestürzt heran und sorgte ungewollt für Aufsehen.

Es lief nicht gut in Sachen Souveränität an diesem Abend. Dabei hatte er gerade erst begonnen.

Dass sie die Tür nicht gesehen hatte, lag vor allem daran, dass sie an diesem Abend auf ihre Brille verzichtet hatte. Sie hatte lange mit sich gerungen, sich aber schließlich gegen das Gestell auf ihrer Nase entschieden, weil es mit dem bordeauxroten Horn farblich nicht gut zu ihrem einzigen Abendkleid aus marineblauem Crêpe Georgette passte, das sie unter ihrem dunkelblauen Cape trug. Dazu hatte sie einen Schal um den Hals drapiert und einen Hut gewählt, dessen vordere Krempe hochgeschlagen und mit einer Stoffblüte verziert war. Es war die feinste Garderobe, die ihr Kleiderschrank hergab, und dennoch fühlte sie sich wie der Trampel vom Lande, als sie unauffällig das internationale Publikum im Restaurant und an der Bar betrachtete. Die Glasfront bot eine atemraubende Aussicht auf die im Licht der untergehenden Sonne wie Honig schimmernde Themse mit den vorbeigleitenden Kähnen und kleineren Schiffen.

Die gertenschlanken Frauen, die hier mit ihrer männlichen Begleitung dinierten, trugen die Faltenröcke knie-kurz und betonten ihre Hüften, nicht die Taillen. Ihre Absätze waren höher, ihre Strümpfe heller als Charlottes.

Bromberg fasste ihren Ellbogen und steuerte einen Tisch direkt am Fenster an, der für sie reserviert und bereits eingedeckt war.

Er schob den Stuhl für sie zurecht, sie dankte ihm mit einem leichten Nicken, während sie sich niederließ. Was für eine Aussicht! Was für ein Ambiente! Charlotte sah sich unauffällig um und staunte.

Victor hatte ihr gegenüber Platz genommen. »Wie absolut wundervoll, dass Sie meine Einladung angenommen haben, Miss Windley.«

»Ich bin Ihnen sehr dankbar, dass Sie meinen Kollegen in die Schranken gewiesen haben, als er sich auf meine Kosten Scherze erlaubte.«

Er beugte sich vor und senkte die Stimme. »Jetzt machen Sie mich nicht unglücklich. Haben Sie aus purer Dankbarkeit zugesagt?«

Charlotte lachte spontan auf, schlug sich dann aber die Hand vor den Mund. Hatte sie zu laut gelacht? Ein paar Köpfe wandten sich zu ihr. Sie hüstelte in die Faust. »Und aus Neugier«, fügte sie hinzu. Ohne Brille empfand sie die Konturen seines Gesichts weicher, die Haut glatter. Vermutlich war er doch jünger als vierzig, wie sie ihn anfangs geschätzt hatte. »Sie sind mir in einer wirklich peinlichen Situation begegnet. Ich war kurz zuvor bis zum Hals in den Teich gefallen, und ich habe Schutzkleidung aus Gummi getragen.«

»Das habe ich alles nicht gesehen«, behauptete Victor. »Weil ich nur fasziniert und verzaubert von Ihren Augen war. Wie wunderbar, dass Sie heute auf die Brille verzichtet haben. Das tiefe Blau kommt dadurch noch viel intensiver zur Geltung, Miss Windley.«

Sie schluckte und griff nach dem Glas Wasser, das ein Kellner unauffällig gefüllt hatte. Er stand mit Block und Stift vor Victor und wartete auf die Bestellung.

Gut so. Das gab ihr Zeit, sich zu sammeln.

Victor stellte für sie beide ein französisches Drei-Gänge-Menü zusammen: Schaumsüppchen von Brunnenkresse mit Jacobsmuscheln, pochiertes Rinderfilet mit Honigzwiebeln, Apfeltarte zum Dessert. Zwischendurch warf er Charlotte fragende Blicke zu, die sie stets mit einem Nicken beantwortete. In einem solchen Restaurant hatte sie keine Präferenzen. Alles war neu für sie, und sie war bereit, sich durchzuprobieren. Der Kellner schenkte den Weißwein als Aperitif ein, den Victor gekostet und für gut befunden hatte. Sie hoben die Gläser und sahen sich in die Augen.

»Danke für die Einladung, Mr Bromberg«, sagte sie und hob ihr Glas. »Cheers.«

Was würde Dennis sagen, wenn er wüsste, dass sie

diesen Abend in Gesellschaft des Fabrikanten verbrachte? Hinterging sie ihn? Nein, solange er sie so auf Abstand hielt, durfte sie durchaus diesen Abend genießen, fand sie.

Ein Strahlen ging über Victors Gesicht. »Ich hoffe von Herzen, es wird nicht bei diesem einen Mal bleiben, Miss Windley. Ich will alles über Sie wissen. Lassen Sie nichts aus! Erzählen Sie mir jedes Detail, damit ich in Ihrem Leben wie in einem Roman schwelgen kann.«

Charlotte musste schon wieder lachen, hielt sich aber diesmal rechtzeitig die Hand vor den Mund. »Bei mir läuft so viel schief«, gab sie amüsiert zurück, »ich bin mir wirklich nicht sicher, ob Sie das miterleben wollen.«

Victor lachte und zeigte dabei eine Reihe strahlend weißer Zähne. Er gluckste ein bisschen, als er ihr antwortete: »Ich hole Sie aus jeder verpatzten Szene.«

Sie lachten beide, und Charlotte nahm sich die Zeit, sein Gesicht genauer zu studieren. Das Lachen steigerte seine Attraktivität und sinnliche Ausstrahlung. Alles Steife und Förmliche, alles Kontrollierte fiel von ihm ab.

Als sie wieder ernst wurden, drehte Charlotte ihr Glas am Stiel. »Mein Leben ist kein Roman mit dramatischen Entwicklungen. Ich sage das ohne Bedauern, mir ist es recht so. Ich habe mich der Botanik verschrieben, von Kindheit an, und ich darf heute meinen Traum in Kew Gardens verwirklichen.«

»Sie wollen mir allen Ernstes erzählen, dass es da nicht mehr als Kakteen, Palmen und Orchideen in Ihrem Alltag gibt, oder? Keine verhängnisvollen Liebschaften? Keine glücklichen Begegnungen?«

Sie wiegte den Kopf. »Doch, ich hatte schon Beziehungen. Welche davon glücklich und welche unglücklich waren, möchte ich lieber für mich behalten, ich hoffe auf Ihr Verständnis.« Sie schürzte die Lippen und nippte am Wein. Kühl und süß.

Wieder zeigte er dieses Strahlen, und Charlotte nahm sich vor, ihn an diesem Abend noch häufiger mit Bemerkungen zu amüsieren, allein für dieses Lächeln.

»Ich wünschte, ich könnte Ihrem Dasein einen Hauch Romantik geben. Ein bisschen Herzklopfen, ein bisschen Sehnsucht, ein bisschen Träumen.«

»Und Sie glauben, das ist genau das, was eine Frau wie ich sich wünscht, ja?« War sie zu naiv gewesen, als sie glaubte, es würde bei einem Dinner bleiben?

Der Kellner servierte auf tiefen Tellern das Süppchen. Glänzend thronten die Muscheln inmitten des Schaums.

»Ich würde gerne herausfinden, was eine Frau wie Sie sich wünscht, Miss Windley.«

Ob er das wirklich wissen wollte? Bislang stand die Welt der Pflanzen für sie an erster Stelle, und mit etwas Glück würde Dennis sich ihr gegenüber endlich bekennen. Gemeinsam würden sie sich eine Wohnung in London nehmen, nichts Luxuriöses, denn die meiste Zeit würden sie hoffentlich sowieso auf Forschungsreisen unterwegs sein. Kinder zu bekommen spielte in ihren Träumen keine Rolle.

Und nun sprang ein Mann wie Victor Bromberg wie der Teufel aus der Kiste und umwarb sie nach allen Regeln der Etikette.

»Habe ich Sie verunsichert?«, fragte Victor in das Schweigen hinein, bei dem das Klirren des Bestecks auf dem Porzellan und die leise geführten Gespräche an den Nachbartischen den Hintergrund bildeten. Ein Musiker hatte sich an den Flügel hinter der Bar gesetzt und schlug ein paar Takte an.

Charlotte tupfte sich den Mund mit der Serviette ab. »Ein bisschen schon, ja«, gestand sie. »Ich bin keine durchorganisierte Pläneschmiederin. Ich lasse das Leben auf mich zukommen. Sie scheinen mir aus einem anderen Holz geschnitzt. Wovon träumen Sie?« Sie lächelte ihn an.

»Ich träume davon, eine Heimat zu haben, einen Ort, der mir Geborgenheit, Sicherheit und Heiterkeit bietet«, erwiderte er.

»Sie fühlen sich in Dartford nicht zu Hause?«

»Nur bedingt. Sicher, da ist die Firma, die ich leite, und ein komfortables Haus, das ich mit meiner Cousine zusammen bewohne. Eine Bedingung für die Annahme des Erbes meines Onkels war, dass ich mich um Aurora kümmere. Sie ist freundlich und zuverlässig, aber etwas scheu. Es fällt ihr nicht leicht, das Interesse von heiratswilligen Männern auf sich zu ziehen. Ich werde da in absehbarer Zeit vermitteln müssen.« Er zuckte die Schultern. »Ich bin mit der Situation nicht sehr glücklich. Mir fehlt ein Rückzugsort, und seit ich Sie kenne, Miss Windley, weiß ich, was meinem Herzen fehlt.«

Charlotte fühlte, wie sie rot wurde. Ihre Lider flatterten. Seine Offenheit verunsicherte sie. Erwartete er eine Antwort auf seine letzte Bemerkung? Sie beschloss, das Gespräch wieder in ungefährlichere Bahnen zu lenken. »Sie haben noch Familie in Deutschland?«

Sie lehnten sich in den Stühlen zurück, während der Kellner den Hauptgang servierte. »Meine leiblichen Eltern sind früh gestorben. Ich bin bei einer Pflegefamilie aufgewachsen. Nein, mich zieht nichts mehr nach Berlin. Ich hoffe, dass ich hier in England bleiben kann.«

»Aber nicht in Dartford«, stellte sie fest.

»Mir schwebt ein Landhaus vor, irgendwo in Kent, vielleicht zwischen Maidstone und Canterbury, ich weiß es nicht. Es müsste ein Ort sein, von dem aus ich schnell bei der Firma bin und genauso fix in London.« Er hob die Schultern. »Bisher bin ich nicht fündig geworden, aber ich gebe nicht auf. Ich will mich nicht übermäßig verschulden mit einem Luxusanwesen und bin bereit, in den kommenden Jahren in ein sanierungsbedürftiges Objekt zu investieren. Am Sonntag wollte ich wieder eine Automobiltour an der Küste entlang und aufs Land unternehmen.« Er schien in ihren Augen lesen zu wollen. »Hätten Sie Lust, mich zu begleiten, Miss Windley? Die weibliche Sicht ist hilfreich beim Kauf einer Immobilie.«

»Wenn es um Ästhetik und Anmut geht, bin ich die Falsche«, entgegnete sie.

»Das glaube ich nicht«, unterbrach er sie, bevor sie weitere Gründe für eine Absage finden konnte. »Sie würden mir einen persönlichen Gefallen tun. Mein Automobil hat ein offenes Verdeck. Wir könnten die Sonne genießen. Ach, bitte, machen Sie mir die Freude.«

Charlotte horchte auf. Sie war noch nie in einem Automobil mitgefahren. Es musste wunderbar sein, sich den Fahrtwind um die Nase wehen zu lassen. Aber sie war nicht so blauäugig, anzunehmen, dass ihm wirklich an ihrer Meinung über Landhäuser gelegen war. Er war an ihr interessiert. Durfte sie wirklich mitfahren und seine Hoffnung schüren?

Sein Angebot war verführerisch. Nur wenn sie darauf einging, setzte sie etwas in Gang, das vielleicht nicht mehr zu stoppen sein würde. Jetzt konnte sie sich noch mit Eleganz und Witz aus der Situation herausmanövrieren. Wenn sie einen Sonntag in Kent verbracht hatten, würde ihr das vermutlich schwerfallen.

»In Ordnung«, hörte sie sich sagen und konnte sich sofort wieder an seinem Lächeln erfreuen.

Er griff über den Tisch hinweg nach ihrer Hand und führte sie vor seine Lippen. »Ich werde die Stunden zählen, liebe Miss Windley.«

Nachdem sie sich einmal entschieden hatte, löste sich ihre Anspannung. Sie begann, das Essen mit Victor zu genießen, und er erwies sich als reizender Gesellschafter, der Geschichten über seine Arbeiter, über den Alltag in der Firma und über prominente Bekannte erzählen konnte, mit denen er sie zum Lachen brachte.

Sie wiederum schilderte ihm ihre Familiensituation, sparte jedoch die finanziellen Engpässe und die Schwere der Krankheit ihrer Mutter aus, erwähnte nur, dass sie weniger leistungsstark als noch vor zehn Jahren war. Sie erzählte von ihren Lieblingspflanzen in Kew Gardens und von ihrem Wunsch, irgendwann selbst die Welt zu bereisen und mit den seltensten und schönsten Pflanzen wieder heimzukehren.

Sein Gesichtsausdruck verdüsterte sich, als sie an diesen Punkt kam. Sie aßen gerade die letzten Stücke der Apfeltarte, und der Kellner brachte den Kaffee. »Ich glaube, Sie machen sich keine Vorstellung davon, in welche Gefahr Sie sich bei solchen Expeditionen begeben. Man hört immer wieder von Vorfällen mit Eingeborenen, wilden Tieren, unbekannten Krankheiten. Freuen Sie sich lieber daran, dass Sie als eine der wenigen Frauen in Kew Gardens arbeiten dürfen. Das ist wirklich ein Glücksfall, um den Sie mancher Botaniker beneiden wird. Da braucht es nicht noch Fernweh und Abenteuerlust.«

Charlotte stutzte. Wer gab ihm das Recht, sie dermaßen abzuurteilen? Alle Leichtigkeit war auf einmal aus seiner Rede verschwunden, doch als er bemerkte, dass sie die Stirn runzelte und zu einer Erwiderung ansetzen wollte, kam er rasch zu sich. Wieder griff er nach ihren Händen, drückte sie: »Verzeihen Sie, Miss Windley! Selbstverständlich geht es mich nicht das Mindeste an, wenn Sie sich nach Forschungsreisen in exotische Länder sehnen. Aus mir spricht nur die Sorge um Sie. Die Vorstellung, Sie gleich wieder verabschieden zu müssen, nachdem ich Sie gerade erst gefunden habe, raubt mir den Verstand.« Er verzog gequält den Mund und lachte dann bitter auf. »Gestern erst habe ich den Entschluss gefasst, für die nächste Expedition, die von Kew Gardens aus aufbricht, als Sponsor aufzutreten. Mir imponiert diese Arbeit, ich unterstütze die Forschung gern. Es wäre fatal, wenn ich wüsste, dass ich mit meiner

Spende dazu beitrage, dass ich Sie gleich wieder verliere.« Er schaute sie an wie ein Hundewelpe.

Sie musterte ihn, lächelte und nickte schließlich. Vermutlich war sie zu kritisch mit ihm.

Sie würde das, was mit Victor und ihr passieren würde, auf sich zukommen lassen und darauf vertrauen, dass sie zum richtigen Zeitpunkt auf ihr Herz und ihre Intuition achten würde. »Ihre Anteilnahme ist sehr freundlich, Mr Bromberg. Danke, dass Sie sich um mich sorgen. Aber ich bin geübt darin, auf mich selbst aufzupassen, und ich weiß es zu schätzen, dass ich niemandem Rechenschaft schuldig bin«, fügte sie hinzu. Sie schürzte die Lippen, bevor sie ihm zulächelte. »Ich freue mich sehr auf unseren Sonntagsausflug. Wann holen Sie mich ab?«

Kapitel 10

Das Wochenende nutzte Charlotte in der Regel, um ihrer Mutter bei den alltäglichen Dingen zu helfen. Das schlechte Gewissen quälte sie, weil sie während der Woche spät heimkehrte und kaum Zeit fand für ihre Familie.

An diesem Sonntag stand sie nur vormittags zur Verfügung. Elizabeth zeigte Verständnis, blieb diskret und fragte nicht nach den Gründen, solange Charlotte nicht von sich aus darauf zu sprechen kam. Debbie versprach, am Nachmittag bei der Mutter zu bleiben. Aber ihr fehlte das Taktgefühl der Mutter, und sie ließ nicht locker, bis Charlotte ihr erzählte, dass sie mit einem Bekannten eine Autofahrt durch Kent unternehmen würde.

»Wie heißt er denn?«, bohrte Debbie nach.

Charlotte winkte ab. »Nicht wichtig.«

»Natürlich ist das wichtig! Ist es Dennis? Seit wann hat er ein Automobil?«

»Das geht dich nichts an.«

»Und ob! Was macht er denn? Woher kommt er?«

»Debbie, du gehst mir auf die Nerven.«

»Das ist keine Antwort. Deine Familie hat doch ein Recht zu erfahren, wenn du dich vielleicht bald verlobst. Von mir wollt ihr auch immer alles ganz genau wissen.«

Charlotte verdrehte die Augen. »Schluss jetzt!«, schnitt sie ihr das Wort ab und vernahm voller Erleichterung das Klingeln des Telefons, das die weitere Debatte beendete.

Charlotte war noch vor Debbie am Apparat und nahm den Hörer ab. Nach einem kurzen Gespräch mit der Frau von der Vermittlung hatte sie Robert am Apparat. Elizabeth und Debbie eilten heran und hielten ihre Ohren so, dass sie mithören konnten, während Charlotte den Hörer mit beiden Händen umklammerte. »Wie geht es dir, Robert? Warum hast du dich noch nicht gemeldet? Wir haben uns Sorgen um dich gemacht.«

Roberts Lachen klang durch die Telefonleitung hindurch schnarrend. »Mir passiert nichts, das wisst ihr doch! Es war eine sensationell schöne Fahrt nach Galway, ich möchte niemals mehr ohne Automobil unterwegs sein. Ein Genuss!«

»Charlotte fährt heute auch in einem Automobil!«, rief Debbie vorlaut, und Charlotte stieß ihr unsanft den Ellbogen in die Seite.

»Ihr müsst näher an den Hörer herangehen. Die Verbindung ist miserabel.«

»Es war nichts Wichtiges. Wie geht es Sean? Und wann kommst du zurück?«, rief Charlotte.

»Alles bestens hier. Richte Mutter liebste Grüße aus. Hier in Galway ist vom Unabhängigkeitskrieg kaum etwas zu spüren. Alles friedlich und entspannt. Passt auf euch auf, meine Lieben.« Sie hörten noch, wie er einen Kuss in den Hörer gab, dann war die Verbindung unterbrochen.

Endlich ein Lebenszeichen von Robert. Charlotte fiel eine Last vom Herzen. Sie hatte mit einem Telegramm gerechnet, aber wenn Seans Eltern einen Telefonanschluss besaßen, war das der praktischere Weg.

Nachdem sie ihrer Mutter geholfen und sich selbst frisiert hatte, sah Charlotte auf dem Regal in ihrem Zimmer nach den Samen, die sie aus den inzwischen verblühten Astern gewonnen hatte. Ihr Herz hatte geblutet, als die Schnittblumen die Köpfe hängen ließen und der Verwelkungsprozess begann. Sie hatte die Samen herausgelöst und zum Trocknen ausgelegt. Ein Einweckglas stand schon bereit. Darin wollte sie sie aufbewahren, gut verschraubt in der hintersten Ecke ihres dunklen, kühlen Kleiderschrankes, um sie im nächsten Frühjahr vorkeimen zu lassen, zu pikieren und in irgendeinem öffentlichen Garten einzupflanzen.

Später am Sonntagmorgen zupfte Charlotte die Brauen ihrer Mutter in Form und unterzog ihre Hände einer Maniküre, während Debbie in ihrem Zimmer lag und einen Roman las. Zwischendurch lief Charlotte immer wieder zum Fenster, von dem aus man auf die Straße blickte.

»Hat Dennis jetzt ein Automobil?«, erkundigte sich ihre Mutter irgendwann mit einem Lächeln.

Charlotte fuhr ein Schrecken in die Glieder. »Nein, ich ... bin mit einem Geschäftspartner vom Botanischen Garten verabredet, ein Sponsor, weißt du.«

Elizabeth hob eine Braue. »Ach? Und da bitten die Herren aus dem Direktorium die neu eingestellte Botanikerin, den Kontakt zu pflegen?«

Charlottes Ohren wurden heiß. »Natürlich nicht. Mr Bromberg hat mich gebeten, ihn bei einer Besichtigungstour durch Kent zu begleiten. Er möchte sich ein Haus kaufen und legt Wert auf meine Einschätzung. Er ist Deutscher und vor zwei Jahren nach Dartford gezogen, um die Papierfabrik seines verstorbenen Onkels zu übernehmen.«

»Ein Deutscher also, soso.« Das Ungesagte schien zwischen ihnen hin- und herzuschwingen.

»Er ist ein Ehrenmann und mehr Gentleman als jeder Engländer.« Charlotte konnte sich selbst nicht erklären, warum sie Victor Bromberg verteidigte. Sie wusste doch viel zu wenig über ihn.

Zum Glück ließ ihre Mutter es dabei bewenden. »Was für eine Ehre, dass er Wert auf dein Urteil legt.«

Wie aus dem Nichts stand auf einmal Debbie im Türrahmen, die Arme vor der Brust verschränkt. »Also ein echtes Rendezvous? Wie aufregend! Bist du in ihn verliebt?«

Charlotte verdrehte die Augen. »Man muss nicht verliebt sein, um einen Sonntagsausflug mit einem Gentleman zu unternehmen. Deine Fantasie geht mit dir durch. Benutze die lieber für den nächsten Englischaufsatz in der Schule.«

Debbie lachte. »Wetten, dass er versuchen wird, dich zu küssen?«

Jetzt wurde es Charlotte zu bunt. Sie griff nach einem Sofakissen und schleuderte es in Richtung der jüngeren Schwester, die es gekonnt auffing und mit Schwung zurückwerfen wollte. Sie stockte in der Bewegung, als von draußen ein melodisches Hupen erklang.

Charlotte war mit einem Satz am Fenster, noch vor ihrer Schwester, die hinter ihr drängelte, um nichts zu verpassen. Unten vor dem Haus stand ein weinroter Ford, mit Scheinwerfern wie Vollmonde und offenem Verdeck, das den Blick auf die Ledersitze freigab. Victor Bromberg trug heute weder Bowler noch Anzug, wie Charlotte erkannte, als er die Fahrertür öffnete und ausstieg. Der sportlich geschnittene weiße Pullover passte gut zu den schwarzen Hosen. Mit der Hand beschirmte er seine Augen vor der Sonne, als er an der Fassade des Hauses hinaufsah.

Charlotte packte Debbie am Ellbogen und zog sie in die Hocke. Debbie kicherte. »Wieso soll er nicht wissen, dass du ihn erwartest?«

»Davon verstehst du nichts«, gab Charlotte zurück. Würde er unten klingeln, sodass sie ihn hineinbitten musste? Irgendetwas in Charlotte sträubte sich, Victor Bromberg in ihre Wohnung zu lassen. In Windeseile griff sie nach ihrem Hut und dem leichten Sommermantel und schlüpfte in ihre Schuhe. Sie umfasste das Gesicht ihrer Mutter, die es sich im Ohrensessel bequem gemacht hatte, und küsste sie auf den Mund. »Debbie ist für dich da. Ich bin zum Abendessen wieder zurück, ja?«

»Hetz dich nicht, Lottie. Genieß die Stunden. Du tust viel zu wenig nur für dich.«

Charlotte war anderer Meinung: Jeden Tag, wenn sie nach Kew Gardens fuhr, tat sie etwas für sich.

»Erzählst du mir nachher, ob er versucht hat, dich zu

küssen? Weiß Dennis, dass du mit einem anderen Mann verabredet bist?«

Debbie konnte wirklich eine Plage sein. Charlotte gab ihr eine kleine Kopfnuss, bevor sie sie auf die Wange küsste. »Es wird nichts zum Erzählen geben, und was ich mit Dennis bespreche, das kannst du mir überlassen. Jetzt benimm dich wie eine Erwachsene und hilf Mutter beim Schreiben und Kochen, ja?«

Debbie warf einen schnellen Blick zu ihrer Mutter, die auffallend blass auf ihre Finger starrte. Als Debbie Charlotte wieder anschaute, sah sie ungewohnt ernst aus. »Du kannst dich auf mich verlassen«, sagte sie.

Erleichtert zog Charlotte sie an sich. Genau in dieser Sekunde ging die Türklingel. Charlotte warf Mutter und Schwester noch zwei Küsse zu und stürmte dann aus der Wohnung. Die Treppe hinab nahm sie immer zwei Stufen auf einmal, bis sie unten ankam und ihr einfiel, sie könnte eine Spur zu vorfreudig wirken. Am Treppenabsatz wartete sie, bis sich ihr Atem beruhigt hatte, bevor sie die Haustür öffnete.

Aus der Nähe sah Victor noch fantastischer aus. Seine Augen schimmerten vor Unternehmungslust. Ein paar Herzschläge lang schauten sie sich an, als wollten sie das Bild des anderen für alle Zeiten in sich aufnehmen. Schließlich beugte sich Victor vor und küsste sie links, rechts, links neben die Wangen, bevor er ihr seinen angewinkelten Arm bot. »Danke, dass Sie meine Einladung angenommen haben.«

Er öffnete die Beifahrertür für sie. Charlotte stieg der

Duft nach Leder in die Nase, als sie sich auf den Sitz fallen ließ. Sie versank in dem weichen Bezug und streckte genüsslich die Beine aus.

Als Victor den Wagen startete, spürte Charlotte die Vibration im ganzen Körper. Der Motor tuckerte, bevor der Wagen mit einem kleinen Hüpfer losrollte. Charlotte schreckte zusammen, hielt sich den Hut, aber noch hatten sie keine Fahrt aufgenommen.

Souverän lenkte er den Ford durch die Stadt, während Charlotte ihn beim Schalten der Hebel und Treten der Pedale beobachtete. Das schien gar nicht so schwer zu sein.

»Mit diesem Hebel wird beschleunigt?« Sie wies auf einen Schalter.

Er nickte. »Genau. Mit jedem Gang erhöht sich die Geschwindigkeit.«

»Wie viele Gänge gibt es?«

»Drei. Man hört am Motorengeräusch, wann man wechseln muss.« Victor warf ihr einen Seitenblick zu. »Sie wollen sich doch wohl nicht ans Steuer setzen?«

Charlotte hob eine Braue. »Wäre das so abwegig? Ich wäre nicht die erste Frau, die ein Automobil lenken kann. Und bestimmt ist es spannender, selbst zu fahren, als gefahren zu werden.«

»Ich hoffe doch sehr, dass ich Sie nicht langweile?« Zwischen seinen Brauen stand eine Falte.

»Oh.« Charlotte strich sich über die Stirn. Wieder einmal erst gesprochen, dann nachgedacht. »So habe ich das natürlich nicht gemeint.« Sie lehnte sich entspannt zurück, um ihm zu demonstrieren, wie gut ihr die Tour gefiel.

Die letzten Regenwolken hatten sich verzogen, als sie die Häuser und Fabriken Londons auf der Straße nach Maidstone hinter sich ließen.

Der Verkehr wurde hier weniger. Kutschen und Pferdewagen ratterten über die Straßen, nur ein paar Automobile. Am Wegesrand gingen Familien, viele im Sonntagsstaat.

»Ich liebe das Landleben.« Victor hielt das Lenkrad mit einer Hand, den Ellbogen des anderen Arms aus dem Seitenfenster gelehnt. Trotz der Windschutzscheibe blies ihnen der Fahrtwind ins Gesicht. Der Hut schützte Charlottes Frisur.

»Ich habe mein ganzes Leben in London verbracht«, erwiderte Charlotte. »Und ich habe nie etwas vermisst. Aber die Ferien mit meinem Großvater auf den Britischen Inseln und später, als er auf die Hebriden gezogen war, auf Skye – die waren schon speziell. Es geht beschaulicher außerhalb der Stadtzentren zu. Der Alltag verläuft in einem anderen Rhythmus, orientiert sich an den Jahreszeiten, an Aussaat, Wachstum, Ernte, Verfall, ein ewiger Kreislauf.«

Er lächelte zu ihr hinüber. »Das haben Sie schön gesagt, Miss Windley. Genauso empfinde ich es auch.«

Sie passierten weizenhelle Felder, Wiesen und Obstplantagen mit Bäumen schwer von Äpfeln und Birnen. Vereinzelt standen Cottages und Windmühlen an den Wegen außerhalb der Dörfer, bis sie das von Fabriken geprägte Maidstone erreichten, das Victor über eine Ringstraße schnell wieder verließ. In der Stadt roch es nach Benzin und Autoabgasen, graue Häuser dicht an dicht. Charlotte atmete auf, als sie wieder in freier Landschaft dahinbrausten. Sie fragte sich, warum sie fünfundzwanzig Jahre alt hatte werden müssen, um das Gefühl des Autofahrens zu erleben. »Ich werde mir eine Fahrlizenz besorgen«, sagte sie aus ihren Gedanken heraus, während der Weg über flache und steilere Hügel verlief.

Victor wählte eine Abzweigung zu einem Wäldchen. »Das ist doch wirklich nicht notwendig«, erwiderte er. »Das Fahren ist riskant. Und es gibt viel zu beachten. Leicht hat man, statt zu bremsen, Gas gegeben. Man gefährdet nicht nur sich selbst, sondern auch andere.« Er brachte den Wagen am Fahrbahnrand neben einer Lichtung zum Halten.

Charlotte stutzte. »Sie meinen, Frauen sind zu dumm zum Autofahren und stellen eine Gefahr für die Allgemeinheit dar?«

»Du lieber Himmel, nein!«, rief Victor. »Verzeihen Sie mir, dass ich mich missverständlich ausgedrückt habe! Was ich sagen wollte, ist: Ich fahre Sie, wo immer Sie hinwollen, Miss Windley. Ein Winken genügt, ich bin Ihr Chauffeur.« Er verneigte sich vergnügt, als er die Beifahrertür für sie öffnete.

Charlottes Ärger verflog. Wenn sie das Fahren lernen wollte, würde sie ihn nicht um Erlaubnis bitten. Bei Gelegenheit würde sie sich Bücher übers Autofahren besorgen. Die Theorie war sicher ein guter Anfang. »Passen Sie auf, was Sie versprechen. Ich vergesse nichts«, gab sie zurück und lief ihm voran auf die Lichtung, von der aus man einen wunderbaren Ausblick auf die Landschaft hatte. Am Horizont ragten die Dächer und Schornsteine von Maidstone in den Himmel. Bis zu diesem Wäldchen erstreckten sich die Felder von Kent wie ein Flickenteppich in den unterschiedlichsten Grün- und Gelbtönen, dazwischen Schuppen mit spitzen Dächern, umgeben von Brombeerhecken und Hopfenplantagen. Schmetterlinge flogen an Charlotte vorbei, Bienen summten im Klee zu ihren Füßen. Sie beschattete die Augen mit einer Hand und konnte sich nicht sattsehen an der Weite, die sich vor ihr erstreckte. Dann fiel ihr Blick auf ein auf dem benachbarten Hügel liegendes Haus aus rotem Klinkerstein. Kletterpflanzen rankten sich bis zum Dach und an den Fensterrahmen empor. Aus der Entfernung konnte Charlotte es nicht genau sehen, aber sie meinte, Wildrosen zu erkennen, Efeu, Geißblatt. Obwohl es kein protziger Bau war, wirkte er inmitten der Natur majestätisch, wie sich die Sonne in den Fenstern spiegelte. Eichen und Kastanien verstellten die Sicht, aber man erkannte eine mit Kieselsteinen bedeckte Einfahrt, und gehörte der Teich hinter dem Gebäude zum Anwesen?

»Das ist Summerlight House. Liegt es nicht idyllisch?« Victor war unbemerkt hinter sie getreten.

Sie wandte sich um. Er trug einen Picknickkorb und eine gefaltete Decke über dem Arm. »Oh, wie schön!«, rief sie. »Die Luft macht hungrig. Ich könnte bergeweise essen!«

Er reichte ihr zwei Zipfel der Decke, sodass sie sie gemeinsam ausbreiten konnten. Bevor sie das Tuch auf die Wiese legten, sprang Charlotte zwei Schritte zur Seite, um ein paar rosa-weiße Klatschnelken zu retten. *Silene vulgaris.* Victor ließ sich auf der Decke nieder und reichte ihr die Hand, damit Charlotte sich neben ihn setzte. Ein bisschen zu dicht, fand sie, rückte ein Stück von ihm ab und richtete die Falten ihres Kleides. Sie löste ein paar Spangen an ihrem Hut, streifte ihn ab und schüttelte die Haare. In den dichten Baumkronen über ihr schimpfte ein Sperlingspaar, als fühlte es sich von der menschlichen Gesellschaft gestört. Über den Feldern zogen zwei Habichte ihre Kreise, auf der Suche nach Beute.

Plötzlich bemerkte Charlotte, dass Victor sie versonnen beobachtete. »Sie haben wunderschöne Haare, Miss Windley. Ein Jammer, dass in diesen Zeiten alle Frauen die Haare kurz tragen wollen. Wenn Sie sie wachsen lassen würden, hätten Sie sicher eine einzigartige Pracht.«

»Tatsächlich hatte ich die bis vor Kurzem noch. Kurze Haare sind sehr praktisch, aber man kann nicht viel mehr mit ihnen machen, als sie in Wellen zu legen. Ich habe es früher immer geliebt, die Haare zu flechten, zu drehen, hochzustecken.«

»Darf ich?« Er berührte ein paar Locken an ihrer Schläfe.

Charlotte ließ es mit klopfendem Herzen zu, bevor sie noch ein Stück weiter rückte. Peinliche Stille trat zwischen sie. »Was sind denn für Köstlichkeiten in dem Korb?«, fragte sie schließlich.

Victor zauberte eine Blechdose mit Apfelkuchen hervor, in Papier eingepackte Sandwiches mit Roastbeef, Eistee in einer verschließbaren Kanne. Charlotte lief das Wasser im Mund zusammen. Genießerisch schloss sie die Augen, als sie den ersten Bissen vom Sandwich nahm. »Köstlich!«, murmelte sie.

»Ich werde das Kompliment weiterleiten«, gab Victor zurück. »Ich habe Ihnen ja schon erzählt, dass ich mit meiner

Cousine Aurora in einem Haushalt lebe. Sie ist sehr geschickt in all diesen Haushaltsfragen. Normalerweise versuche ich zu verhindern, dass sie sich Umstände macht, aber in dem Fall war ich dankbar.«

Dass er mit der Cousine unter einem Dach lebte, hatte Charlotte von Anfang an seltsam gefunden. Und sie kochte für ihn? Charlotte versuchte, sich die Irritation nicht anmerken zu lassen.

Offenbar konnte er in ihrer Miene lesen. »Aurora ist wie eine jüngere Schwester für mich. Als ich mein Erbe antrat, musste ich unterschreiben, dass ich mich um sie kümmere, und ich habe fest vor, mich an mein Versprechen zu halten. Ich gebe zu, dass ich nichts dagegen hätte, wenn in naher Zukunft ein heiratswilliger Mann um ihre Hand anhalten würde. Aber erzwingen kann man es nicht.«

»Es kommt auch auf ihr Alter an«, erwiderte Charlotte, bevor sie einen zweiten Bissen vom Sandwich nahm. Eine schillernde Libelle stoppte im Flug über der Decke und zog dann weiter ihre Kreise.

»Nun, mit ihren vierundzwanzig Jahren sollte sie bedenken, dass die Uhr gegen sie arbeitet.« Victor verschluckte sich und hielt sich zwei Finger vor den Mund, als wollte er die Worte zurücknehmen. »Ich spreche nur von Aurora, die leider mit wenig anziehenden Attributen ausgestattet ist.«

Charlotte schüttelte lächelnd den Kopf. »Ich habe Sie schon verstanden, Mr Bromberg. Sie sprechen damit kein Thema an, das mich beschämt. Ich bin wohl ein bisschen anders als die Frauen, mit denen Sie normalerweise zu tun haben. In meinem Elternhaus habe ich gelernt, dass es wichtig ist, die eigene Unabhängigkeit zu erhalten. Nicht dass ich mich nicht nach Liebe sehne«, jetzt wurde sie doch noch rot und zupfte an den Fransen der Decke. »Aber darin liegt nicht mein Hauptinteresse. Ich bin Botanikerin mit Leib und Seele und kann es nicht erwarten, dass man mich endlich in die Welt hinausschickt, um Feldforschung zu betreiben.«

Victor starrte sie sinnend an. »Ich sagte Ihnen bereits, wie gefährlich ich das finde. Andererseits sind solche Träume entzückend – wie alles an Ihnen. Was für eine außergewöhnliche, abenteuerlustige Frau Sie sind, Miss Windley.« Er griff nach ihrer Hand und hauchte einen Kuss darauf. »Ich bin froh, Sie getroffen zu haben«, gestand er. »Gibt es denn in Ihrem Leben einen Mann, der sich Hoffnungen machen darf?«

An den Flecken an seinem Hals und seiner rauen Stimme erkannte Charlotte, wie viel ihm ihre Antwort auf diese Frage bedeutete. »Wie alles in meinem Leben ist auch das kompliziert«, sagte sie mit einem Lachen und ließ den Blick über die Landschaft schweifen. Nein, sie würde ihm nicht von Dennis erzählen. Der Brustkorb wurde ihr eng, wann immer er ihr in den Sinn kam. Sie schüttelte die Gedanken an ihn ab. »Jedenfalls bin ich nicht verlobt. Und Sie?«, fragte sie geradeheraus zurück. Das Thema auf ihn zu bringen und von sich selbst abzulenken hielt sie für einen geschickten Zug. »Sie sind vermutlich ... Mitte dreißig?« Sie musterte ihn nachdenklich. »Ist Ihnen wirklich noch nicht die Richtige begegnet?«

»Sie sind ja eine Schmeichlerin«, sagte er. »Ich weiß,

dass ich keinen Tag jünger aussehe, als ich bin. Ich bin im Juni zweiundvierzig geworden. Tatsächlich habe ich eine Ehe bereits hinter mir. Meine ersten vierzig Jahre habe ich in Berlin verbracht.«

»Davon müssen Sie mir erzählen!« Charlotte öffnete die Dose mit dem Apfelkuchen und verteilte Stücke auf zwei Teller.

»Nun, mein Leben verlief nicht geradlinig, ich hatte jedoch im richtigen Moment immer das Glück auf meiner Seite. Als Zehnjähriger kam ich als Pflegekind zu einer Berliner Bankiersfamilie, nachdem meine Eltern an Tuberkulose gestorben waren. In meiner Kindheit sah ich meine Zukunft in der Buchhandlung meines Vaters, mit der neuen Familie wurde alles anders.«

»Kein Interesse mehr an Büchern?«

»Doch, schon, allerdings nicht mehr im professionellen Sinn. Ich habe unter den Fittichen meines Pflegevaters ein Wirtschaftsstudium und eine Ausbildung in der Bank absolviert.«

»Sie hatten wohl großen Einfluss auf Sie.«

Er nickte. »Ja, und ich war ihnen zu Dank verpflichtet. Wenn sie mich nicht aufgenommen hätten, wäre ich in einem Heim gelandet. Wer weiß, auf welche Abwege ich geraten wäre. Deswegen stand für mich fest, dass ich irgendwann Rebecca heiraten würde, die Nichte meines Pflegevaters. Sie war attraktiv, keine Frage, aber wir passten nicht zusammen und hatten keinerlei Zuneigung füreinander. Als ich vor drei Jahren die Scheidung einreichte, brach mein Pflegevater den Kontakt ab. Und wie anfangs erwähnt, war das Glück auf meiner Seite, denn etwa zur gleichen Zeit traf der Brief über das Erbe meines Onkels Mortimer ein.« Er grinste von einem Ohr zum anderen. »Und hier schließt sich der Kreis, auf der Picknickwiese in Kent, mit der bezauberndsten Frau, der ich je begegnet bin.«

Charlotte schüttelte die Verlegenheit ab, erwiderte sein Lächeln und nickte ihm zu. »Danke für Ihre Offenheit, Mr Bromberg. Was für ein bewegtes Leben. Wurden Sie nicht zum Kriegsdienst eingezogen?«

Ein Schatten flog über sein Gesicht, während er den Eistee in zwei Becher einschenkte und ihr einen reichte. »Ich galt als untauglich. Meine Lunge war nie die stärkste, und meine Eltern sind an Tuberkulose gestorben ... Ich muss allerdings dazu sagen, dass ich noch nie von Heldentum auf dem Schlachtfeld gesponnen habe, dazu bin ich ein zu überzeugter Realist.«

»In jedem Krieg gibt es immer nur Verlierer«, sagte Charlotte. »Ich hoffe, dass wir für lange Zeit Frieden haben werden.«

Victor wiegte den Kopf. »Die Weltlage ist unsicher. Aber lassen Sie uns über Erfreulicheres reden.« Er wies mit dem Kinn auf das Anwesen hinter dem Wald. »Was halten Sie von Summerlight House? Liegt es nicht malerisch inmitten der Wiesen?«

»Es sieht sehr einladend aus. Mir gefällt der Bewuchs an den Mauern und der Teich.«

»Wir können gleich mal vor die Einfahrt fahren und uns umschauen.«

»Ist das nicht aufdringlich?«

»Ja, schon, allerdings steht es zum Verkauf.« Er holte aus seiner Hemdtasche ein zusammengefaltetes Blatt hervor, das er aufschlug und ihr reichte. »Ich habe einen Immobilienmakler kontaktiert, der mir die Adressen aller Landhäuser gegeben hat, die in absehbarer Zeit zum Verkauf stehen werden. Es sind nicht viele. Die meisten Menschen mit einem solchen Besitz versuchen, ihr Anwesen und das Grundstück zu halten. Aber manchmal geht es nicht mehr. Dann muss man als Käufer schnell sein, um sich das beste Angebot zu sichern.«

»Und dazu wollen Sie meine Meinung wissen?«, fragte Charlotte. »Ob das Haus geeignet ist für Sie und Ihre Cousine Aurora, gegebenenfalls mit einem Verlobten, falls es sich ergibt?«

Er grinste von einem Ohr zum anderen. »Genau so, Miss Windley, ich wäre Ihnen sehr dankbar.«

Gemeinsam packten sie die Picknickutensilien ein und trugen sie zum Auto zurück.

Zehn Minuten später fuhren sie in die Einfahrt von Summerlight House. Aus der Nähe erkannte man, dass das Gebäude renoviert werden musste. Die Fensterrahmen hatten Risse, in den Pflanzenbewuchs an den Mauern hatte sich Unkraut gezwängt, und zwischen dem Kies in der Einfahrt wuchs Löwenzahn und Schachtelhalm. Die Wiesen drum herum wucherten wild. Dennoch strahlte das Haus eine Schönheit aus, die Charlotte in ihrem Herzen berührte. Die alten Mauern sprachen von einer mehr als zweihundertjährigen Geschichte. Hier hatten Menschen gelacht, geliebt, gestritten, hier waren Kinder geboren worden und Greise gestorben, hier hatten sich Wünsche erfüllt und waren Träume geplatzt.

»Ich finde es sehr stilvoll mit seinen Erkern und Gauben«, sagte sie an Victor gewandt, als sie begannen, das Haus zu umrunden. Seitlich wucherte das Unkraut, alte Obstbäume, um die sich offenbar keiner mehr kümmerte, wuchsen krumm in den Himmel. Im Teich hinter dem Haus stand das Schilfrohr und Ufergras hoch, eine Entenfamilie zog ihre Bahnen über das Wasser.

»Zweifellos gibt es viel zu tun«, fuhr sie fort. »Aber mit etwas Geschick zaubern Sie hieraus ein Schmuckkästchen. Und vergessen Sie nicht die günstige Lage: Sie sind jederzeit schnell in London oder in Dartford. Wenn Ihr Auto nicht mehr fahren sollte, können Sie die Bahn nehmen. Ich habe unterwegs Eisenbahnschienen gesehen.«

Sie lachten sich an, und für einen Moment legte Victor den Arm um ihre Schultern und küsste sie auf die Wange. Merkwürdigerweise empfand Charlotte diese Berührung als passend und wich nicht zurück. »Sie denken an alles. Danke für Ihre Einschätzung.«

»Falls Sie sich für den Kauf entscheiden, vergessen Sie nicht, den jetzigen Besitzer zu fragen, ob Sie die Dienerschaft übernehmen können. Ein eingespieltes Team in der Haushaltsführung ist Gold wert in dieser Abgeschiedenheit.«

»Ich werde es mir merken«, versprach er, »aber lassen Sie uns weiterfahren, damit wir die übrigen Landsitze noch besichtigen können, bevor es dunkel wird.«

Auf dem Weg nach Folkestone und Dover hatten sie die Straße über viele Meilen fast für sich allein. Charlotte sog die Luft ein, während die Landschaft mit all ihren wechselnden Düften von Kräutern, Blumen und Obstbäumen an ihnen vorbeizog.

Victor war ein angenehmer Gesellschafter, der genau im richtigen Moment schwieg und die Schönheit des Augenblicks wirken ließ und zu anderen Zeiten auf Burgruinen und blühende Hecken, auf Kirchen, malerische Panoramen und historische Fachwerkhäuser in den Dörfern hinwies.

Drei weitere Landhäuser besichtigten sie auf ihrer Tour, immer nur von außen und den Wagen diskret in einiger Entfernung geparkt.

»Die Besitzer wohnen meist gezwungenermaßen noch in den Gebäuden«, erzählte Victor. »Sie warten auf den Verkaufserlös, um sich eine neue Existenz aufzubauen. Oft sind es Witwen, deren Männer und Söhne im Krieg gefallen sind, die die laufenden Kosten für das Anwesen nicht mehr aufbringen können.«

»Das muss schwer für sie sein, einen seit Generationen gewachsenen Grundbesitz verkaufen zu müssen.«

Er hob die Schultern. »Ich glaube eher, es erleichtert sie, die Last und alte Erinnerungen abzuschütteln.«

Auch die übrigen Landhäuser lagen wie hingetupft inmitten von Tälern, keines gefiel Charlotte jedoch so gut wie Summerlight House mit seinen Wildrosen und dem Teich. Etwas Märchenhaftes schien über diesem Ort zu liegen.

»Wenn Sie also meine Meinung hören wollen«, sagte sie, während sie auf dem Küstenweg über den Kreidefelsen von

Dover spazierten, der Seewind ihr ins Gesicht wehte und Möwen sie umkreisten, »dann stimme ich für Summerlight House.« Sie lächelte ihn an. »Sie werden andere Maßstäbe anlegen als ich. Ich habe nicht die geringste Ahnung, wie es um die Strom- und Wasserversorgung bestellt ist und wie stabil die Bausubstanz ist, aber mein Herz sagt Ja zu diesem Anwesen, und ist es nicht das, worum Sie mich gebeten haben? Eine Entscheidung aus dem Bauch heraus?«

Sie ließ es zu, dass er den Arm um ihre Schultern legte, wie um sie gegen die Kühle des Abendwindes zu schützen. Auf der Landseite hinter ihnen ging die Sonne in einem Farbenspiel aus Rot, Orange und Violett unter und ließ Dover Castle schimmern, über den spiegelglatten Ärmelkanal zog die Fähre zum Kontinent.

»Ja, wunderbar«, sagte er. »Ich werde mich mit dem Makler zusammensetzen und Ihre Beurteilung bei meiner Wahl berücksichtigen.«

»Sie sind wirklich zu beneiden, Mr Bromberg. Sie werden ein sagenhaftes Zuhause haben und endgültig in England sesshaft werden.«

»Genau das beabsichtige ich«, erwiderte er, als sie das Ende des Steilküstenpfads erreicht hatten und kehrtmachten, um wieder zum Auto zu gelangen.

Schweigen trat für ein paar Minuten zwischen sie. Charlotte spürte, dass er noch viel mehr erzählen wollte über seinen Wunsch, einen Ort der Geborgenheit und der Liebe zu haben. Vielleicht schwieg er, um sie nicht zu verschrecken.

Für die Rückfahrt zog Victor das Verdeck zu, da es dunkel wurde und der Wind auffrischte. Die Scheinwerfer des Automobils zeichneten gelbe Schnitte in das Grau der Strasse.

Entzückend. So hatte er ihren Traum von der Feldforschung genannt, als handele es sich um eine charmante kleine Verrücktheit. Dabei war diese Vorstellung genau das Gegenteil von einem sicheren Ort: Sie wollte raus in die Welt, Abenteuer bestehen, unbekannte Arten auf Sammelexpeditionen zusammentragen und nach Kew verschiffen, ferne Länder, fremde Kulturen, exotische Gewächse, ein Leben wie auf einem Drahtseil schwebte ihr vor, nicht eines, bei dem man die Welt aussperrte, wenn man die Haustür schloss und sich vor dem Kamin einfand.

Wie groß wäre seine Enttäuschung, wenn sie ihm das klarmachte?

Charlotte spürte seine Zuneigung. Dieser Mann umschwärmte und begehrte sie, und er scheute sich nicht davor, ihr seine Verliebtheit zu zeigen. Wie sehr hatte sie sich solche sinnlichen Schwingungen mit Dennis gewünscht. Lag es daran, dass Dennis in Wahrheit nicht in sie verliebt war? Oder hatte er einfach eine nüchternere Art, damit umzugehen? Auf jeden Fall fühlte es sich fantastisch an, verehrt zu werden.

Die Landschaft rauschte an ihnen vorbei, Victor fuhr zügig, bis sie die Außenbezirke Londons erreichten. Der Verkehr wurde wieder dichter, und die Romantik, die ihren gemeinsamen Tag geprägt hatte, verflog.

Er parkte den Wagen direkt vor dem Haus in der Hunter Street und schaltete den Motor aus. Stille senkte sich über sie, als das rhythmische Tuckern verebbte. Sie wandten sich einander zu, sahen sich suchend in die Augen.

»Ich weiß nicht, wann ich zum letzten Mal einen so wundervollen Tag erlebt habe, Charlotte. Ich habe jede Minute mit dir genossen.« Es erschien selbstverständlich, dass sie zu der vertrauten Ansprache übergingen.

Er beugte sich etwas vor, zaghaft, die Miene fragend. Charlotte rückte von ihm ab und starrte auf ihre Hände. »Danke für alles, Victor.«

Er stieg aus, ging um das Auto herum und öffnete die Beifahrertür. Auf dem Gehweg ergriff er ihre Hände, führte sie an seine Lippen und beugte sich darüber. »Darf ich darauf hoffen, dass wir uns wiedersehen, Charlotte?«

Sie schluckte. Bis hierhin hatte sie sich einreden können, einen unverbindlichen Ausflug zu unternehmen, aber die Ernsthaftigkeit, mit der Victor um ein weiteres Treffen bat, führte in eine Verbindlichkeit, vor der sie sich fürchtete. Victors Souveränität und Eloquenz gefielen ihr, ja, seine Verliebtheit schmeichelte ihr, doch durfte sie ihm wirklich Hoffnungen machen? »Wir werden sehen. Lass mir Zeit, Victor. Ich wünsche dir ein glückliches Händchen beim Hauskauf. Schlaf gut.« Sie beugte sich vor und drückte einen Kuss auf seine Wange. Dann wandte sie sich um und lief mit klopfendem Herz zur Haustür.

Da hatte es dieser Deutsche tatsächlich geschafft, ihr Leben im Laufe eines einzigen Tages auf den Kopf zu stellen. Auf einmal eröffneten sich Möglichkeiten für sie, nach denen sie nie zuvor gesucht hatte, und es standen Entscheidungen an, vor denen sie sich fürchtete. Eines hatte

Victor auf jeden Fall erreicht: Diesen Schwebezustand mit Dennis würde sie beenden. Sie würde ihn wissen lassen, dass es da einen anderen Mann gab. Auch auf die Gefahr hin, dass er nicht um sie kämpfen, sondern sich von ihr zurückziehen würde. Dieser Gedanke fühlte sich zwar an wie ein Messer, das sich in ihren Eingeweiden drehte, aber sie wusste, dass es an der Zeit war, eine Entscheidung zu erzwingen.

Die Gelegenheit, mit Dennis zu reden, ergab sich morgens in der Bahn, als sie sich auf dem Weg nach Kew Gardens begegneten. Meistens fuhr Charlotte früher als Dennis, aber an diesem Tag traf sie ihn zufällig und sie teilten sich eine Bank. Charlotte war froh, dass sie sich nicht gegenübersaßen.

»Puh, ich hätte noch drei Stunden weiterschlafen können, aber ich halte später einen wichtigen Vortrag im Herbarium, auf den ich mich noch vorbereiten muss«, erzählte Dennis.

»Ja.«

Er lachte auf. »Hoffentlich stellt das Publikum nicht zu viele Fragen, sodass wir das schnell hinter uns bringen können.«

»Ja, hoffentlich.«

Er blickte sie von der Seite an, und sie spürte, wie ihre Wangen heiß wurden.

»Ich ...«

»Was ist los?«

Sie hatten gleichzeitig zu sprechen begonnen, und Charlotte nahm einen neuen Anlauf. »Ich habe gestern einen Ausflug mit dem Automobil gemacht.«

»Oh?« Er musterte sie fragend. Sie vermied es, ihn anzuschauen. »Mit Ivy und ihrem Verlobten?«

Sie schüttelte den Kopf und starrte auf ihre ineinander verschränkten Finger. »Er ... er heißt Victor Bromberg und kommt aus Berlin. Er hat die Papierfabrik seines Onkels in Dartford geerbt.«

»Ach, von dem habe ich schon gehört. Scheint ein ziemlicher Protz zu sein.«

Sie wandte ihm das Gesicht zu. »Nein, das ist er nicht. Er ist ganz nett.«

»So?«

»Er wollte, dass ich ihn beim Kauf eines Landhauses berate.«

Er stieß ein Lachen aus. »Was für ein origineller Versuch.«

Sie starrte ihn an. »Ehrlich, es ging ihm um meine Meinung zu den Anwesen.«

»Wie nett ist er denn wirklich? Gefällt er dir?« Seine Stimme klang auf einmal rau.

Sie hob die Schultern. »Die Tour war schön, er ist ein charmanter Gesellschafter.« Sie spürte ihren Herzschlag überdeutlich in der Brust. Tausend Fragen schienen zwischen Dennis und ihr hin und her zu schwirren. Doch jedes weitere Wort schien zu heikel.

Mit einem Glücksgefühl im Leib spürte Charlotte, wie Dennis nach ihrer Hand tastete und sie ergriff, während er aus dem Fenster blickte, als sei das Thema erledigt. Er hielt sie und sie ließ sie ihm, als wollte er das Band zwischen ihnen bestärken und nicht riskieren, sie zu verlieren.

Vielleicht hatte es jemanden wie Victor Bromberg gebraucht, um Dennis daran zu erinnern, was er zu verlieren hatte. Dass sie sich an den Händen hielten, berührte sie auf eine zärtliche Art. Aber war das ein Bekenntnis? Wann würde er endlich damit beginnen, eine gemeinsame Zukunft mit ihr zu planen? Er musste doch spüren, dass die Zeit drängte.

Kapitel 11

Der Geruch nach aufgewühlter Erde lag im Pflanzschuppen, in dem Charlotte an diesem Nachmittag zwei Rosenstämme zu kreuzen versuchte. Von einem hatte sie bereits ein Stück Rinde mit einem scharfen Messer abgenommen und an eine freigekratzte Stelle am zweiten Stamm gesetzt, wo sie es mit einem Bastfaden umwickeln wollte. In der Halle arbeiteten noch mehr ihrer Kollegen, füllten Töpfe mit Erde, pflanzten Setzlinge ein, schnitten wilde Triebe aus. Wie bei den meisten Tätigkeiten in Kew Gardens sprach man nur das Nötigste. Die Stille hatte etwas Beruhigendes, fand Charlotte. Sie liebte diese Arbeit besonders, da sie ihr Universitätswissen praktisch anwenden konnte. Hier packten sie die Kisten mit den exotischen Gewächsen aus, die nicht getrocknet und archiviert wurden, sondern die Pflanzenwelt von Kew bereichern sollten – ein lebendiges Labor. Dabei galt es, besondere Vorsicht bei der Standortbestimmung, bei der Auswahl des Bodens und der benachbarten Gewächse walten zu lassen.

Die Kiste aus dem tropischen Regenwald stand zu ihren Füßen, sie freute sich schon darauf, sie gleich nach der Rosenveredelung zu öffnen und den Duft der weiten Welt einzuatmen. In den Wochen, seit sie hier arbeitete, hatte sie sich den Ruf erworben, besonders kenntnisreich, sorgfältig und zügig zu Werke zu gehen. Dass sie den Auftrag hatte, eine Sendung aus dem Amazonasgebiet alleine zu öffnen und die Pflanzen zu bestimmen und zu versorgen, zeugte von hoher Anerkennung. Es war ungewohnt für Charlotte, nicht mehr wie zu Schul- und Universitätszeiten als der Tollpatsch vom Dienst zu gelten, sondern als ernsthafte Mitarbeiterin behandelt zu werden, auf deren Meinung man besonderen Wert legte. Das ließ sie hoffen, dass ihr Arbeitsvertrag im kommenden Jahr verlängert werden würde.

Vielleicht fragte man sie sogar für eine Expedition an. Ihre Bereitschaft zu reisen bekräftigte sie bei jeder sich bietenden Gelegenheit.

Sie drehte sich um, als auf dem Weg zur Pflanzhalle schnelle Schritte laut wurden. »Charlotte!«

Dennis? So aufgelöst hatte sie ihn noch nie gesehen. Er winkte schon von Weitem, und sein Gesicht strahlte. Als er bei ihr war, legte sie ihr Arbeitswerkzeug weg und ließ sich von ihm umarmen. Einige Kew-Mitarbeiter hatten inzwischen mitbekommen, dass sie sich gut kannten – es war ihnen nicht lange geglückt, ihre Beziehung geheim zu halten. Aber es schien zu Charlottes Überraschung niemanden zu stören, niemand unterstellte ihr, sich nur wegen Dennis beworben zu haben. Schließlich zeigte sie täglich, wie sehr sie ihre Arbeit liebte. Trotzdem war es nicht gut, dass sich Dennis heute vergaß und sie nicht nur innig an sich drückte, sondern sie auch mitten auf den Mund küsste. Sie spürte seine Armmuskeln unter dem gestärkten Kittel, seine weichen Lippen auf ihren, seinen flachen Bauch und die Oberschenkel, als er sich an sie presste. Ach, Dennis …

Charlotte vergaß alles um sich herum, nahm sein Gesicht zwischen die Hände und küsste ihn mit aller Liebe, die sie für ihn empfand. Er erwiderte ihren Kuss, vorsichtig, tastend, und sie schmolz in seinen Armen. So lange hatte sie davon geträumt, und nun überwältigte er sie während der Arbeit. Sie kannte noch nicht einmal den Grund für seine sprühende Laune und seinen überraschenden Liebesbeweis.

»Na, das sieht mir nach einer Verlobung aus«, hörte Charlotte einen der Gärtner in der Pflanzhalle sagen. Und ein jüngerer, der Wurzelballen in größere Töpfe setzte, grinste breit.

Als Applaus hinter ihnen aufbrandete, kamen Charlotte und Dennis zur Besinnung und lösten sich voneinander.

Charlotte errötete. Dennis ersparte ihr eine Erwiderung, als er ihre Rechte ergriff und sie nach draußen zog. »Hast du ein paar Minuten Zeit?«

Die hatte sie nicht, aber wie konnte sie dem völlig aufgekratzten Dennis eine Abfuhr erteilen? So kannte sie ihn nicht, diese überschäumende Freude zeigte eine neue Facette an ihm, und so hatte er sie noch nie geküsst. Ob er sie noch einmal küssen würde, jetzt, wo sie zwischen dem mächtigen Ginkgo, einem der ältesten Bäume des Gartens, und einem chinesischen Blauregen dicht voreinander standen?

Er nahm ihre Hände und drückte sie, während sie zu ihm aufsah. »Sir Prain hat mir heute angeboten, mit einem Team von vier anderen Wissenschaftlern im Oktober in die Nord-Mandschurei zu reisen, um die Arbeit einer früheren Forschungsgruppe zu beenden. Die Truppe hat ihre Untersuchungen wegen einiger zum Glück glimpflich verlaufener Erkrankungen abgebrochen. Später fahren wir dann zu einer eigenständigen Expedition nach Australien. Ist das nicht unfassbar, Charlotte?«

Ihr Herz hüpfte, als sie seinen Nacken umschlang. Wie freute sie sich für Dennis! »Was für ein fabelhaftes Angebot!« Sie lachte auf, als er sie im Kreis herumwirbelte und ihr Gesicht mit Küssen bedeckte. »Ach, Dennis, ein Teil von mir fährt mit dir.«

Überraschend wurde er ernst. Er umfasste ihr Kinn. »Ich werde mindestens ein Jahr lang weg sein, Charlotte. Ich weiß, ich bin etwas kompliziert in solchen Dingen, ängstlich vielleicht, vorsichtig, aber ... aber ja, ich liebe dich. Ich liebe dich schon lange und kann mir ein Leben ohne dich nicht vorstellen. Wirst du auf mich warten?«

Die widersprüchlichsten Empfindungen fochten in ihrer Brust. Einerseits die rückhaltlose Freude für Dennis, andererseits eine Spur von Trauer und Fernweh, weil sie selbst gern mitfahren würde. Da war die Zuneigung Dennis gegenüber und seine plötzliche Offenheit, und da war Victors Wunsch nach mehr Nähe zu ihr.

Würde sie auf Dennis warten? Ein Jahr lang? Sie sah ihm an, wie wichtig ihm ihre Antwort war. Vielleicht war dies wirklich eine Art Verlobung.

»Ich habe eine bessere Idee«, sagte sie aus ihren Gedanken heraus. »Ich werde fragen, ob ich mich eurer Expedition anschließen kann.«

Dennis löste sich von ihr und runzelte die Stirn. »Charlotte, das wird nicht möglich sein. Die Gelder sind nur für fünf Männer bewilligt.«

»Sind denn alle Teilnehmer begeistert von der Aussicht, für ein Jahr im Ausland zu leben? Ich könnte mir vorstellen, dass manch einer gerne seinen Platz räumen würde, um bei Frau und Kindern zu bleiben.« Alle schwärmerischen Gefühle hatten sich verflüchtigt. Charlotte verschränkte die Arme vor der Brust.

Dennis' Miene drückte Verzweiflung aus. »Du machst dir falsche Hoffnungen, Charlotte. Das wird nicht möglich sein.«

»Das wissen wir erst, wenn ich gefragt habe, oder?« Sie stellte sich auf die Zehenspitzen und küsste ihn ein letztes Mal. »Und nun muss ich wieder an die Arbeit. Wenn ich für die Expedition ausgewählt werden will, kann ich es mir nicht leisten, in meiner Arbeitszeit beim Schmusen erwischt zu werden.«

Er zog sie ein letztes Mal zu sich heran und beugte ihren Rücken, um sie nach allen Regeln der Kunst zu küssen, bis sie kaum noch Luft bekam.

Vor Glück und Hoffnung strahlend, befreite sie sich, richtete mit beiden Händen ihre Haare und schob die Brille wieder zurecht. Dann lief sie mit wie Wildwasser brausendem Puls zurück zu ihrem Arbeitsplatz.

»Sie wissen aber, dass das kein Spaziergang wäre, oder?« Professor Bone ging mit auf dem Rücken verschränkten Armen in seinem Büro auf und ab, während Charlotte in einem der alten Sessel saß und immer tiefer in das Polster rutschte.

»Ich habe mich eingehend damit beschäftigt, wie man sich auf Expeditionen am besten vorbereitet. Ich kenne jede Klimazone auf der Welt, und ich bin bereit, mich den Bedingungen anzupassen. Mein botanisches Wissen ist breit gefächert, ich arbeite zuverlässig, und ich bin kerngesund und unabhängig. Ich würde sehr gern teilnehmen, und ich würde Sie nicht enttäuschen, Sir.«

Weniger konzentriert als üblich hatte Charlotte nach dem Treffen mit Dennis die Amazonas-Kiste geöffnet und mehrere Stöcke mit Wurzeln herausgefischt, Sträucher aus Brasilien, die ihre zahlreichen Blüten direkt am Stamm trugen, wie im Beischreiben erklärt. Eine getrocknete Blüte, die eine Ahnung davon vermittelte, wie karmesinrot diese Stämme austrieben, lag dabei. Sie hatte die weit gereisten Pflanzen gewässert und Kübel mit Erde vorbereitet, aber ihre Gedanken kreisten nur darum, wie sie am sinnvollsten vorging, um Dennis bei dieser Expedition zu begleiten. Nicht nur als seine Kollegin, sondern auch als seine Verlobte. Daran konnte es nach seinen Küssen keinen Zweifel mehr geben. Schließlich hatte sie sich dagegen entschieden, direkt bei Sir Prain vorzusprechen. Zu dem Direktor war ihr Verhältnis distanzierter als zu Professor Bone, den sie offenbar immer noch an das Mädchen von damals erinnerte, das mit seinem Strohhut dem Großvater gefolgt war wie ein Entenküken. Professor Bone schien sie auf eine wohlwollend-väterliche Art zu mögen, und Charlotte war bereit, dies zu ihrem Vorteil zu nutzen. Auch sie hatte den unscheinbaren Professor ins Herz geschlossen.

Bone winkte ab. »Ich weiß das alles, Charlotte. Wie kompetent Sie sind, ist bereits zu Sir Prain durchgedrungen. Er schätzt Sie und hat angedeutet, dass er mit dem Gedanken spielt, Ihren Vertrag zu verlängern, wenn Sie weiterhin so nutzbringend arbeiten.«

Charlottes Blut rauschte in ihren Ohren, als sie sich kerzengerade aufsetzte. »Werden Sie für mich nachfragen?«

Professor Bone fuhr sich mit fünf Fingern durch die pelzigen Haare. »Die Expedition steht. Sir Prain hat viel Sorgfalt darauf verwendet, die richtigen Männer auszuwählen. Was ich Ihnen anbieten kann, wäre, Sie bei der nächsten Reise vorzuschlagen ...«

Charlotte sackte in sich zusammen. Diese Expedition nach Fernost und Australien wäre schlichtweg perfekt. Sie würde nicht nur endlich ihre Pläne verwirklichen können, sondern wäre auch in weiter Entfernung zu Victor Bromberg. Wenn Dennis sogar vor der Abreise noch um ihre Hand anhielt, konnten sie vielleicht als Ehepaar das Abenteuer antreten, wie sie es sich immer gewünscht hatte.

»Ach, bitte, Herr Professor.« Charlotte rang die Hände. Ihre Augen waren feucht, als sie Edward Bone anschaute, der ihren Blick offenbar kaum aushalten konnte und sich von ihr abwandte. Er starrte aus dem Fenster auf den Hauptweg des Gartens, wo die Besucher zwischen den Blumenrabatten flanierten und sich die Blätter der aus Nordamerika stammenden Roteiche zu verfärben begannen. Der Sommer neigte sich dem Ende zu, überall zeigten sich erste Anzeichen des nahenden Herbstes. Manche Pflanzen welkten dahin, andere trieben, als hätten sie den Sommer über Kraft getankt, ihre Blüten in leuchtenden Farben aus.

Bone stieß einen Seufzer aus. »Seien Sie nicht zu optimistisch«, warf er ihr hin und bedeutete mit einer Geste, dass sie gehen konnte.

Charlottes Herz stolperte. Das war keine Absage, oder? Ein Hoffnungsschimmer blieb!

»Gehen Sie an Ihre Arbeit. Die erledigt sich nicht von allein.«

»Selbstverständlich, Sir.« Charlotte sprang auf und verneigte sich vor dem Professor, bevor sie aus dem Büro lief.

Niemanden weihte sie in ihren beherzten Vorstoß ein. Ihre Familie und Ivy nicht und auch nicht Victor, der sie zwei Tage nach ihrer Sonntagsspazierfahrt anrief und sich nach ihrem Befinden erkundigte. Am Tag zuvor hatte ein Bote eine edle Schachtel Pralinen in die Hunter Street gebracht, heute ein Stück feinster Seife. Charlotte hatte mit rotem Kopf die liebevollen Zeilen durchgelesen, die Victor dazu geschrieben hatte, aber Schokolade und das duftende Waschstück der Familie zur Verfügung gestellt. Debbie hatte sich nicht lange bitten lassen, maulte aber nach Flieder riechend und mit vollen Backen, weil Charlotte nicht mehr über ihren großzügigen Kavalier verriet und immer sofort das Thema wechselte, wenn Debbie darauf zu sprechen kam.

»In dieser Jahreszeit ist sehr viel zu tun in Kew«, erzählte Charlotte ihm am Telefon. »Ich komme selten vor Einbruch der Dunkelheit nach Hause.«

»Ich könnte dich morgen mit dem Auto abholen und nach Hause bringen. Wie würde dir das gefallen?«

Sie hörte durch den Hörer seine Atemlosigkeit. Victor, der vor Kew Gardens mit seinem glänzenden Ford auf sie wartete? Wie ließe sich das vereinbaren mit der neuen Nähe, die sich zwischen Dennis und ihr entwickelt hatte? War es fair, noch mit Victor zu sprechen? Sie brachte es nicht übers Herz, ihm am Telefon endgültig eine Absage zu erteilen. Sie würde es aushalten müssen, sich ein weiteres Mal mit ihm zu treffen und ihm von Angesicht zu Angesicht zu gestehen, dass ihre Beziehung chancenlos war, dass sie aber Freunde bleiben konnten. »Das wäre fein, Victor.«

Sie hörte ein erleichtertes Seufzen. »Ich sehne mich danach, dich wieder in meiner Nähe zu haben.«

»Hast du wegen der Häuser mit dem Makler gesprochen?«, wechselte Charlotte rasch das Thema. Der Immobilienkauf war unverfänglich.

Er räusperte sich, seine Stimme klang nüchterner. »Ja, aber noch ist nichts spruchreif. Die Leute haben wirklich übertriebene Vorstellungen, was den Wert ihrer Grundstücke angeht. Sie vergessen, welche Kosten die Renovierung verschlingt. Also, alles noch in Verhandlung. Ich halte dich auf dem Laufenden.«

»Ich bin sicher, du bringst es zu einem für alle Seiten erfreulichen Abschluss. Und dann ziehst du bald aufs Land. Hast du schon mit deiner Cousine gesprochen?«

»Ach, ich habe ihr zwar die Anwesen beschrieben, bin mir jedoch nicht sicher, ob es sie interessiert. Ob auf dem Fabrikgelände oder mitten in Kent – sie geht sowieso selten unter Leute und igelt sich in ihren Räumen ein.«

Eine merkwürdige Person, ging es Charlotte durch den Kopf. Aber es sprach auf jeden Fall für Victors Verantwortungsbewusstsein, dass er sie nicht im Stich ließ. »Sie wird es genießen, wenn ihr erst einmal umgezogen seid.«

Er schwieg einen Moment, und sie hörte nur das Knistern in der Leitung. »Bis morgen«, sagte er leise. »Ich kann es kaum erwarten.«

Ihre Mutter und ihre Schwester ließen Bemerkungen darüber fallen, wie abwesend sie in diesen Tagen mit ihren Gedanken war und ob ihre Zerstreutheit wohl auch mit dem Ausflug und den Pralinen zusammenhing. Manchmal zuckte sie zusammen, wenn sie angesprochen wurde, und einmal stellte sie Debbies schmutzige Schuhe an die Spüle und die Teetassen auf die Putzbank in der Abstellkammer.

»Also wirklich, Charlotte, ich dachte, das hätten wir hinter uns!«, fuhr Elizabeth sie an, als sie ihr eine Perlenkette anlegen wollte, obwohl sie bereits ein Armband und Ohrringe aus Weißgold trug. »Was ist nur los mit dir?«, fragte sie, während Charlotte sich mit kribbeligen Fingern bemühte, den Verschluss wieder zu öffnen und den Schmuck zu wechseln.

»Ich weiß es nicht, Mama. Manchmal kommt alles

gleichzeitig, und man verlangt von dir, Entscheidungen zu treffen, die über dein weiteres Leben bestimmen.«

Elizabeths Miene wurde sanfter. »Hat es mit dem Herrn zu tun, der dich vergangenen Sonntag hier abgeholt hat? Oder mit Dennis?«

Charlotte schluckte. »Ja und nein«, erwiderte sie ausweichend. »Aber die Welt dreht sich nicht nur um Männer.« Sie zwinkerte ihr zu. »Das weiß keiner besser als du, oder?«

Elizabeth hob, vor dem Frisiertisch sitzend, ihre zitternde Hand und streichelte Charlottes Wange. Charlotte beugte sich zu ihr und küsste sie. »Mein liebes Mädchen«, sagte Elizabeth. »Lass dich von niemandem drängen. Und wenn du jemanden zum Reden brauchst, ich bin für dich da.«

»Das weiß ich, Mama.«

Auch Dennis gegenüber hatte sie nicht erwähnt, dass sie bei Professor Bone vorgesprochen hatte. Seit Dennis wusste, dass es ans andere Ende der Welt ging, hatte ihn das Reisefieber gepackt. Jeden Tag nach der Arbeit stromerte er durch die Stadt, um mithilfe einer Liste Ausrüstungsgegenstände und Schutzkleidung zu erwerben. Nach seiner Ankündigung, dass er nach Fernost und Australien reisen würde, hatten sie sich immer nur bei flüchtigen Begegnungen getroffen, sich kurz an den Händen gehalten, angelächelt, ein paar liebe Worte gewechselt.

Als Charlotte am Freitag in Kew Gardens ankam und gleich in die Umkleideräume stürmte, fand sie in ihrer Nachrichtenbox neben der Abrechnung für den vergangenen Monat und der Liste von Professor Bone für ihre Tagesarbeit auch einen Briefumschlag, der persönlich an sie gerichtet war. Der Absender war das Sekretariat von Sir Prain.

Charlotte ließ sich auf die Holzbank vor ihrem Spind nieder und befingerte den dünnen Umschlag, in dem sich offenbar nicht mehr als ein Blatt befand, bevor sie ihn mit dem Zeigefinger aufriss. Ihre Finger bebten, als sie das Schreiben entnahm und entfaltete.

Sammelexpedition ab 25. 10. 1920 in die Nord-Mandschurei und nach Australien.

Sehr geehrte Miss Windley, Sir Prain hat Sie, auf Anraten von Professor Bone, in die Teilnehmerliste der o. g. Expedition aufgenommen, nachdem krankheitsbedingt ein Platz im Team frei geworden ist. Bitte finden Sie sich zur Besprechung aller notwendigen Formalitäten und Impfungen und zum Kennenlernen der übrigen Teilnehmer heute um 14 Uhr im Sitzungssaal des Direktoriums ein. Hochachtungsvoll, Direktionssekretariat Mrs Lewis.

Das Schreiben flatterte in ihrer Hand, während sie es ein ums andere Mal las, um sicherzugehen, dass sie nicht irgendetwas falsch verstand. Aber nein, es war eindeutig: Dies war die Einladung, an der Expedition teilzunehmen! Man hatte sie vorab nicht gefragt, sondern sie gleich zur ersten Besprechung beordert. Vermutlich hatte Professor Bone dem Direktor gegenüber keinen Zweifel daran gelassen, dass sie, Charlotte, Himmel und Hölle in Bewegung setzen würde, sollte sich ihr die Chance eröffnen, an einer Expedition teilzunehmen.

Du lieber Himmel, wie würde Dennis reagieren, wenn sie bei dem Treffen heute dazustoßen würde! Sie konnte es nicht erwarten, sein verdattertes Gesicht zu sehen und dann, wenn er begriff, dass es die Wahrheit war, die Liebe und Vorfreude in seinen Augen.

Sie ließ das Schreiben sinken und legte das Gesicht in die Hände. Sie schluchzte einmal kurz auf, bevor die Freudentränen liefen. Bald würden es alle erfahren, sie mit guten Ratschlägen überschütten und vor Gefahren warnen. Sie würde schwören müssen, regelmäßig lange Briefe zu schreiben, in denen sie von den fremden Kulturen berichtete. Alle würden auf sie einreden, mit ihr jubeln und anstoßen.

Aber dieser Moment hier, der gehörte ihr allein.

»Was ... was machst du hier, Charlotte?« Dennis schaute nervös nach rechts und links, wo die drei anderen Wissenschaftler vor der Tür des Sitzungssaales diskret vorgaben, nichts mitzubekommen.

»Guten Tag, meine Herren«, rief Charlotte in die Runde, und die Wissenschaftler verbeugten sich. Außer Dennis erkannte sie zwei weitere Kollegen, mit denen sie schon zu tun gehabt hatte. Dazu gehörte Henry, der die Führungen durch den Botanischen Garten leitete. »Ich freue mich auf unsere gemeinsame Expedition.«

Die Männer hoben die Brauen und begannen miteinander zu tuscheln, während Dennis der Unterkiefer herabfiel. »Charlotte, hast du den Verstand verloren?«

Sie grinste ihn an und reichte ihm den Brief aus dem Sekretariat. »Lies selbst.« Sie gluckste vor unterdrückter Freude.

»Dann bist du der Ersatz für Oscar, der gestern im Palmenhaus von der Empore gefallen ist und sich Arme und Beine gebrochen hat?« Henry starrte sie an. Von dem Unfall hatte auch Charlotte gehört, aber sie hatte nicht gewusst, dass der Botaniker zum Expeditionsteam gehörte. Sie hob die Schultern und lächelte schief. »Sieht so aus, oder?«

Atemlos überflog Dennis den Brief, bevor er die Luft ausstieß und fassungslos den Kopf schüttelte. »Was für ein Wahnsinn.« In seinen Augen erkannte sie die sprühende Lust darauf, sie zu küssen. »Wir werden uns zum erfolgreichsten Expeditionsteam entwickeln, das Kew Gardens jemals in die Welt gesandt hat, nicht wahr?« Er wandte sich an seine Kollegen, die zustimmend nickten und Charlotte zugrinsten.

»Herzlich willkommen«, sagte der Älteste von ihnen. Es war James, der Botaniker, der sie am Tag ihres Vorstellungsgesprächs im Herbarium so freundlich begrüßt hatte. »Ich bin noch nie mit einer Frau gereist. Ich kann mir allerdings gut vorstellen, dass Ihre Sicht auf die Flora sehr nützlich sein wird.«

»Vielen Dank!« Charlotte strahlte ihn an.

Henry ergriff ihre beiden Hände und drückte sie. »Wir werden viel Spaß haben! Ich bin begeistert, Charlie!«

Charlotte ging das Herz auf bei diesem warmen Willkommen. Insgeheim hatte sie damit gerechnet, auf Ablehnung zu stoßen. Dass die Männer sie als Klotz am Bein empfinden mochten, als schwache Frau, auf deren Befindlichkeiten man Rücksicht nehmen musste. Aber nein, es hatte den Anschein, als begrüßten sie sie als vollwertiges Mitglied des Teams. Auch der vierte Forscher in der Runde wirkte sympathisch, obwohl er sich zurückhaltend gab. Seine Haut war wettergegerbt, sein Haar grau. Er stellte sich als Arthur Hodden vor. Obwohl seine Begrüßung freundlich war, spürte Charlotte seine Zweifel. Aber das störte sie nicht – sie würde sich jeder Herausforderung stellen und ihn davon überzeugen, dass sie die Gruppe bereicherte!

Sie plauderten durcheinander und bildeten schließlich eine Gasse, um die Sekretärin des Direktors durchzulassen, die die zweiflügelige Tür zum Saal aufschloss.

Kurz darauf betrat Sir Prain den Saal: ein groß gewachsener Mann mit welligem Haar und gewaltigem Schnauzbart, der einen Nadelstreifenanzug trug.

Charlotte bemühte sich, in Gegenwart des berühmten Botanikers nicht eingeschüchtert zu wirken. Mehrere Jahre hatte er in Indien gearbeitet und betätigte sich neben seiner Arbeit für Kew Gardens als Herausgeber des *Curtis's Botanical Magazine*. Alles in diesem Raum erschien ihr übergroß: die Ölgemälde an der Wand, die Lilien, Begonien, japanischen Ahorn und Zierbananen zeigten, der massive Tisch aus Mahagoni, die Ledersessel, auf denen die Teilnehmer Platz nahmen. Sie war nicht klein gewachsen, aber die Männer überragten sie alle um mindestens einen halben Kopf.

»Meine Herren, meine Dame, ich begrüße Sie zum ersten Arbeitstreffen der Expedition 10/20 in die Nord-Mandschurei und nach Australien. Die meisten von Ihnen kennen sich, begrüßen Sie bitte die erste weibliche Teilnehmerin von Kew Gardens, Miss Charlotte Windley.«

Die Männer klopften mit den Knöcheln auf den Tisch, Charlotte neigte lächelnd den Kopf. »Miss Windley hat nicht nur ein abgeschlossenes botanisches Studium bei Mrs Professor Dr. Gwynne-Vaughan mit Bestnote vorzuweisen, sie hat außerdem in Kew als studentische Mitarbeiterin gearbeitet. Jeder Zweifel an ihrer Qualifikation verflüchtigt sich, wenn ich Ihnen sage, dass sie die Enkelin des brillanten Hugh Windley ist.«

Ein Raunen ging durch den Raum, Arthur Hodden zog anerkennend die Mundwinkel herab. Charlottes Brust weitete sich vor Stolz auf ihren Großvater, obwohl sie die Wertschätzung der Männer lieber durch eigene Leistung errungen hätte. Es war kein Verdienst, die Enkelin von jemandem zu sein. Das war ein Geschenk des Schicksals, nicht mehr und nicht weniger.

»Welche ärztlichen Untersuchungen anstehen, haben wir in einem Ordner zusammengefasst, den ich Ihnen in den nächsten Tagen in Ihre Postboxen legen lasse. Mr Hodden, geben Sie uns bitte eine kurze Einführung darüber, was Sie und Ihre Kollegen in Fernost erwartet. Sie haben zweifellos die meiste Erfahrung, ich erinnere nur an Ihre Reisen nach Neuseeland, Burma und Südamerika. Auf Australien werden wir zu einem späteren Zeitpunkt eingehen. Die ersten drei Monate wird es Ihre Aufgabe sein, die Arbeit Ihrer Kollegen in der Nord-Mandschurei fortzuführen. Bitte, Mr Hodden.« Sir Prain machte eine Geste in Richtung des Mannes mit der Tropenjacke. Auf seinem Platz am langen Ende des Tisches begann der Direktor, sich seine Pfeife anzuzünden. Die Sekretärin betrat den

Raum mit einem Tablett voller Teetassen, einer Kanne, Zuckertopf und Sahnekännchen. Rasch verteilte sie das Geschirr und zog sich dann lautlos wieder zurück.

Hodden lehnte sich in seinem Stuhl zurück und legte lässig einen Arm auf die Lehne. »Sie wissen, dass die Nord-Mandschurei zu China gehört, aber zwischen den russischen Ländern eingekeilt ist. Unsere Basisstation wird Harbin sein, wo sämtliche chinesischen Behörden, die für Forschungsreisende von Interesse sind, ihren Sitz haben. Davon abgesehen ist Harbin im Fernen Osten der beste und billigste Einkaufsort für die Verproviantierung und für die Hauptausrüstung. Dort befinden sich zahlreiche Kontore, vorwiegend japanische, deutsche, amerikanische und englische, die mit Waren aus den entsprechenden Ländern handeln. Einen Teil unserer Ausrüstung können wir also vor Ort besorgen, einen anderen Teil müssen wir mitbringen: Bekleidung, Sättel, Instrumente, Notizbücher, Zelte, Reiseapotheke, Chemikalien, Reiselaboratorien. Wichtig wäre für jeden Einzelnen von uns, dass er einen Sattel mit sich führt, an den er sich bereits gewöhnt hat. Ich gehe davon aus, dass Sie alle reiten können?« Hodden sah in die Runde.

Die Männer nickten, Charlotte murmelte zustimmend, obwohl sie sich im Geiste fragte, ob das, was sie hin und wieder während ihrer Teenagerjahre ausprobiert hatte, als Reiten zählte. Für verlängerte Wochenenden war sie manchmal mit ihren Eltern und Geschwistern in Cornwall bei den inzwischen verstorbenen Großeltern gewesen. Selbstverständlich hatte sie da auf Pferden gesessen und war mit Robert durch die Küstenlandschaft geritten. Ihr längster Ausflug hatte eine halbe Stunde gedauert. Ob das reichte, um als erfahrene Reiterin zu gelten? Charlotte nahm sich vor, vor der Abreise noch einmal dem Gestüt einen Besuch abzustatten und sich von dem Verwalter, der sie von Kindesbeinen an kannte, bezüglich eines Sattels und der richtigen Reithaltung beraten zu lassen.

»Fein«, sagte Hodden, rührte einen Löffel Zucker in seinen Tee und trank einen Schluck, bevor er fortfuhr: »Zwei Drittel des Landes sind praktisch unerforscht. Uns wird es also eher nicht langweilig werden.« Leises Lachen erklang in der Runde. »Aber wir werden nicht nur zu Pferde reisen. Manche von Ihnen wissen, dass man bezüglich der Ausrüstung die Regionen in vier Haupttypen unterscheidet: zum einen die große Wildnis, für die wir das schwere Gepäck brauchen. Dort gibt es keine Wege, nur Pferde- und Fußstege. In solchen Regionen sollte man stets Vorrat für einen Monat in seiner Proviantbox mitführen – Zwieback, Grütze, getrocknetes Gemüse, Fleischkonserven, Tee, Tabak, Spiritus, Lichter, Zündhölzer … Ich persönlich habe stets Schokolade, konservierte Milch und eine Flasche Cognac dabei, aber das werden Sie nach persönlichen Vorlieben selbst entscheiden müssen. Die sogenannte verschwindende Wildnis-Natur kann mit leichter Pferdeausrüstung bewältigt werden, die Steppenländer werden mit Kamelen bereist, und in den Kulturländern sind wir mit Automobilen unterwegs. Über die beste Art der Bepackung von Kamelen und Pferden unterrichte ich Sie vor Ort. Wir arbeiten uns von Station zu Station vor und nutzen dabei selbstverständlich auch die Eisenbahnlinien und die Dampfschifffahrt ...«

Charlotte stellte sich vor, wie eine Karawane durch die Steppe zog und Eingeborene aus dem Unterholz sprangen. Sie sah sich in riesigen Bäumen nach dem Blütensamen greifen, mit der Lupe im Stein von Gebirgen herumtasten und lachend eine exotische Blüte in eine Kamera halten. Zelte, die dicht beieinanderstanden, dazwischen ein prasselndes Lagerfeuer, das ihnen Licht spendete und die wilden Tiere fernhielt, und dampfenden Tee in Blechtassen. Wenn es nach ihr gegangen wäre, könnten sie noch am kommenden Wochenende aufbrechen, aber natürlich benötigte es einige Zeit an Vorbereitung. Selbstverständlich würde sie keine der notwendigen Impfungen auslassen, sie würde sich ihre Ausrüstung umsichtig zusammenstellen und auf jeden Fall ein paar Reitstunden nehmen. Hoffentlich fand sich auf dem Gestüt in Cornwall ein Sattel, der ihr Hinterteil und ihren Rücken schonte. Sie hatte keine Angst vor Schmerzen, wollte auf dieser Expedition jedoch nicht den Abend herbeisehnen, wenn sie mit Salben und Ölen die wunden Körperstellen behandeln konnte.

Immer wieder wechselte sie Blicke mit Dennis, der Mr Hoddens Ausführungen genauso aufmerksam lauschte wie sie selbst. Auch für ihn würde dies die erste Expedition sein. War es nicht ein Wunder, dass sie dies zusammen erleben würden?

Eine Welle der Liebe überkam sie, und genau in diesem Moment wandte Dennis sich zu ihr. Unbemerkt von den anderen spitzte er die Lippen, um einen Kuss anzudeuten.

Charlotte freute sich darauf, am Abend ihrer Mutter von der sensationellen Entwicklung zu berichten. Sie würde vermutlich Freudentränen weinen, und was Robert erst sagen würde, wenn sie ihn am Abend anrief! Ha! Das hatte der alte Zweifler seiner Schwester bestimmt nicht zugetraut!

Fast zwei Stunden lang dozierte Hodden über Forschungsreisen im Allgemeinen und die Mandschurei im Besonderen und stellte sich am Ende noch den Fragen der Kollegen. Charlotte brannte einiges auf der Seele: wie man an Trinkwasser kam; ob es Nachschub für Medikamente gab, wenn diese aufgebraucht waren; ob sich ihnen ein ortskundiger Führer anschließen würde. Die Sitzung zog sich bis in den Abend, und danach platzte Charlotte fast der Kopf von all den neuen Informationen und den regenbogenbunten Bildern.

Gemeinsam mit den anderen Forschungsteilnehmern verließ sie, als die Sonne schon unterging, den Botanischen Garten durch den Hauptausgang – eine aufgewühlte, muntere Gruppe, die die Aussicht auf ein außergewöhnliches Abenteuer miteinander verband. Charlotte hatte sich nie zuvor einem Team so zugehörig gefühlt wie in diesen Minuten. Sie wollten gerade die Straße überqueren, da nahm sie aus dem Augenwinkel ein parkendes Automobil wahr. Weinrot glänzend. Ein Ford. Verdammt.

Bei all den aufregenden Neuigkeiten des Tages hatte sie vergessen, dass Victor sie nach der Arbeit abholen wollte. Wie lange mochte er dort schon warten? Er hatte das Verdeck geschlossen, und durch die spiegelnde Scheibe erkannte sie ihn kaum.

Sie stockte, und während die anderen weitergingen, fasste Dennis ihren Ellbogen. »Na komm, wir müssen uns beeilen, wenn wir die nächste Bahn kriegen wollen.«

»Ich ... Dennis, ich werde abgeholt, das habe ich vergessen.«

Dennis sah von ihr zu dem schicken Auto und wieder zurück. Seine Stirn rötete sich, seine Lippen wurden blass. »Noch einmal in charmanter Gesellschaft Häuser anschauen? Ihr müsst euch beeilen, es wird gleich dunkel.«

Sein Zynismus schmerzte sie, aber sie verdrehte nur die Augen, um ihm zu signalisieren, dass er es übertrieb. »Ich hatte einfach vergessen, dass Victor mich heute abholen wollte. Da musst du nicht gleich biestig werden.«

»Tut mir leid, dass du meine Gesellschaft weniger schätzt«, erwiderte er. Sein Kuss auf ihrer Wange fühlte sich kühl an, aber in seinen Augen erkannte sie den Schmerz. Er machte auf dem Absatz kehrt und eilte der Gruppe hinterher.

Für ein paar Sekunden blickte Charlotte unentschlossen zwischen der sich entfernenden Gruppe und Victors Auto hin und her.

Dann eilte sie auf den Wagen zu.

»Du leuchtest, Charlotte.« Victor begrüßte sie mit Wangenküssen und nahm sich die Zeit, ihr Gesicht zu betrachten.

Dennis war es mit seiner Scharfzüngigkeit nicht gelungen, ihr die Freude auf die Expedition zu nehmen. Charlottes Wangen glühten immer noch, und Dennis würde sich schon wieder einkriegen. Schließlich würden sie die nächsten Monate auf engstem Raum miteinander verbringen.

»Ich habe allen Grund dazu«, sagte sie mit einem unterdrückten Lachen. Dann erst überlegte sie, ob es richtig war, Victor von den Neuigkeiten zu erzählen. Vermutlich würde er sich nicht so rückhaltlos für sie freuen, wie sie es sich wünschte. Wie sollte er auch, wenn er erfuhr, dass sie für mindestens ein Jahr England verlassen würde. Jetzt aber gab es kein Zurück mehr, sie konnte ihn nicht mit einer Andeutung abspeisen.

»Erzähl. Und lass nichts aus«, bat er. Souverän lenkte er das Automobil an den Mauern von Kew Gardens vorbei zur Landstraße, die nach London führte.

»Ich werde nach Fernost reisen«, platzte Charlotte heraus und schlug sich dann die Hände vors Gesicht. Es auszusprechen ließ es noch realer erscheinen. »Ist das nicht atemraubend?« Langsam hob sie den Kopf.

Er bremste abrupt, sodass sie in ihren Sitzen nach vorne geschleudert wurden. Hinter einer Kurve war auf einmal ein mit Heu hoch beladener Pferdewagen aufgetaucht. Mit quietschenden Reifen setzte Victor zum Überholen an, obwohl die Straße an dieser Stelle nicht gut einsehbar war. Charlotte schnappte nach Luft, als er den Wagen gerade noch rechtzeitig wieder in die richtige Spur brachte. Hupend kam ihnen ein anderes Automobil entgegen.

»Bist du von Sinnen?«, fuhr Charlotte ihn an. »Du hättest fast einen Unfall verursacht!«

Victors Gesicht war plötzlich fahl. »So riskant war das nicht. Glaub mir, ich hatte die Situation unter Kontrolle.«

Charlottes Herz pochte.

»Wann geht es los?«

Sie brauchte einen Moment, um zu verstehen, dass er sich auf die Expedition bezog. »Im Oktober. Wir müssen vorher einige Untersuchungen über uns ergehen lassen, ob wir den Strapazen einer solchen Reise gewachsen sind. Und ich muss meine Reitkenntnisse auffrischen.«

»Ich kann wirklich nicht glauben, wie verantwortungslos diese Männer sind. Wie können die annehmen, ein zartes Wesen wie du käme mit einer solchen Anstrengung zurecht? Schwüle, üble hygienische Verhältnisse, ungewohnte Nahrung, wilde Tiere und wochenlange Touren durch unwegsames Gelände – wie soll eine Frau das aushalten? Es passt mir nicht, dass ich einen derartigen Leichtsinn finanziell unterstütze. Ich werde vor Sorge um dich nicht schlafen können, Charlotte.«

Sie zuckte zusammen. Dass er ihre Freude nicht teilen würde, hatte sie geahnt. Dass er aber gleich in Betracht zog, als Sponsor abzusagen ... »Bitte zieh deine Unterstützung nicht zurück. Kew Gardens ist eine lohnenswerte Organisation. Sie sind auf Spenden angewiesen.« Sie senkte den Blick, als er plötzlich zu ihr herübergriff und ihre Rechte drückte. Seine Hand fühlte sich trocken und kräftig an. Ihre Finger verschränkten sich ineinander, und Charlotte dachte daran, wie Dennis in der Bahn ihre Hand gehalten hatte. Victors Geste fehlte die Leichtigkeit und Zartheit, um ihr Herzklopfen zu verursachen. Sein Händedruck fühlte sich besitzergreifend an.

»Selbstverständlich ziehe ich meine Gelder nicht ab.

Entschuldige bitte meinen Ausbruch, ich bin außer mir vor Sorge um dich.«

Was tat sie hier? Es war wirklich höchste Zeit, dass sie ein paar Tausend Meilen zwischen sich und Victor Bromberg brachte. »Ich weiß es zu schätzen, dass du dich um mein Wohlergehen sorgst, Victor. Aber glaub mir – ich bin jung und gesund und fest entschlossen, mich dieser Herausforderung zu stellen. Es wird mein größtes Abenteuer, das, was ich mir seit meiner Kindheit gewünscht habe.«

»Du weißt, dass meine Träume andere sind«, sagte er leise, auf die Straße starrend. Sie hatten die Innenstadt inzwischen erreicht. »Ich werde dich unglaublich vermissen, Charlotte.«

Sie holte zitternd Luft. »Ich werde dich auch vermissen, Victor. Nur manchmal verlangt einem das Leben Entscheidungen ab.«

Er bog in die Hunter Street, drosselte die Geschwindigkeit und stoppte schließlich vor Charlottes Elternhaus. Bevor Charlotte die Beifahrertür öffnen konnte, wandte er sich ihr zu. »Wann sehen wir uns wieder? Ich möchte jeden Tag, den ich dich noch in meiner Nähe habe, nutzen.« Während sie sich ansahen, beugte er sich vor, um ihre Wange zu küssen. Sie ließ es zu, dann wandte sie sich mit einem Ruck ab, öffnete die Tür und stieg aus, noch bevor er um das Auto herum war, um ihr behilflich zu sein. Sie lief auf die Haustür zu.

»Morgen Abend, ja?«, rief er ihr hinterher.

Charlotte fingerte den Schlüssel aus ihrer Manteltasche und öffnete. Als sie sich noch einmal zu Victor umwandte, stand er immer noch an seinem Auto und schaute ihr hinterher. Ohne auf seine Frage einzugehen, hob sie die Hand zum Abschiedsgruß.

Es war ein Fehler gewesen, sich von ihm fahren zu lassen. Was war das zwischen ihr und ihm? Auf eine gewisse Art zog er sie fast magisch an mit seiner Stärke, seiner Selbstsicherheit. Sie mochte es, wenn er ihre Hände oder ihr Gesicht berührte, aber dieses irre Kribbeln, das sie in Dennis' Gegenwart erlebte, löste er nicht bei ihr aus. Sie musste aufhören, ihn zu treffen. Ihr weiteres Leben lag klar und glänzend vor ihr.

»Ich habe Neuigkeiten!« Charlotte konnte kaum an sich halten, als sie ihre Mutter und Debbie in Elizabeths Zimmer antraf, wo die Zwölfjährige auf die Schreibmaschine einhackte. Elizabeth tigerte hinter ihr auf und ab und diktierte. Sie runzelte die Stirn, vermutlich, weil Debbie immer noch viel zu langsam tippte. Beide stockten und drehten sich zu ihr um, während Charlotte die Hände zu Fäusten ballte und vor Anspannung auf der Stelle hüpfte. »Ich werde im Oktober auf Forschungsreise gehen.«

In der nächsten Sekunde flogen ihr Elizabeth und Debbie entgegen, umarmten und küssten sie. Elizabeths Augen schimmerten feucht. »Oh, Lottie, ich freue mich wahnsinnig für dich«, sagte sie und zog ein Schnupftuch aus ihrem Ärmel, um sich die Nase zu putzen.

»Gibt es da, wo du hinfährst, Kannibalen und Raubtiere?«, wollte Debbie wissen.

Charlotte lachte. »Keine Sorge, mich wird keiner essen

wollen. Ich bin viel zu zäh.« Sie wurde wieder ernst. »Vielleicht entdecke ich eine noch unbekannte Pflanzenart. Mit etwas Glück wird sie nach mir benannt. Wäre das nicht wundervoll?«

»Na, dann hoffe ich mal, dass du eine schöne Blüte entdeckst und nicht irgendeine schleimige Flechte«, sagte Debbie und grinste.

»Wie groß ist eure Gruppe? Fährt Dennis mit? Welche Impfungen benötigst du? Wie wird die Expedition honoriert, und bekommst du die Ausrüstung gestellt?« Elizabeth führte ihre Töchter in den Salon, wo sie sich auf der ledernen Sitzgarnitur niederließen.

Charlotte bemühte sich, alle Fragen zu beantworten. Wie schön, dass sich ihre Familie mitfreute. Es gab nicht den geringsten Zweifel daran, dass sie dieses Angebot annehmen würde, obwohl Elizabeths Blick wehmütig wurde, als sie erfuhr, wie lange die Expedition dauern würde.

»Ein Jahr?« Debbie machte Rehaugen. »Wir erkennen uns nicht mehr, wenn wir uns wiedersehen.«

»Dich würde ich blind erkennen«, gab Charlotte zurück und stupste ihr neckend die Faust gegen den Oberarm.

»Du musst mindestens einmal im Monat schreiben und uns auf dem Laufenden halten«, sagte Elizabeth. »Ach, Lottie, ich beneide dich um deine Jugend und deine Kraft. Das Leben liegt noch vor dir.«

»Und der Mann mit dem roten Automobil?«, rief Debbie. »Der dich heute schon wieder vor der Tür abgesetzt hat?«

»Dir entgeht nichts, was? Hast du hinter der Gardine gelauert?«

Debbie zuckte mit gleichmütiger Miene die Achseln. »Ich habe mir nur ein Glas Wasser aus der Küche geholt und dabei zufällig den Wagen gesehen. Habt ihr euch endlich geküsst?«

»Das geht dich gar nichts an, du Naseweis!«

Elizabeth runzelte die Stirn und schaute zwischen ihren beiden Töchtern hin und her. »Gibt es da etwas, das ich wissen sollte?«

Charlotte erhob sich, trat auf die Mutter zu, umfing ihr Gesicht mit beiden Händen und drückte ihr einen Kuss auf den Mund. »Bestimmt nicht, Mutter. Mit Debbie geht mal wieder ihre Fantasie durch. Ich ...«

Sie stockte, als das Telefon läutete. Victor konnte es nicht sein, der war vermutlich noch auf dem Weg nach Dartford. Robert? Oh, das wäre ja wundervoll, wenn sie dem Bruder gleich alles erzählen konnte.

Debbie war schneller als sie am Telefon und meldete sich. Charlotte hörte, wie sie ihren Namen nannte und dann wartete, während sie verbunden wurde. »Aus Galway«, flüsterte sie Charlotte zu, als sie mit Elizabeth heran war.

Charlotte lächelte. Doch dann bemerkte sie, wie sich Debbies Gesichtsausdruck veränderte, während sie lauschte. »Nein, ich bin die jüngere Schwester«, sagte sie schließlich. »Ich gebe Ihnen Charlotte.«

Irgendetwas wirbelte in Charlottes Magen, als sie den Hörer von Debbie entgegennahm. Eine Ahnung, eine Vision. Sie wünschte, Elizabeth könnte das Gespräch führen, aber mit ihrem Handicap war es nahezu unmöglich, den

Apparat an Ohr und Mund zu halten. »Es ist Sean«, zischte Debbie ihr noch zu, bevor Charlotte sich meldete.

Durch das Rauschen hindurch hörte sie die Stimme von Roberts Jugendfreund. »Es tut mir schrecklich leid, Charlotte«, sagte er und räusperte sich. »Es ist heute Morgen passiert. Wir haben die Uni verlassen, auf einmal knallten Schüsse. Die englischen Polizisten müssen uns verwechselt haben, anders kann ich mir das nicht erklären. Wir haben mit der IRA nichts zu tun …« Ein Schluchzer schien in seiner Kehle zu sitzen. »Ich konnte mich rechtzeitig zu Boden werfen. Aber Robert hat es erwischt. Die Kugel ist durch sein Rückenmark gedrungen. Er … er liegt jetzt im Koma. Wir hoffen, dass er bald wieder aufwacht. Erst dann kann man sagen, wie schwer die Verletzung ist.«

»Mein Gott, wie entsetzlich.« Charlotte stiegen die Tränen in die Augen, während sie ihre Mutter anstarrte. Für einen kurzen Moment deckte sie die Sprechmuschel ab und zischte ihr zu: »Robert ist angeschossen worden und liegt im Koma.« Ihre Mutter schwankte. Debbie fasste ihren Ellbogen, um ihr Halt zu geben.

»Ich werde kommen«, sagte Charlotte. »In zwei Tagen kann ich da sein.« Alles andere trat in den Hintergrund.

Doch Sean wiegelte ab: »Das halte ich für unnötig, Charlotte. Du arbeitest seit einigen Wochen in Kew Gardens, oder? Robert hat erzählt, wie sehr du an deinem Job hängst. Du kannst ihm nicht helfen. Sobald er transportfähig ist, wird er sowieso nach London gebracht. Ich werde gleich mit der Universitätsklinik sprechen und fragen, wie sie den Rücktransport organisieren.«

»Hoffentlich ist er bald wieder ansprechbar«, flüsterte Charlotte. »Du lieber Himmel, was für ein entsetzliches Unglück. Bitte halte uns auf dem Laufenden, Sean.«

»Ja, natürlich, Charlotte. Grüße deine Mutter herzlich von mir.«

Charlotte ließ sich auf dem Sessel neben dem Telefon nieder und schlug die Hände vors Gesicht. Das Schluchzen schüttelte ihren Körper. Auch Debbie und Elizabeth weinten, und Charlotte erhob sich, um sie beide in die Arme zu nehmen. Jetzt konnten sie nur hoffen, dass Robert die Schussverletzung überlebte.

Kapitel 12

Wenige Tage später wurde Robert ins Londoner University College Hospital gebracht. Am Vormittag besuchten Mutter Elizabeth und Debbie ihn, am späten Nachmittag endlich konnte Charlotte zu ihm. Zum ersten Mal beendete sie ihre Arbeit im Botanischen Garten pünktlich.

Robert hatte zwei Tage im Koma gelegen. Bei der Operation, die noch in Galway vorgenommen worden war, war ihm die Kugel aus der unteren Wirbelsäule herausgeholt worden. Über einen Tropf wurden ihm Schmerzmittel injiziert, die eine dämpfende Wirkung hatten, sodass er schleppend sprach. Aber Hauptsache, er war bei Bewusstsein! Dann würde alles gut werden, oder?

Charlotte betrat voller Hoffnung das weiß gekachelte Krankenzimmer, in dem der Geruch nach Desinfektionsmitteln hing, und verbarg ihr Erschrecken, als sie den Bruder blass und schmal mit stoppeligen Wangen im Krankenbett liegen sah. Das Lächeln in seinem Gesicht wirkte wie zersplittert.

»Charlotte«, sagte er und klang dabei wie ein Greis.

Sie beugte sich zu ihm. Legte ihre Wange an seine, küsste ihn auf die Stirn. »Was machst du für Sachen«, murmelte sie liebevoll. »Die einzige Schießerei in Galway, und du mittendrin?« Ein müder Versuch zu scherzen, aber Robert verzog keine Miene.

»Es ist schlimmer als vermutet«, sagte er. In Charlottes Hals bildete sich ein Kloß. »Ich kann meine Beine nicht mehr bewegen. Ich bin von der Hüfte abwärts gelähmt.« Seine Augen schwammen in Tränen.

Ein paar Sekunden lang wurde Charlotte schwarz vor Augen. Sie fasste sich an die Stirn, schwankte, umfasste das Bettgestell. »Ist das endgültig?« Ihre Stimme klang tonlos.

Robert nickte. »Das Rückenmark ist beschädigt. Es gibt keine Chance auf Heilung.« Er wandte das Gesicht ab, starrte aus dem Fenster, von dem aus man über den Campus der Universität schauen konnte. »Ich werde nicht mehr lange hierbleiben. Man kann mir nicht weiterhelfen. Ich muss jetzt zusehen, wie ich mit der neuen Situation klarkomme.« Er räusperte sich und wischte sich über die Augen. »Und ich muss entscheiden, ob ich mich auf ein solches Leben einlassen möchte.«

Ein Schrecken fuhr Charlotte durch die Glieder. Sie griff nach Roberts Händen und drückte sie. »Du lebst, Robert. Das ist das Wichtigste. Alles andere wird sich zeigen. Du wirst dich an einen Rollstuhl gewöhnen, und vielleicht irren die Ärzte und Heilung ist möglich.« Sie hörte selbst, wie verzweifelt sie klang.

Robert stieß ein Lachen aus. »Sie irren nicht. Ich bin

selbst Mediziner, Charlotte, ich kenne die Gründe einer Paraplegie. Meine Beine werden nie wieder das tun, was mein Gehirn ihnen versucht zu sagen. Die Verbindung ist gekappt, verstehst du? Der Menschheit ist es noch nicht gelungen, zerstörte Nerven zu ersetzen.«

»Ach, Robert.« Charlotte ließ die Tränen laufen. »Es tut mir unendlich leid. Aber wir sind für dich da. Wir werden alles tun, um dir den Alltag zu erleichtern.«

»Dann lass dir schon mal einfallen, wie ihr mich mit dem Rollstuhl die Treppe zu unserer Wohnung hinaufbekommen wollt«, fauchte er sie wütend an.

Sie biss sich auf die Lippen, während sie fieberhaft nachdachte. Unzählige Hürden taten sich auf. »Uns wird etwas einfallen«, sagte sie, obwohl sie nicht die geringste Ahnung hatte, wie die Probleme zu lösen sein sollten. »Du bist jetzt erschüttert, Robert, aber du warst immer der Starke in unserer Familie. Nie hast du dich von irgendetwas aus der Ruhe bringen lassen. Immer hast du gewusst, was zu tun war. Du musst deinen Verstand nun dafür einsetzen, dir selbst zu helfen, Robert. Gib dich nicht auf, bitte. Wir brauchen dich.«

In sein Gesicht trat ein weicher Zug, als er mit einem Finger die Tränen von ihren Wangen wischte. »Ich weiß nicht, worum ich noch kämpfen soll. Außer darum, mit einem Rollstuhl zurechtzukommen.«

»Alles andere wird sich ergeben, Robert«, wiederholte sie eindringlich. »Was ist mit der Frau, von der du das Automobil ausgeliehen hattest? Es wird dir bestimmt guttun, mit ihr zu reden.«

»Ich will sie nicht sehen. Ich hab den Schwestern Anweisung gegeben, nur meine Familie zu mir zu lassen. Ich kann das Mitleid meiner Freunde nicht ertragen. Und auf Tricias Tränen kann ich gut verzichten. Ich hasse die Vorstellung, dass sie aus Anstand mit mir zusammenbleibt. Dann lieber ein klarer Schlussstrich.«

»Du bist zu hart. Gib den Menschen Zeit, sich mit der neuen Situation abzufinden. Es ist nichts Alltägliches, auf das man sich hätte vorbereiten können. Sie hat dir ihr Automobil geliehen, sie hängt bestimmt sehr an dir.«

»Das Automobil hat der Chauffeur ihres Vaters bereits aus Galway abgeholt. Einen Schaden trägt sie also nicht davon«, fügte er zynisch an.

»Sie wird dich sehen wollen.«

Robert blickte sie mit herabhängenden Lidern an, ein leichtes Lächeln auf den Lippen. »Erzähl mir lieber von dir. Wie läuft es in Kew Gardens? Hast du deine Fühler schon in exotische Länder ausgestreckt?« Für einen Moment strahlte er die heitere Gelassenheit aus, die sie so an ihm liebte.

Dennoch wurde ihr übel bei seiner Frage. Konnte sie ihrem gelähmten Bruder wirklich erzählen, dass sie auf Weltreise gehen würde? Würde es ihn nicht innerlich zerreißen, weil ihm selbst solche Abenteuer künftig verwehrt blieben? Aber es nützte nichts, irgendwann würde sie es ihm sagen müssen, warum also nicht jetzt. »Tatsächlich habe ich ein Angebot, im Oktober in die Nord-Mandschurei zu reisen und drei Monate später nach Australien. Wir sind ein Team von fünf Botanikern.«

Freude breitete sich auf Roberts Gesicht aus. Er zog

Charlotte zu sich heran und umarmte sie. »Wie wunderbar, Schwesterchen.«

Charlotte spürte, dass seine Begeisterung ehrlich war. In dieser Minute vergaß er sein eigenes Leid.

»Danke, Robert. Es bedeutet mir viel, dass du meine Pläne unterstützt.«

Er schloss die Lider, öffnete sie wieder halb. Braune Schatten lagen um seine Augen. »Geh jetzt, Charlotte. Ich will schlafen. Danke, dass du da warst. Und halt mich auf dem Laufenden über alles, was mit deiner Forschungsreise zu tun hat, ja?«

Charlotte fühlte sich wie unter einer Glasglocke, als sie die Klinik verließ. Die Spätsommerluft wurde zum Abend hin frisch, sie schlug den Kragen ihres Mantels hoch und zog den Hut ins Gesicht, bevor sie die Hände in den Taschen vergrub. Bis zur Hunter Street war es nur eine gute Viertelstunde zu Fuß. Charlotte hoffte, dass auf dem Spaziergang der Druck in ihrem Kopf verschwand und ihre Gedanken wieder frei fließen konnten.

Robert lebte. Das war das Einzige, was zählte. Und irgendwie würde er sich an einen Alltag mit gelähmten Beinen gewöhnen. Seine Energie und seine Widerstandskraft konnten sich doch bei dem Unfall nicht in Luft aufgelöst haben!

Niemand konnte von ihm verlangen, dass er gleich in den ersten Tagen neuen Mut schöpfte. Aber die Zeit würde helfen, da war sich Charlotte sicher.

Sie überlegte, wie sie das Treppenproblem lösen sollten. Im Erdgeschoss in der Praxis gab es einen Ruheraum, in dem Dr. Tyrell in der Regel seine Mittagspause verbrachte. Sicher würde es mit kleinen Veränderungen möglich sein, daraus vorübergehend eine neue Unterkunft für Robert herzurichten.

Die Geräusche der Stadt drangen nur gedämpft zu ihr. Das Hupen der Automobile, die sich mit den Omnibussen und den Pferdewagen die Straßen teilten, das Geplapper der Fußgänger, der Klang von Big Ben in der Ferne. Es roch nach Pferdemist und Benzin, Staub wirbelte in der Luft. Ein streunender Hund schlich ein paar Schritte lang um Charlottes Beine und trollte sich, als es bei ihr nichts zu holen gab. Ihr gefiel der Gedanke, dass sie möglicherweise eine Lösung für das Wohnungsproblem gefunden hatte. Was würde sonst noch auf sie zukommen?

Sie stoppte abrupt, als sie sich an Roberts Worte erinnerte: dass es sich um nichts mehr zu kämpfen lohnte. Jetzt erst sickerte die Erkenntnis in ihren Verstand, dass das nur heißen konnte, dass er das Medizinstudium aufgab. Was bedeutete das für den Rest der Familie? Mutter und Debbie hatten alle Hoffnung darauf gesetzt, dass er sie eines Tages würde ernähren können. Er sollte die Praxis von Dr. Tyrell übernehmen und ihr als Sohn des beliebten Dr. Windley wieder das alte Ansehen verschaffen. Jede Bank würde einem jungen aufstrebenden Allgemeinmediziner Kredite geben, damit er die Praxis nach den neuesten Standards einrichten konnte, und so würde er auch die zahlungskräftigere Klientel der Londoner Bürger anlocken. Robert war sich doch nach wie vor seiner Verantwortung bewusst, oder?

Charlottes Herzschlag verdoppelte sich, als sie den Gedanken weiterspann. Wie sollte sie um den Globus reisen und Pflanzen sammeln, wenn daheim in London ihrer Familie der Boden unter den Füßen weggerissen wurde?

Beklemmung breitete sich in ihrem Brustkorb aus, die sie nach Luft schnappen und ihren Hals umfassen ließ. Ihr eigenes Schicksal war eng mit dem ihres Bruders verknüpft. Die Gewissheit, dass ihre kranke Mutter und ihre Schwester Halt in Robert hatten, war die Basis ihrer Entscheidung, sich über viele Monate einer Expedition anzuschließen. Wie sollte sie daran festhalten, wenn Robert nur noch ein Schatten seiner selbst war?

Sie beschleunigte die Schritte im Takt ihres Herzschlags, während sie auf das Haus zusteuerte. Als sie den Kopf hob, erkannte sie den roten Ford. An der Karosserie lehnte Victor, ein Bein vor dem anderen gekreuzt, die Arme vor der Brust verschränkt. Mit ernster Miene sah er ihr entgegen.

Charlotte stieß einen Seufzer der Erleichterung aus. Egal, wie sich die Beziehung zu Victor entwickeln würde, in dieser Sekunde war sie unendlich froh, ihn zu sehen. Sie begann zu laufen und warf sich an seine Brust, als sie ihn erreichte. Er hielt sie, wiegte sie, während sie seinen Mantel an der Schulter nass weinte und Schluchzer ihren Körper schüttelten.

»Deine Mutter hat mir alles erzählt«, murmelte er an ihrem Ohr, ohne sie loszulassen.

Charlotte löste sich von ihm. »Du warst in unserer Wohnung?«

»Deine Mutter war so freundlich, mich hereinzubitten. Ich wollte dich zu einer Spazierfahrt abholen, weil ich dir etwas zu erzählen habe, das sich schlecht am Telefon bereden lässt.« Ein Zucken glitt um seinen Mund. »Aber das ist jetzt unwichtig. Komm, lass uns einen Platz auf einer Bank drüben im Park suchen. Erzähl mir, wie es deinem Bruder geht.«

Wenig später saßen sie dicht nebeneinander auf einem der Ruheplätze von Coram's Field unter einer ausladenden Kastanie, deren stachelige Früchte bereits die Zweige bogen. Victor hatte ein paar Kastanien weggewischt, bevor sich Charlotte auf der Bank niederlassen konnte. Nun kramte sie in ihren Taschen nach einem Schnupftuch, bis Victor ihr sein eigenes gebügeltes und ordentlich gefaltetes Herrentaschentuch reichte. Geräuschvoll putzte sie sich die Nase. »Es ist furchtbar, Victor.« Sie holte zitternd Luft und schilderte ihm, dass es praktisch keine Hoffnung gab, dass Robert je wieder laufen können würde. »Aber fast noch schlimmer ist, dass er so mutlos wirkt. Er hat sich völlig aufgegeben.«

»Er hat dich, deine Mutter, deine jüngere Schwester. Ihr werdet ihn stärken und ihm helfen, aus diesem Tief aufzutauchen«, sagte Victor. »Deine Mutter ist eine bewundernswerte Frau, trotz ihrer Krankheit. Du hättest mir erzählen sollen, wie sehr ihr Handicap sie einschränkt. Das ist ja ein untragbarer Zustand. Aber sie wird für deinen Bruder da sein und ihn, gemeinsam mit euch, wieder aufrichten.«

»Wie sollen wir das schaffen? Und was, wenn es uns

nicht gelingt? Verstehst du nicht, Victor, von Robert hängt ab, ob ich nach Fernost und Australien reisen kann oder nicht. Ich kann meine Familie nicht im Stich lassen und egoistisch meine Ziele verfolgen.« Wieder begannen die Tränen zu laufen. »Was ist schon mein Schicksal im Vergleich zu Roberts. Die Welt dreht sich weiter, wenn ich die Expedition absagen muss. Robert hingegen mit seiner Lähmung hat ein existenzielles Problem. Ich ... ich fühle mich so schlecht, Victor.« Sie schlug die Hände vors Gesicht und ließ es zu, dass er den Arm um ihre Schultern legte und sie an sich zog.

»Du bist eine einzigartige Frau, Charlotte. Ich bewundere dich für dein Verantwortungsbewusstsein. Ich werde alles in meiner Macht Stehende tun, um dich und euch zu unterstützen.«

»Das ist lieb von dir, Victor.« Sie lächelte ihn unter Tränen an, auch wenn sie sich nicht vorstellen konnte, wie er ihnen helfen sollte.

Victor rückte ein Stück von ihr ab, räusperte sich und nahm dann ihre Hände in seine. Seine Miene wirkte auf einmal offiziell. »Charlotte, du weißt, wie ungern ich dich nach Asien ziehen lassen würde, weil mich die Sehnsucht nach dir und die Sorge um dich umbringen würden. An dem Tag, als ich dich im Wassertümpel bei den Lilien gesehen habe, habe ich mich rettungslos in dich verliebt. Ich denke Tag und Nacht an dich, und du würdest mich zum glücklichsten Mann machen, wenn du mir die Hoffnung geben würdest, dass du meine Gefühle erwiderst.«

Charlotte klappte der Kiefer runter. »Victor, ich kann

jetzt nicht … Wie kannst du mich das ausgerechnet heute fragen, wo ich gerade um meinen Bruder bange?«

»Ich verstehe, dass es überraschend für dich kommt und im ersten Moment unpassend. Aber eine Verlobung mit mir könnte einen Teil deiner Misere lindern.« Er streichelte über ihre Wange, während sie ihn anstarrte. »Du erinnerst dich an Summerlight House, das wir uns gemeinsam angeschaut haben und das dir von allen Anwesen am besten gefiel? Nun, ich bin diesbezüglich mit dem Makler in Kontakt getreten, er kommt mir finanziell erstaunlich entgegen, und die jetzige Besitzerin ist froh, wenn sie die Verantwortung für das Landgut abgeben kann. Ich …« Er senkte den Blick, und als er sie wieder ansah, lag Hoffnung in seinen Augen. »Ich würde dir Summerlight House gerne zu unserer Verlobung schenken, Charlotte. Das Anwesen ist weitläufig genug für deine Familie, für uns beide und für Aurora. Ihr wäret mit einem Schlag all eure Sorgen los, und in einer so schönen Umgebung wird dein Bruder sicher bald neuen Mut fassen. Wir könnten uns ein Paradies erschaffen. Was meinst du, Charlotte?«

Wie unwirklich erschien ihr die Situation mit Victor hier unter der Kastanie: Bot er ihr wirklich gerade eine Villa auf dem Land an, wenn sie sich mit ihm verlobte? Sie wollte nach Asien und Australien, mit Dennis, das war ihre Bestimmung, nicht die einer verheirateten Frau auf dem Lande. Wie stellte er sich das bloß vor? Gehörte zu einer Verlobung nicht mehr als eine geschäftlich klingende Vereinbarung? Er hatte sie noch nicht einmal geküsst!

In diesem Moment beugte er sich vor und berührte sanft

ihre Lippen mit seinem Mund. Sie ließ es zu, bewegte sich nicht, hielt den Atem an. Seine Hand glitt in ihren Nacken, als er sie näher zu sich zog und sein Kuss intensiver wurde. Sie spürte sein Begehren, spürte aber kein Prickeln auf der Haut, kein Kitzeln im Bauch. Der Kuss war nicht unangenehm, aber auch nicht der krönende Abschluss einer Verlobung. Ein vorsichtiges Tasten, ein Bitten.

Sie erhob sich. »Ich muss jetzt gehen«, sagte sie, ohne seine Frage beantwortet zu haben. Sie fühlte sich außerstande, irgendeine Art von Entscheidung zu treffen. Und es war längst nicht alles verloren. Wer sagte, dass Robert nicht morgen oder übermorgen erwachte und feststellte, dass das Leben viel für ihn bereithielt und dass er seinen Plan, als Arzt in die väterliche Praxis einzusteigen, nicht doch in die Tat umsetzen konnte?

Charlotte rannte. Sie spürte Victors Blicke in ihrem Rücken. Sie drehte sich nicht um.

Kapitel 13

An Roberts Zustand änderte sich in den nächsten drei Wochen nichts. Er versank in einer nachtschwarzen Depression. Notgedrungen griff die Familie Charlottes Vorschlag auf und richtete Robert ein Zimmer in der Praxis ein. Dr. Tyrell hatte zwar volles Verständnis, aber Charlotte sah ihm an, dass dies keine Dauerlösung sein konnte. Der alte Arzt brauchte seinen Rückzugsort.

Eisern wehrte sich Robert gegen alle Versuche, ihn zu unterstützen. Er ließ keinen an sich heran, weder beim Waschen noch beim Essen, und er verlor jeden Funken Heiterkeit. Die Schussverletzung hatte ihn zu einem anderen Menschen gemacht, der in manchen Stunden schwer zu ertragen war, wie Charlotte immer wieder feststellte, wenn sie ihn in seinem Zimmer besuchte, um ihm Tee oder Sandwiches zu bringen. Kein Lächeln erhellte seine Miene, kein Dankeswort kam über seine Lippen. Ein Gespenst im Rollstuhl.

»Hast du mit Tricia gesprochen?« Sie wusste inzwischen,

wie seine Freundin hieß, und hoffte an diesem Donnerstagabend, Robert aus seiner Gleichgültigkeit zu holen.

»Sie hat angerufen und sich nicht abwimmeln lassen, bis ich ihr erklärt habe, dass ich sie nicht wiedersehen will.« Robert saß in seinem Rollstuhl und stierte aus dem Fenster auf die Hunter Street. Nieselregen ließ das Kopfsteinpflaster glänzen und die Menschen mit hochgestellten Kragen laufen.

Charlotte sackte das Herz herab. »Du machst es dir unnötig schwer«, erwiderte sie. »In einer Situation wie in deiner braucht man Freunde und Menschen, die zu einem halten.«

Er fuhr zu ihr herum. »Und das weißt du so gut, weil du selbst in einer solchen Situation gewesen bist?«, gab er ätzend zurück.

Charlotte hob abwehrend beide Hände. Robert wurde von Tag zu Tag unausstehlicher. Es fiel ihr zunehmend schwer, geduldig zu sein. Noch überwog die Hoffnung, dass er nur Zeit brauchte, um zu seinem alten Selbst zurückzufinden.

Er stieß einen Seufzer aus und starrte wieder auf die Straße. »Glaub mir, sie war dankbar, dass ich ihr diese Brücke gebaut habe. Vermutlich wäre sie zu anständig, mich zu verlassen. Ich lege allerdings keinen Wert auf eine solche Beziehung.«

»Was ist mit deinem Studium? Hast du dich an der Universität zurückgemeldet?« Sie spürte ihre Halsschlagader pochen.

Er schüttelte den Kopf. »Was soll ich da noch? Wie soll ich als Arzt im Rollstuhl praktizieren?« Traurigkeit legte sich auf seine Züge. Charlotte schwappte bei diesen Worten das Herz über vor Verzweiflung und Mitgefühl.

»Es gibt immer Wege!«, rief sie. »Du hast nur noch ein halbes Jahr bis zu deinem Abschluss. Danach könntest du die Praxis hier übernehmen. Das war der Plan, auf den wir alle uns verlassen haben! Wie soll es sonst mit uns weitergehen? Mit Mutter und Debbie und mir und dir ...« Charlotte ließ sich auf dem Besuchersessel nieder. Es gab noch einen Esstisch mit zwei Stühlen, ein Bett und eine Kommode, auf der ein Radiogerät stand.

Robert betrachtete seine Hände, die auf seinen Oberschenkeln lagen. »Dann wird es Zeit, dass wir einen anderen Plan suchen«, sagte er, diesmal ohne Spott. Als er Charlotte ansah, lag Trostlosigkeit in seiner Miene. »Ich stehe nicht mehr zur Verfügung.«

Die Zeit rannte Charlotte davon. Eine ärztliche Untersuchung hatte sie bereits verschoben, morgen stand die erste Impfung an, für das Wochenende hatte sie sich in Cornwall angekündigt, um ihre Reiterfahrungen aufzufrischen und sich einen bequemen Sattel auszuleihen. Die Vorbereitungen für die Expedition liefen auf Hochtouren. Gleichzeitig fraß sich die Sorge um ihre Familie wie ein Giftwurm durch ihren Körper. Wie sehr sehnte sie sich danach, ein Zeichen der Zuversicht von Robert zu bekommen, ein »Wir schaffen das schon!« oder einen Hinweis auf eine Besserung des Zustandes ihrer Mutter. Seit Robert im Rollstuhl saß, schaffte es Elizabeth nicht mehr, alleine zu essen oder sich zu waschen. Charlotte wurde wütend, wenn sie miterlebte, mit welchem Gesichtsausdruck Debbie ihr half. Als wäre es für ihre Mutter nicht Demütigung genug, dass sie Unterstützung benötigte!

Charlotte hatte mit der Haushaltshilfe Greta vereinbart, dass sie zwei Tage mehr in der Woche kam und nicht nur Elizabeth bei den täglichen Verrichtungen zur Seite stand, sondern auch in Roberts Zimmer im Erdgeschoss dafür sorgte, dass er nicht in seinem Dreck erstickte.

Dr. Tyrell war keine Stütze. Es missfiel ihm, dass sich Robert, statt ihn zu entlasten, zu einer weiteren Belastung in der Praxis entwickelte. Er hatte sich auf den Beginn eines ruhigeren Lebensabschnitts gefreut und musste sich nun mit dem Gedanken abfinden, aus alter Verbundenheit mit der Familie Windley die Praxis allein weiterzuführen.

Am Sonntagabend war Charlotte mit Dennis am Kai vor dem Tower of London verabredet. Auf den alten Kanonen dort ließ es sich wunderbar sitzen und die Boote beobachten, die unter der Tower Bridge entlangfuhren. Hier trafen sich am Wochenende unter den herbstlich bunt gefärbten Eichenbäumen Familien und Paare, lasen Zeitung und aßen ein kleines Picknick, während die Kinder über die eisernen Rohre sprangen. Charlotte hatte die Hände neben sich aufgestützt und ließ die Beine in den Stiefeletten baumeln. Dennis saß dicht neben ihr, sie spürte die Berührung seines Beins durch den Kleiderstoff. Seine Ausstrahlung machte es ihr schwer, einen klaren Gedanken zu fassen. Sie vermied es, ihn anzuschauen. Vielleicht aus Angst, in seinen Augen die Liebe zu sehen, auf die sie so lange gewartet hatte. Es gab kein Zurück mehr.

Sie musste sich ein Herz fassen und es ihm sagen. »Ich muss die Expedition absagen«, platzte sie heraus und begann zu schluchzen. Es auszusprechen fühlte sich an, als ob ihr jemand eine Klinge in die Brust stoßen würde. Lautlos ließ sie die Tränen laufen, griff mit der Hand in ihre Manteltasche, fühlte nach dem Medaillon mit der Lobelie. Das kühle Silber hatte stets eine tröstliche Wirkung auf sie.

»Was?« Dennis starrte sie fassungslos an. »Wegen deines Bruders? Meinst du nicht, dass deine Mutter und Debbie das eine Zeit lang alleine schaffen?«

»Nein, das geht nicht«, stieß sie hervor. »Ich zermartere mir den Kopf nach einer anderen Möglichkeit, doch es führt immer wieder nur zu einem Ausweg: Ich muss bei meiner Familie bleiben. Vielleicht ... vielleicht kann ich mit Sir Prain vereinbaren, dass ich nur die Mandschurei auslasse und später, wenn die familiäre Situation geklärt ist, in Australien dazustoße.« Ihr Herz pochte bei diesem Hoffnungsschimmer.

Dennis schüttelte den Kopf. »Das wird nicht gehen«, sagte er traurig. »Wenn du nicht teilnimmst, wird ein neuer Teilnehmer bestimmt, der dann selbstverständlich mit uns nach Australien weiterreist. Alles andere wäre viel zu kostspielig. Bei der Organisation von Expeditionen wird mit der spitzen Feder gerechnet.«

Charlotte schwieg entmutigt und zog die Hand aus der Tasche. Dennis neben ihr spürte offenbar, wie enttäuscht sie war, legte den Arm um ihre Schultern, zog sie an sich heran und küsste ihre Schläfe. »Ich hätte dich so gern dabeigehabt«, murmelte er. »Aber ich verstehe deine Entscheidung.«

Sie nahm einen zitternden Atemzug. »Ich werde heute Abend mit meiner Familie darüber sprechen«, sagte sie, und irgendetwas starb in ihr. Sie wandten die Köpfe und sahen sich an. Was bedeutete es für ihre Liebe, wenn sie ein Jahr getrennt sein würden? Sie las viel in seiner Miene: das Fernweh und die Sehnsucht nach ihr, die Freude auf das Neue und den Abschied vom Alten. Dennis war Botaniker aus Leidenschaft, er würde seine Pläne verwirklichen, und sie würde keine Rolle in seinem Leben mehr spielen, einerlei, ob sie noch da war, wenn er, angefüllt mit neuem Wissen und spannenden Erfahrungen, nach England zurückkehrte. Sie beugten sich zueinander, bis ihre Nasen sich fast berührten, dann spürte sie seine Lippen auf ihren, nur ein Hauch, ein Bekenntnis, ein Trauern.

Ein paar Sekunden lang lagen sie sich in den Armen, fanden Trost in der Berührung des anderen.

Dann löste Charlotte sich von ihm. »Ich muss dir noch etwas sagen. Victor Bromberg … er hat mir einen Heiratsantrag gemacht.«

Er sah sie an, sein Gesicht hatte schlagartig alle Farbe verloren. »Liebst du ihn?«

Charlottes Herzschlag geriet ins Stolpern. In vielen Nächten hatte sie selbst versucht, eine Antwort auf diese Frage zu finden. Was bedeutete Liebe? War es nicht auch eine Art von Liebe, wenn der Verstand sich zu jemandem hingezogen fühlte? Wenn man die Eigenschaften des anderen über die Maßen schätzte? Musste denn immer gleich das Herz in Flammen stehen? Und wer sagte denn, dass sich eine Herzensliebe nicht entwickeln konnte?

»Ich weiß es nicht, Dennis. Das mit ihm ist anders als das, was zwischen uns ist. Aber ich schätze ihn sehr, und er bietet mir einen Ausweg für meine Familie. Er will, dass wir alle zusammen auf einem Landgut wohnen.«

»Du als Ehefrau auf einem Anwesen im Grünen?« Er betrachtete sie sinnend. »Wie soll das gehen, Charlotte? Wie willst du da glücklich werden?«

Sie ballte die Hände zu Fäusten. »Wie sollte ich auf der Forschungsreise glücklich werden, in dem Bewusstsein, dass meine Familie untergeht?«, gab sie zurück.

Er biss sich auf die Zähne, seine Kiefer mahlten. »Ich dachte wirklich, unsere Liebe sei inzwischen stark genug, dass du auf mich warten würdest«, presste er hervor. »Es macht mich unendlich traurig, auf Reisen zu gehen in der Gewissheit, dass du nicht auf meine Rückkehr wartest.«

Sie griff nach seiner Hand. »Oh, ich werde deine Rückkehr herbeisehnen wie niemand sonst!«, versprach sie.

»Aber als Frau eines anderen«, gab er zurück.

Sie hatte das Gefühl, ihr Herz würde brechen.

»Ich habe zu lange gezögert«, sagte Dennis bitter. »Wir hätten längst verheiratet sein können, ich wusste doch von Anfang an, dass du die Richtige bist.«

»Auch dann hätte ich die Expedition absagen müssen und wir wären ein Jahr getrennt gewesen.«

»Aber du hättest nicht diesen Mann kennengelernt, der wie ein rettender Engel vom Himmel herabgestiegen zu sein scheint.«

Wieder griff sie nach seiner Hand, hielt sie. »Lass uns nicht im Unfrieden auseinandergehen, Dennis.«

Er sprang vom Kanonenrohr und wandte sich ihr zu. »Ich wünsche dir, dass du deine Entscheidung nie bereust und dass es dich erfüllt, für das Schicksal deiner Familie verantwortlich zu sein. Du hast meinen Respekt für deine Entscheidung, doch ich werde nie aufhören, mir auszumalen, wie glücklich wir beide hätten sein können.« Damit wandte er sich um und ging mit langen Schritten davon.

Charlotte sah ihm hinterher und wollte ihn zurückrufen. Aber sie ließ es sein. Sie blieb zurück, und etwas in ihr zerbrach.

»Was ist so wichtig, dass wir uns alle in dem Zimmerchen hier herumdrücken müssen?« Debbie warf sich auf das Bett in Roberts Appartement. Robert saß wie üblich in seinem Rollstuhl am Fenster, Elizabeth nahm auf einem der Stühle Platz, und Charlotte ließ sich in den Besuchersessel fallen. Sie verspürte Taubheit in der Brust, eine Kälte und Leere. Sie hörte selbst, dass ihre Stimme monoton klang. Sie konnte nichts daran ändern. Vier Wochen waren seit Roberts Verletzung vergangen, und statt dass sich eine Besserung zeigte, wurde er täglich schwermütiger und ließ sich gehen. Seine Mutlosigkeit zersetzte die Familie, führte bei Elizabeth zu einer Verstärkung ihres Leidens, bei Debbie zu gesteigerter Widerborstigkeit und bei Charlotte zu dem beklemmenden Gefühl, allein die Verantwortung für alle zu tragen.

»Was wichtig ist? Findest du denn, dass wir so leben sollten?«, fuhr Charlotte die Schwester an. »Wir müssen uns überlegen, wie es weitergehen soll.«

»Ach, Lottie, das ist lieb von dir, dass du dir Gedanken machst«, sagte Elizabeth. Ihre Stimme klang rau. »Ich muss euch auch etwas sagen. Dr. Tyrell hat mir mitgeteilt, dass durch eine morsche Hintertür Regenwasser in ein Behandlungszimmer gelaufen ist. Ich werde einen Teil unserer Rücklagen für die Renovierung der Praxis ausgeben müssen. Ich bete nur, dass nicht nächsten Monat weitere Schäden zutage treten. Dann wird es eng.«

»Wir hätten schon viel früher renovieren müssen«, sagte Robert. »Je länger man sich Zeit lässt, desto mehr geht es an die Bausubstanz, und das wird teuer.«

»Zumal Mama diese Woche nicht einen einzigen Artikel verkauft hat«, meldete sich Debbie, und Charlotte hätte ihr liebend gern eine Ohrfeige verpasst, obwohl sie nur die Wahrheit aussprach.

»Vielleicht lässt sich mit einer Bank trotz meines Zustandes über einen Kredit reden«, sagte Robert. Seine Gesichtshaut war grau wie Asche, die Lippen blutleer, seine Haare ungekämmt.

Elizabeth schüttelte den Kopf. »Selbst wenn, wovon sollen wir den zurückzahlen, wenn du nicht als Arzt arbeiten kannst?«

»Geliehenes Geld würde nur kurzfristig helfen, langfristig würden wir an unserem Untergang arbeiten, wenn wir Schulden anhäufen«, sagte Charlotte.

Debbie auf dem Bett legte sich auf den Rücken und streckte die Beine in die Luft. »Ich könnte die Schule abbrechen, mir einen Bauchladen zulegen und im Hyde Park Konfekt und Getränke verkaufen. Ich bin eine hervorragende Verkäuferin. Oder ich frage im Zirkus, ob ich bei der Tierpflege aushelfen darf.« Sie grinste ihre Familie an.

»Das kommt überhaupt nicht infrage, Miss Windley«, wies Elizabeth sie scharf zurecht. »Selbstverständlich beendest du deine Schule. Und ich will solche Vorschläge nicht mehr hören.«

Debbie lachte nur, als hätte sie gescherzt. Charlotte traute ihr zu, dass sie den ersten Anlass nutzte, um die Schule abzubrechen. Bis zu einem Abschluss dauerte es noch gut drei Jahre.

Charlotte starrte auf ihre Finger, die sich auf ihren Oberschenkeln ineinander verkrampften, als gehörten sie nicht zu ihr. Als sie den Blick hob, schauten alle sie an. »Ich habe mich entschieden, nicht an der Expedition teilzunehmen.«

Für ein paar Sekunden herrschte Grabesstille. Robert fand als Erster seine Sprache wieder. »Das kommt nicht infrage«, sagte er.

»So eine Chance bekommst du nicht wieder«, warf Elizabeth ein.

»Also, ich fände es gut, wenn du zu Hause bleibst. Das ist bestimmt jämmerlich heiß da unten im Urwald.« Debbie hatte sich auf die Seite gelegt und stützte den Kopf mit der Hand.

»Welchen Sinn sollte deine Absage haben?«, rief Robert. »Was glaubst du, kannst du hier ausrichten?«

»Tu das nicht, Lottie«, sagte Elizabeth.

Die Worte der anderen wirbelten in Charlottes Kopf. Sie

hätten ihr den neuesten Almanach vorlesen können – sie bewirkten gar nichts, denn sie hatte ihre Entscheidung gefällt, und es gab kein Argument auf der Welt, das sie von diesem Entschluss abbringen konnte. »Ich habe mir das alles reiflich überlegt«, begann sie und spürte die Schwere des Augenblicks wie einen Eisenring, der sich um ihr Herz legte. »Ich werde die Expedition absagen und mich verloben.«

Laute der Überraschung drangen zu ihr. »Dennis?«, rief Robert, und gleichzeitig Debbie: »Dein smarter Chauffeur? Ist der nicht ein bisschen alt?«

Alle starrten Charlotte an. »Victor Bromberg hat mich gebeten, seine Frau zu werden. Ich schätze ihn sehr, seine Großherzigkeit, seinen Humor, seine Verlässlichkeit, und ich genieße die Zeit, die wir miteinander verbringen.«

Debbie fasste sich an die Stirn, und Elizabeth schüttelte den Kopf. Robert zog die Brauen zusammen. »Von ihm erhoffst du dir finanzielle Unterstützung? Wie stellst du dir das vor? Der wird sich weigern, sich einen solchen Klotz ans Bein binden zu lassen.«

Charlotte fixierte den Bruder. Robert war der schwierigste Teil in ihrer Planung. Sie war sich nicht sicher, ob sich ihr Vorhaben mit seinem Stolz vereinbaren ließe. Andererseits – was blieb ihm anderes übrig? »Victor will eine Villa auf dem Land kaufen. Wir haben sie uns bereits zusammen angeschaut. Sie liegt malerisch mitten in Kent. Summerlight House. Ich habe bislang gezögert, aber nun liegt auf einmal klar vor mir, dass wir alle in diesem Landhaus wohnen werden, gemeinsam mit Victor und seiner Cousine Aurora.«

Alle sprachen wild durcheinander, wollten mehr über Victor und diese Cousine und über dieses Haus wissen, und wie sich Charlotte denn das Weiterführen der Praxis hier in der Hunter Street vorgestellt hatte. Charlotte wechselte einen Blick mit Robert, der die Lider senkte, bevor sie erklärte: »Wenn Robert sein Studium nicht fortsetzen und nicht als Arzt arbeiten will, dann wäre mein Vorschlag, dass wir Dr. Tyrell das Haus inklusive der Arbeitsräume überlassen. Er kann sein eigenes Reihenhaus verkaufen, mit seiner Frau unsere Wohnung beziehen und uns auszahlen.« Sie schluckte trocken.

»Das würde bedeuten, alle Brücken hinter uns abzubrechen«, sagte Elizabeth gepresst.

»Vielleicht wartet er ja trotzdem auf Robert und übergibt ihm die Praxis, wenn er doch noch sein Studium beendet!« Debbie hatte runde Flecken auf den Wangen. Sie ließ sich aufs Bett zurückfallen, weil keiner auf sie einging, als habe sie etwas Dummes von sich gegeben. Sie hielt sich eine Hand über die Augen.

»Ja, es ist ein Wagnis«, wandte sich Charlotte an ihre Mutter. »Aber ich vertraue Victor. Und haben wir eine Wahl?«

»Wo liegt denn dieses Haus?«, meldete sich Debbie erneut zu Wort. Ihre Stimme klang schrill. »Kann ich dann weiterhin hier zur Schule gehen? Kann ich Tom jeden Tag sehen?«

Charlotte zog die Lippen nach innen, sah ihre Schwester mit wehem Herzen an und schüttelte den Kopf. »Summerlight House liegt etwa eine Stunde Autofahrt entfernt. Wir werden dich in einer Schule in der Nachbarschaft anmelden, und Freunde findest du dort im Handumdrehen.«

Dass Debbie nun die Hände vors Gesicht schlug und haltlos zu schluchzen begann, fand Charlotte erschreckender, als wenn sie wütend geworden wäre und Verwünschungen ausgestoßen hätte. Sie setzte sich zu ihrer Schwester und zog sie in die Arme. »Gib uns eine Chance, Debbie«, murmelte sie. »Wir müssen jetzt alle zusammenhalten.« Nach kurzem Zögern spürte sie zu ihrer Erleichterung das Nicken des Mädchens an ihrer Schulter. Es war nicht das erste Mal, dass ihre flatterhafte, leichtsinnige Schwester Reife bewies, wenn es wirklich darauf ankam.

Auch Elizabeth hatte sich auf das Bett gesetzt und streichelte Debbies Rücken. Ihr Blick ruhte dabei aber auf Charlotte. »Du vertraust ihm. Liebst du ihn auch?« Sie sah Charlotte eindringlich an.

Die Frage traf Charlotte in ihrem Innersten. Sie zögerte, und dieser Moment reichte, um ihrer Mutter die Traurigkeit ins Gesicht zu zeichnen. »Meine Gefühle für Victor sind echt«, erwiderte Charlotte schließlich.

Elizabeth erhob sich und ergriff die Hand ihrer Tochter, sah ihr beschwörend in die Augen, während sich das Zittern ihrer Finger verstärkte. »Lottie, ich bin im Leben immer am besten gefahren, wenn ich auf meinen Bauch und mein Herz gehört habe.«

Charlotte sah zu ihr auf und spürte zu ihrem Ärger, wie ihr die Tränen in die Augen stiegen. »Das tue ich, Mama.«

»Lauf nicht ins Unglück, Lottie, denk noch einmal nach, ich bitte dich von Herzen darum!«

Charlotte presste die Lippen aufeinander und schüttelte den Kopf. Unwillig fuhr sie sich mit dem Handrücken über die Augen. »Ich treffe die richtige Entscheidung: Ich lasse meine Familie nicht im Stich.«

Wie er diese Hilflosigkeit verabscheute. Wie er es hasste, dass seine Schwester das Kommando übernahm und für ihn mitentschied. Was blieb ihm übrig, als dankbar alles anzunehmen, was sie für ihn organisierte?

Robert würde den Moment nicht vergessen, als er hinter Sean aus der Bibliothek der University of Galway getreten war. Stimmen und Schreie waren auf einmal laut geworden, ein Handgemenge mit britischen Polizisten und irischen Kämpfern. Ehe er noch wusste, was geschah, lag Sean auf dem Boden, die Hände schützend über dem Kopf. Gleichzeitig mit dem Knall raste dieser höllische Schmerz in seinen Rücken. Es riss ihm die Füße weg, er prallte hart mit dem Kopf auf die Bordsteinkante. Dann wurde es schwarz um ihn, und das Nächste, was er sah, war Seans Gesicht im hell erleuchteten Krankenzimmer, als er sich über ihn beugte, blass, die Augen dunkel in den Höhlen liegend. Er murmelte unzusammenhängend Entschuldigungen, als könne er etwas dafür.

Roberts Wut richtete sich nicht gegen Sean, obwohl er seit dem Unfall den Kontakt zu ihm abgebrochen hatte. Sean hatte mehrfach versucht, ihn telefonisch zu erreichen. Robert hatte sich jedes Mal verleugnen lassen. Der alte Freund stand zu sehr für den schrecklichsten Moment in seinem Leben. Vielleicht war Sean dankbar, dass Robert die Freundschaft beendete. Robert wusste, dass er kein angenehmer Gesprächspartner war, dass er den Menschen, die ihm nahestanden, die Stimmung verdarb und sie verzweifelt versuchten, es ihm recht zu machen.

Er brauchte keinen Einzigen von ihnen mehr. Auch nicht Tricia, die mehr Anstand bewiesen hatte, als er ihr zugetraut hätte. Immerhin hatte sie versucht, ihn anzurufen. Er hatte sich verleugnen und ausrichten lassen, sie solle auf weitere Anrufe verzichten.

Seinem Leiden ein Ende zu setzen würde ihn nicht viel Mühe kosten. Er hatte während der Zeit im Hospital genügend Schmerzmittel gesammelt. Sie waren ihm gewohnheitsmäßig verabreicht worden, und er hatte sie, wenn er sie nicht benötigte, in der Schublade seines Nachtschränkchens aufbewahrt.

Und dann tauchte plötzlich Charlotte mit diesem deutschen Industriellen auf und malte ihm eine Zukunft aus, die sie für lebenswert hielt. Dabei würde für ihn nichts jemals mehr einen Sinn ergeben. Ob er hier in diesem winzigen Zimmer in der Hunter Street verrottete oder in einer Villa auf dem Land – die Lebensfreude war ihm verloren gegangen.

Er stierte auf den Boden zu seinen Füßen. Hinter seiner Stirn verdichtete sich eine schwarze Wolke. Ein Schmerz raste durch seine Schläfen, als er den Kopf hob und in Richtung der Kommode blickte. Er griff nach den Rädern und rollte auf die Schubladen zu. Hob die Hand, zog an dem Knauf und wühlte in einem Stapel Strümpfe, bis er auf die drei Kartons stieß, in denen er das Morphin aufbewahrte. Er wusste genau, wie viel er nehmen musste, damit der Atemstillstand eintrat. Wenn er jetzt die entsprechende Dosis schluckte, wäre es am Morgen vorbei, wenn jemand aus seiner Familie – vermutlich Charlotte – nach ihm schaute. Er wäre friedlich eingeschlafen und hätte seine Familie von einer unglaublichen Last befreit.

Ein paar Herzschläge lang schien die Welt stillzustehen, als er sich die Erleichterung ausmalte, die sich einstellen würde, sobald das Gift durch seine Blutbahnen floss. Wie verführerisch war es, dem Leben ein Ende zu setzen und …

Er zuckte zusammen, als es an der Tür klopfte. Ein zartes Pochen, das weder zu seinen Schwestern noch zu seiner Mutter passte. Rasch warf er die Medikamentenschachteln wieder in die Schublade und wollte sie zuschieben, aber sie saß fest. Das Pochen an der Tür wurde drängender. Er stieß mit der Schulter gegen das Holz und spürte den Schmerz bis in den rechten Arm hinab, aber endlich ließ sich das Fach schließen. Er presste die Lippen aufeinander, hoffte, dass der Besucher wieder gehen würde, wenn er schwieg, aber da öffnete sich die Tür. Tricia. Der mit einer langen Feder geschmückte Hut warf einen Schatten über ihre Augen. »Darf ich hereinkommen?«

Seine Kiefer mahlten. »Das bist du doch schon.«

Sie trat vollends ein, eine auffallende Erscheinung in dem weiten Cape-Mantel und mit den hochhackigen spitzen Schnürschuhen. Sie zupfte sich ihre Handschuhe von den Fingern.

Wie er es hasste, mitleidig gemustert zu werden. Er ahnte, was für ein Bild er abgab, unrasiert, ungekämmt, seit

Tagen in derselben Kleidung. »Ich wollte dich nicht sehen. Zwischen uns gibt es nichts mehr zu sagen«, brach es aus ihm heraus.

Sie zog sich einen Stuhl zu ihm heran, ergriff seine Hände, legte ihre Wange hinein. »Du kannst mich nicht einfach wegschicken, Robert. Wir hatten Pläne.«

Er riss die Hände weg. »Ich habe kein Leben mehr, verstehst du das nicht? Ich werde nicht der Mann sein, zu dem du bewundernd aufschaust. Ich bin für alle Zeiten ein Pflegefall. Keiner wird dich um mich beneiden. Dein Vater wird alles daransetzen, unsere Hochzeit zu verhindern.«

Sie richtete sich auf. »Man hört immer wieder von Wundern. Wer weiß, ob du nicht bald wieder laufen kannst.«

»Mach dich nicht lächerlich, Tricia. Das wird nicht passieren. Geh jetzt und komm nicht wieder.«

»Ich kann dich doch in dieser Krise nicht verlassen«, flüsterte Tricia und begann zu weinen. »Ich könnte nicht mehr in den Spiegel schauen.«

»Du verlässt mich nicht, ich verlasse dich. Und jetzt will ich, dass du gehst und nicht mehr wiederkommst. Werde glücklich, Tricia, und lass mich in Ruhe.«

Sie schluckte. Dann trat sie vor seinen Rollstuhl, beugte sich hinab und küsste ihn auf die Wange. Ihr Duft nach Maiglöckchen stieg ihm in die Nase, und die Weichheit ihrer Lippen erinnerte ihn an die letzten Liebesstunden, die sie miteinander genossen hatten, sinnliche Höhepunkte, die es für ihn nicht mehr geben würde. Zu seinem Ärger wurden seine Augen feucht, aber er bemühte sich um eine unbewegliche Miene.

»Ich wünsche dir alles Glück der Welt, Robert. Ich werde dich nicht vergessen.« Sie wandte sich um und verließ das Zimmer. Als die Tür hinter ihr ins Schloss fiel, war es für einen Moment totenstill, und Robert hörte nichts als das Ticken der Uhr an der Wand und das Rauschen seines Blutes in den Ohren. Seine Todessehnsucht war einer abgrundtiefen Verzweiflung gewichen. Sein Atem ging stoßweise, während er auf das Knarren der Haustür wartete. Erst dann, als er sicher war, dass Tricia nicht umkehren würde, schlug er die Hände vors Gesicht und schluchzte auf. Es fühlte sich an, als könnte er nie mehr aufhören zu weinen.

Kapitel 14

»Tu es nicht, Charlotte. Ich bitte dich! Du läufst in dein Unglück!«

Charlotte stand an diesem Morgen bereits in Schuhen und Mantel im Salon und verabschiedete sich von ihrer Mutter, die ihr im Morgenmantel bis zur Wohnungstür gefolgt war. Charlotte spürte Elizabeths Finger an ihrem Handgelenk.

»Mama, ich bin kein Kind mehr. Ich kann meine eigenen Entscheidungen treffen. Ins Unglück würde ich rennen, wenn ich an der Expedition teilnehmen würde, ohne zu wissen, wie es euch ergeht.«

»Wir kommen irgendwie zurecht, Charlotte. Robert wird sich wieder fangen, und ich werde mich in anderen Redaktionen vorstellen und meine Artikel anbieten.«

»Ach, Mutter, das ist doch aussichtslos. Selbst wenn du neue Auftraggeber findest, wird dein Einkommen nie reichen, um das Haus zu sanieren.«

Elizabeths Blick war beschwörend auf Charlotte gerichtet. »Du wirst dein Leben lang dieser Chance nachtrauern. Ich habe Angst um dich, Charlotte. Und erzähl mir nicht, dass Dennis all die letzten Monate nur ein guter Freund für dich war. Ich habe es deinen Augen angesehen, wenn du an ihn gedacht hast, und deine Stimme klang wie von sehr weit her, wenn du von ihm gesprochen hast. Du liebst diesen Mann, Charlotte. Ihn allein ziehen zu lassen wird sich als dein größter Fehler erweisen. Pack dein Glück beim Schopf, Lottie, und lass dich von deinem Mitgefühl uns gegenüber nicht von deinem Weg abbringen.«

Die Worte trafen Charlotte mitten ins Herz. Einen Moment lang kämpfte sie mit Unsicherheit und Verzweiflung, hätte sich am liebsten in die Arme ihrer Mutter geworfen und sich trösten lassen wie ein kleines Mädchen. Aber sie war diejenige, die für ihre Familie verantwortlich war, und Schwäche zu zeigen war in diesem Moment keine Option.

Sie umarmte ihre Mutter. »Vertrau mir, ich weiß, dass ich das Richtige tue.«

In Wahrheit war sich Charlotte alles andere als sicher, ob sie das Richtige tat, aber es gab keinen anderen Ausweg. Dennis würde ein Teil von ihr bleiben, auf ewig, und dennoch würde sie Victor treu zur Seite stehen. Sie kämpfte alle Zweifel nieder.

Und wappnete sich für den schwersten Gang ihres Lebens.

Als Charlotte im Sekretariat von Sir Prain um einen Termin mit dem Direktor des Botanischen Gartens bat, hob Mrs Lewis an ihrer Schreibmaschine eine Braue und bat sie zu warten. Kurz verschwand sie im Direktorat, kehrte rasch wieder zurück und machte eine einladende Geste. »Er hat Zeit für Sie, Miss Windley.«

Charlottes Herzschlag verdoppelte sich, durch ihre Adern schien Strom zu fließen. Jetzt war der Moment, der über ihr weiteres Leben entschied. Sollte sie es tun oder einfach auf der Stelle kehrtmachen? Ihre Finger begannen zu zittern, während sie im Geiste noch einmal die mahnenden Worte ihrer Mutter hörte. Seltsam, dass ihre Mutter die Situation so ganz anders einschätzte als ihre beste Freundin. Gestern Abend hatte sie sich mit Ivy getroffen. Sie waren untergehakt an der Themse entlangspaziert, hatten sich den Flusswind um die Nase pusten lassen, und Ivy war aus dem Erzählen nicht herausgekommen. Ihr deutscher Verlobter Justus Henderson arbeitete als Wissenschaftler im Botanischen Garten in Heidelberg, Ivy hatte ihre Bewerbung dort bereits abgegeben und würde Ende des Jahres umziehen.

Charlotte hatte gehofft, von Ivy in ihrem Entschluss bestärkt zu werden, und genau das hatte Ivy getan: »Wenn Victor so gut aussieht, wie ich es vermute, und wenn er finanziell tatsächlich unabhängig ist, kann dir nichts Besseres passieren. Wenn er dich liebt, wird er dir eine Forschungsreise auf eigene Kosten spendieren, es sei denn, vorher stellt sich Nachwuchs ein.«

Sie hatte ihren Arm gedrückt und alles leichtgenommen, was Charlotte wie Bleigewichte mit sich schleppte. »Ich für meinen Teil kann mir ein angenehmeres Arbeiten wünschen als unter tropischer Sonne. Weiter als nach

Deutschland werde ich bestimmt nicht reisen.« Sie drückte Charlotte einen Kuss auf die Wange. »Zieh ein anderes Gesicht und freu dich, dass dir gerade noch rechtzeitig die Liebe begegnet ist. Was sonst aus dir und Dennis geworden wäre, mag ich mir gar nicht vorstellen.«

Sie kicherte, aber Charlotte blieb ernst. Hatte sie wirklich angenommen, Ivy würde es schaffen, sie in ihrem Entschluss zu bestärken? Dazu hatte ihre beste Freundin genau die falschen Worte gewählt.

Vor dem Büro des Direktors befürchtete Charlotte, ihre Beine würden sie nicht länger tragen. Die Schwäche zog sich durch jede Faser ihres Körpers. Hinter ihrer Stirn tanzten wirbelnde Funken, während sie in den Raum stakste.

Sir Prain erhob sich und kam um seinen wuchtigen Schreibtisch herum, um ihr die Hand zu drücken. »Miss Windley.« Er bot ihr einen Platz am Besprechungstisch an und ließ sich ihr gegenüber nieder. »Nun, wie laufen die Vorbereitungen für Ihre Forschungsreise? Alle Behördengänge erledigt, alle Impfungen überstanden?«

Charlotte krampfte haltsuchend mit den Händen um die Tischkante. Sie fühlte sich einer Ohnmacht nah und spürte, wie ihr der Schweiß ausbrach. »Ich ... ich muss leider Ihr großzügiges Angebot, mit einem Forschungsteam auf Reisen zu gehen, ablehnen, Sir Prain.«

Jetzt war es heraus, Charlottes Schultern sackten nach vorn, während sie den Direktor nicht aus den Augen ließ.

Sir Prain starrte sie an. »Entschuldigung?«

Verdammt, jetzt spürte sie auch noch, wie ihr die Tränen kamen. »Niemanden bedrückt das mehr als mich, dass ich

Sie enttäuschen muss, Sir. Familiäre Umstände zwingen mich dazu, in England zu bleiben.« Wie steif das klang, wie kontrolliert, während in ihr das Chaos tobte.

Er schüttelte den Kopf, als glaubte er, sich verhört zu haben. »Als Professor Bone Sie mir empfahl, hörte es sich an, als würden Sie alles dafür geben, um an einer Expedition teilnehmen zu können. Er hat Ihr Engagement und Ihre Leidenschaft in leuchtenden Farben beschrieben und dass Sie in Sachen Zuverlässigkeit und Kenntnisreichtum Ihrem Großvater in nichts nachstehen.«

Charlotte hatte sich vorgenommen, nicht in Tränen auszubrechen, aber ihre Augen brannten immer stärker. Bloß nicht weinen. Ein tiefer Atemzug brachte sie wieder ins Gleichgewicht. »Ich verehre Professor Bone und fühle mich geschmeichelt von seiner Einschätzung. Ich versichere Ihnen, Sir, dass ich dieses Angebot niemals ablehnen würde, wenn es einen anderen Weg gäbe.« Es erschien ihr unpassend, auf die Einzelheiten ihrer familiären Situation einzugehen. Sir Prain wusste nichts von ihr. Warum sollte sie ihm jetzt von der Querschnittslähmung und dem abgebrochenen Studium ihres Bruders erzählen, von der Krankheit ihrer Mutter und der finanziellen Notlage?

Er erhob sich und klopfte einmal auf den Tisch, zum Zeichen, dass die Sache damit für ihn erledigt war. »Ich bedauere Ihr Ausscheiden, Miss Windley. Beabsichtigen Sie in naher Zukunft, auch Ihre Arbeit hier in Kew zu kündigen?«

»Auf gar keinen Fall!«, protestierte Charlotte. »Vielleicht ergibt sich in der Zukunft ein weiteres Projekt, an dem ich teilnehmen kann.«

»Wir werden sehen.« Er reichte ihr die Hand zum Abschied. »Schon erstaunlich, dass es letzten Endes immer die Frauen sind, die Wankelmut zeigen. Es hat schon seine Richtigkeit, dass wir hier Männer bevorzugen.«

Die letzten Worte hatte er nur gemurmelt, doch sie trafen Charlotte wie ein Faustschlag ins Gesicht. War es so, dass sie Vorurteile bestätigte? Hätte ein Mann anders reagiert? Sie verkniff sich eine Erwiderung, nickte ihm nur mit steinerner Miene zu. »Ich hoffe, dass ich Sie auch in Zukunft davon überzeugen kann, dass meine Arbeitskraft von hohem Wert und Nutzen für Kew Gardens ist.« Damit wandte sie sich um und verließ das Büro des Direktors, den Blick starr geradeaus gerichtet. Die Sekretärin rief ihr einen Abschiedsgruß hinterher, aber Charlotte reagierte nicht.

Sie würde es an diesem Tag nicht mehr schaffen, sich zu den Kollegen zu stellen, Töpfe zu füllen, Wildtriebe zu schneiden oder Blüten zu konservieren, während ihr Inneres in Scherben lag.

Für einen Moment lehnte sie sich an die Mauer des Bürogebäudes, ließ den Atem tief in ihren Bauch fließen und drängte die Panik zurück, die plötzlich in ihr hochstieg und ihren Herzschlag zum Rasen brachte. Es gab kein Zurück mehr, sie hatte sich entschieden, doch ihre Seele rebellierte. Victor! Sie musste ihn sehen, er musste ihr versichern, dass sie richtig gehandelt hatte.

An diesem Abend hatte sie sich mit ihm verabredet, hatte ihn zu ihrer Lieblingsstelle in Kew Gardens gebeten, um ihm die Antwort zu geben, auf die er hoffte.

An einem Tag, an dem ihr sehnlichster Traum platzte,

neue Pläne schmieden? Charlotte rang die Angst nieder und straffte die Schultern. Das Leben fragte nicht nach dem rechten Zeitplan. Es geschah und forderte einen heraus. Sie würde für Victor heute die vorfreudige Verlobte sein, auch wenn sie sich in ihrem Innersten zerstört fühlte.

Schon von Weitem sah sie ihn auf der schmiedeeisernen Bank unter dem Tulpenbaum sitzen. Er hatte eine Zeitung ausgebreitet und die Beine übereinandergeschlagen. In der Sonne funkelte das Anthrazitgrau seines Bowlers und des Trenchcoats. Was für eine stattliche Erscheinung, ging es ihr durch den Kopf, während sie über den Rhododendron-Weg eilte, die Hände in den Taschen ihres Mantels vergraben. Unter ihren Füßen raschelte das bunte Laub. In wenigen Tagen würden die Zweige und Äste sich nackt in den Himmel recken, als wollten sie die Vögel vom Himmel pflücken, und darauf vertrauen, dass sie mit den ersten Sonnenstrahlen im nächsten Frühjahr wieder zum Leben erwachten. Die letzten Besucher des Parks spazierten zum Ausgang, bald würden sich die Tore für diesen Tag schließen, aber Charlotte konnte später durch den Mitarbeiter-Ausgang die Anlage verlassen.

Als hätte er sie erspürt, drehte Victor den Kopf in ihre Richtung. Beim Näherkommen bemerkte sie die Blässe um seine Nase und etwas wie Angst in seinen Augen. Was mochte er sich ausgemalt haben, warum sie ihn um dieses Treffen genau hier, an ihrer Lieblingsstelle in Kew Gardens, gebeten hatte? Bei ihrer letzten Begegnung hatte sie ihn völlig im Ungewissen gelassen, was sein Antrag für sie bedeutete. Heute würde er seine Antwort bekommen, auf dieser Bank unter den Bäumen. Hier hatte sie vor vier Monaten gesessen, um ihre Abschlussarbeit gebangt und sich von einer desillusionierten Frau fast entmutigen lassen. Zwischen der damaligen Begegnung und der heutigen schien ein ganzes Leben zu liegen.

Victor faltete die Zeitung und erhob sich, schaute ihr entgegen. Da endlich bewegten sich ihre Lippen, und sie schenkte ihm ein Lächeln, ein erstes Anzeichen dafür, dass seine Hoffnungen sich erfüllten. Ein Strahlen ließ sein Gesicht leuchten, und als sie schneller wurde und zu laufen begann, öffnete er die Arme und fing sie auf. Sie schlang die Hände um seinen Nacken und schaute ihm ins Gesicht. Trotz allem, was sie heute aus der Bahn geworfen hatte, fühlte es sich richtig an, sich jetzt von diesem Mann halten zu lassen. Ja, sie würde ihn heiraten, und ja, es würde für sie und ihre Familie ein gutes Leben geben. Wie viel wichtiger war es, den Menschen, die sie liebte, eine Zukunft zu geben, als an egoistischen Ideen von Feldforschung und exotischen Orten festzuhalten?

»Ja, ich möchte mich mit dir verloben, Victor.«

Er hob sie an und drückte sie. Als er sein apartes Lächeln zeigte, spürte Charlotte auch in ihrem Bauch Zuversicht. Sie würde mit Victor glücklich werden, und er würde dafür sorgen, dass sie niemals mehr um ihre Familie bangen musste. Waren Sicherheit und Geborgenheit nicht das, was sich die meisten Menschen wünschten? Sie war ein Glückskind, dass ihr so etwas angeboten wurde, und sie wäre dumm, nicht zuzugreifen. Sicher mischte sich unter ihre

Gefühle ein guter Schuss Dankbarkeit und Erleichterung. Aber war das nicht eine solide Basis für eine gute Ehe?

Er neigte den Kopf zur Seite und küsste sie, erst zart und spielerisch, dann immer drängender und fordernder. Das sinnliche Prickeln in ihrem Körper vertrieb den letzten Zweifel aus ihrem Herzen. Das zwischen Victor und ihr, das konnte eine große Liebe werden. Sie kannten sich noch nicht lange, aber die Anziehungskraft war stark. Sie sehnte sich danach, mit ihm allein zu sein, ihn zu berühren und seinen Körper zu erforschen.

Schließlich löste er sich von ihr und schaute ihr ins Gesicht.

»Was wird aus deiner Expedition?«

»Ich habe sie abgesagt.« Jemand anderes schien diesen Satz auszusprechen. Er schien nicht zu ihr zu gehören. Sie räusperte sich und hob den Kopf. »Es werden sich andere Gelegenheiten ergeben. Jetzt freue ich mich auf unsere Verlobung.«

»Ach, Liebste, bedauere es nicht, dass du diesen Schritt getan hast. Du wärst nicht glücklich geworden unter diesen fremden klimatischen und kulturellen Bedingungen. Du kannst es wirklich angenehmer haben.«

Ein flaues Gefühl stieg in ihrem Magen hoch. *Doch, ich wäre glücklich geworden!*, rebellierte etwas in ihr. *Ich habe mich eben nur anders entschieden!*

Arm in Arm gingen sie auf den Ausgang zu. Das Abendlicht färbte die letzten noch hängenden Blätter rotgolden, ein Eichhörnchen kreuzte ihren Weg und sprang am nächsten Baumstamm hoch. Ein paar Krähen pickten auf den Wiesen zwischen den Bäumen nach Haselnüssen und Kastanien.

»Dann sollten wir jetzt keine Zeit verlieren, um alles zu organisieren. Kannst du dir die nächsten Tage freinehmen?«

Charlotte schüttelte den Kopf. »Im Gegenteil. Ich muss jetzt noch mehr als vorher arbeiten, um meine Zuverlässigkeit zu beweisen.«

»Verstehe ich das richtig, dass du an dem Job hängst, obwohl wir demnächst in Kent wohnen werden?« Seine Stimme klang emotionslos, als frage er eine sachliche Information ab.

Sie stutzte. Hatte er daran gezweifelt? Hatte er etwa angenommen, sie wäre von jetzt an die Frau an seiner Seite und sonst nichts? »Egal, wo wir wohnen werden – es muss eine gute Verbindung nach Kew Gardens geben.«

»Verstehe. Die Zeit wird zeigen, ob du dir diese Umstände machen willst.«

»Meine Arbeit aufzugeben kommt nicht infrage.«

Er drückte sie versöhnlich an sich. Auch sie hätte ein Streit überfordert. »Oder ich schenke dir ein Auto dazu. Hattest du nicht gesagt, dass du daran Freude hättest?« Er küsste sie auf die Schläfe, als sie den Ausgang erreichten und auf seinen Ford zugingen.

Charlotte drehte sich in seinen Armen. Ihr Herz machte einen Satz. »Ja, daran hätte ich definitiv Freude!« Sie hatte ihm nicht erzählt, dass sie sich nach der ersten Autofahrt mit ihm das Buch von Dorothy Levitt besorgt hatte: *The woman and the car.* Darin machte die erste britische Rennfahrerin allen Frauen Mut, es mit einem eigenen Auto zu versuchen. Detailreich beschrieb sie, wo man Benzin, Wasser und Öl nachfüllte, welcher Hebel was bewirkte, welches Pedal die Geschwindigkeit drosselte und welche Probleme entstehen konnten. Gut, das Buch war schon zehn Jahre alt, die Technik hatte sich weiterentwickelt, aber wenn Charlotte Victor beim Schalten und Gasgeben beobachtete, erkannte sie die Übereinstimmungen und war sich sicher, dass sie es ebenfalls hinbekommen würde. Und was für eine neue Art von Unabhängigkeit es bedeuten würde, auf vier Rädern von einem Ort zum anderen zu gelangen! Wieder küsste er sie. Charlotte spürte deutlich, wie sehr es ihn nach ihr verlangte.

»Wirst du zu Hause erwartet?«, fragte er, als sie im Wagen saßen.

»Nun ja, sicher«, entgegnete sie. »Man rechnet mit mir.«

»Ich dachte, du hättest Lust auf eine Spritztour nach Dartford. Ich könnte dir meine Fabrik zeigen, mein Wohnhaus, du könntest Aurora kennenlernen.«

Charlotte dachte einen Moment nach, als er den Ford in Bewegung setzte. Es war nur normal, dass sie das Umfeld ihres zukünftigen Verlobten kennenlernte. Heute erschien es genau richtig, damit sie nicht in Grübeleien und Zweifel verfallen konnte. Also, warum nicht? »Kann ich von dir aus bei uns zu Hause anrufen und Bescheid geben?«

Er tätschelte ihr Bein. »Aber natürlich, Liebste.«

Kapitel 15

Aurora Ainsworth erhob sich aus dem Ohrensessel, als im Hof das vertraute Knattern des Automobils laut wurde. Es gehörte zu den Höhepunkten ihrer Tage, wenn Victor am Abend heimkehrte und sie im Kaminzimmer noch ein bisschen zusammensaßen und plauderten. Er traf sich häufig auswärts mit Geschäftspartnern und Kunden. Zu ihrem Leidwesen hatte er dann meistens schon gegessen, obwohl sie ihn gern bekochte.

Sie legte die Kissenhülle beiseite, an der sie gerade stickte, und schob die Gardine ein Stück zur Seite. Der Hof zwischen dem Wohnhaus und der Fabrik war von Laternen erleuchtet. Um diese Zeit, da die Maschinen abgestellt waren, war es ruhig, das Rattern des Automotors hob sich scharf aus der Stille ab.

Ihr Herz klopfte, als Victor um den Wagen herumlief und die Beifahrertür öffnete. Er brachte jemanden mit? Das hatte er noch nie getan. Sie beobachtete die Frau, die mit dem Hut am Autoverdeck hängen blieb, sodass er ihr beim Aussteigen vom Kopf rutschte. Victor bückte sich sofort, um ihr den Hut anzureichen.

Du liebe Zeit, wenn sie gewusst hätte, dass er Gäste mitbrachte, hätte sie etwas vorbereitet! Victor drängte sie schon lange, dass sie mehr Dienstboten einstellte. Bislang gab es nur ein Mädchen für die Putzarbeiten, alles andere übernahm Aurora gerne selbst. Sie hätte den Kamin entzündet, vielleicht eine Pastete gebacken, und wie sah sie selbst aus? Sie trug ein etwas aus der Mode gekommenes Kleid mit enger Taille und schwingendem Glockenrock, die dünnen Haare hatte sie zu einem Knoten gedreht.

Jetzt war an dem Unglück nichts mehr zu ändern. Sie fuhr sich ordnend mit den Händen durch die Frisur, strich ein paar Falten an ihrem Rock glatt und beeilte sich dann, die Freitreppe hinab in das Foyer zu steigen.

»Da bist du, Aurora! Entschuldige den Überfall, es hat sich spontan ergeben, dass ich Miss Windley heute mitbringe. Ich hoffe, es ist dir recht? Darf ich vorstellen: Aurora Ainsworth – Charlotte Windley.«

»Na, du bist mir einer! Ich liebe es, Gäste zu haben. Noch mehr liebe ich es, wenn ich darauf vorbereitet bin.« Sie trat auf Charlotte zu, lächelte und reichte ihr die Hand. Das Zucken im Gesicht der jungen Frau war ihr schmerzhaft vertraut.

Sie vermutete, dass ihre höckerige Nase am ehesten abstieß, vielleicht waren es auch ihre schmalen, blutleeren Lippen. Ihre Augen waren das einzige Anziehende in ihrem Gesicht, von einem warmen Schokoladenbraun, aber sie machten sie nicht zu einer Schönheit.

»Schön, Sie endlich kennenzulernen«, sagte die Frau höflich. »Victor hat viel von Ihnen erzählt.«

Zu gern hätte Aurora gewusst, was es denn über sie zu berichten gab. Wie sprach Victor über sie, wenn sie nicht dabei war? War sie für ihn das lästige Anhängsel, das schwierig zu verheiraten war? Die bemitleidenswerte Verwandte, für die er die Verantwortung trug? Oder ein warmherziger Mensch, der sich um sein Wohlergehen sorgte?

»Für Tee ist es schon zu spät«, sagte sie, »soll ich einen Punsch für uns zubereiten, den wir vor dem Kamin einnehmen könnten?«

Victor schüttelte den Kopf. »Keine Umstände, Aurora, bitte. Es reicht völlig, wenn wir eine Flasche Wein öffnen.«

Aurora zog den Kopf zwischen die Schultern. Sie empfand es als herbe Zurückweisung, wenn er ihre Angebote, ihn zu versorgen, ablehnte, aber sie ließ sich die Enttäuschung nicht anmerken, hielt an ihrem Lächeln fest und ging den beiden voran in den Salon, wo um den Kamin eine lederne Couch und ein passender Sessel standen. Victor heizte das Feuer an, während Aurora mit der Frau plauderte. Sie erfuhr, dass Charlotte Mitte zwanzig war und als Botanikerin in Kew Gardens arbeitete. Die Arme! Offenbar musste sie für ihren Lebensunterhalt selbst aufkommen! Dabei war sie mit ihren welligen Haaren und den ebenmäßigen Zügen trotz der Brille eine attraktive Erscheinung. Allerdings war sie recht distanziert. Ob sich das ändern würde, wenn sie sich besser kennenlernten?

Nachdem Victor das Feuer entfacht hatte, ließ er sich auf das Sofa neben Charlotte fallen und legte den Arm hinter sie. »Charlotte und ich wollen uns verloben«, sagte er schließlich. Angst verschnürte Aurora die Kehle. Was wurde aus ihr, wenn Victor sich neu orientierte? Er schien ihr Erschrecken zu bemerken, beugte sich vor und strich über ihr Bein. »Alles wird gut, Aurora. Ich spiele schon lange mit dem Gedanken, aus diesem Haus auszuziehen, um in meiner Freizeit nicht auf die Fabrik starren zu müssen. Charlotte und ich haben uns verschiedene Landhäuser angesehen und uns in eines verliebt. Ich bin sicher, es wird dir gefallen. Was hältst du davon, wenn wir in den nächsten Tagen eine Besichtigungstour dorthin unternehmen, damit du dich mit der neuen Umgebung anfreunden kannst?«

Aurora lächelte zaghaft, erst in Victors Richtung, dann in Charlottes. Wollten sie sie wirklich dabeihaben in ihrem gemeinsamen Leben? Es war nicht der schönste aller Träume, mit einem frisch verliebten Ehepaar als alleinstehende Frau zusammenzuwohnen, aber es war besser, als irgendwo in London in einem Zimmerchen zu hausen und von der Nachbarschaft als spätes Mädchen verspottet zu werden. »Das wäre sehr schön«, sagte sie schließlich. »Ich bin sehr neugierig auf das Landhaus.«

»Wir werden dort zusammen mit Charlottes Geschwistern und ihrer Mutter wohnen, das Haus bietet Platz für uns alle. Ich bin sicher, wir werden uns alle gut verstehen.«

Auroras Herz schlug schneller. Das hörte sich nach einer großen Familie an, nach der sie sich immer gesehnt hatte. In ihrer Jugend hatte sie davon geträumt, irgendwann Mittelpunkt einer quirligen Kinderschar zu sein, nun würde sie eine Randfigur in einer zusammengewürfelten Gemeinschaft sein, aber es schien, dass die Zeit der Einsamkeit vorbei war. »Wie alt sind Ihre Geschwister, Charlotte?«

»Mein Bruder ist zwei Jahre älter als ich. Er ist nach einer Schussverletzung querschnittsgelähmt. Wir hoffen, dass er irgendwann sein Medizinstudium wieder aufnimmt.«

»Was für ein schlimmes Schicksal.« Kein Wunder, dass Charlotte so in sich gekehrt wirkte, wenn die Familie mit einem solchen Schlag zu kämpfen hatte. »Ist das Haus für Rollstuhlfahrer geeignet, Victor?«

Victor stopfte sich eine Pfeife. »Wir werden es passend gestalten und Robert die Zimmer im Erdgeschoss überlassen, das ist kein Problem.«

»Meine Schwester ist zwölf und eine wilde Hummel.« Charlotte lächelte und schob ihre Brille zurecht. In diesem Augenblick verstand Aurora, warum sich Victor in sie verliebt hatte. Ob sie Freundinnen werden konnten? Würde Charlotte ihre Zurückhaltung aufgeben, wenn sie sich besser kennenlernten? Es wäre schön, jemanden zu haben, dem sie sich anvertrauen konnte. Eine Freundin, die verstand, was in ihr vorging und warum sie auch zwei Jahre nach seinem Tod den Vater immer noch vermisste. Aurora hatte keine Pflegerin in seiner Nähe geduldet und sich aufopfernd um ihn gekümmert. Sein Tod hatte nicht nur ihr Herz in Stücke gerissen, er nahm ihrem Leben jeden Sinn. Wäre Victor nicht aufgetaucht und hätte die Initiative ergriffen, wäre Aurora ihrem Vater in den Tod gefolgt.

»Ich bin gespannt darauf, Ihre Familie kennenzulernen«, sagte Aurora und erhob sich. »Verzeihen Sie, wenn ich mich jetzt in meine Zimmer zurückziehe. Ich gehe immer früh schlafen.« Sie spürte, dass die beiden gerne allein sein wollten. Für sie konnte der Abend nicht besser werden – die Aussicht darauf, demnächst mit einer vielköpfigen Familie auf einem herrschaftlichen Anwesen auf dem Land zusammenzuwohnen, beflügelte sie. Sie konnte es nicht erwarten, die Villa und ihre zukünftigen Mitbewohner kennenzulernen.

»Ich denke, wir werden miteinander auskommen«, sagte Charlotte, nachdem sich Aurora verabschiedet hatte. In dem Zimmer hing der Geruch nach dem brennenden Holz und dem Rotwein, der in den Gläsern funkelte. Das Haus war massiv und wuchtig, für Charlottes Begriffe erdrückend mit den niedrigen Decken, der dunklen Einrichtung, den Ölgemälden an den Wänden, den schweren Vorhängen vor den Fenstern.

Victor saß mit übergeschlagenen Beinen neben ihr und küsste sie auf die Schläfe. »Ich hatte gehofft, dass ihr euch gut verstehen würdet. Du hast dich ihr gegenüber auffallend kühl verhalten.«

Charlotte schluckte. Ein Gefühl der Überforderung breitete sich in ihrer Brust aus. »Wir müssen uns erst besser kennenlernen, denke ich.«

»Vielleicht gelingt es dir ja, einen passenden Heiratskandidaten für sie zu interessieren. Sie ist gebildet und geistreich und eine Seele von einem Menschen – das muss doch jemandem auffallen und für sie einnehmen, oder?«

»Oder ihr Herz hängt an dir?«

Victor zog die Brauen hoch. »Das hätte ich bemerkt. Ich

bin empfänglich für solche Signale, aber von Aurora spüre ich nur Dankbarkeit und Sympathie. Meinst du, da ist mehr?«

Charlotte lachte. »Nein, nein, ich vermute, du bist wie ein väterlicher Freund für sie. Sie verlässt sich auf dich und deine Entscheidungen.«

»Tja, was soll sie tun? Sie hat sonst niemanden.«

Sich auf sich selbst verlassen und für eigene Interessen kämpfen?, ging es Charlotte durch den Kopf. Doch sie sprach es nicht aus, sie sehnte sich danach, in einen traumlosen Schlaf zu fallen. Sie richtete sich auf. »Ich würde jetzt gerne bei mir zu Hause anrufen, damit sich meine Mutter nicht sorgt. Wann fährst du mich?«

Er streichelte mit dem Fingerknöchel ihre Wange und musterte ihr Gesicht verliebt. »Muss das wirklich heute noch sein?«

Hier übernachten? Ein beängstigender Gedanke, der ihr einen Schauer über den Rücken jagte. Es war klar, dass er ihr nicht das Gästezimmer anbieten, sondern erwarten würde, dass sie mit ihm das Bett teilte. Die sinnlichen Schwingungen zwischen ihnen waren allzu deutlich. War es schicklich, noch vor der Verlobung intim zu werden? Andererseits, wer wollte sie verurteilen, wenn sie mit ihrem zukünftigen Ehemann die Nacht verbrachte. Es kitzelte auf ihrer Haut bei dem Gedanken daran, dass sie das Fordernde, das sie in seinen Küssen gespürt hatte, ausleben würden.

»Ich ... du kannst mich morgen nach dem Frühstück nach Kew Gardens fahren. Das ist praktischer, als jetzt noch nach London reinzufahren.« Ihre Wangen glühten, als sich Victor mit einem Lächeln vorbeugte und sie auf den Mund küsste. Seine Augen funkelten.

Er führte sie in das Foyer, wo das Telefon stand, ergriff den Hörer und bat die Vermittlung um das Gespräch mit der Familie Windley in London. Charlotte stand mit hängenden Armen neben ihm und fragte sich, ob sie sich wohl daran gewöhnen musste, dass Victor ihr solche Dinge abnahm. Es war zuvorkommend von ihm, keine Frage, es fühlte sich nur ein bisschen so an, als würde ein überfürsorglicher Vater für sein Kind die Dinge regeln. Aber sie sollte nicht zu streng in ihrer Einschätzung sein. Victor wollte sich von seiner besten Seite präsentieren, ein Kavalier und Gentleman durch und durch. Sie hatten alle Zeit der Welt, um zu klären, dass Charlotte Eigenständigkeit und Selbstständigkeit wichtig waren.

Unglücklicherweise war es Debbie, die ans Telefon ging. Charlotte versuchte, sich so kurz wie möglich zu fassen, rechnete aber nicht damit, ohne dumme Bemerkungen davonzukommen. »Sag Mutter bitte, dass ich morgen nach der Arbeit heimkomme. Ich übernachte auswärts.«

»Tatsächlich?« Debbie war Feuer und Flamme, wie befürchtet. »Bist du bei Victor?«

»Das geht dich nichts an«, zischte Charlotte. »Richte Mutter meine Nachricht aus, und nun gute Nacht.«

Das Letzte, was Charlotte hörte, war das Kichern, bevor Debbie den Hörer auf die Gabel zurücklegte. Sie seufzte und blickte Victor gequält an. Der lachte nur, beugte sich vor und bedeckte ihren Hals mit kleinen Küssen, während seine Hand zart in ihren Nacken glitt. Charlotte schloss die Augen, legte den Kopf zurück, ließ es geschehen. Eine Welle der Erregung flutete durch sie hindurch. Sie schlang die Arme um Victors Hals, rückte näher an ihn heran, spürte seinen Körper an ihrem.

So hatte Dennis sie nie geküsst.

Victors Mund wanderte weiter zu ihrem Ausschnitt. Charlotte fühlte sich, als würde sie in seinen Armen zerfließen. Ihr Denken setzte aus, als sie begann, seine Zärtlichkeiten zu erwidern, und ihre Hände wandern ließ. Sie hatte wenig Erfahrung mit Männern. Was sie vor dem Krieg mit Francis an ungeschickten Berührungen und feuchten Küssen erlebt hatte, ließ sich mit den Gefühlen, die sie nun überwältigten, nicht vergleichen. Mit Dennis hätte sie gern mehr körperliche Nähe genossen, aber seine Zärtlichkeiten hatten sich nie so angefühlt, als seien sie nur ein Vorspiel auf etwas viel Größeres, so wie sie es jetzt mit Victor erlebte.

Schon auf der Treppe nach oben begannen sie, sich gegenseitig auszuziehen. Sein Pullover blieb auf dem Absatz liegen, ein paar Stufen höher ihre Schuhe. Ihr Puls flatterte, und in ihrem Körper breitete sich eine sengende Hitze aus.

Die Vorfreude auf das, was passieren würde, ließ ihren Körper glühen und sie alles vergessen, was sie in letzter Zeit so niedergedrückt hatte. Sie seufzte und ließ sich die letzten Meter ins Schlafzimmer von ihm auf die Arme nehmen. Behutsam legte er sie auf dem Bett ab, ohne seinen Mund von ihrem zu nehmen. »Ich habe noch nie eine Frau so sehr begehrt wie dich«, flüsterte er ihr ins Ohr, bevor sie beide das Denken vergaßen und sich ihrer Leidenschaft hingaben.

Es war schon nach Mitternacht, als Charlotte sich an Victors Brust lehnte. Sie waren beide nackt, die Laken hatten sie über sich gezogen, die Beine miteinander verschränkt. Charlotte fühlte Tränen, aber sie stiegen ihr nicht in die Augen, sondern schienen um ihr Herz zu plätschern.

Victor hatte sich als der kundigste Liebhaber, den sie sich wünschen konnte, erwiesen und auf ihrem Körper gespielt wie auf einem Instrument. Sie war ihm völlig ausgeliefert gewesen, ein ungewohntes, erregendes Gefühl.

Aber es waren auch Tränen der Trauer über das, was sie in dieser Nacht endgültig hinter sich ließ. Mit dem Verstand hatte sie sich bereits von ihren Plänen verabschiedet, jetzt schien ihr Herz seine Zustimmung zu geben. Ja, es würde ein gutes Leben an Victors Seite sein. Sie würden das Haus zu einem Schmuckstück gestalten und es mit allen Menschen, die ihnen lieb und teuer waren, teilen. Und bei der nächsten Besichtigung würde sie sich um die Zugverbindung nach Richmond kümmern, damit sie jeden Morgen mit der Bahn nach Kew Gardens fahren konnte, solange sie noch kein eigenes Automobil besaß. Unter all den Veränderungen, die anstanden, durfte ihre Arbeit nicht leiden.

Victor wandte sich ihr zu, das Gesicht sanft beleuchtet vom hereinfallenden Schein des Halbmondes. »Woran denkst du, Liebes?«

Sie küsste ihn auf die Wange. »Dass ich den Umzug kaum erwarten kann.« Wenig später war sie mit einem Lächeln auf den Lippen, den Kopf auf seine Brust gebettet, eingeschlafen.

Kapitel 16

Die fünf Männer mit ihren Tropenhelmen und praktischen Jacken, mit den locker sitzenden Hosen und dem stabilen Schuhwerk, mit Rucksäcken und ledernen Koffern schritten, miteinander scherzend und plaudernd, zum Brentford Ferry Gate. Ihre Schultern waren gestrafft, die Schritte energisch, die Köpfe erhoben.

Charlotte stand in der Gruppe, die den fünf Wissenschaftlern folgte, um sie an der Fähre, die an Kew Gardens an- und ablegte, zu verabschieden. Das Dampfschiff würde sie in den Londoner Hafen zu einem der Atlantikliner bringen, mit dem sie um die halbe Welt bis nach Asien reisen würden.

Jeder Schritt verursachte ein Stechen hinter ihren Schläfen. Die Truppe zu verabschieden, von der sie ein Teil hätte sein können, war fast mehr, als sie ertragen konnte. Aber sie wollte sich nicht davor drücken, wollte es aushalten, die Kollegen davonziehen zu sehen.

Und ein letztes Mal Dennis anschauen.

Seit sie ihm erzählt hatte, dass sie Victor heiraten würde, waren sie sich aus dem Weg gegangen. Dennis war so von den Vorbereitungen auf die Expedition in Anspruch genommen, dass es ihm vermutlich gar nicht auffiel. Wenn sie sich trafen, erzählte er nur davon, welche botanischen Bücher er sich noch ausgeliehen hatte oder wie er sich sein Feldlabor zusammenstellte. Er war wie im Tunnel, und niemand konnte das besser verstehen als Charlotte. Sie wäre genauso gewesen, wenn sich ihr Leben nicht geändert hätte. Sie wich ihm aus, wenn er ihr schnell aus alter Gewohnheit einen Kuss aufdrücken oder ihre Hand nehmen wollte.

Charlottes Platz hatte ein Wissenschaftler aus dem Museum von Kew Gardens eingenommen, und an Ethans federndem Gang und seinem lauten Lachen erkannte sie, wie glücklich er darüber war. Er war jemand, der ehrgeizig nach den spannendsten botanischen Funden Ausschau halten würde, um sich international einen Namen zu machen.

Ihr blieb der Trost, dass sie sich im *Kew Guild Journal* über die aktuelle Entwicklung auf dem Laufenden halten konnte und dass Dennis ihr hoffentlich regelmäßig schreiben würde.

Die Bäume im Garten hatten inzwischen alle Blätter abgeworfen, nass moderte das Laub in den Beeten, wo die Mitarbeiter es untergeharkt hatten. Schwarze Zweige stachen in einen blaugrauen Himmel, der nur für ein paar Minuten den Nieselregen eingestellt hatte, als wollte er den Menschen auf dem Weg zur Fähre Gelegenheit geben, sich im Trockenen zu verabschieden.

Schon auf dem glitschigen Holzsteg drehte Dennis sich um, suchte die Gruppe nach Charlotte ab und zog sie zur Seite, als er sie fand. Sie standen dicht beieinander, schauten sich an, er hielt ihr Gesicht in beiden Händen.

Sein Blick war voller Wärme, während Charlotte blinzelte und sich auf die Lippe biss. Sie schluckte trocken. »Werde glücklich, Charlotte«, sagte er und drehte den Kopf so, dass ihr sein gutes Ohr zugewandt war, wie um sicherzugehen, dass er keines ihrer letzten Worte verpasste.

»Ich wünschte, alles wäre anders gekommen.« Dennis und sie hatten von gemeinsamen Abenteuern geträumt und waren Freunde. Vielleicht war es zu unbescheiden, vom Schicksal zu erwarten, dass es ihnen auch noch ein gemeinsames Leben schenkte.

»Ich werde dich nicht vergessen, Charlotte«, sagte er leise und küsste sie auf die Stirn. »Und ich gebe die Hoffnung nicht auf, dass wir irgendwann gemeinsam auf Reisen gehen können.«

»In Gedanken reise ich mit dir, Dennis. Schreib mir viele Briefe, und lass nichts aus! Versprichst du mir das? Ich will alles ganz genau wissen.« Sie griff in ihre Manteltasche, zog ihr silbernes Medaillon mit der Wasser-Lobelie hervor und drückte es Dennis in die Hand. »Nimm es mit und bring es mir heil wieder zurück.«

Er lächelte. »Versprochen, Charlotte. Und danke. Ich weiß, was dir das Medaillon bedeutet. Es wird mir Glück bringen. Die erste exotische Art, die ich persönlich entdecke, werde ich nach dir benennen, trocknen und plätten. Dann bekommt deine *Lobelia dortmanna* Gesellschaft.« Ein letztes Mal zog er sie an sich, bevor er auf ihre Nasenspitze tippte. »Schau nicht zurück, Charlotte, schau nach vorn«, sagte er noch, bevor er sich umdrehte. Die anderen Reiseteilnehmer winkten bereits an der Reling der Fähre. Dennis fiel in den Laufschritt, weil das Schiff sein Horn erklingen ließ, zum Zeichen, dass es abfahrbereit war.

Charlotte blieb inmitten der anderen Kew-Mitarbeiter auf dem Steg zurück, als die Fähre ablegte und Fahrt in Richtung London aufnahm. Es fühlte sich an, als würde ihr Herz in Stücke gerissen.

Kapitel 17

Der Verkaufstermin für Summerlight House fiel auf den gleichen Tag wie die Abreise des Expeditionsteams. Victor hatte ein bisschen verärgert reagiert, weil Charlotte sich nicht den ganzen Tag freinehmen würde. Schließlich hatte er den Termin so gelegt, dass sie am späten Nachmittag, noch im Hellen, zu Summerlight House fahren würden, um den Kauf abzuwickeln.

Charlotte fühlte sich immer noch wie benommen von der Abschiedszeremonie am Fährhafen, dennoch schaffte sie es zu lächeln, als sie Victor vor dem Haus in der Hunter Street begrüßte.

Er blickte sie an, als sie die Landstraße nach Sevenoaks erreichten. »Du bist so schweigsam, Liebes. War der Tag heute anstrengend?«

Sie strich sich über die Stirn und spürte einen quälenden Stich in der Brust. »Wir haben die Expedition verabschiedet, der ich mich ursprünglich anschließen wollte.«

Er nickte mit zusammengepressten Lippen und starrte

auf die Straße vor sich, über die sich bereits die Dämmerung legte. Sie war frei um diese Uhrzeit, die Bauern hatten ihre Ernte eingefahren, und Victor konnte Vollgas geben.

»Trauere nicht um die verpasste Chance, Charlotte. Freue dich lieber auf das, was du stattdessen bekommst. Ich bin sicher, deine Kollegen werden hervorragende Arbeit leisten. Was ich dazu beitragen kann, habe ich als Sponsor getan. Ich hoffe, es zahlt sich aus und die Expedition wird ein voller Erfolg.« Er grinste sie von der Seite an. »Und für dich hole ich derweil die Sterne vom Himmel, wenn du das möchtest.«

Sie erwiderte sein Lächeln schief.

»Und? Hast du deinem Kollegen das Herz gebrochen?«

Sie stutzte. »Was meinst du?«

»Was war denn zwischen dir und diesem Dennis Lloyd? Ist dir der Abschied schwergefallen?« Seine Miene war undurchdringlich, sein Blick auf die Straße gerichtet.

Sie biss sich auf die Lippe. Sie hatte Dennis ihm gegenüber nie erwähnt, er musste Erkundigungen eingezogen haben. Konnte sie ihm das verübeln? War es nicht sein gutes Recht, sich über sie zu informieren, bevor er ihr einen Antrag machte? »Dennis ist ein guter Freund, wir hatten gemeinsame Pläne. Aber ich habe mich anders entschieden.« Sie sah ihn von der Seite an. »Zweifelst du an mir?«

»Um Himmels willen, nein, Charlotte! Das muss eine schwere Stunde für dich gewesen sein, deinen Freund ziehen zu lassen.«

Sie schluckte. »Ja und nein«, erwiderte sie ausweichend.

Er betrachtete sie voller Wärme. »Ich werde alles dafür

tun, dass du es nie bereust, dich für mich entschieden zu haben, Liebste. Und für Summerlight House.«

»Wer wird heute dabei sein?«, erkundigte sie sich, als sie den Weg nach Maidstone einschlugen.

»Der Notar der Familie, der Makler hat seine Provision bereits bekommen. Es geht jetzt nur noch darum, wie wir die Bezahlung abwickeln wollen. Die verwitwete Lady Summerlight kann es schlecht aushalten, wenn zu viele fremde Menschen um sie herum sind. Sie wohnt seit vielen Jahren allein dort.« Er griff nach ihrer Hand, drückte sie und schaute Charlotte verliebt an. »Nicht mehr lange, mein Schatz, dann haben wir unser Zuhause. Es wird ein Ort mit einer magischen Anziehungskraft werden, davon bin ich überzeugt.«

Charlottes Pulsschlag stolperte ein bisschen. Bislang hatte sie selbst das Haus nur von außen gesehen. Victor jedoch hatte sich von der Besitzerin herumführen lassen, bevor er sein Angebot unterbreitete. Seiner Beschreibung nach war die Zimmeraufteilung perfekt für eine Großfamilie, sodass jeder seinen abgeschlossenen Bereich haben würde.

Zwischendurch sah sie auf die Uhr und wunderte sich, dass die Fahrt zum Haus bereits mehr als eine Stunde dauerte. Sie hatte die Entfernung nach ihrer ersten Besichtigungstour kürzer in Erinnerung. Ob die Zugverbindung zuverlässig war, solange sie noch kein Automobil besaß? Sicher würde sie mehrere Male umsteigen müssen, bis sie Richmond erreichte.

Als Victor die von Bäumen umstandene Anhöhe hinabfuhr, die zur Villa führte, lag Summerlight House im goldenen Abendlicht. Weiß, gelb und pink blühten die Kletterrosen, die sich an den Backsteinen bis zu den Dachziegeln emporrankten. An den Sanddorn-Büschen im Rondell in der Mitte der mit Kies ausgestreuten Einfahrt leuchteten die orangefarbenen Früchte. Sie umgaben einen Brunnen aus weißem Stein, der früher einmal gesprudelt haben mochte, nun aber voller Moos war. In der Mitte der Fassade befand sich ein Haupteingang, zu dem man über eine mit Unkraut überwucherte Treppe gelangte. Rechts davon entdeckte Charlotte einen zweiten, kleineren Eingang, vermutlich der Trakt für die Dienerschaft. Die letzten Rosen verströmten einen betörenden Duft. Sie waren die einzigen Pflanzen, die sich im Wildwuchs seitlich des Hauses durchgesetzt hatten. Alles andere war von Wiese und Unkraut überwuchert, falls es hier jemals so etwas wie einen Garten gegeben haben sollte. Möglicherweise hatte die Hausbesitzerin in früheren Jahren hier Obst und Gemüse angebaut, aber auch davon war nichts mehr zu erkennen.

Beim Näherkommen bemerkte Charlotte, dass eines der Fenster im Parterre einen Sprung hatte, an den Rahmen blätterte die Farbe ab. Summerlight House mochte ein Juwel sein, an diesem Abend jedoch verbarg es seine Schönheit. Charlotte fühlte sich mulmig bei der Vorstellung, welche Arbeiten hier nötig sein würden.

Bevor sie die Treppe erreichten, öffnete sich quietschend die zweiflüglige Eingangstür. Eine Dame mit zu Löckchen gedrehten puderweißen Haaren und einem Gesicht wie ein runzeliger Apfel öffnete ihnen die Tür. Sie trug eine mehrreihige Perlenkette und ein bauschiges lindgrünes Seidencape, das locker über ihr Hauskleid fiel und bis zum Boden reichte. Zur Begrüßung breitete sie die Arme aus wie ein Vogel die Flügel.

»Willkommen in Summerlight House.« Ihre Stimme klang verwaschen, als habe sie zu viel Whisky getrunken. Sie hallte in dem fast leeren Foyer wider. »Ich hoffe, Sie werden hier so glücklich werden, wie ich es in meinen besten Jahren war.« Ein Schatten legte sich über das Gesicht der alten Dame, doch er verflog, als Charlotte und Victor sie begrüßten und sich vorstellten. Ein untersetzter Mann im Nadelstreifenanzug trat aus dem Salon und begrüßte sie jovial. Lady Summerlight übernahm die Vorstellung. »Das ist mein Notar Randolph Hollister, ein alter Freund der Familie. Ihm vertraue ich seit Jahrzehnten all meine Geschäfte an.«

Charlotte sträubten sich die Nackenhaare, als der Notar seine fleischige Hand um ihre Rechte legte und zudrückte. Beim Grinsen zeigte er mehrere Zahnlücken im Gebiss. Sie zog die Nase kraus und schob die Brille zurecht.

»So, meine liebe Charlotte, mein lieber Oliver, dann begleitet uns bitte in den Salon, wir haben bereits alles vorbereitet.« Die Lady schwebte in einer Wolke aus Rosenparfum und Seide an ihnen vorbei, und der Notar beugte sich hinter ihrem Rücken vertraulich zu Victor: »Oliver war ihr Sohn, er ist im Krieg gefallen. Manchmal fällt es ihr schwer, sich Namen zu merken.«

Victor nickte und zwinkerte Charlotte zu.

Im Salon standen nur ein ovaler Tisch und sechs dazu passende Stühle. Die Wände waren kahl, über dem Kamin an der Wand zeigten hellere Stellen, wo Bilder gehangen hatten.

»Wohnen Sie bereits woanders?«, erkundigte sich Charlotte, als sie sich gegenübersaßen und der Notar die Papiere in diversen Abschriften zwischen ihnen ausbreitete. Victor vertiefte sich in den Vertrag, während die Lady ins Plaudern geriet.

»Ich werde heute zum letzten Mal hier schlafen. Morgen ziehe ich in mein Appartement in einer luxuriösen Altersresidenz in Folkestone mit Aussicht aufs Meer. Ich freue mich sehr auf diesen neuen Lebensabschnitt, obwohl dieses Haus hier«, sie machte eine umfassende Geste, »all meine Erinnerungen beherbergt. Meine Großeltern haben es Mitte des vorigen Jahrhunderts ausgebaut und zu voller Blüte gebracht, aber die Grundsteine gehen bis in das 17. Jahrhundert zurück. In diesem Haus sind meine beiden Söhne geboren, das Beste, was ich je zustande gebracht habe.« Sie räusperte sich und griff nach der Flasche Cognac, die mit passenden Gläsern auf dem Tisch bereitstand. Sie schüttete sich einen guten Schluck ein, ohne ihre Gäste zum Trinken einzuladen, und nippte gedankenversunken daran.

Charlotte beobachtete sie und fragte sich, ob Lady Summerlight dement war. Wenn ja, hätte sie keinen besseren Schritt tun können, als ihr Haus zu verkaufen, bevor andere über ihren Kopf hinweg entschieden.

»Ihre Söhne können Summerlight House nicht übernehmen?«, sagte sie zaghaft. Sie ahnte, was die alte Lady erwidern würde, und wollte sie einladen, ihr Herz zu erleichtern.

»Sie sind beide im Krieg gefallen. Oliver wurde an der Front in Frankreich erschossen, und Julian ist nach feindlichem Beschuss vor Helgoland über Bord eines Kreuzers gegangen. Mein Mann hat einen Schlaganfall erlitten, als die zweite Todesnachricht uns erreichte. Dieser Verräter«, murmelte sie zornig, »wie konnte er mich nur allein zurücklassen? Zu zweit hätten wir uns gegenseitig trösten können, aber er hat sich davongeschlichen und mich auf all den Erinnerungen sitzen lassen.« Sie wischte sich mit beiden Händen über die Augen, die auf einmal unendlich müde wirkten. Ihre Wimpern waren farblos, die Lider so runzelig wie alles in ihrem Gesicht.

Charlotte langte über den Tisch und drückte ihre Hand. »Sie haben alles wunderbar geregelt, Lady Summerlight, und jetzt erwartet Sie die Residenz in einem der schönsten Küstendörfer Englands. Ich verspreche Ihnen, wir werden Ihren Landsitz pflegen und niemals vergessen, dass er über viele Generationen im Besitz der ehrenwerten Familie Summerlight war.«

Die Lady nickte ihr dankbar zu. »Das erleichtert mich sehr, mein Haus in guten Händen zu wissen.«

Victor und der Notar waren inzwischen in einen geflüsterten Dialog gefallen, den Vertrag zwischen sich haltend. Immer wieder wies Victor auf einzelne Absätze und ließ sich etwas erläutern oder strich mit seinem Füllfederhalter Sätze durch. Die Hausbesitzerin interessierte sich nicht im

Mindesten für das Vertragliche, war aber offenbar dankbar, in Charlotte jemanden gefunden zu haben, mit dem sie plaudern konnte.

»Wissen Sie«, fuhr sie fort und nahm sich einen zweiten Cognacschwenker, um ihn zu füllen. Der erste stand halb leer getrunken neben ihr. »Mir ist es vor allem wichtig, dass meine treuen Angestellten hier wohnen bleiben können.«

»Wie viele Leute gehören zum Personal?«, erkundigte sich Charlotte.

Die Lady zählte an den Fingern ab: »Es gibt den Chauffeur, der genau wie die Köchin, das Küchenmädchen und die Haushälterin Zimmer hier im Haus bewohnt. Das Hausmädchen und der Gärtner wohnen im Dorf, sie sind miteinander verheiratet und haben zwei entzückende kleine Söhne.«

Nun, ob sie einen Gärtner weiter beschäftigen würde, der das Grundstück dermaßen verkommen ließ, das würde Charlotte noch mit Victor besprechen müssen. Auf jeden Fall würde sie die alte Lady nicht zusätzlich verunsichern durch kritische Anmerkungen. Letzten Endes würden sie Summerlight House baulich und personell nach eigenen Vorstellungen gestalten. Möglicherweise brauchten sie Pflegekräfte für Robert und Elizabeth.

»Nicht zu vergessen die Pächter des Cottages auf unserem Grundstück«, fuhr die Lady fort. »Sie wohnen dort mit ihren gebrechlichen Eltern und kümmern sich um die Schaf- und Schweinezucht. Ich möchte Sie bitten, ihnen nicht das Zuhause wegzunehmen.« Sie rang tatsächlich die Hände, als sie Charlotte flehend anschaute.

»Keine Sorge, Lady Summerlight, wir werden keine rücksichtslosen Entscheidungen treffen. Wir sind selbst daran interessiert, dass das Anwesen weiterhin zuverlässig und loyal geführt wird, und werden alteingesessene Angestellte nicht vertreiben.«

Victor und der Notar waren sich offenbar einig, denn sie setzten nacheinander ihre Unterschriften unter die Vertragskopien und gaben sich dann die Hand. Victors Wangen waren gerötet, in der letzten halben Stunde schien er höchst konzentriert verhandelt zu haben, aber in seinen Augen erkannte Charlotte, dass er mit sich zufrieden war. Er wandte sich ihr zu und küsste sie auf den Mund, bevor er sich von Lady Summerlight verabschiedete. »Ich denke, wir können mit den Vereinbarungen alle glücklich sein«, stellte er fest, während die Miene des Notars unbewegt blieb.

Endlich brachen sie zu einem Rundgang durch das Haus auf. Charlotte staunte, wie viel Wohnfläche sich hinter der dreistöckigen Fassade verbarg. Viele Zimmer hatten Fensterfronten zum Garten und zum Teich hinaus. Die Räume wirkten karg und sanierungsbedürftig, dennoch bestand kein Zweifel daran, dass sie sich hier wohlfühlen würden. Ein Blick auf den hinteren Teil des Grundstücks bestätigte Charlottes Verdacht, dass auch hier lange Zeit kein Gärtner gewirkt hatte. Vom Mond beleuchtet sah sie überwucherte Pflasterwege, Reste von Mauern, verblühte Staudenpflanzen und krumm gewachsene, sperrige Obstbäume. Sie würde kaum Zeit haben, diese Wildnis zu durchdringen, aber auf diesen Gärtner und wie er ihr diesen chaotischen Wuchs erklären würde, war sie wirklich gespannt.

Angefüllt von all den neuen Eindrücken rutschte Charlotte aufgekratzt auf dem Beifahrersitz hin und her, als sie sich auf den Rückweg machten. Diesmal war der Weg kürzer, denn sie würde wie so häufig in den letzten Wochen in Victors Haus in Dartford übernachten. Es war ihr ein bisschen peinlich, dass Aurora dort das Dienstmädchen anwies, ihr Bett stets frisch zu beziehen.

»Liefen die Verhandlungen in deinem Sinne ab?«, erkundigte sie sich.

Victor lächelte ihr zu. »Absolut. Am Ende ist der Notar noch einmal um fünfhundert Pfund mit dem Preis heruntergegangen. Es war ihm wirklich viel daran gelegen, den Verkauf zu einem Abschluss zu bringen.«

»Dann hast du Summerlight House zu einem Spottpreis erstanden. Glückwunsch, mein Lieber, und wegen Lady Summerlight müssen wir keine schlaflosen Nächte haben. Die hat ihren Besitz versilbert und kann neben dem Verkaufserlös auf gute Rücklagen zurückgreifen.« Charlotte schmunzelte. »Sie war sehr gesprächig, die Lady. Ich mag sie.«

Victor nickte. »Mich wundert nur, dass dieser Notar ein eigenes Konto eingerichtet hat, auf den ich den Betrag überweisen soll. Es ist zwar nicht unüblich, dass es so ein Anderkonto gibt, naheliegender jedoch wäre es, das Geld direkt der alten Dame gutzuschreiben.«

Charlotte zog die Brauen zusammen. »Hm, mir war er jedenfalls alles andere als sympathisch. Ich wäre vorsichtig mit ihm.«

Victor fand zu seinem Lachen zurück. »Jetzt hör auf,

die Stirn zu runzeln, Darling. Um solche Angelegenheiten kümmere ich mich schon mein Leben lang. Vertrau mir und zerbrich dir nicht dein hübsches Köpfchen.«

Charlotte schürzte die Lippen und verschränkte die Arme vor der Brust, ein bisschen verärgert, weil sie sich herabgesetzt fühlte, aber als Victor anfing, ihr immer wieder neckend gegen den Oberarm zu tippen und Kussgeräusche zu machen, stimmte sie schließlich in sein Lachen ein und lehnte sich an seine Schulter, während er den Wagen über die schnurgerade Straße lenkte. »Ein solch wunderbarer Tag sollte nicht mit Misstönen enden«, sagte er und küsste sie auf die Schläfe.

Charlotte schmiegte sich an ihn und spürte diesem Hauch von Glück nach, der sich in ihr Herz geschlichen hatte.

Kapitel 18

»Bereit für einen sensationellen Ausflug, Lady?«

Debbie streckte Victor ihre Hand entgegen, und er tat ihr den Gefallen und beugte sich darüber. Charlotte arbeitete an diesem Tag, an dem er ihrer Familie Summerlight House zeigen wollte, und konnte daher nicht zu der Besichtigungstour mitkommen.

»Aber nur, wenn ich auf dem Beifahrersitz sitzen darf«, gab Debbie gespielt hochmütig zurück. Hinter ihr kam Elizabeth Windley heran. Sie küsste links und rechts neben seine Wangen, ihre zitternden Hände auf seinen Schultern.

»Willkommen, Victor. Ich bin schon so gespannt auf das Landgut. Danke, dass du uns hinfahren willst. Und deine Cousine wohnt dort bereits? Beneidenswert.« Bei den ersten Treffen hatte ihre Stimme leise und gepresst geklungen, jetzt fiel ihm auf, dass sie an Kraft gewann, und als sie ihn anlächelte, erkannte er, von wem Charlotte ihre Schönheit hatte.

»Es dauert ja nicht mehr lange«, erwiderte er und half

Elizabeth in den Mantel, den sie sich vom Garderobenhaken nahm. Debbie war bereits mit Glockenhut, Cape und gefütterten Stiefeln ausgehfertig. Es belustigte Victor, dass die Zwölfjährige versuchte, ein bisschen mit ihm zu kokettieren. Sie war mehr Kind als junge Frau und testete ihre Möglichkeiten aus. Manchmal war sie vorlaut und schoss mit ihren Bemerkungen übers Ziel hinaus. Aber Victor vertraute darauf, dass sie sich in die Hausgemeinschaft einfügen würde.

Charlottes Mutter imponierte ihm mit ihrer ruhigen Eleganz und Zurückhaltung, und doch ging da etwas Unnahbares von ihr aus. Es schien, als schenke sie ihm Respekt, aber um ihre Zuneigung zu gewinnen brauche es mehr, als ihr und den Kindern ein neues Zuhause anzubieten. Sie hatte eine Menge sachlicher Fragen gestellt, wie er sich das Zusammensein unter einem Dach in Summerlight House vorstellte, und hatte angekündigt, weiterhin journalistische Texte zu verfassen, schließlich gab es eine zuverlässige Post, die ihre Artikel in die Hauptstadt bringen konnte. Victor verstand, dass es ihr wichtig war, nicht vollends in seine Abhängigkeit zu geraten.

Die größte Herausforderung stand Victor mit Robert bevor. Er hatte ihn bereits einige Male getroffen, und jedes Mal hatte der Mann dumpf vor sich hin gebrütet und kaum etwas zur Unterhaltung beigetragen. Er äußerte keine Meinung zu irgendwas und antwortete einsilbig auf Fragen. Seine Körperhaltung mit den gerundeten Schultern und dem eingezogenen Kopf verstärkte den Eindruck, dass er sich einigeln wollte.

Elizabeth ging Victor und Debbie voran durch den Praxisflur zu Roberts Zimmer. Ein scharfer Geruch schlug ihnen entgegen. Im Wartezimmer saßen nur zwei alte Männer mit geflickten Hosen und löchrigen Schuhen. Sie musterten die kleine Prozession verstohlen. Dieser Dr. Tyrell untersuchte vermutlich gerade einen Patienten im Behandlungszimmer, ging es Victor durch den Kopf. Von der Empfangstheke rief eine Helferin einen knappen Gruß zu ihnen hinüber, den Elizabeth mit einem Nicken erwiderte.

Elizabeth klopfte an die Tür. Als keine Antwort kam, öffnete sie und streckte den Kopf hinein. »Bist du fertig, Robert?«, hörte Victor sie fragen.

Sie trat ein, Victor und Debbie folgten ihr. Robert saß in einer bequemen Hose und einem ausgeleierten alten Pullover in seinem Rollstuhl am Fenster. Der Praxisgeruch beherrschte auch dieses Zimmer. Desinfektionsmittel und Essig, vermutlich.

»Hey, Robert, was stimmt mit dir nicht?«, meldete sich Debbie zu Wort. »Wir wollten um drei Uhr losfahren, und alle anderen sind pünktlich.«

»Sei nicht so frech! Auch wenn meine Beine verkrüppeln, hast du mir gegenüber Respekt zu zeigen.«

Debbie senkte den Kopf. »Entschuldige, Robert, ich habe es nicht so gemeint.«

Victor blickte zwischen den Geschwistern hin und her und erkannte Debbies Bestürzung. Vermutlich hatten die beiden vor Roberts Unfall einen humorvollen Umgang gepflegt, und das Mädchen musste sich erst daran gewöhnen, wie sehr der Bruder unter seiner Behinderung litt.

»Ich fahre nicht mit«, erklärte Robert, die Augen verschleiert. »Ich habe hier lieber meine Ruhe. Ob ich dabei bin oder nicht, ändert nichts. Dein Haus, deine Vorstellungen von einer Renovierung.«

»Robert, ich bitte dich!« Elizabeth rang die Hände. An den Falten, die sich plötzlich um ihren Mund herum bildeten, erkannte Victor, wie sehr ihr Seelenzustand vom Wohl ihres Sohnes abhing. »Du kannst dich hier nicht vergraben und alles über dich ergehen lassen.«

»Was soll ich deiner Meinung nach sonst tun? Zirkusstückchen mit dem Rollstuhl üben und im Hyde Park Pennys in einem Kaffeebecher sammeln?«

Victor hätte ihn am liebsten geschüttelt. Er verbesserte die Situation nicht, wenn er mit seinem Zynismus die Menschen in seinem Umfeld verstörte. Und gerade die Mutter erschien ihm zerbrechlich wie dünnes Glas.

»Robert, ich kann ohne dich nicht entscheiden, an welchen Stellen wir Rampen brauchen«, mischte Victor sich resolut ein. »Außerdem benötige ich deine Einschätzung zur Gestaltung von Bad und Schlafraum in deinem Trakt.«

Robert fixierte ihn, als wollte er herausfinden, ob er das ehrlich meinte oder ob er nur nach Gründen suchte, um ihn zu dieser Tour zu bewegen. Victor hoffte, dass er den richtigen Ton angeschlagen hatte.

Schließlich nickte Robert. »Also gut. Ich hoffe, es dauert nicht allzu lange.«

Victor atmete auf und ging den anderen voran. Elizabeth legte Robert noch rasch eine Winterjacke in den Schoß, als er hinausrollte.

Victor hatte keine Übung darin, einen Gelähmten auf den Beifahrersitz zu befördern, aber es gelang einigermaßen unspektakulär, indem Robert ihm einen Arm um die Schultern legte und sich auf ihn stützte, während er seinen Körper mit einer Drehung auf den Sitz beförderte. Er stieß einen Seufzer aus, als Victor seine Beine hinterherschob und die Beifahrertür schloss.

Elizabeth und Debbie machten es sich auf der Rückbank bequem. Debbie lehnte sich vor, um nicht zu verpassen, was auf der Straße vor sich ging. Sie hatte erst wenige Male in dem Auto gesessen, kurbelte das Fenster herunter und winkte den Passanten zu, damit alle in ihrem Viertel mitbekamen, dass sie mit einem Automobil unterwegs war.

»Haben Sie mit Dr. Tyrell alles geregelt?«, erkundigte sich Victor mit Blick in den Rückspiegel bei Elizabeth. Robert hatte die Arme vor der Brust gekreuzt und schwieg. Victor würde ihn nicht drängen.

Elizabeth nickte. »Ja, sein Haus ist bereits verkauft, Anfang Dezember übernimmt er unsere Wohnung. Wenn Summerlight House bis dahin nicht bezugsfertig ist, sitzen wir auf der Straße«, erklärte sie. Victor erkannte in ihrer Miene, dass die existenzielle Angst in diesen Tagen ihr Begleiter war. Wer sollte es ihr verdenken? Sie kannte ihn kaum, für sie würde sich erst noch herausstellen müssen, ob er ihnen wirklich aus der Krise helfen konnte.

Victor lachte, um ihre Sorgen zu vertreiben. »So weit wird es nicht kommen. Notfalls hausen wir eben auf einer Baustelle miteinander. Ich werde die Arbeiter heute noch einmal antreiben, damit sie nicht ins Bummeln geraten.«

»Dr. Tyrell hat versprochen, dass er für Robert den Platz in der Praxis freihält. Vielleicht gibt es ja doch noch ein Zurück für uns?«, fragte Debbie.

Elizabeth streichelte ihr durch die Haare, und Robert blickte über seine Schulter. »Unser Umzug ist endgültig. Hör auf zu träumen, Debbie.«

»Wir werden ja sehen! Ihr seid alle so miesepetrig. Puh, wie weit ist es denn noch? Mir wird schlecht. Fahren hier noch Omnibusse?« Debbie plapperte ohne Unterlass.

»Du meinst Busse nach London?« Victor schnalzte. »Das dürfte schwierig werden. Die beste Verbindung ist die Eisenbahn, aber auch die braucht über eine Stunde.«

Debbie zog sich an der Rückenlehne des Fahrersitzes nach vorn. Zwischen ihren Brauen stand eine steile Falte. »Dann nehme ich eben die Eisenbahn, um Tom zu besuchen.«

»Deine Freunde können dich jederzeit in Summerlight House besuchen«, widersprach Victor. Die Zwölfjährige allein in die Stadt reisen zu lassen kam mit Sicherheit nicht infrage. »Nicht wahr, Elizabeth?« Im Rückspiegel sah er, dass die Mutter die Brauen zusammenzog und den Kopf wiegte. »Und eine neue Schule finden wir für dich in der Nähe. Es wäre unsinnig, jeden Tag diese Strecke zu bewältigen.«

»Aber Charlotte wird jeden Tag nach Kew Gardens fahren!«, widersprach Debbie.

Victor presste die Lippen aufeinander. Das würde sich erst noch zeigen müssen, wie lange sie bereit war, diese Umstände in Kauf zu nehmen.

Debbie maulte noch ein bisschen vor sich hin, bis Robert ein Machtwort sprach. »Du hast doch in der Schule gelernt, wie man Landkarten liest. Dass Maidstone kein Vorort von London ist, sollte auch in dein Köpfchen passen.«

Roberts hitzköpfige Art, Debbies Widerborstigkeit und die Unnahbarkeit der Mutter – zum ersten Mal fragte sich Victor, ob er wirklich auf die Windleys vorbereitet war.

Debbie stieß einen Laut der Überraschung aus, als sie auf Summerlight House zufuhren. Elizabeth reckte den Kopf, und Robert ruckelte auf seinem Sitz hin und her.

Aurora stand im Hauseingang und blickte ihnen entgegen. Als sie ausstiegen, eilte sie auf sie zu und packte tatkräftig mit an, um den Rollstuhl aus dem Kofferraum zu wuchten. Sie reichte allen die Hand und stellte sich vor. Victor bemerkte, wie Debbie seine Cousine mit offenem Mund anstarrte. Elizabeths Gesicht merkte man keine Regung an, und Robert wirkte so verschlossen wie eh und je.

»Wunderbar, Sie endlich alle kennenzulernen. Victor hat schon viel von Ihnen erzählt.«

Elizabeth neigte lächelnd den Kopf. »Ich bin sicher, wir werden uns gut miteinander arrangieren.«

In der nächsten halben Stunde lernten die Windleys das Personal von Summerlight House kennen: die groß gewachsene hagere Köchin Emily Duncan, die den Anschein erweckte, als würde sie ihre eigene Kost verachten, aber nach Auroras Auskunft den besten Apple Pie und den knusprigsten Truthahn in England zubereitete. Ihr zur Seite stand die etwas pummelige Sophie, das Küchenmädchen, das in der blütenweißen Schürze einen Knicks vor der neuen Herrschaft vollführte. Die beiden Frauen bewohnten genau wie Chauffeur und Hausmeister Owen Kelly und Haushälterin Laura Steward den Dienstbotentrakt, der durch einen Flur mit der Küche verbunden war.

Der Chauffeur verabschiedete sich nach wenigen Minuten. Bei ihrem Auszug hatte Lady Summerlight das Automobil verkauft, und Owen Kelly hatte bedrückt bei Victor nachgefragt, ob er seine Dienste noch benötigte. Victor hatte ihm versprochen, dass er auch weiterhin in Summerlight House arbeiten würde. Wann immer sein Ford frei war, dürfe er ihn benutzen, um andere Familienmitglieder zu chauffieren. In naher Zukunft würde man auch über die Anschaffung eines zweiten Automobils nachdenken. Bis dahin könne er sich bei der Autopflege und als Hausmeister überall da nützlich machen, wo seine Hilfe gebraucht wurde.

Für den heutigen Tag hatte Victor mit Owen vereinbart, dass er Charlotte in Richmond abholen würde, damit sie nach ihrer Arbeit zu ihnen stoßen konnte.

Ein Gerüst war um das Haus herum errichtet, zwei Arbeiter tauschten das morsche Holz der Fensterrahmen aus. Auf dem Dach sprangen zwei junge Kerle herum, die gebrochene Ziegel erneuerten und ein fehlendes Stück vom Schornstein neu mauerten.

»Phänomenal!«, rief Debbie. »Wo werde ich wohnen? Habe ich einen Flügel für mich allein?« Sie stürmte voran in das Haus, die Erwachsenen folgten. Victor konnte nur staunen, wie schnell die Laune des Mädchens von einem Extrem ins nächste wechselte. Aber er würde sich nicht beklagen, solange sie Summerlight House als ihr neues Zuhause akzeptierte.

Aurora stellte sich wie selbstverständlich hinter Roberts Rollstuhl, um ihn anzuschieben, Robert griff jedoch in die Räder, um die Fahrt zu stoppen. »Lassen Sie das bitte, Miss Ainsworth. Ich bin es gewohnt, mich allein zu bewegen.«

»Oh, verzeihen Sie, Mr Windley, es war nicht meine Absicht, Sie zu kränken.« Auroras Gesicht lief blutrot an, als ihre Hände zurückzuckten.

»Aber, liebe Leute, ihr nennt euch selbstverständlich beim Vornamen! Wir teilen künftig ein Haus, da sollten wir Freundschaft schließen, nicht wahr?« Keiner reagierte auf Victors Vorstoß, Robert brummelte nur vor sich hin. Zumindest hatte er die aufkommende Missstimmung vertrieben. Verdammt, das würde anstrengend werden, wenn Robert sich nicht bald besser benahm.

An die Eingangstreppe war provisorisch ein Brett gelegt worden, über das Robert sich hochkämpfte, während die anderen sich bemühten, ihm nicht zu auffällig zuzusehen. »Hier wird es selbstverständlich eine betonierte Rampe geben«, erklärte Victor. »Am besten lassen wir sie in einem Bogen verlaufen, sodass der Anstieg nicht zu steil ist, was meinst du, Robert?«

Geschickt verwickelte Victor Robert in ein Fachgespräch über die notwendigen baulichen Maßnahmen, während Aurora Elizabeth und Debbie durch das Haus herumführte. Immer wieder drangen entzückte Ausrufe von Debbie zu ihnen. Vielleicht musste er seinen neuen Familienmitgliedern nur die nötige Zeit geben, um sich auf die Veränderungen einzustellen. Robert wurde gesprächiger, als sie diskutierten, wie sie eine Stufe ins Badezimmer ausgleichen konnten und wie man ein Hebegestell an der Wanne befestigen konnte.

Die Aufteilung des Hauses erwies sich als optimal, wie Victor in den nächsten beiden Stunden bewies. Vom Foyer im Erdgeschoss gingen rechter Hand Roberts Räumlichkeiten ab, zu denen ein Schlafzimmer, eine Bibliothek und ein Badezimmer gehörten. Linker Hand lebte bereits Aurora. Zu ihrem privaten Bereich gehörte ein Wintergarten, der ideal war, um darin den Nachmittagstee einzunehmen.

Geradeaus führte das Foyer in den weitläufigen Salon mit Kamin, Sofaecke und Esstisch und direktem Zugang zur Küche. »Kann man von der Küche gleich in den Dienstbotentrakt laufen?«, erkundigte sich Debbie und öffnete eine Tür.

Victor zog sie am Ellbogen zurück. »Nichts da, Lady, da hast du nichts zu suchen. Die Angestellten haben ein Recht auf ihre Privatsphäre.«

»Schade eigentlich«, erwiderte Debbie. »Ich fände es praktisch, immer jemanden zu haben, der mir einen Pudding kocht, wenn ich Appetit darauf habe.«

»So läuft das nicht, Debbie«, mischte sich Aurora ein. »Die Köchin steht nicht zu deinen privaten Diensten zur Verfügung, genauso wenig wie das Küchenmädchen. Ich denke, wir sollten uns noch ausführlich darüber unterhalten, was sich in diesem Haus gehört und was nicht.«

In der ersten Etage würden Elizabeth und Debbie die beiden Schlafzimmer links beziehen, den rechten Flügel, zu dem ein Balkon gehörte, würden Victor und Charlotte bewohnen. Alle hatten die Möglichkeit, sich jederzeit zurückzuziehen. Und mit dem Salon im Erdgeschoss gab es einen behaglichen Treffpunkt, das Herz von Summerlight House.

Wo blieb Charlotte bloß? Victor reckte den Kopf, um aus dem Fenster in die Einfahrt zu schauen. Keine Spur von dem Ford. Bestimmt würde sie sich freuen, wenn sie sah, dass ihre Familie bereits Pläne für den Einzug schmiedete. Selbst Robert zeigte sich inzwischen von einer liebenswerteren Seite und gestattete es Aurora sogar, Zucker in den Tee zu rühren, den sie für alle zubereitet hatte, und ihm ein Gurkensandwich auf einem Teller anzureichen. Als Robert ihr kurz zulächelte und seine Züge sich entspannten, erkannte Victor, was für ein umschwärmter Mann er vor seinem Unfall gewesen sein musste. Ob er jemals wieder zu seiner früheren Stärke zurückfinden würde?

»Danke, Owen, wir sehen uns später.« Charlotte knöpfte sich den Mantel zu, als sie aus dem Ford stieg. Es dämmerte bereits, die Arbeiter packten ihre Werkzeuge ein und verließen die Baustelle.

Charlottes Stimmung war auf einem Tiefpunkt. Den Tag verleidet hatte ihr ein hässlicher Zwischenfall in Kew Gardens. Sie hatte sich um die Mittagszeit auf eine Bank hinter Kew Palace an den Heilkräutergarten setzen wollen, um ihr Sandwich zu essen. Als sie das Gebäude umrundete, hörte sie jemanden sprechen und stockte. Sie erkannte die Stimmen von Rhonda, durchdringend und hoch, und

Matilda, bedächtig und in einem samtigen Alt. Rhonda war deutlich zu verstehen, und Charlotte drehte sich der Magen um, als sie bemerkte, dass sie über sie sprachen.

»... kann sich wohl alles erlauben, ohne gefeuert zu werden. Wer weiß, was sie getan hat, um dermaßen bevorzugt zu werden.«

»Ich gehe davon aus, dass sie mit ihrem botanischen Wissen überzeugt hat. Sei nicht so biestig, Rhonda. Das steht dir nicht.«

Charlotte drückte sich an die Wand, als sie hörte, dass Rhonda sich erhob.

»Ich bin nicht die Einzige, die sich über die Windley wundert. Sie hätte ihren Platz räumen müssen, nachdem sie das Expeditionsteam so hat hängen lassen.«

»Es sind wichtige familiäre Angelegenheiten, die sie diesen Entschluss haben fassen lassen. Ich denke nicht, dass wir uns ein Urteil darüber erlauben sollten.«

»Und warum erzählt sie uns nichts darüber? Sie trägt die Nase zu hoch, unterhält sich lieber mit den anderen Wissenschaftlern als mit uns Frauen. Ich habe ein paarmal versucht, mit ihr ins Gespräch zu kommen, aber sie ist verstockt wie ein Fisch.«

Ein kurzes Lachen war zu hören. »Möglicherweise interessieren sie deine Themen nicht, Rhonda.«

Charlotte hörte ein wütendes Schnauben, dann nur noch undeutliches Gemurmel.

Die Stimmen entfernten sich, als die beiden Frauen um die andere Seite des Palastes herum zum Hauptweg schlenderten.

Charlotte lehnte sich wie ermattet gegen die Mauer. Dass es Kollegen gab, die ihr den Erfolg missgönnten, sie für wankelmütig hielten und über sie lästerten, war zu erwarten. Aber es verletzte sie besonders, dass jemand annehmen konnte, sie hätte sich irgendwelche Vorteile erschlichen.

Der Appetit auf das Sandwich war ihr jedenfalls vergangen.

Nun, da sie an der Fassade von Summerlight House hinaufblickte, schüttelte sie die unangenehme Erinnerung ab. Von drinnen drang Licht nach draußen, vermutlich saßen alle im Salon zusammen und besprachen die Einzelheiten. Sie hoffte so sehr, dass ihre Familie begeistert sein würde. Ja, sie mussten das Haus in London notgedrungen aufgeben, aber hier bot sich ihnen die perfekte Alternative! Robert würde hoffentlich in eine neue Aufgabe als Verwalter hineinwachsen, Mutter konnte sich wieder auf packende Reportagen konzentrieren, statt unter Zeitdruck mit irgendwelchen Berichten Geld zu verdienen. Und Debbie war aus der Gefahrenzone: Sie hatte nie mit der Schwester darüber gesprochen, aber dass sie sie aus Toms Nähe wegholten, hielt Charlotte für überaus wichtig. Der Junge war intelligent und gewitzt, jedoch auch ein Schlitzohr, und er steckte Debbie mit seinen verrückten Ideen an. Ein entspanntes Landleben würde vielleicht dazu beitragen, dass Debbie sich zu einer vernünftigen jungen Frau entwickelte.

Als sie auf den Eingang zutrat, bemerkte sie an der linken Hausseite, halb verborgen von den Wildrosen, eine Gestalt. Sie runzelte die Stirn und trat näher. Ein kräftiger

Mann mit einer Latzhose, Lederstiefeln und einer Schirmkappe auf den dichten schwarzen Haaren hielt einen Spaten in den Händen und trieb mit seiner Schuhsohle das Eisenblatt in den Boden. Er stand inmitten eines Rechtecks aus aufgewühlter Muttererde. Charlotte stemmte die Hände in die Hüfte. »Darf ich fragen, was Sie hier tun, Mister?«

Der Mann sah auf, und Charlotte blickte in ein Paar grünbraune Augen in einem schmalen blassen Gesicht mit vereinzelten Sommersprossen, die dem Mann etwas Jungenhaftes gaben. Charlotte schätzte ihn auf nicht viel älter als sie selbst. »Wer will das wissen?«, gab er zurück.

Charlotte schnappte nach Luft. Wie frech war der Kerl? »Ich bin die neue Besitzerin von Summerlight House, und ich denke, ich habe ein Recht darauf zu erfahren, wer es wagt, auf meinem Grundstück Löcher zu buddeln.«

Beim Grinsen kniff er die Lider zusammen. »Verzeihen Sie, bitte.« Er wischte sich die Rechte an der Hose ab und reichte sie ihr. Verdutzt ergriff sie sie und spürte seinen kräftigen Händedruck. »Ich bin Quinn Mitchell und war die vergangenen Jahre hier als Gärtner tätig.«

Charlotte entriss ihm die Hand. »Ich fürchte, Sie nehmen an, dass Sie sich dabei Lorbeeren verdient haben.«

Er hob eine Braue. »Ich war die letzten Monate freigestellt. Lady Summerlight hat keinen Wert mehr darauf gelegt, dass ich mich um die Beete und Bäume kümmere. Es tat mir selbst in der Seele weh, das Grundstück so verkümmern zu lassen, aber wenn die Mittel fehlen?« Er hob die Schultern.

»Wenn Sie die Pflanzen lieben würden, so wie man es

in Ihrem Beruf annehmen sollte, dann hätten Sie sich wenigstens in Ihrer Freizeit darum gekümmert, dass die verwelkten Sträucher abgeschnitten werden und der Wildwuchs eingedämmt wird.« Charlotte ballte die Hände zu Fäusten.

»Mrs Bromberg ...«

»Miss Windley, bitte. Mr Bromberg hat Summerlight House gekauft und schenkt es mir zu unserer Verlobung im Dezember.«

Seinem Gesicht war keine Regung anzusehen. Charlotte war bewusst, dass sie in der Nachbarschaft und beim Personal Aufsehen erregen würden. Als unverheiratetes Paar zusammen unter einem Dach zu wohnen – das war ein Skandal. Dieser Quinn Mitchell hatte entweder eine liberalere Lebenseinstellung, oder er hatte seine Mimik perfekt unter Kontrolle. »Miss Windley, ich habe eine Familie zu ernähren und kann es mir nicht erlauben, in meiner Freizeit meine Arbeitskraft zu vergeuden. Als Lady Summerlight mir kein Gehalt mehr zahlen wollte, musste ich mir neue Jobs suchen, um das fehlende Einkommen auszugleichen. Was meine Frau hier als Hausmädchen verdient, reicht nicht aus für eine vierköpfige Familie.«

Charlotte biss sich auf die Lippe und musterte den Mann, wie er sich nun die Kappe aus dem Gesicht schob. Er hatte attraktive Züge, aber die Wangen waren etwas zu stoppelig, was bei seinen schwarzen Haaren besonders auffiel. Sie blickte auf die aufgewühlte Fläche zu seinen Füßen und erkannte nun, warum er hier gegraben hatte. Sie bückte sich und hob drei dicke Kartoffeln auf, von denen die Muttererde bröselte. »Die hat wohl jemand hier vergessen«, murmelte sie.

»Ich selbst habe den Gemüsegarten im vergangenen Jahr angelegt, mit Bohnen, Kohl, Karotten, Kartoffeln, Kräutern. Es wäre eine Schande, die Früchte verkommen zu lassen. Werden Sie das Grundstück neu gestalten und die Dienste eines Gärtners in Anspruch nehmen wollen? Ich würde gerne wieder hier arbeiten.«

Sie schaute ihn eine Weile nachdenklich an. Qualifiziert hatte er sich zweifellos noch nicht für diesen Job. Sie nahm es ihm übel, dass er alles hatte verwahrlosen lassen, aber andererseits lag da etwas Aufrichtiges in seinen Zügen, das ihr gefiel. Er erfand keine Ausflüchte, sondern sprach eine deutliche Sprache. Charlotte mochte solche Menschen. »Ich bin selbst Botanikerin«, erklärte sie und weidete sich an seinem erstaunten Gesichtsausdruck.

»Sie meinen, Sie haben Botanik studiert? Als Frau?«

Sie lachte. Möglicherweise war es doch nicht so weit her mit seinen fortschrittlichen Ansichten. Charlotte fand ihn schwer einzuschätzen. »Und nicht als Einzige, auch wenn Sie das überrascht, Mr Mitchell. Vielleicht verstehen Sie, wie weh es mir tut, einen ehemals vermutlich prachtvollen Garten so verwildert zu sehen. Die Sache ist nur die: Ich habe eine Anstellung in Kew Gardens und beabsichtige, diese zu behalten. Ich werde keine Zeit haben, mich selbst der Gartengestaltung zu widmen. Ich werde jemanden brauchen, der die Rasenflächen mäht, die Wege von Unkraut freihält, die Bäume schneidet, das ein oder andere Blumenbeet pflegt.«

Quinn Mitchell richtete sich auf. »Ich stehe zur Verfügung, Miss Windley.«

»Ich werde die Angelegenheit mit meinem Verlobten besprechen und Sie über unsere Entscheidung informieren, Mr Mitchell.«

»Was willst du mit mir besprechen, Darling?«

Charlotte fuhr herum, als Victor um die Ecke kam, die Hände in den Hosentaschen. Sein Lächeln hüllte sie ein. »Oh, Victor, verzeih, dass ich noch nicht ins Haus gekommen bin. Ich habe Mr Mitchell hier arbeiten sehen und mich gefragt, warum er Löcher gräbt.«

Victor blickte von ihr zu Mitchell und wieder zurück. »Und so hast du erfahren, dass er der ehemalige Gärtner des Hauses ist, stimmt's?«

»Ihr kennt euch bereits?«

Quinn Mitchell tippte sich an die Mütze. »Guten Abend, Mr Bromberg. Ich hoffe, es ist in Ordnung, dass ich die letzten Kartoffeln ausgrabe. Es wäre schade, sie im Boden verfaulen zu lassen.«

Victor nickte ihm zu und führte Charlotte zum Hauseingang. »Wichtigste Regel im neuen Heim«, flüsterte er ihr ins Ohr. »Den Geliebten immer zuerst begrüßen, und zwar mit einem langen Kuss.«

Er zog sie an sich und küsste sie leidenschaftlich. Charlotte lächelte an seinen Lippen. »Ich versuche es mir zu merken. Wie war der Nachmittag mit meiner Bande?«

Gespielt genervt schnitt Victor eine Grimasse. »Verwandtschaft aus der Hölle!«

Charlotte grinste. »Habe ich es dir nicht versprochen?«

Lachend betraten sie Arm in Arm ihr neues Zuhause, und es fühlte sich an, als hätte sie in den vergangenen Monaten alles richtig gemacht.

Kapitel 19

Anfang Dezember erreichte Charlotte die erste Nachricht von Dennis. Er hatte den Brief an Kew Gardens adressiert, sodass sie ihn in ihrer Postbox fand.

Liebe Charlotte,
ich habe nicht geahnt, wie katastrophal so eine Schifffahrt ist. Ich kämpfe jeden Tag mit Übelkeit und sehne den Landgang herbei. Zurzeit befinden wir uns in Port Said am Sueskanal, der, wie Du weißt, das Mittelmeer mit dem Roten Meer verbindet. Nicht auszudenken, wenn wir die weite Strecke rund um Afrika hätten nehmen müssen, um nach Fernost zu gelangen. An botanische Untersuchungen ist bei den Landgängen nicht zu denken. Da sind wir alle nur dankbar, dass der Boden unter uns nicht schwankt. Mit uns an Bord sind neben den Seeleuten zahlreiche Händler, die in die Mandschurei reisen, um Kaffee, Kakao, Tabak und Gewürze in den Kolonien zu kaufen und später nach England zu bringen. Die Stimmung an Bord ist gut, obwohl ich manchmal den Verdacht habe, dass die erfahrenen Seefahrer sich über uns leichenblasse

Wissenschaftler amüsieren. Ich kann es nicht erwarten, unser Ziel zu erreichen und endlich die Reise ins Landesinnere anzutreten. Von dort melde ich mich das nächste Mal.
Alles Liebe für Dich, Dennis.

Sie las den Brief mindestens ein Dutzend Mal, bevor sie ihn in ihre Hosentasche steckte, damit er sie begleitete, wenn sie bei der Arbeit mit ihren Pflanzen in Gedanken nach Afrika, Lateinamerika, Asien und zu den pazifischen Inseln reiste.

Am Tag des Umzugs hatte Victor einen Lastwagen gemietet. Zwei muskulöse Helfer trugen Stück für Stück die Einrichtung aus der Wohnung in der Hunter Street die Treppe hinab. Menschen blieben auf dem Fußweg stehen, Gaffer, die sich nicht entgehen lassen wollten, wie die alteingesessene Familie ihr Wohnhaus verließ.

Man tuschelte viel über die Windleys in diesen Tagen, darüber, dass der Tochter ein Glücksgriff gelungen war, indem sie sich einen reichen Fabrikanten geangelt hatte. Ein Deutscher allerdings, und ob man dem über den Weg trauen konnte? Künftig würden sie unter einem Dach wohnen, ohne verheiratet zu sein. Wie weit war es mit der Moral in diesem Land gekommen! Man sprach darüber, dass der Sohn ein erbärmliches Dasein im Rollstuhl fristete und dass Mrs Windley kaum noch das Haus verließ, weil sie sich wegen ihrer komischen Schüttelkrankheit schämte. Und nun also sollte es nach Kent gehen, und Dr. Tyrell würde Haus und Praxis und sogar die Haushaltshilfe Greta übernehmen, die vor Sorge um ihr Einkommen die Hände über dem Kopf zusammengeschlagen hatte. Wie lange der alte Arzt wohl noch praktizieren wollte?

Aus dem Augenwinkel bemerkte Charlotte Debbie und Tom. Die beiden standen dicht voreinander, er band ihr ein silbern glitzerndes Armband mit Anhängern um das Handgelenk. Debbie lächelte ihren Freund an. »Das Herz ist für die Liebe, das Kleeblatt für das Glück, und der Anker bedeutet, dass ich immer für dich da bin«, hörte Charlotte ihn sagen, bevor er Debbie ein bisschen unbeholfen in die Arme nahm.

Sie würde ihren Freund vergessen, da war sich Charlotte sicher. Sie würden sich alle umstellen, neue Kontakte knüpfen, sich an einen anderen Stil gewöhnen müssen. An keinem von ihnen würde das spurlos vorbeigehen. Die zahlreichen Behördengänge, die durch den Umzug nötig wurden, hielten sie von allzu vielen Grübeleien ab. Für Debbie hatten sie eine Privatschule gleich im Dorf neben Summerlight House gefunden, die sie zu Fuß erreichen konnte. Victor ließ keine Diskussion über das Schulgeld aufkommen. Wie selbstverständlich übernahm er auch diese Kosten. In dem Ort praktizierte auch ein Arzt, der Elizabeths Behandlung fortführen würde.

Die Verkehrsverbindung zwischen Summerlight House und Kew Gardens hatte sich allerdings als katastrophal entpuppt. Wenn es zeitlich nicht zufällig passte, dass Victor sie auf seinem Weg in die Fabrik in Maidstone East absetzen konnte, würde Charlotte mit dem klapprigen Fahrrad, das sie in der Garage entdeckt hatte, bis zur Station radeln müssen. Wenn sie kräftig in die Pedalen trat, so schätzte sie, war sie in zwanzig Minuten am Bahnhof. Etwa eine Stunde brauchte die Eisenbahn von Maidstone nach London Victoria, dort würde sie in die Bahn nach Kew umsteigen. Wenn sie den ersten Zug ab Maidstone East verpasste, hätte sie keine Möglichkeit mehr, einen späteren zu nehmen. Der fuhr nämlich erst gegen Mittag, und dann lohnte es sich nicht mehr. Sie würde sehr diszipliniert sein müssen, um sich keine unnötigen Fehltage zuschulden kommen zu lassen.

Alle Angelegenheiten um den Umzug machten sie kribbelig und zerrten an ihren Nerven, aber die Arbeit in den Gewächshäusern erfüllte sie mit Ruhe und Gelassenheit, als wäre das ihr natürlicher Lebensraum.

Victor war nicht zu bremsen in seinem Wunsch, Summerlight House perfekt für die Windleys, für Aurora und für ihn und Charlotte herzurichten. Jedes Mal, wenn Charlotte zu der Baustelle gefahren war, war das Haus ein bisschen komfortabler, luxuriöser, dekorativer geworden. Victor hatte irgendwann aufgehört, sie nach ihren Wünschen bezüglich der Farbe der Vorhänge und der Stoffbezüge zu fragen. Er hatte wohl gemerkt, dass sie nur ungern darüber nachdachte, ob sie lieber auf geblümtem Leinen oder gestreiftem Samt saß, was ihn möglicherweise ein bisschen enttäuschte. Dafür überschlugen sich Aurora, Elizabeth und Debbie in allen Fragen rund um die Einrichtung. Charlotte ließ sie nach Herzenslust wirbeln und freute sich, dass ihre Schwester und ihre Mutter aufblühten.

An diesem grauen Samstagvormittag mitten im Dezember bezogen die Windleys ihre Räumlichkeiten in Summerlight House. An der Treppe stand neben Aurora das komplette Personal zur Begrüßung. Victor führte seine zukünftige Verlobte am Arm, die anderen folgten mit dem leichten Gepäck. Charlotte küsste Aurora auf die Wangen und reichte jedem Einzelnen der Angestellten die Hand. Bei einer jungen Frau stutzte sie – sie hatte sie noch nie zuvor hier angetroffen. Sie warf einen fragenden Blick zu Victor. »Das ist Caitlin Mitchell, das Hausmädchen. Ihren Mann hast du bereits kennengelernt, er hat hier als Gärtner gearbeitet.«

»Ah, ja. Was ist mit Ihrem Mann, Mrs Mitchell? Ich dachte, er wollte seine Arbeit wieder aufnehmen?«

Caitlins Wangen verfärbten sich rosa, was einen interessanten Kontrast zu ihrer karottenroten Haarpracht bildete. »Oh, ihm war nicht klar, ob Ihnen daran gelegen ist, Miss Windley. Er hat erzählt, dass er Sie kennengelernt hat, und von den Kartoffeln, die er ausgegraben hat, und wie Sie ihn gefragt haben, was er denn hier treibe, und unsere beiden Jungs wollten wissen, wie denn die neue Herrschaft in Summerlight House …«

Victor machte eine beschwichtigende Geste, um den Wortschwall zu bremsen. »Schon recht, Caitlin, sagen Sie Ihrem Mann, dass er ab Montag wieder hier arbeiten kann. Es gibt viel zu tun vor dem Frühjahr, nicht wahr, Darling?«

Charlotte war noch verdattert von der Redseligkeit des Hausmädchens, aber sie nickte. »Bis zum Frühjahr kann er gerne unter Beweis stellen, dass er in der Lage ist, einen geordneten und gepflegten Garten zu erschaffen. Richten Sie ihm das aus.«

Caitlin öffnete den Mund, doch bevor sie wieder loslegen konnte, zogen Victor und Charlotte weiter. Im Foyer gingen sie über schimmernde Marmorfliesen. Das schwarz glänzende Telefon befand sich auf einem Beistelltisch mit gedrechselten Füßen, daneben samtbezogene Stühle. Neben einer Standuhr mit goldenem Ziffernblatt stand ein Regenschirmständer, an den Wänden hingen die Aquarelle aus der Hunter Street, die sie bereits vorab hierhergebracht hatten.

Charlotte hob den Kopf und schaute zu dem Kronleuchter empor, der die gesamte Eingangshalle beleuchtete. An den Fenstern standen Zimmerpalmen in Kübeln, und sie musste grinsen. Da hatte wohl jemand gedacht, er bereite ihr damit eine besondere Freude. Es roch nach Holzleim und Putzmitteln und nach etwas Köstlichem, das offenbar in der Küche im Backofen schmorte. Es roch nach ihrem neuen Zuhause.

Wie wundervoll, dass sich das Haus mit Leben füllte. Aurora hatte ihren eigenen Trakt mit viel Plüsch, dekorativen Figuren, hübschen Lampen und Blumenvasen eingerichtet und im Wintergarten einen Tisch mit passenden Stühlen aufgestellt. Gerne würde sie dann und wann dort Gäste bewirten.

Die Familie Windley war ihr bereits mit all ihren Eigenarten vertraut. Elizabeth wirkte ein bisschen spröde und weigerte sich, Auroras Hilfe bei den täglichen Verrichtungen anzunehmen. Als Aurora es einmal gewagt hatte, ihr beim Tee einen Toast mit Butter zu bestreichen, hatte sie das Brot nicht angefasst und stattdessen lieber nach einem trockenen Toast gegriffen, weil es ihr zu viel Mühe machte, ihn selbst zu bestreichen. Sie ließ sich ausschließlich von ihren beiden Töchtern unterstützen, was Aurora ein bisschen schade fand. Es hätte ihr nichts ausgemacht, ihr unter die Arme zu greifen. Sie konnte jedoch verstehen, dass jemand mit einer solchen Krankheit lieber vertraute Menschen um sich hatte.

Auch Charlotte gab sich immer noch zurückhaltend. Aurora hatte nie zuvor eine Frau wie sie kennengelernt. Sie hatte damit gerechnet, dass Victors zukünftige Verlobte mit Freuden ihren Arbeitsplatz aufgab, um sich dem Leben an der Seite ihres erfolgreichen Ehemannes zu widmen, aber Charlotte erwies sich in mehrfacher Hinsicht als eigensinnig. Genau das schien Victor an ihr zu gefallen. Aurora war sicher, dass die beiden glücklich miteinander werden konnten, wenn Charlotte nur mehr Bereitschaft zeigen würde, sich anzupassen.

Am unkompliziertesten erschien ihr Debbie. Frech war sie, vorlaut, auch geradeheraus, und sie brachte Aurora oft zum Lachen. Am Anfang hatte Aurora selbst dem Ton ihres eigenen Lachens nachgelauscht. Wie lange hatte sie sich schon nicht mehr amüsiert? Die Familie Windley bereicherte ihren eigenen Alltag mit einer Fülle von neuen Facetten. Sie kamen nicht mehr nur zu Besuch, sondern hatten ihre Zimmer bezogen.

Die Köchin hatte angekündigt, dass sie das Essen in einer Stunde servieren lassen konnte – Frikassee vom Kaninchen, dazu Gemüseplatten mit Morcheln und Artischocken. Ob Robert vielleicht bis dahin Lust hätte, eine kleine Spazierfahrt ums Haus zu unternehmen?

Aurora wog nicht lange das Für und Wider ab, sondern eilte aus ihrem Trakt zu Roberts Zimmer.

Sie klopfte an die Bibliothek und trat nach seiner Aufforderung ein. Dies war vermutlich eines der schönsten Zimmer im Haus mit den deckenhohen Regalen voller Bücher, dem gemauerten kleinen Kamin, den Ledersesseln. Die Einrichtung war ein Sammelsurium aus den Möbeln in der Hunter Street, aus dem Wohnhaus auf dem Fabrikgelände und aus Neuanschaffungen. An den Fenstern hingen cremefarbene Brokatvorhänge. Es roch nach altem Papier und ein bisschen nach Tabak, obwohl sie Robert noch nicht rauchen gesehen hatte. Er sah von dem Buch auf, in dem er gelesen hatte, und hob beide Brauen, als sie auf ihn zutrat. Im Zimmer nebenan hörte sie Haushälterin Laura mit Koffern, Kleiderbügeln und Bettlaken hantieren – eine patente Frau, die nicht nur Anordnungen gab, sondern auch anpackte, wenn sie gebraucht wurde. In den anderen Zimmern rumpelten und raschelten Caitlin und Sophie, während sie die persönlichen Dinge der neuen Bewohner verstauten.

»Ich dachte, du könntest Lust haben, noch ein bisschen um das Haus herum zu fahren und dich umzuschauen.« Sie legte den Kopf zur Seite und lächelte leicht.

Robert warf einen Blick auf das medizinische Fachbuch, in dem er gelesen hatte, dann sah er wieder zu ihr. In seine Augen trat ein Leuchten, das ihr Herz schneller schlagen ließ. Er nickte. »Warum nicht?«

Sie beherrschte sich, ihre Freude nicht überdeutlich zu zeigen, sondern trat hinter ihn, um den Rollstuhl anzuschieben. Er hob eine Hand, sie stockte. »Aurora, endgültig: Ich fahre lieber alleine, als geschoben zu werden. Ich meine das nicht böse. Aber es ist mir wichtig, mich selbst fortbewegen zu können.«

Sie strich sich über die Stirn. »Ich bin manchmal wirklich dumm«, schalt sie sich selbst. »Es liegt mir im Blut, zu helfen, wenn ich sehe, dass meine Hilfe gebraucht wird und ...«

»Sie wird in meinem Fall nicht gebraucht.«

Aurora schwieg und schluckte trocken, während sie voranging, um die Tür zu öffnen. Der Weg hinaus in die Einfahrt war wirklich perfekt auf einen Rollstuhlfahrer ausgerichtet. Robert kam überall bequem durch die Türen, und direkt hinter dem Haupteingang führte eine geschwungene Rampe auf den gepflasterten Vorplatz. Eine der wichtigsten Neuerungen in Summerlight House war, dass sie den Kiesel gegen Pflastersteine ausgetauscht hatten. Die Räder des Rollstuhls wären in den kleinen Steinen eingesunken.

Die Dezembersonne stand schräg an einem blassblauen Himmel, von Schleierwolken verhangen, und warf ihr silbriges Licht über das Anwesen. Aurora schlenderte neben Robert und wies zu einer Bank, die am Anfang der Einfahrt stand. Von dort aus hatte man eine gute Aussicht über die Felder und Wiesen.

»Schau, da drüben ist die Schafweide, dorthin werden die Tiere im Frühjahr getrieben. Im Moment überwintern sie in dem Schuppen, der zum Cottage gehört.« Sie wies auf einen Hof, dessen rotes Dach und sandfarbene Fassade sich deutlich von dem Grünbraun der winterlichen Umgebung abhoben.

»Das Cottage gehört zum Anwesen?«

»Ja, die Pächter sind schon in der zweiten Generation hier unter Vertrag. Stephen und Kayla Chapman leisten gute Arbeit bei der Schaf- und Schweinezucht. Ein unerhört fleißiges Ehepaar. Sie kümmern sich außerdem um Stephens gebrechliche Eltern, die im Altenteil des Cottages wohnen.«

»Ich will sie kennenlernen.« Robert holte Schwung mit dem Rollstuhl, sodass er ein Stück über das Pflaster glitt.

Aurora sprang hinterher. »Das ist keine gute Idee. Es führt nur ein Feldweg dahin, mit Schlaglöchern und Matsch.«

»Du machst es schon wieder, Aurora, merkst du es? Hör auf, dich um mich zu kümmern. Ich schaffe das schon.«

»Nein, Robert, das schaffst du nicht, und wir hätten es viel bequemer, wenn wir bis zum Nachmittag warten und Owen bitten, uns mit dem Ford zu fahren.«

Robert hörte ihr gar nicht mehr zu, sondern rollte ratternd über das Pflaster, bis er den Feldweg erreichte. Geschickt manövrierte er um die ersten Löcher und Steine herum und lachte Aurora über die Schulter zu, weil er so gut vorankam.

Wunderschön war es, ihn so unbeschwert zu sehen. Sie hatte geahnt, dass mehr in ihm steckte als der Misanthrop, als der er sich ausgab. Und wie gut er aussah, wenn er beim Lächeln seine Zähne zeigte. Sie lief hinterher und kam kaum nach, stimmte in sein Lachen ein, als sie kurz stolperte und sich wieder fing. Wie hätte sie das vor drei Monaten für möglich halten sollen, dass sie mit einem Mann über einen Feldweg lief? So viel war besser geworden in Auroras neuem Leben.

Im nächsten Moment schrie sie auf und drückte die Hände auf den Mund, weil Robert im Überschwang in einem Matschloch stecken geblieben war. Der Rollstuhl neigte sich langsam zur Seite, Robert ruderte hilflos mit den Händen, und in der nächsten Sekunde lag er seitlich halb im Gras, halb im Schlamm.

»Oh, mein Gott«, schrie Aurora, während Robert anfing zu fluchen. Er ruckte mit wutverzerrtem Gesicht hin und her, offenbar in dem Versuch, sich allein wieder aufzurichten, aber das würde er nie schaffen. Jetzt war es an der Zeit, zu handeln und sich nicht abwimmeln zu lassen.

Auroras Lederschuhe steckten im Matsch, der Dreck reichte ihr bis zum Rocksaum, während sie die Metallstangen des Rollstuhls packte und sich anstrengte, ihn aus dem Schlammloch zu drücken. Sie ächzte, als er sich endlich ein Stück bewegte. Auf der Wiese brachte sie ihn schließlich wieder zum Stehen und lehnte sich schwer atmend auf die Griffe.

»Ich will zum Haus zurück.« Roberts Stimme klang ausdruckslos.

Sie hob den Kopf und erkannte, dass er davon ausging, sie würde ihn nun doch schieben. Auf ein Danke wartete sie vergeblich, während sie den Rollstuhl wendete und erst ein Stück über die holprige Wiese schob, schließlich wieder auf den Feldweg und zurück auf das Pflaster. Schweißtropfen perlten ihr in den Nacken, aber sie hatte die Herausforderung bewältigt und lächelte Robert an, als sie vor dem Haupteingang zum Stehen kam. Er verzog keine Miene, starrte düster vor sich hin.

»Bleib hier, ich hole Wasser und einen Lappen. Wir müssen die Räder säubern, bevor du ins Haus rollst.«

Auch diese Prozedur ließ er über sich ergehen, bevor er wortlos die Rampe hinaufrollte und dann in Richtung seiner Zimmer.

Aurora hob an, ihm hinterherzurufen, ob er nicht Hilfe brauche beim Umziehen, unterließ es aber. Er wollte jetzt allein sein, sie würde ihn nicht bedrängen.

Irgendwann würde er seine ruppige Art ihr gegenüber ablegen und erkennen, dass sie nur helfen wollte. Sie waren auf einem guten Weg und hatten alle Zeit der Welt. Sie musste nur geduldig sein.

Das erste gemeinsame Essen in Summerlight House verlief mit viel Geplauder und Lachen. Köchin Emily gab mit der extravaganten Speisenfolge einen vortrefflichen Einstieg, Sophie und Caitlin trugen die Platten routiniert und unauffällig auf und sorgten dafür, dass alle Gläser stets gefüllt waren.

Aus dem Augenwinkel beobachtete Charlotte, wie selbstverständlich Victor mit dem Personal umging und wie gewinnend er die Gespräche am Tisch am Laufen hielt. Für ihn war dieser Lebensstil genauso neu wie für die anderen, aber die Rolle des Gutsbesitzers schien ihm auf den

Leib geschnitten. Sie selbst sah einen Berg von neuen Aufgaben auf sich zukommen. Was wurde von ihr erwartet? Wie konnte sie das alles mit Kew Gardens vereinbaren? Die Angst, es nicht zu schaffen, flatterte in ihrer Brust, aber sie richtete sich energisch auf. Sie hatte schon viel erreicht, sie würde sich auch in die Rolle der Hausherrin einarbeiten. Vielleicht könnte Aurora ihr dabei behilflich sein. Sie schien sich mit allen gesellschaftlichen Regeln und der Etikette gut auszukennen.

»Weiß jemand, warum Robert nicht zum Essen gekommen ist? Hat jemand nach ihm geschaut?«, erkundigte sich Elizabeth am anderen Ende der Tafel. Neben ihr saß Debbie und half ihr, Gemüse und Fleisch so zu zerteilen, dass sie es mit einem Löffel selbst zum Mund führen konnte. Ihre kleine Schwester sah aus, als hätte sie geweint. In diesen Tagen schwankten Debbies Launen erheblich. Einerseits war da die Freude über das luxuriöse neue Heim, andererseits die Trauer darüber, dass sie in London alles zurückgelassen hatte, was ihr vertraut war.

Alle bemühten sich, Elizabeth nicht zu neugierig zuzuschauen, wie sie sich mit dem Essen schwertat. Heute zitterte die rechte Hand wieder bis zur Schulter, und zwischendurch, wenn sie den Mund nicht traf, griff Debbie nach einer Gabel und fütterte sie, was Elizabeth die Tränen in die Augen trieb.

Manchmal fragte sich Charlotte, ob ihre Mutter wusste, wie ähnlich ihr Robert war. Beide waren von einem unermesslichen Stolz und dem Willen erfüllt, niemandem zur Last zu fallen. Dass sie es ihrer Umwelt damit noch viel schwerer machten, wollten sie nicht begreifen. Sie würden niemals aufhören, um ihre Selbstständigkeit zu ringen.

»Wir hatten einen kleinen Unfall draußen auf dem Feldweg«, erklärte Aurora. Alle schauten erschrocken auf. »Nichts Schlimmes, aber gut möglich, dass er sich jetzt erst einmal ausruhen will und später essen wird.«

Nachdem sich Charlotte nach dem Lunch in ihren Zimmern erfrischt und Victor sich zu einem Mittagsschlaf hingelegt hatte, sprang sie die Treppe hinab und bog in den Flur ein, der zu Roberts Trakt führte. Genau in dieser Sekunde verließ Aurora das Schlafzimmer ihres Bruders und zog leise die Tür hinter sich zu. Sie sah auf, als Charlotte ihr entgegenblickte. »Er schläft noch«, sagte sie. »Er wird sich schon melden, wenn er Hunger bekommt.«

»Danke, dass du dich um ihn kümmerst, Aurora. Das ist sehr lieb von dir. Magst du mich auf eine Spazierfahrt um das Anwesen herum begleiten? Ich habe Owen gebeten, den Wagen vorzufahren.«

Auroras Wangen verfärbten sich vor Freude. »Oh, da würde ich mich sehr gern anschließen! Ich hole meinen Mantel.«

Wie sehnsüchtig sie auf ein freundliches Zeichen gewartet hatte. Sie musste sehr einsam sein, ging es Charlotte durch den Kopf.

Chauffeur Owen Kelly, der genau wie Hausmädchen Caitlin aus Irland stammte, erwies sich als kundiger Fahrer, der den Wagen langsam genug rollen ließ, damit die Damen auf der Rückbank das Wiesengrundstück, das zum Anwesen gehörte, überblicken konnten. Er schien es zu lieben, das Automobil zu fahren.

Der größte Teil des Grundstücks wurde für die Schafzucht benötigt, aber direkt hinter dem Haus ließen einige Konturen bei Tageslicht deutlich die Grenzen eines ehemaligen Gartens erkennen. Er war wesentlich größer, als Charlotte ursprünglich angenommen hatte, und reichte bis hinter den Teich, der von Schilfrohr umstanden war. Möglicherweise wäre das alles für Quinn Mitchell allein gar nicht zu bewältigen. Warum nur hatte er es so weit kommen lassen? Man konnte praktisch nichts mehr von den ursprünglich eingesetzten Pflanzen gebrauchen. Alle waren vermodert, verwildert, verholzt.

»Ich dachte, ich lasse den Gemüsegarten wieder aufleben«, bemerkte Aurora. »Ich weiß ja, du bist die Fachfrau für alles, was grünt und blüht, aber deine Arbeit in Kew Gardens wird dir bestimmt kaum Zeit lassen, dich um unseren Garten hier zu kümmern, oder?«

Charlotte seufzte. »Genauso ist es. Ich finde es sehr gut, wenn du einen Küchengarten anlegen willst, Aurora. Sprich dich mit Quinn Mitchell ab. Du hast ja gehört, dass er am kommenden Montag anfangen wird.«

Sie fuhren zum Cottage, um den Pächtern einen Besuch abzustatten. Stephen Chapman, ein stiller Mann mit intelligenten Augen und blondem Haarschopf, führte sie über den Hof, zeigte ihnen die zehn Schweine, die sich grunzend im Matsch suhlten, und führte sie zu dem Schuppen, aus dem vielzähliges Blöken und der Geruch nach Dung und gefetteter Wolle drangen.

Seine Frau Kayla fanden sie im Altenteil bei den Eltern. Stephen wies auf den Mann. »Mein Vater William ist dement. Er weiß nicht mehr, wer ich bin. Und meine Mutter ist vom Diabetes halb blind.«

»Beide müssen jeden Tag gewaschen und gefüttert werden«, fügte seine Frau Kayla hinzu, nachdem sie Charlotte und Aurora begrüßt hatte. »Manchmal weiß ich nicht mehr, wie ich das alles noch schaffen soll.« Ihre graubraunen Haare waren ungekämmt, und sie sah müde und verhärmt aus.

»Es ehrt Sie, wie Sie sich um die Eltern kümmern«, bemerkte Charlotte. »Wir werden sehen, ob sich für Sie nicht Hilfe organisieren lässt.«

Stephen winkte ab. »Ach, Kayla übertreibt, wir kommen zurecht, die Eltern schaffen vieles noch alleine, haben sich selbst, und was die Schafzucht betrifft: Zum Scheren holen wir uns einmal im Jahr Helfer. Machen Sie sich keine Umstände, Miss, und leben Sie sich hier in aller Ruhe ein. Wir sind froh, dass Summerlight House wieder gedeihen wird. Wir haben uns hier immer wohlgefühlt.«

Vermutlich war dies für Stephen eine ziemlich lange Rede. Charlotte bemerkte seine Erleichterung darüber, alles Nötige gesagt zu haben. Sie drückte seine Schulter. »Wir werden regelmäßig nach Ihnen schauen und aushelfen, wenn Sie jemanden brauchen. Sie haben hier ein sicheres Heim.«

Das Glitzern in seinen Augen zeigte ihr, dass sie genau die richtigen Worte gefunden hatte.

»Du hast ein gutes Händchen im Umgang mit den

Pächtern«, bemerkte Aurora, als sie zum Ford zurückgingen.

Charlotte sah sie von der Seite an. »Wirklich? Ich habe in solchen Dingen wenig Übung, aber ich bin bereit, mir alles anzueignen, was notwendig ist.«

»Ich habe ein paar Bücher über die Aufgaben einer Hausherrin, wie sie sich dem Personal gegenüber verhalten soll, wie sie den Kontakt zur Nachbarschaft gestaltet und so weiter. Ich leihe sie dir gerne, wenn du magst.«

»Das wäre wunderbar, Aurora.« Sie wusste zwar noch nicht, wie sie die Zeit finden sollte, sich mit diesem Thema zu beschäftigen, aber es schien ihr notwendig, um sich Respekt zu verschaffen.

Aurora musterte sie. »Die wichtigste Regel ist, charmant zu bleiben und die Fassung zu wahren. Das kann man nicht lernen, aber du hast dafür eine natürliche Begabung.«

Aurora hatte noch nicht erlebt, wie sie gegen eine Glasscheibe gelaufen war oder den Mantel falsch geknöpft hatte. Charlotte ließ es dabei bewenden und dankte ihr mit einem Lächeln für das Kompliment.

Owen fuhr sie ins Dorf, das man von Summerlight House über einen Weg durch ein Wäldchen bequem zu Fuß erreichen konnte. Dort gab es alle Dinge des täglichen Bedarfs und die Mädchenschule, auf der Debbie bereits angemeldet war. Ein glücklicher Zufall, dass sie die letzten drei Jahre ihrer Schulzeit hier verbringen konnte. Charlotte hätte sie nur ungern auf ein Internat geschickt.

Wie nahtlos sich alles fügte, ging es ihr, auf der Rückbank des Fords neben Aurora sitzend, durch den Kopf.

Einen Herzschlag später stiegen in ihr die Bilder von den Forschungsreisenden auf, wie sie sich durch unbekannte, surrende Wälder schlugen, den exotischen Geruch nach Blüten und Pilzen in der Nase, fremdartige Laute von bunt schillernden Vögeln in den Ohren, wie sie mit Lupen und Pinzetten, Beuteln, Handschaufeln und ihren Feldbüchern auf dem Boden herumkrochen und in Jubel ausbrachen, wenn sie vermuteten, eine neue Art entdeckt zu haben. Über Carl von Linné, den schwedischen Naturforscher, hieß es, er habe Waldhörner erklingen lassen, wenn er eine seltene Pflanze gefunden hatte.

Sie verdrängte die Bilder, eine andere Welt, zu der es für sie keinen Zugang mehr gab, und wandte sich Aurora zu, die neben ihr in friedvolles Schweigen verfallen war, ein Lächeln auf den Lippen. »Wo wollen wir den Tee einnehmen, meine Liebe?«

Kapitel 20

Nirgendwo wähnte Charlotte sich mehr ans andere Ende der Welt versetzt als im Palmenhaus. Die farbenfrohen Bougainvilleen wetteiferten mit über vierhundert Arten Palmen, viele von ihnen in Teakholzkübeln oder Töpfen, andere in den Beeten des Mittelschiffs. Kletterpflanzen, Bananen, Hibiskus und der Riesenbambus kämpften um das hellste Licht, den weitesten Raum. Charlotte und zwei Kollegen kümmerten sich an diesem Nachmittag um die älteste Topfpflanze der Welt, die vor einhundertfünfzig Jahren nach Kew gebracht worden war. Es war ein Kunststück, die aufgrund ihres Alters in Schieflage geratene Palme so abzustützen, dass sie nicht beschädigt wurde.

Charlotte stand auf einer Leiter und hielt eine Rolle mit starkem Hanfseil, das ein Kollege um den Stamm schlang, als sie von unten ihren Namen hörte. Sie drehte sich um, und ein Strahlen ging über ihr Gesicht, als sie Ivy erkannte. Die Freundin schillerte selbst wie eine exotische Blüte in ihrem weinroten Mantel mit dem Pelzbesatz und mit der passenden Mütze, die ihre ebenmäßigen Züge umrahmte.

»Huhu!« Ivy winkte zu ihr hoch. »Es geht los, ich wollte mich von dir verabschieden.«

Charlotte klärte mit den Kollegen, dass sie alleine weiterarbeiten würden, und stieg die Leiter hinab. Sie drückte das Gesicht in das weiche Fell am Kragen, als sie sich umarmten. Ivy hatte Tränen in den Augen, aber da war noch etwas anderes, etwas Unbekanntes in ihren Zügen. Charlotte musterte sie. »Freust du dich auf Heidelberg?«

»Schon«, erwiderte Ivy. »Aber ich werde meine Familie, meine Freunde, London vermissen.«

»Am besten kommst du so oft wie möglich zu Besuch.«

Ein Schatten flog über Ivys Gesicht. »Ja, natürlich, Charlotte. Ich muss mir doch dein neues Zuhause ansehen.«

Charlotte nickte. »Du bist jederzeit willkommen. Ist mit deiner Anstellung im Botanischen Garten alles geregelt?«

Ivy strahlte. »Justus hat durchgesetzt, dass ich als seine Assistentin eingestellt werde.«

»Wie schön, dass ihr künftig zusammenarbeiten könnt. Das ist dir wichtig, nicht wahr?«

Ivys Blick flackerte erneut auf diese merkwürdige Art. Charlotte musterte sie mit gerunzelter Stirn. Ivy lenkte schnell ab, umarmte sie ein letztes Mal. »Alles Glück der Welt für dich, Charlotte. Ich hoffe, dass wir uns schon bald wiedersehen.«

»Das hoffe ich auch.« Sie küsste ihre Wange, dann wandte Ivy sich um und verließ das Palmenhaus. Der rote Mantel schwang um ihre ledernen Stiefel.

Eine Woche später passierte es zum ersten Mal: Charlotte verpasste den Zug nach Kew Gardens, was bedeutete, dass sie an diesem Tag im Botanischen Garten fehlen würde. Die nächste Bahn fuhr erst gegen Mittag, das lohnte sich nicht.

»Kannst du mich nicht fahren, Victor?«, bat sie ihn außer Atem vom Radfahren, als sie ihn im Foyer von Summerlight House antraf, wie er gerade seinen Mantel anzog und den Bowler aufsetzte.

»Es tut mir leid, Darling«, sagte er und beugte sich hinab, um sie auf die Wange zu küssen. »Ich habe gleich ein Treffen mit neuen Holzlieferanten in der Firma, das darf ich nicht verpassen. Ich muss in einer Stunde in Dartford sein.«

Charlotte seufzte. Es war wichtig, dass er seinen Verpflichtungen nachkam und Termine einhielt. Aber auch sie durfte sich keine Unregelmäßigkeiten erlauben. Mit ihrer scheinbaren Wankelmütigkeit hatte sie die Geduld von Sir Prain und Professor Bone schon über die Maßen strapaziert.

Diese Zugverbindung war ein Grauen! Wie viel bequemer wäre es, wenn Victor sein Versprechen erfüllen und ein zweites Auto kaufen würde. Sie beschloss, sich zu erkundigen, wann und wo sie den Führerschein machen konnte. Am Abend würde sie Victor auf den Wagen ansprechen. Jetzt war er in Eile und würde sie möglicherweise mit einer schnellen Antwort abspeisen. Er legte sich den Schal um den Hals und trat auf sie zu. Sie verschränkte die Arme vor der Brust und ließ sich von ihm die Wange küssen. Sie wusste, dass ihr die Enttäuschung ins Gesicht geschrieben stand.

Nachdem er Summerlight House verlassen hatte, blieb Charlotte in Mantel und Schuhen unschlüssig im Foyer stehen.

Die Hausangestellten hatten sich als unschätzbar wertvolle Hilfen im Umgang mit Charlottes Mutter und Robert entpuppt, daher war es nicht nötig, Pflegekräfte einzustellen. Während sich Caitlin Mitchell um Elizabeth kümmerte, übernahm Haushälterin Laura Steward alle anfallenden Arbeiten in Roberts Nähe, als wäre sie vorab nicht ausgelastet gewesen. Manchmal erschien es Charlotte, als habe Laura vier statt zwei Arme. Niemals sah man sie still und tatenlos, immer war sie in Bewegung. Laura hatte eine Art, genau das Richtige zu tun, um Robert bei seinen täglichen Verrichtungen zu unterstützen. Vermutlich hatte sie ihm am frühen Morgen beim Anziehen und Waschen geholfen, und er saß über die Buchhaltung von Summerlight House gebeugt. Er zeigte zwar keine neu erwachende Leidenschaft, aber zumindest hatte er zugesichert, dass er sich in die Verwaltung des Gutshauses einarbeiten würde.

Elizabeth hingegen würde, frisiert und gekleidet, die Nase in die medizinischen Bücher über die Parkinson-Krankheit stecken. Der Dorfarzt Dr. McKinley erwies sich als kompetent und empathisch. Er kannte zwar keine anderen Heilmethoden als Dr. Tyrell, hatte Elizabeth jedoch den Kontakt zu anderen, verstreut im Land lebenden Patienten vermittelt, die ebenfalls von der Schüttellähmung betroffen waren. Sie verbrachte viel Zeit damit, sich mit ihnen auszutauschen. Auch beim Briefeschreiben war ihr Caitlin eine Hilfe, wenn Debbie in der Schule war.

Sollte sie zu ihrer Mutter hinaufgehen und fragen, ob sie sie unterstützen konnte? Manchmal hatte Charlotte ein schlechtes Gewissen, weil sie sich zu wenig um sie kümmerte. Ihre Zeit verging bei den langen Zugfahrten und mit ihrer Arbeit in Kew Gardens, und abends nach dem gemeinsamen Dinner zog sie sich meist mit Victor in ihre Räume zurück. Oft erzählte Victor dann von Angelegenheiten aus seiner Firma. Dass er nur wenig nach ihrer Arbeit in Kew Gardens fragte, irritierte sie, aber andererseits legte sie keinen Wert darauf, sein Interesse zu wecken. Kew Gardens war ihre persönliche Insel, der Ort, an dem sie träumen konnte.

Sie stieg die Treppe hinauf. Als sie sich nach links zu den Räumen ihrer Mutter wenden wollte, vernahm sie ein Lachen und Plappern aus dem Zimmer. Offenbar leistete Caitlin ihr Gesellschaft und ließ sich gerade einen Brief diktieren.

Spontan entschied sich Charlotte um, wandte sich zu ihren eigenen Zimmern und schlüpfte im Ankleidezimmer aus Bluse und Rock. Sie griff nach einem Wollpullover und einer Leinenhose, deren Saum sie in die halbhohen derben Schnürschuhe steckte. Der Blick aus dem Fenster zeigte ihr, dass die Sonne blass im Dunst des Dezemberhimmels stand, von Frost waren die Temperaturen weit entfernt.

Die Wintermonate waren zwar seit jeher Ruhezeiten in Gärten und Parks, aber wenn ein Grundstück derart überwuchert war wie hier, dann schadete es nicht, jetzt schon einmal Vorarbeit für das Frühjahr zu leisten. Victor hatte angekündigt, im Sommer Gartenpartys zu veranstalten, aber solange das Anwesen in diesem Zustand war, würde Charlotte bestimmt keine Einladungen aussprechen. Es gab einen verfallenen Schuppen auf dem Grundstück, hoffentlich würde sie darin die passenden Arbeitsgeräte finden.

Im Foyer begegnete ihr Köchin Emily, die einen Korb mit Kartoffeln aus dem Keller trug. Sie hob die buschigen Brauen, als sie Charlotte in ihrem Aufzug musterte, bevor sie sie mit einer angedeuteten Verbeugung begrüßte.

»Im Garten sind Hosen praktischer als Röcke«, erklärte Charlotte ihr lachend. »Keine Sorge, später zum Essen kleide ich mich angemessen.«

»Ich würde es nicht wagen, Ihren Stil zu kommentieren«, erwiderte Mrs Duncan steif.

Charlotte eilte an ihr vorbei nach draußen. Die Sonne begann bereits die von der Nacht gekühlte Erde zu erwärmen. In dieser Gegend würde nicht oft mit Schnee und Frost zu rechnen sein.

Sie lief um das Haus zum abseits gelegenen Schuppen, um sich Harke und Spaten zu holen. Bestimmt würde sie hier keine Tonnen von Erde bewegen, aber sie hatte vor, verschiedene Stellen zu kennzeichnen.

»Heute mal nicht in Kew?«

Sie fuhr herum, als die Stimme hinter ihrem Rücken erklang. In Gedanken versunken, hatte sie nicht damit gerechnet, jemandem zu begegnen. In dieser Sekunde fiel ihr ein, dass Quinn Mitchell wieder mit der Arbeit begonnen hatte. Offenbar hatte er sich in den letzten Tagen mit den Obstbäumen beschäftigt. Einige lagen entwurzelt am Grundstücksrand und würden vermutlich zu Kaminholz zerhackt werden. Er trug eine grüne Hose mit zahllosen Taschen, dazu einen schwarzen Troyer. Obwohl er lächelte, wirkten seine Züge unter der Kappe seiner Schirmmütze melancholisch. Ob er sich zur Arbeit hatte zwingen müssen? Er verströmte einen Duft nach altem Holz und Moschus, der harmonisch in diese verwilderte Landschaft zu passen schien.

»Nicht freiwillig, Mr Mitchell«, erwiderte Charlotte und richtete sich zu voller Größe auf. Trotzdem musste sie noch den Kopf in den Nacken legen, um ihm ins Gesicht schauen zu können. Es war kein klassisch schönes Gesicht, dafür war die Nase zu lang, aber die Farbe seiner Augen und der Schwung seiner Lippen gefielen ihr. »Ich habe den Zug nach Kew Gardens verpasst und dachte, ich nutze den freien Tag, um den Garten von Summerlight House zu inspizieren.« Sie machte eine weit ausholende Geste. »Irgendetwas muss hier passieren, wenn wir repräsentabel sein wollen. Ich rechne nicht damit, dass Sie Ihre Leidenschaft als Gärtner neu entdecken. Jedoch erwarte ich, dass Sie sich zuverlässig und zügig um die Gestaltung der Anlage kümmern. Möglicherweise werden Sie Unterstützung brauchen, ich kläre mit Mr Bromberg, ob wir Aushilfen einstellen. Wie ich Ihnen bereits sagte, stehe ich im Garten nicht zur Verfügung. Das tut mir leid, ist allerdings nicht zu ändern.«

Ein Glitzern trat in seine Augen. »Tatsächlich hätte ich

nicht vermutet, dass die Lady des Hauses hier zum Spaten greift.« Er wies mit dem Kinn auf die Geräte, die sie aus dem Schuppen geholt hatte. »Teilen Sie mir mit, welche Veränderungen Sie wünschen. Sie brauchen sich Ihre Hände nicht schmutzig zu machen.«

Charlotte hob die Nase. »Ob ich mich schmutzig mache oder nicht, können Sie mir überlassen, Mr Mitchell. Ich bin es gewohnt, mit meinen Händen zu arbeiten.«

Er grinste, schob die Schirmkappe ein Stück hoch und wischte sich mit dem Handrücken über die Stirn. Aurora musste sich getäuscht haben, als sie ihr ein glückliches Händchen im Umgang mit den Angestellten bescheinigte. Oder Quinn Mitchell war ein besonders selbstgefälliger Mensch. Das würde sie schon noch herausfinden. »Nichts liegt mir ferner, als Sie zu kritisieren. Wollen wir mit einem Rundgang starten? Ich bin gespannt auf Ihre Ideen.«

Die Sonne stieg höher und kämpfte sich durch den Dunst, die Strahlen wärmten Charlottes Gesicht, während von den Wiesen und verwilderten Beeten der Dampf aufstieg. Drüben am Pachthof entdeckte sie ein paar wuchernde Buchsbäume. *Buxus sempervirens.* Dahinter und daneben ein paar Linden, Steinhaufen und Reste von Mauern, doch leider erzeugte das keine romantische Atmosphäre von verfallener Schönheit, sondern wirkte schlicht verwahrlost.

Charlotte wies die Hauswand entlang. »Alle Beete an dieser Stelle sollten eingestampft werden. Wählen Sie ein paar pflegeleichte immergrüne Sträucher aus und am Übergang zur Terrasse eine Kletterrose. Über das seitliche

Grundstück sollte sich ein gepflasterter Weg ziehen, umgeben von Rasen.«

»Ich könnte mir ein paar wilde Rosen dazwischen vorstellen«, wandte Quinn Mitchell ein. Er vergrub die Hände in die Hosentaschen und folgte Charlotte, die weit ausholend voranschritt. Die Wiese unter ihren Schuhen schmatzte bei jedem Schritt. »Dazu Farne, Gräser, Fingerhut, Pflanzen, die viel Bewegung in sich haben.«

Charlotte wiegte den Kopf. »Kümmern Sie sich um das, was wir anlegen, so sorgfältig wie nötig. Ich will einen Rasenteppich ohne Unkraut und Maulwurfshügel. Damit haben Sie reichlich zu tun, da müssen Sie sich nicht noch mit der Rosenzucht und Gewächsen, die sich selbst aussäen, beschäftigen.«

»Ich liebe Rosen, ich habe damals die Kletterrosen an der Hausfront gesetzt.«

»Ich habe meine Abschlussarbeit an der Universität über Rosen geschrieben, meine Ansprüche wären wirklich hoch, und ich will Sie nicht überfordern, Mr Mitchell.«

Wieder spielte dieses Glitzern um seine Augen, und Charlotte fragte sich, ob er sich insgeheim über sie lustig machte. Etwas leicht Überhebliches ging von ihm aus. Aber sie würde sich vor diesem Gärtner nicht kleinmachen. In der nächsten Sekunde geriet sie ins Straucheln, weil sie mit dem rechten Fuß in ein wildes Beet getreten war. Der Boden war so aufgelockert, dass sie bis zum Knöchel darin versank. Sie ruderte mit den Armen und spürte, wie Mitchell ihre Taille umfasste, um sie vor dem Hinfallen zu bewahren. Instinktiv klammerte sie sich an ihn, um ihn sofort wieder loszulassen. Sie steckte mit dem Schuh fest und stand wackelig da, während sich der Gärtner hinabbeugte, um erst ihren Fuß zu befreien und dann den Schuh aus dem Dreck zu holen.

»Wie ärgerlich!«, schimpfte Charlotte, während sie auf einem Bein balancierte. Auf Quinn Mitchells Schulter gestützt, hüpfte sie zu einer am Schuppen aufgestellten morschen Holzbank.

»Keine gute Jahreszeit für Gartenarbeit«, bemerkte er.

»Uns läuft die Zeit davon, Mr Mitchell.«

»Nennen Sie mich gern beim Vornamen. Ich heiße Quinn«, sagte er, während er sich hinkniete, den Schuh notdürftig mit Grasbüscheln säuberte und ihn ihr wieder anzog. Sie beobachtete ihn dabei, die kräftigen Hände, die erstaunlich zart um ihre Knöchel lagen, wie er mit einem sanften Rucken die Schnüre festzurrte und zu einer Schleife band und am Ende den Hosensaum in die Schuhe steckte. Seine Finger waren ungewöhnlich lang und gepflegt für einen Gärtner. Irritiert zog sie den Fuß wieder heran und erhob sich, um den Weg fortzusetzen.

Sie rückte ein Stück von ihm ab, als sie ihren Rundgang fortsetzten. »Die Apfel- und Birnbäume sind komplett hinüber, schätze ich, genau wie die Pflaumenbäume. Wir sollten sie alle ausgraben und darüber Rasen säen, Quinn.« Sie lauschte dem Klang seines Namens nach. Vielleicht wäre es doch sinnvoller gewesen, bei der formellen Anrede zu bleiben. Diese Vertrautheit erschien ihr auf einmal unpassend. »Eine weitläufige grüne Fläche, umgeben von einzelnen Sträuchern, bietet sich an«, fuhr sie betont nüchtern fort, um ihre Unsicherheit zu überspielen. »Sehen Sie zu, dass Sie alles einebnen.«

»Auch den Teich? Er könnte wie das Auge des Gartens wirken, in dem sich Licht und Wolken spiegeln. Ich halte ihn für einen spannenden Kontrast zu den Gräsern und den Seerosen. Was meinen Sie?« In seine Augen trat ein Leuchten. Da brannte ein Funken in ihm, der vielleicht zu einem Feuer zu entfachen sein würde. Wollte sie das? Wie mitreißend war es, wenn Quinn Mitchell seine Begeisterung entdeckte, wenn er um etwas kämpfte?

»Wie gesagt, bürden Sie sich nicht zu viel Arbeit auf. Ansonsten lasse ich Ihnen freie Hand. Ich werde Ihnen keine Hilfe sein. Nach der Hauptarbeit, bei der Sie das gesamte Grundstück einebnen müssen, sollten Sie sich nur dem Rasen, dem Schnitt der Sträucher und der Pflege des Steinweges widmen. Damit dürften Sie hinreichend ausgelastet sein. Ach, und die Cousine meines Mannes beabsichtigt, einen Küchengarten anzulegen. Wir könnten ihr auf der anderen Seite des Hauses ein Beet anlegen. Dort müssten Brennnesseln und Brombeerranken entfernt werden.«

»Schade, dass Sie keinen Ehrgeiz für Summerlight House entwickeln. Haben Sie keine Lust, hier etwas wirklich Großes zu schaffen?«

Sein Eifer verstörte sie, berührte eine verborgene Stelle in ihrem Inneren. Sie hatte sich in Quinn Mitchell getäuscht. Er war ihr ähnlicher, als sie sich eingestehen wollte. Er hatte eine Vision, die ihn lebendig hielt. Aber sie war nicht bereit, sich mit ihm zu verbünden. »Ich liebe dieses Haus. Aber meine Arbeit in Kew Gardens geht vor.«

»Dort arbeiten Sie unter Auftrag, hier wären Sie Ihr eigener Chef.«

»Hier arbeite ich im Privaten, dort arbeite ich für die Welt«, gab sie zurück. »Verstehen Sie das nicht? Dort findet man auf engstem Raum Spezialisten für die Palmen der Welt, für sämtliche Orchideenarten, für afrikanische Misteln und die Gräser des Mittleren Ostens. Kew Gardens ist voll von den botanischen Wundern der Welt, dort arbeiten Gärtner und Botaniker Hand in Hand, und ein gutes Dutzend von uns ist ständig unterwegs in den entlegensten Winkeln der Erde, um Samen und Pflanzen zu sammeln. Immer und immer wieder finden Botaniker neue Pflanzen, und in Kew laufen diese Informationen zusammen. Es gibt lokale Verzeichnisse, aber Kew ist für die ganze Welt verantwortlich. Wir arbeiten daran, jede Pflanze aus jedem Teil der Erde bestimmen zu können, eine Lebensaufgabe, Quinn, und ich bin Teil dieser Gemeinschaft. Was sollte mir dagegen schon ein von Unkraut überwuchertes Grundstück zu bieten haben?«

Er hob beide Arme und blähte die Wangen, weil sie immer lauter geworden war und schneller gesprochen hatte. Jetzt stieß sie die Luft aus und lächelte ihn von der Seite an, als sie den Weg zurückgingen. »Verzeihung, da habe ich mich ein bisschen vergessen. Ich wollte Sie nicht überfallen mit meiner Philosophie von der Botanik.«

»Ich fühle mich nicht überfallen. Ich bin froh, dass Sie mir Ihre Meinung sagen. Für mich ist Kew vor allem ein Sammelsurium skurriler Gestalten. Kakteenexperten, Pilzfreunde, Farnspezialisten, Venusfallensammler, die so in ihrem Spezialwissen aufgehen, dass sie den Rest der Menschheit um sich vergessen.«

Charlotte lachte auf. »Sicher, die gibt es, aber es gibt auch genügend Gärtner, die mit beiden Beinen auf dem Boden stehen. Kew ist ein Schmelztiegel aller Pflanzenliebhaber, ein immenses Potenzial. Mich würde es nicht wundern, wenn es eines Tages gelänge, eine Art Genbank für Pflanzen zu erschaffen.« Sie lächelte bei dem Gedanken vor sich hin, bevor sie Quinn von der Seite ansah. »Wenn es uns gelingt, Samen über Generationen hinweg keimfähig zu halten, dann könnte man von Kew aus im Notfall die Pflanzenwelt unseres Planeten neu erschaffen. Ist das nicht ein aufregender Gedanke?«

Das Überhebliche schwand aus seinem Gesicht, sie entdeckte echtes Interesse in seinen Zügen, und ihr fiel auf, wie lange sie schon nicht mehr außerhalb des Botanischen Gartens über ihre Arbeit in Kew gefachsimpelt hatte. Mit Dennis verbanden sie nur die Briefe.

»Ich war als junger Mann selbst mehrfach in Kew Gardens und habe die grüne Stille im Palmenhaus genossen.« Er lächelte ihr zu. »Eine Zeit lang habe ich davon gesponnen, dort meine Ausbildung zu machen und zu arbeiten.« Er hob die Schultern. »Aber man wollte mich nicht. Vielleicht ist es gut so. Ich finde den Publikumsverkehr und die wirtschaftlichen Interessen des Instituts störend. Ich mag lieber ein Stück Land, das ich allein beackern kann. In den letzten Monaten war ich stundenweise in drei Häusern mit kleineren Gärten beschäftigt, im Herbst habe ich bei der Obsternte geholfen.« Seine Wangen überzogen sich mit einer leichten Röte, als würde er sich für diese Tätigkeit schämen. »Wenn man eine Familie ernähren muss, bleibt wenig Platz für Enthusiasmus. Dann nimmst du die Jobs an, die dafür sorgen, dass Brot und Butter auf dem Tisch stehen und die Miete für das Haus gezahlt werden kann. Für mich wäre es ideal, wenn ich hier wieder eine Festanstellung bekomme.«

Sie fragte sich, was passieren musste, damit diese Melancholie aus seinen Zügen verschwand. Er war vermutlich nicht viel älter als sie selbst, wirkte allerdings, als habe er schon viel mehr erlebt, und es waren offenbar nicht nur gute Erfahrungen. Er hatte etwas an sich, das Charlotte herausforderte und gleichzeitig ihre Neugier weckte. »Wenn Sie den Job annehmen, stellen Sie sich darauf ein, dass ich Ihnen auf die Finger schaue.« Sie lächelte ihn an, bevor sie ihm die Hand gab. Sein Händedruck, warm und kräftig, fühlte sich nach einem Versprechen an.

Kapitel 21

»Lass uns heimfahren, es hat keinen Sinn, Debbie.« Aurora spannte den Schirm auf, als es anfing zu nieseln. Sie standen in der Hunter Street vor dem Kolonialwarengeschäft Emerson, aus dem die Düfte nach Tabak, Kakao, Kaffee und diversen Gewürzen wehten. Im Schaufenster lagen holzgeschnitzte Masken, Truhen, Elefanten aus Elfenbein und bunte Tücher.

Debbie schniefte einmal und wischte sich mit der Handkante unter der Nase entlang. Aurora warf ihr einen tadelnden Blick zu und reichte ihr ein blütenweißes, gebügeltes Taschentuch mit Spitzensaum. »Das darfst du behalten. Und mach nie wieder dieses unangenehme Geräusch mit der Nase, wenn du irgendwann eine Lady sein willst.«

Debbie sah schuldbewusst zu ihr auf, legte sich das Tuch über das halbe Gesicht und schnaufte sehr leise, bevor sie es wieder faltete und in die eigene Tasche steckte. »Wir könnten zum Piccadilly Circus oder nach Covent Garden gehen. Da waren wir früher oft zusammen.«

Aurora schüttelte den Kopf. »Das wird mir zu viel. In den Menschenmassen finden wir Tom nie. Bestimmt ist er mit Freunden unterwegs und hat keine Zeit für dich.«

Debbie zog die Stirn in Falten. Der Regen tropfte ihr auf den Hut und in die lang herabhängenden Haare. »Er hätte immer Zeit für mich.«

»Sein Vater hat doch erzählt, dass er von der Schule gar nicht erst heimgekehrt ist. Es ist unwahrscheinlich, dass wir ihn zufällig irgendwo finden. Vielleicht hast du beim nächsten Mal Glück.«

Murrend fügte sich Debbie und folgte Aurora zum Ford wenige Meter entfernt vom Kolonialwarengeschäft, wo Owen auf sie wartete.

Keiner aus der Familie hatte sich bereit erklärt, mit ihr nach London zu fahren und Tom zu besuchen. Nur Aurora hatte eingewilligt, sie zu begleiten, wenn Owen sie in Victors Ford chauffieren würde.

Was hatte das Mädchen erwartet? Dass ihr Freund in seinem Zimmer saß und Trübsal blies, seit sie weg war? Es wurde höchste Zeit, dass Debbie sich neue Freunde suchte.

Das Mädchen wollte die Beifahrertür öffnen, aber Aurora hielt sie am Mantelärmel zurück. »Die Regeln gelten für die Rückfahrt genau wie für die Hinfahrt, Miss Windley. Erstens sitzt eine Dame stets auf der Rückbank, wenn sie sich chauffieren lässt, und zweitens wartest du, bis Owen dir die Tür öffnet.«

Es überraschte Aurora selbst, wie sich Debbie ihren Anweisungen fügte. Als hätte das Mädchen nur darauf gewartet, dass jemand ihre Welt ordnete und ihr Strukturen und Regeln zeigte. Sie lief zwar stets vorwitzig voran, aber wenn Aurora sie zurückpfiff, war sie zahm wie ein Lämmchen. So auch jetzt, als sie einen Schritt beiseitetrat und Owen zunickte, als der für sie die hintere Tür öffnete.

»Möchtest du wirklich noch in euer altes Haus?«, fragte Aurora, als der Ford langsam losrollte.

Debbie nickte mit zusammengekniffenen Lippen. »Nur schauen, ob sich da etwas verändert hat.«

»Soll ich dich begleiten?«

Debbie griff nach ihrer Hand und drückte sie. »Ja.«

Ein warmes Gefühl durchströmte Aurora, als hätte sie das Herz dieses Mädchens erobert. Während ihrer eigenen Schulzeit hatte Aurora Freundschaften gepflegt, Mädchen, mit denen sie Geheimnisse geteilt und gekichert hatte, aber in den schweren Jahren, in denen sie ihren Vater gepflegt hatte, waren alle ihre Kontakte eingeschlafen. Aurora hatte nichts vermisst, sie ging darin auf, für den Vater unersetzbar zu sein. Als er schließlich starb, hatte sich jedoch ein riesiges schwarzes Loch vor ihr aufgetan. Zum Glück hatte Victor sie aufgefangen, bevor sie ins Bodenlose fiel. Mit ihm hatte ihr Leben wieder einen Sinn bekommen, ein Mensch, der auf eine spezielle Art zu ihr gehörte, obwohl er nicht ihr Mann und nicht ihr Bruder war. Von Anfang an hatte Aurora sich keinen Illusionen darüber hingegeben, ob aus ihnen ein Paar werden konnte. Für Männer wie Victor waren Frauen wie sie Luft. Das kannte sie nicht anders. Umso erfreuter war sie darüber, dass er sie so nah an sich heranließ, dass sie in einem gemeinsamen Haushalt lebten. Und jetzt waren durch seine Initiative so viele interessante

Menschen in ihr Leben getreten, dass Aurora morgens mit dem Klingeln des Weckers aus dem Bett sprang und voller Vorfreude den Tag begann, der stets Überraschungen für sie bereithielt. Nie wäre sie auf die Idee gekommen, einen Samstag in London zu verbringen, aber als Aufpasserin für Debbie, wie es ihre Mutter gefordert hatte, machte sie offenbar alles richtig, denn je länger sie zusammen waren, desto vertrauensvoller und zugänglicher wurde das Mädchen. Eine Ehre und ein Sympathiebeweis, dass sie sie beim Besuch in ihrem alten Elternhaus dabeihaben wollte.

Als sie die Arztpraxis betraten, wehte ihnen ein frischer Duft entgegen. Zitronen vielleicht. Debbie hob schnuppernd die Nase. »Hier riecht es anders als früher«, stellte sie fest. Im Flur zur Arztpraxis begegnete ihnen eine ältere Dame, die ein pinkfarbenes Tuch um ihren Kopf geschlungen hatte und einen seidig schimmernden geblümten Hausmantel trug. Ihr Gesicht war gebräunt und voller Runzeln um den Mund. Sie zeigte eine Reihe perlweißer kleiner Zähne, als sie Debbie erkannte. »Wie schön, dass du uns mal besuchen kommst, meine Liebe! Wie geht es dir, wie geht es deiner Familie, und hast du da eine Freundin mitgebracht?« Sie reichte Aurora mit freundlicher Miene die Hand. Aurora schrak zusammen, als sie sie drückte, weil es wie Geflügelknochen knackte. Haut über Skelett.

»Ich bin Aurora Ainsworth und begleite Debbie. Sie hatte Sehnsucht nach ihrem alten Zuhause.«

Aus dem Wartezimmer drang das leise Gemurmel von mindestens zwei Dutzend Patienten, darunter zahlreiche Kinder.

»Ich bin Elsa Tyrell. Mein Mann hat die Praxis übernommen, wir wohnen in der oberen Etage. Was für eine originell geschnittene Wohnung, und wie günstig, dass mein Mann sich dadurch den morgendlichen Weg zur Arbeit spart. Er ist nur noch drei Tage die Woche in der Praxis. Sein junger Kompagnon will sich hier seine Sporen verdienen.« Sie lachte silberhell und ging den beiden voran.

Aurora spürte, wie Debbie neben ihr erstarrte. Das Mädchen griff nach ihrer Hand und drückte sie so fest, dass es schmerzte, aber Aurora ließ sich nichts anmerken. »Was ist los, Liebes?«, flüsterte sie ihr ins Ohr.

»Er hat einen Partner hier. Er wollte doch auf Robert warten. Ich kann nicht glauben, dass er uns so hintergeht.«

Dr. Jacob Tyrell kam gerade mit wehender weißer Gelehrtenmähne aus dem Behandlungszimmer. Sein Arztkittel spannte sich über seinem kugelrunden Bauch. Mit den Beinen darunter in der rostroten Tweedhose erinnerte er an einen Marabu. Aurora schätzte ihn auf siebzig, die scharfen Linien und Runzeln um seine lange, spitze Nase sprachen von einem aufopferungsvollen Leben. Aber seine Bewegungen wirkten kraftvoll. Erfreut beugte er sich zu Debbie, um ihr die Stirn zu küssen. Sie wandte den Kopf mit einem Ruck ab.

»Hier hat sich so viel verändert«, presste sie hervor. »Die weiß gestrichenen Wände, die neuen Patientenstühle, die Lampen über dem Tresen …«

»Nicht wahr? Richte deiner Mutter aus, dass mein neuer Kollege auch in ein modernes Elektrokardiogramm-Gerät investiert hat. Das ist eine völlig neue Entdeckung, bei der man die Aktivität des Herzens messen kann. Wir sind jetzt technisch auf dem neuesten Stand. Patienten strömen aus allen Vierteln Londons zu uns, und nicht nur die, die mit einem Apfel und einem Ei bezahlen wollen.«

Debbie stierte den alten Arzt an. »Sie hatten versprochen, auf meinen Bruder zu warten. Nur weil er jetzt im Rollstuhl sitzt, heißt das nicht, dass er nicht doch noch Arzt wird. Es ist so gemein von Ihnen, ihm alle Hoffnung zu nehmen!«

Dr. Tyrell machte ein bestürztes Gesicht. »Aber, mein liebes Kind, da hast du etwas falsch verstanden. Ihr habt doch jetzt ein neues Zuhause, und Robert hat sein Studium abgebrochen. Das ist alles so mit deiner Mutter besprochen.«

Debbie drehte sich um und lief aus der Praxis. Es sah aus wie eine Flucht. Aurora machte eine entschuldigende Geste in Richtung des Arztes und folgte ihrem Schützling.

Kaum waren sie im Automobil auf dem Rückweg, fing Debbie an zu weinen, als hätte sie sich die Tränen bis jetzt verbissen. Aurora zog sie an sich. »Pssst, meine Kleine … Alles wird gut.«

Debbie wimmerte. »Es ist, als hätte es uns nie gegeben. Als wären wir fort aus London, und keinem ist es aufgefallen. Keiner vermisst uns. Und Dr. Tyrell ist ein Verräter. Für uns gibt es kein Zurück mehr.« Die Tränen strömten über ihr Gesicht.

»Leben heißt Veränderung, Liebes, das erfahren wir alle gerade, und für keinen ist es leicht. Ist es nicht wundervoll, dass wir uns kennengelernt haben? Ich mag deine Familie, Debbie, und dich mag ich besonders.«

Debbie schnäuzte sich geräuschvoll die Nase und wischte sich die Augen trocken. »Was magst du denn an meiner Familie? Es sieht nicht so aus, als hättest du viel Kontakt mit ihnen.«

Aurora spürte einen Stich in der Brust, obwohl sie inzwischen die manchmal verletzende Art des Mädchens kannte. Sie merkte nicht, wie sie mit unbedachten Äußerungen andere traf. »Nun, ich versuche schon, allen näherzukommen. Aber du bist zweifellos die Zugänglichste von allen.« Sie wuschelte ihr durch die Haare. »An deiner Mutter mag ich ihre Würde, ihren Stolz, ihre Haltung. Sie ist eine echte Lady, weißt du, obwohl sie keinen Adelstitel trägt. An deiner Schwester imponiert mir, wie sie sich ihre Unabhängigkeit erkämpft hat, obwohl sie manchmal die Welt um sich herum zu vergessen scheint.« Sie lachten beide, und Aurora bemerkte zufrieden, dass sie Debbie von ihrer Enttäuschung abgelenkt hatte. Wirklich erstaunlich, wie schnell in diesem Alter die Stimmung wechselte. Ob überhaupt jemand in ihrer Familie wusste, dass Debbie sich bis zum heutigen Tag noch an ihr altes Leben geklammert hatte?

»Und Robert?«

Aurora spürte Hitze auf ihren Wangen und ärgerte sich über die eigene Reaktion. »Nun, ein gut aussehender Mann, intelligent, höflich ...«

»Du hättest ihn vor dem Unfall erleben müssen. Jetzt sieht man kaum noch was von seiner Attraktivität. Immer guckt er so böse, lässt die Haare zu lang wachsen, und ... na ja, der Rollstuhl stört schon, oder?«

Aurora sog die Luft ein. »Solche äußeren Dinge sind unerheblich. Es kommt auf den Kern des Menschen an, nur die innere Schönheit zählt.«

Debbie zuckte die Achseln. »Na ja, ob Robert innerlich so eine Leuchte ist, kann ich nicht sagen.«

Aurora musste lächeln. »Er ist dein Bruder, du hast eine andere Sicht auf ihn als Außenstehende. Sicher hatte er viele Freundinnen vor seinem Unfall, nicht wahr?« Sie versuchte, aus ihrer Stimme das Atemlose herauszuhalten, das verriet, wie sehr sie die Antwort interessierte. Zwar lag es ihr fern, die Zwölfjährige auszufragen, wenn sie jedoch so bereitwillig über Robert plauderte, würde Aurora sie nicht aufhalten.

»Er hat nie viel über seine Freundinnen erzählt, aber er war schon sehr begehrt, glaube ich. Die letzte, die er hatte, soll eine Bankierstochter gewesen sein mit richtig viel Geld. Die war allerdings schnell weg, als es hieß, er sei gelähmt.«

Heiße Wut und eine Welle des Mitgefühls für Robert stiegen in Aurora auf. Wie konnte ein Mensch so grausam sein, jemanden in dieser Situation im Stich zu lassen? Ihr wäre es niemals eingefallen, sich von jemandem zu trennen, der ihre Hilfe so dringend benötigte. Wie verletzt musste Robert sein, wie verlassen und mutlos.

Während sie die winterlichen Wiesen und wie stumme Wächter dastehenden Bäume passierten und Debbie ihren Kopf auf ihre Schulter legte, dachte Aurora darüber nach, wie sie Debbie die Eingewöhnung in ihrer neuen Umgebung erleichtern konnte. Das Mädchen brauchte einen verlässlichen Menschen an seiner Seite.

Und sie würde ihre Anstrengungen verstärken, Robert aus seinem Schneckenhaus herauszuholen. Er hatte es nicht verdient, ins Abseits geschoben zu werden, und er sollte wissen, dass es Menschen gab, auf die er zählen konnte.

Kapitel 22

Summerlight House erstrahlte am ersten Weihnachtsfeiertag im Kerzenschein. Wie ein leuchtendes Kleinod lag es inmitten des Morgennebels und thronte über dem Dorf. Aurora und Debbie hatten, unterstützt von Hausmädchen Caitlin und Küchenmädchen Sophie, die Fenster, Säulen und Geländer mit Tannenzweigen und Misteln verziert. Im Salon stand ein mit Strohsternen und Äpfeln geschmückter Tannenbaum, der bis zur Decke reichte. Unter den Zweigen lagen bunt und glitzernd verpackte Geschenke mit pompösen Schleifen.

Charlotte war an diesem Morgen viel zu früh aufgewacht. Ihre Gedanken hatten sich im Kreis gedreht. Heute sollte die Verlobung sein. Rasch sprang sie aus dem Bett und zog sich an.

Als sie die Freitreppe hinunterschritt, sah sie sich um. Es duftete nach gebratenem Truthahn, Vanille, Zimt und Bienenwachs. Ihr Zuhause. Aber sie wartete vergeblich auf ein Glücksgefühl. Sie empfand Glück, wenn sie minutenlang versunken ein Kraut aus dem Himalaja im Steingarten betrachtete und sich daran freute, dass es in Kew Gardens gedieh. Sie kannte es von den Gesprächen mit ihren Kollegen, wenn sie in Jubel ausbrachen, weil eine exotische Pflanze aus Brasilien im Gewächshaus zum ersten Mal Blüten austrieb.

Wahrscheinlich gab es verschiedene Arten von Glück, und jede fühlte sich anders an, ging es ihr durch den Kopf.

Im Haus war es still, Victor machte sich im Badezimmer zurecht, Debbie und Mutter Elizabeth schliefen vermutlich noch, und sie hatte mitbekommen, dass Aurora und Robert sich zu einem frühen Morgenspaziergang ins Dorf verabredet hatten. Die beiden erwachten stets als Erste, und die morgendliche Stimmung schien sie miteinander zu verbinden. Aus Robert wurde Charlotte in den letzten Wochen nicht schlau. Er verbrachte viel Freizeit mit Aurora, aber sie spürte weder Zuneigung noch Dankbarkeit bei ihm. Gleichgültigkeit? Sie hoffte, dass sie sich täuschte. Vielleicht sollte sie sich mal wieder Zeit für ein langes Gespräch mit ihm nehmen. Ihre eigenen Angelegenheiten durften sie nicht davon abhalten, sich mit den Menschen, für die sie all das hier arrangiert hatte, zu beschäftigen. Es waren die Menschen, die sie liebte.

Das fahle Sonnenlicht fiel durch die Terrassenfenster in den Salon. Der Tisch war bereits für den Brunch gedeckt, die Kerzen am Baum flackerten. Charlotte trat an die Tür nach draußen und blickte über das weite Grundstück – eine schlammige Baustelle. Das brauchte seine Zeit. Quinn arbeitete bei Wind und Wetter daran, alles einzuebnen.

Heute, am Weihnachtsfeiertag, natürlich nicht. Den verbrachte er in seinem Haus im Dorf mit seiner Frau und den beiden Söhnen. Ob ihr Fest von Liebe geprägt war? Quinn hatte bislang nicht viel von sich erzählt. Aber Caitlin Mitchell war eine auffallend attraktive Frau, vermutlich betete er sie an.

Die alte Linde an der Grundstücksgrenze wehte traurig in der Brise, als wollte sie ihr zuwinken. Das Anwesen würde genug Platz bieten für Partys mit illustren Gästen. Sie würden offene Zelte aufstellen können, Stehtische, Buffets, und Platz für eine Kapelle wäre an den Mauerresten.

Charlotte sog die Luft ein, als zwei Arme sich von hinten um sie schlangen. Der Duft nach Minze und einer herben Rasierseife kam ihr in die Nase. »Guten Morgen, Darling. Fröhliche Weihnachten.«

Sie drehte sich in Victors Armen, sodass sie sich anschauen konnten. Zu seinem grauen Nadelstreifenanzug trug er ein blütenweißes Hemd mit hohem Kragen. »Fröhliche Weihnachten, Victor.«

Er küsste sie, und Charlotte spürte sein Begehren, als er sich an sie drückte. In der Nacht war sie nicht in Stimmung gewesen. Victor hatte mehrere Versuche unternommen, sie zu verführen, doch irgendetwas blockierte in Charlotte und sie bat ihn um Entschuldigung, als sie ihm den Rücken zudrehte und so tat, als würde sie sofort einschlafen.

In Wahrheit waren ihr zu viele Dinge durch den Kopf gegangen, als dass sie sich auf seine Zärtlichkeiten konzentrieren konnte.

Nachdem sie zum ersten Mal den Zug nach Kew Gardens verpasst hatte, war sie inzwischen zwei weitere Male zu spät am Gleis angekommen und hatte nur noch die Rücklichter der Eisenbahn gesehen. Sie hatte auch früher, als sie noch in London gelebt hatte, Fahrten verpasst, aber da war es kein Problem gewesen, denn die Züge fuhren halbstündlich. Professor Bone hatte sie bereits mahnend angesprochen und an ihre Zuverlässigkeit appelliert, und Charlotte hatte Besserung gelobt.

»Wo bleiben die anderen?«, erkundigte sich Victor nun gut gelaunt, während er sich am Buffet Tee einschenkte. Die Kanne stand auf einem Stövchen bereit. Er reichte Charlotte die Tasse, bevor er sich selbst eingoss. Die Morgensonne verschwand hinter Regenwolken, die wie aus dem Nichts aufgetaucht waren und alles verdunkelten.

»Aurora ist mit Robert unterwegs. Hoffentlich werden sie nicht vom Schauer überrascht.«

Victor lachte. »Aurora wird Vorsorge getroffen haben. Sie hasst Überraschungen und ist lieber auf alles bestens vorbereitet.«

»Wenn Robert nicht wieder seinen Sturkopf durchgesetzt hat und durch irgendwelche Felder rollt, wo er stecken bleibt und festhängt.«

»Ach, lass die beiden mal«, meinte Victor leichthin und stibitzte sich einen Heidelbeermuffin von einem Tablett, den er mit einem Bissen verschlang. Das Buffet war voller Köstlichkeiten: Rührei und Bacon, Würstchen, Tomaten und Pilze, diverse Marmeladen, Toast, Pasteten, Hühnchensalat, kalter Schinken, Bohnen, gegrillter Schellfisch, gekochte Eier in Aspik und mehrere kleine Kuchen in mundgerechte Stücke zerteilt. »Ich glaube, sie sind ein gutes Team. Und ehrlich, das freut mich für beide.«

Charlotte nippte an ihrem Tee. Sie hielt sich lieber mit ihrer Freude zurück. Ihr Bruder war seit seinem Unfall unberechenbar.

In der oberen Etage erklang ein Trampeln, dann ein Sausen, als Debbie auf dem Geländer bis ins Foyer rutschte. »Fröhliche Weihnachten! Wo sind meine Geschenke?« Sie trug ein mädchenhaftes Samtkleid in Mitternachtsblau mit einem bestickten Kragen. Die Haare hatte sie zu Zöpfen mit kleinen Schleifen geflochten.

»Na, komm schon, Debbie«, Charlotte nahm sie kurz in den Arm. »Du bist kein Kleinkind mehr, du kannst warten, bis alle da sind, oder?«

Debbie zog eine Grimasse und nahm sich einen Muffin vom Buffet. Auf ihrer Oberlippe blieb Sahne hängen, als sie zubiss. Sie schaute aus dem Fenster. »Oh, da kommen Aurora und Robert, ich laufe ihnen entgegen.«

Wenig später war die Familie komplett. Robert und Aurora waren tatsächlich in den Regen geraten. Sie selbst hatte sich mit einem Regenschirm schützen können, aber Robert hatte in seiner Wetterjacke eine Dusche abbekommen. Aurora holte rasch ein Handtuch und setzte an, ihm damit die Haare trocken zu rubbeln. Charlotte beobachtete, wie ihr Bruder die Lippen aufeinanderpresste und es ihr entriss. »Meine Arme sind gesund«, zischte er dabei.

Aurora errötete bis zum Haaransatz. »Verzeih mir.«

Roberts Miene drückte nicht aus, ob er ihre Entschuldigung annahm oder nicht. Erst als er Charlotte anschaute, glitt ein Lächeln über sein Gesicht. »Heute ist dein großer Tag?«

»Sieht so aus«, gab sie zurück und wechselte einen Blick mit Victor, der sofort ihre Hand ergriff.

»Fast der schönste Tag in unserem Leben«, sagte er. »Der schönste erwartet uns im Mai.«

Charlotte drehte sich der Magen um bei der Vorstellung, zu ihrer Hochzeit zum ersten Mal Gäste zu bewirten. Die Feier würde ein guter Einstieg sein, um ihre Nachbarn kennenzulernen und sich als Hausherrin zu präsentieren. Zwar drang der Klatsch und Tratsch nicht zu ihr, aber sie vermutete, dass man sich in der hiesigen Gesellschaft darüber echauffierte, dass die neuen Besitzer von Summerlight House zusammenlebten, ohne verheiratet zu sein. In der Familie Windley war die Meinung anderer Menschen über ihren Lebensstil traditionsgemäß zweitrangig, aber Charlotte ahnte, dass Victor es nicht erwarten konnte, endlich die Verhältnisse zu klären. Die Bücher über Etikette, die sie von Aurora ausgeliehen hatte, lagen noch unangetastet auf ihrem Nachttisch. Sie waren ziemlich zerfleddert. Aurora schien sich eine Zeit lang intensiv auf ein Leben in der gehobenen Gesellschaft vorbereitet zu haben. Im neuen Jahr würde sie sich damit befassen.

Aurora lief mit einem Kamm heran und streckte ihn Robert hin. Der griff danach und frisierte die durcheinandergewuschelten Haare mit einem sauberen Seitenscheitel.

Elizabeth war inzwischen auch im Salon, elegant gekleidet in einem wadenlangen mauvefarbenen Chiffonkleid mit Perlenkette und Stoffblüte am Hüftgürtel. Sie trug sogar ein leichtes Make-up, und die neue moderne Frisur bedeckte in Wellen knapp ihre Ohren. Mit dem Hausmädchen Caitlin war so etwas wie ein Engel an Elizabeths Seite getreten, wie Charlotte wusste. Von Anfang an hatte Elizabeth allen klargemacht, dass sie keine Unterstützung wünsche und sich auf ihre beiden Töchter verlassen würde. Caitlin jedoch hatte sich nicht abbringen lassen und sich mit ihrer munteren, unbekümmerten Art rasch unentbehrlich gemacht.

Charlotte hatte die Mutter einmal gefragt, warum sie denn Aurora so kategorisch ablehnte, und Elizabeth hatte ihr im Vertrauen erzählt: »Wenn Caitlin mich frisiert und schminkt, fühle ich mich wie ein junges Mädchen, das auf den ersten Ball des Jahres geht. Wenn Aurora das Gleiche täte, fühlte ich mich wie eine Verstorbene, die für den Sarg hergerichtet wird.« Charlotte hatte sich vor Entsetzen die Hand vor den Mund geschlagen, dann aber gekichert, als sie das Zwinkern der Mutter bemerkte. »Caitlin ist recht einfach, Aurora ist ihr bestimmt, was Bildung angeht, um Längen voraus. Caitlin jedoch hat so eine Art, mich an der Oberfläche zu halten ... Ich verlasse morgens lieber das Bett, wenn ich weiß, dass Caitlin kommt, um mich auf den Tag vorzubereiten. Und für die Schreibarbeiten habe ich ja auch Debbie. An der Schreibmaschine ist sie zwar immer noch zu langsam, aber sie hat eine schöne Schrift.«

Charlotte hörte aus den Worten ihrer Mutter heraus, dass sie mit Aurora wenig anzufangen wusste. Manchmal meinte sie, ein Stirnrunzeln gesehen zu haben, wenn Debbie den Nachmittag mit Victors Cousine verbrachte. Charlotte konnte das nicht nachvollziehen. Besser diese etwas seltsame Frau in Debbies Umfeld als den Luftikus Tom mit nichts als Flausen im Kopf.

Victor klatschte in die Hände, die Aufmerksamkeit aller wandte sich ihm zu. Er winkte in Richtung der Küche, wo die Angestellten bereits in einer Reihe standen. Nacheinander traten Chauffeur Owen, Haushälterin Laura und Hausmädchen Caitlin sowie Köchin Emily und Küchenmädchen Sophie in den Salon. Alle trugen sie schwarze Festtagskleidung mit sorgfältig geschlossenen Krägen, die Küchenfrauen mit weißen Rüschenschürzen darüber. Laura hielt ein Tablett mit Sektschalen, und alle bedienten sich. Robert trank sein Glas in einem Zug aus und griff gleich nach der zweiten Schale. Wie selbstverständlich glitt Caitlin an Elizabeths Seite, um ihr Glas für sie zu halten. Charlottes Mutter strich dem Hausmädchen dankbar über die Schulter.

»Unser erstes gemeinsames Weihnachten in Summerlight House steht unter einem besonderen Stern«, hob Victor an, und alle lauschten. »Wie ihr wisst, haben Charlotte und ich dieses Datum gewählt, um uns zu verloben, und damit möchte ich dieses Weihnachtsfest gern beginnen.« Er wandte sich Charlotte zu und sank tatsächlich auf ein Knie. Debbie stieß einen Schrei des Entzückens aus und klatschte in die Hände. Charlottes Herzschlag geriet aus dem Takt. In ihren Adern schienen Insekten zu krabbeln.

»Liebe Charlotte, von der ersten Sekunde an habe ich

für dich gebrannt. Ich liebe alles an dir: deine Schönheit, deine Leidenschaft, deinen Witz, deine Klugheit. Ich will immer für dich da sein und dir jeden Wunsch von den Augen ablesen. Willst du meine Frau werden?«

Charlotte merkte, dass sie die Hände zu Fäusten geballt hatte, und versuchte, sich zu entspannen. Hier war er also, der denkwürdige Moment. Heute wurde die wichtigste Entscheidung ihres Lebens besiegelt. Wo blieb die Glückswelle durch ihren Körper, das Fieber, die vorfreudige Atemlosigkeit? Es gab kein Zurück mehr, und sie würde das Beste aus diesem Leben machen, das ihr in den Schoß gefallen war, obwohl sie nie davon geträumt hatte. »Ja, Victor, das will ich.«

Aus der Innentasche seiner Jacke zog er ein Kästchen, das er vor ihr öffnete. Ein mit Brillanten besetzter schmaler Ring funkelte in den durch die Wolken brechenden dünnen Sonnenstrahlen. Alle anderen schwiegen ergriffen, Debbie stieß unterdrückt ein »Oh, wie romantisch!« aus.

Er steckte Charlotte den Ring an die linke Hand, bevor er ihre Finger küsste und sich erhob, um sie in die Arme zu nehmen. Ihr Kuss war lang und innig. Die anderen im Salon applaudierten. Charlotte bemerkte die Ausgelassenheit der Hausangestellten, die Freudentränen Auroras, die skeptische Miene ihrer Mutter, Debbies erwartungsvolles Gezappel und das Stirnrunzeln ihres Bruders, dessen Blick zwischen ihr und Victor hin und her ging. Kein Zweifel, die Einzige aus ihrer Familie, die inzwischen mit Leib und Seele hinter diesem neuen Leben stand, war Debbie, nachdem sie den Abschiedsschmerz überwunden und die Unumkehrbarkeit akzeptiert hatte. Ihre Mutter und ihr Bruder fügten sich aus Vernunftgründen in die Situation.

Charlottes Wangen waren erhitzt, als sie ihre Hand hob, um das Schmuckstück zu betrachten. »Er ist wunderschön.« Und der neuen Lady von Summerlight House würdig. Bei der Arbeit in Kew Gardens würde sie ihn allerdings ausziehen. Teurer Glanz passte nicht an Hände, die in Erde gruben.

Victor griff ein weiteres Mal in seine Innentasche. »Damit du siehst, dass ich mein Wort halte und keine leeren Versprechungen mache: Hier ist die Schenkungsurkunde, die dich als Eigentümerin von Summerlight House auszeichnet.« Er entfaltete ein Blatt auf hochwertigem blütenweißem Papier.

Er erklärte sie tatsächlich zur Besitzerin von Summerlight House. Sie sog scharf die Luft ein. Welche Verantwortung sie damit einging! Hieß das, dass sie nach eigenem Gefallen schalten und walten konnte? Wie sollte sie künftig ihre Leidenschaften und Pflichten unter einen Hut bringen? Sich zu Victor zu bekennen nahm eine Dimension an, die ihr fast den Atem raubte.

Die anderen jubelten und applaudierten, Robert und Elizabeth eher verhalten, die anderen enthusiastisch. Victor schaute ihr ins Gesicht und runzelte die Stirn, je länger ihre Reaktion ausblieb. Endlich setzte sie ein Strahlen auf. »Ich gelobe, mein Bestes zu geben, um die neue Hausherrin von Summerlight House zu sein«, erklärte sie. »Und ich verlasse mich nur zu gern auch weiterhin auf dich und Robert. Wir werden dieses Anwesen zu einem zentralen

Ort in Kent machen, an dem sich Gäste aus allen Teilen des Landes treffen.«

Charlotte und die meisten ihrer Kollegen waren über Weihnachten und Neujahr beurlaubt. In Kew Gardens arbeitete bis zum sechsten Januar nur eine kleine Besetzung, junge Gärtner und Botaniker ohne Familien. Sie würde diese Zeit nutzen, um herauszufinden, was von ihr erwartet wurde, und sich mit allen Gepflogenheiten vertraut machen. Bislang hatte sie es zum Beispiel Aurora und ihrer Mutter überlassen, den Speiseplan mit der Köchin durchzugehen, die Sorgfalt der Haushälterin zu überprüfen oder die Einkaufslisten zu begutachten. Dies alles und noch viel mehr gehörte künftig zu ihrem Alltag. Es würde knapp werden mit der Zeit, aber sie würde ihr Bestes geben, um ihre Stellung in Summerlight House zu behaupten.

Debbie war nun nicht mehr zu bremsen. Sie stürzte sich auf die Geschenke, während die Erwachsenen am Tisch Platz nahmen und die Angestellten in ihrem Trakt verschwanden. Victor hatte sie gebeten, nur am Morgen anwesend zu sein, damit sie den Brunch vorbereiten und die Verlobung miterleben konnten. Charlotte staunte immer wieder, wie organisiert und kundig er all diese Details handhabte: als wäre er als englischer Landgutbesitzer geboren. Künftig würde sie diese Aufgaben übernehmen.

Die vergangenen beiden Jahre hatte sie an Weihnachten mit Victor am Kamin gesessen. Aurora erinnerte sich mit einem Schaudern daran. Er hatte kaum etwas von dem

Essen angerührt, das sie vorbereitet hatte, und das Buch über englische Geschichte, das sie liebevoll für ihn eingepackt hatte, hatte er uninteressiert zur Seite gelegt. In diesem Jahr wurde ihr Traum wahr: eine Familie, die um den Tisch saß, miteinander lachte und vielleicht sogar Weihnachtslieder sang. Mit fahrigen Händen packte sie ihre Geschenke aus. Die Porzellanfiguren und Bücher kommentierte sie höflich, aber im Grunde wartete sie nur darauf, endlich selbst bescheren zu dürfen. Für Elizabeth hatte sie einen hübsch bemalten Becher besorgt, der einen Deckel besaß, durch den man einen Strohhalm stecken konnte. Ein Lächeln flog über Elizabeths Gesicht, bevor sie ihr zunickte und sich bedankte. Victor bekam einen kunstvoll geschnitzten Halter für seine Pfeife und Charlotte ein Paar bis zu den Ellbogen reichende Gartenhandschuhe mit Blumendruck. Gespannt war sie vor allem auf Debbies Gesichtsausdruck. Das Mädchen hielt sich nicht lange mit den Schleifen auf, sondern riss das Papier entzwei und öffnete den Karton. Aurora hielt den Atem an. Zum Vorschein kam eine Wolke aus lila Chiffon, ein Festtagskleid, das Debbie, als sie aufsprang und es sich anhielt, bis zu den Knöcheln reichte. »Oh, das ist ja entzückend!«, rief sie. »Und die Schuhe dazu!« Aurora hatte welche mit halbhohem Absatz gewählt, genau in der passenden Farbe, und in das Paket außerdem noch ein Töpfchen mit Lippenrot und ein Buch mit Benimmregeln gelegt.

Debbie sprang herum, als stünde sie unter Strom. Aurora beobachtete sie fasziniert. Nie hatte sie einem anderen

Menschen so eine Freude bereitet. Es erfüllte sie mit tiefem Glück – bis sie sah, dass Elizabeth einen ernsten Blick mit Charlotte wechselte.

»Das Kleid ist aber nur für extravagante Anlässe«, sagte sie an Debbie gewandt. »Und von dem Lippenrot wirst du schön die Finger lassen.« Sie wandte sich an Aurora. »Sie ist zwölf. Was hast du dir dabei gedacht?«

Auroras Finger begannen zu beben. »Es soll nur für besondere Gelegenheiten sein«, erwiderte sie hastig. »Immerhin heiratet im Mai ihre Schwester. Ich kann verstehen, dass sich Debbie dann wie eine junge Dame fühlen möchte und nicht wie die kleine Schwester.«

Debbie sprang auf sie zu und drückte ihr einen Kuss auf die Wange. »Das ist mein schönstes Geschenk, Aurora!«, rief sie und warf einen triumphierenden Blick zu den anderen Familienmitgliedern. Aurora schnürte es die Kehle zu. Die Bücher, Socken und Winterstiefel hatte Debbie ohne Interesse zur Seite gelegt. Hatte Aurora die anderen gegen sich aufgebracht? Das hatte sie doch nicht vorgehabt! Sie hoffte von Herzen, dass sich die Missstimmung wieder auflöste. Vielleicht mit ihrem nächsten Geschenk, das sie Robert überreichen wollte und das sie erst aus ihren Räumlichkeiten holen musste.

Während Debbie sich umzog und die anderen sich am Buffet bedienten, lief Aurora in ihre Zimmer und kehrte kurz darauf mit einem Karton zurück. Alle wandten sich ihr zu, als sie zu Robert ging und ihm das Paket auf den Schoß legte. Sie beugte sich hinab und küsste ihn auf die Wange. »Frohe Weihnachten, Robert. Schau mal, da möchte dich noch jemand begrüßen.« In dem Moment öffnete sich der Deckel des Kartons und ein Labradorwelpe lugte vorsichtig heraus.

Robert hob beide Hände und starrte das Tier an. Alle anderen kamen begeistert heran, streichelten den Welpen und gaben Laute des Entzückens von sich. Nur Roberts Gesicht erstarrte zur Maske. »Nimm das weg«, stieß er hervor. »Was soll ich mit einem Hund?«

Aurora sog die Luft ein. »Er wird dir ein treuer Freund sein. Labradore sind sehr gutmütige Tiere. Er braucht Auslauf und sorgt dafür, dass du regelmäßig an die frische Luft kommst.« Es konnte doch kaum sein, dass dieser Hund nicht auf der Stelle jedes Herz eroberte. Sie hatte sich das genau überlegt und hoffte, dass Roberts Panzer durch diesen Hund aufbrach, dass er seine Herzlichkeit wiederentdeckte und menschlicher wurde. Dass er jenseits seiner ruppigen Art ein liebenswerter Mann war, stand für Aurora außer Frage. Er hatte nur in den vergangenen Wochen den Zugang zu seiner gefühlvollen Seite verloren. »Er heißt Baxter«, fügte sie noch hinzu.

Robert zögerte nicht lange, nahm den Hund und setzte ihn auf den Boden. »Wie soll ich mich um ein Tier kümmern, wenn ich es nicht mal schaffe, mich selbst zu versorgen? Ich bin nicht in der Lage, die Verantwortung für ein Lebewesen zu übernehmen. Was hast du dir dabei nur gedacht, Aurora?« Mit dem Zorn in seinen Augen schien er Summerlight House in Schutt und Asche legen zu können.

Aurora wich einen Schritt zurück.

Debbie flog in ihrem neuen Kleid heran. Baxter erkannte

seine Chance und sprang sie an, um ihr über das Gesicht zu lecken. Lachend wälzte sich Debbie mit dem Labrador auf dem Boden. Alle anderen im Raum schienen erstarrt zu sein. Aurora begann, an dem Nagel ihres Daumens zu knabbern. Es hatte ein unvergessliches Weihnachtsfest werden sollen, und sie hatte alles vermasselt. Wie sollte sie die Wogen wieder glätten? Sie wünschte, sie könnte die Zeit zurückdrehen.

»Nicht schlimm, wenn sich Baxter Debbie als Frauchen aussucht. Du kannst trotzdem mit ihm dann und wann einen Ausflug über das Land machen. Das wird dir guttun, Robert. Du sitzt zu viel in der dunklen Bibliothek.«

Roberts Gesicht verlor alle Farbe, während er Aurora anstarrte. »Woher willst du wissen, was mir guttut?«, zischte er gefährlich leise.

Charlotte trat an ihn heran und legte eine Hand auf seine, aber er schüttelte sie ab, ohne den Blick von Aurora zu wenden. Alle anderen schienen sprachlos zu sein, selbst Debbie hatte aufgehört, mit Baxter zu toben, hielt den Hund an ihre Brust gedrückt, als müsste sie ihn beschützen, und schaute zu Robert auf.

»Ich ... ich wollte dir nicht zu nahe treten, Robert. Entschuldige, es war gedankenlos von mir. Ich hätte vorher mit dir über die Anschaffung eines Hundes reden müssen.«

»Gedankenlos?« Seine Stimme klang schneidend wie ein Messer. »Du hast dir wahrscheinlich nächtelang den Kopf zerbrochen, wie du mich beeindrucken kannst, Aurora. Glaubst du, ich merke nicht, wie du Tag für Tag meine

Nähe suchst? Ich weiß genau, was in deinem Kopf vorgeht: Du malst dir Chancen aus. Du denkst, ein Krüppel wie Robert, der kann froh sein, eine Frau wie dich abzubekommen, nicht wahr?«

In der Stille, die darauf eintrat, hörte man nur die Regentropfen, die nun auf das Dach prasselten, und den Wind, der leise an den Fensterläden rüttelte. Aurora schlug sich die Hand vor den Mund, ihr wurde übel. Hinter ihrer Stirn drehten sich die Gedanken, ohne dass sie einen zu fassen bekam. Alles verschwamm in ihrem Sichtfeld, im Zentrum Roberts von Zornesfalten gefurchtes Gesicht und das Glühen in seinen Pupillen. Was sagte er da zu ihr? Warum fühlte es sich an wie ein Tritt in den Magen? Taubheit breitete sich in ihren Ohren aus. Wie durch Watte hörte sie, dass die anderen heftig auf Robert einsprachen. Victor legte seinen Arm um ihre Schultern. Er zog sie an sich und murmelte etwas Tröstendes, das sie nicht verstand.

Endlich gehorchten ihr die Beine. Sie nahm die Hand vom Mund. Ein zurückgehaltener Schrei löste sich, bevor sie sich mit einem Ruck umwandte und in ihr Zimmer rannte. Noch im Laufen merkte sie, wie die Tränen über ihr Gesicht strömten.

Sie hatte alles zerstört. Sie hatte der Familie Windley das Weihnachtsfest verdorben. Robert hatte nur ausgesprochen, was alle dachten: dass sie hoffte, endlich einen Mann zu finden.

Vermutlich hatte Robert recht, dass er sogar mit gelähmten Beinen weit über ihren Möglichkeiten war. Zumindest hatte er ihr überdeutlich gezeigt, dass ihre Träume ins

Leere liefen. Ein Mann wie Robert gab sich nicht mit einer unattraktiven Frau wie ihr zufrieden.

Sie würde sich zurückziehen. Komplett. Und vielleicht würde sich sogar herausstellen, dass in Summerlight House kein Platz mehr für sie war.

Kapitel 23

Die Köchin schaute Charlotte an wie eine aufdringliche Nachbarin, die sich in die Küche verirrt hatte. »Guten Morgen, Miss Windley«, brachte sie schließlich hervor, und Küchenmädchen Sophie vollführte am Herd einen Knicks.

Es war der Tag nach Neujahr, und Charlotte hatte beschlossen, frischen Wind in Summerlight House zu bringen. Emily Duncan und Laura Steward waren vom ersten Tag an ihrer Mutter und Aurora mit Ehrfurcht begegnet, hatten sie selbst aber mehr oder weniger ignoriert, wie ihr aufgefallen war. Es war an der Zeit, dass sie ihr – der Hausherrin – ebenfalls Respekt entgegenbrachten. Auch wenn sie und Victor noch nicht verheiratet waren. Die Dienstboten hatten ihren Lebensstil zu akzeptieren. Genau wie die Tatsache, dass sie ihre Anstellung in Kew Gardens niemals aufgeben würde. Die Schwierigkeit bestand darin, die Erwartungen zu erfüllen, die die Gesellschaft und das Personal mit einer Dame von Stand verbanden, und gleichzeitig ihre botanische Arbeit nicht zu vernachlässigen.

In Auroras Büchern hatte sie an mehreren Stellen den Hinweis darauf gefunden, wie wichtig es war, dass die Herrin in einem gut geführten Haus morgens früh aufstand und ihren Pflichten nachging. Der Rundgang durchs Haus sollte das Personal auf Trab bringen.

»Ich möchte gerne den Speiseplan für diese Woche mit Ihnen besprechen, Miss Duncan.«

»Oh? Sind Ihre Mutter und Miss Ainsworth unpässlich?«

»Keineswegs. Sie werden sich daran gewöhnen müssen, solche Dinge mit mir zu klären.«

Die Miene der Köchin blieb ausdruckslos, aber Charlotte spürte ihren Widerwillen. Es würde sie einiges an Kraft kosten, das Personal auf ihre Seite zu bringen, aber sie würde es schon schaffen.

Am späten Vormittag stattete Charlotte der Mädchenschule im Dorf einen Besuch ab und versprach, bei Sportveranstaltungen und Feierlichkeiten als Unterstützerin aufzutreten. Sie besuchte, von Owen chauffiert, die Metzgerei und den Getränkelieferanten persönlich, vereinbarte monatliche Lieferungen und erklärte, wer vom Personal künftig der Ansprechpartner sein würde. Die Geschäftspartner verbeugten sich, tief beeindruckt, dass sich die neue Herrin von Summerlight House persönlich zu ihnen begab. Es fühlte sich fantastisch an, dass ihr diese Menschen, die sie zum ersten Mal sahen, Hochachtung entgegenbrachten. Vielleicht wusste das Personal von Summerlight House einfach zu viel über sie.

Am Nachmittag schloss sie sich Aurora und ihrer Schwester an. Seit dem Vorfall an Weihnachten hatte Aurora sich sehr zurückgezogen und nahm kaum noch an gemeinsamen Mahlzeiten teil. Wenn, dann war sie sehr schweigsam und blass. Debbie ließ sich jedoch von Auroras Verhalten nicht abschrecken und verbrachte viel Zeit bei ihr. Victors Cousine gab Debbie inzwischen Nachhilfestunden in Etikette, und die Zwölfjährige blühte dabei auf. Charlotte hatte ein paarmal mitbekommen, wie Aurora Debbie mit einem Buch auf dem Kopf in perfekter Haltung stolzieren ließ oder wie sie ihr zeigte, in welcher Anordnung das Besteck beim Dinner gelegt werden musste. Bei den beiden herrschte stets gute Laune.

Charlotte klopfte an der Tür zu Auroras Trakt und ließ sich kurz darauf von ihr in den Wintergarten führen. Die Pflanzen ließen die Blätter hängen, manche welkten gelb. Hatte Aurora das Interesse an ihnen verloren? Das wäre schade.

Heute zeigte Aurora Debbie die verschiedenen Arten, wie man Servietten falten konnte.

»Schau, wie perfekt der Bischofshut geworden ist!« Debbie hob ihr Gebilde hoch und ließ es von Aurora und Charlotte bewundern. Charlotte versuchte es selbst und hatte am Ende ein undefinierbares Knäuel in der Hand. Kein Zweifel, Debbie besaß bei solchen Dingen das größere Talent.

»Gib nicht so schnell auf, Charlotte«, riet Aurora, die vor sich eine ganze Kunstsammlung von gefalteten Rosen, Schuhen und Pyramiden aufgebaut hatte. Ihre Munterkeit erreichte jedoch ihre Augen nicht. Ihre Gesichtsfarbe war fahl. Charlotte merkte ihr an, dass sie ihre Traurigkeit zu verbergen suchte. Seit dem Vorfall an Weihnachten hatte sie sich sehr verändert. Sie reichte Charlotte ein Blatt mit Illustrationen und Anweisungen. »Versuch den Pinguin. Der ist recht simpel.«

Nein, der Pinguin war auch nicht simpler als der Bischofshut, und Charlotte verzweifelte, während sich ihre Finger in dem Stoff verhedderten. Sie knüllte den Stoff zusammen und schleuderte ihn gegen die Wand.

Aurora schlug sich zwei Finger vor den Mund, Debbie kicherte. Übermütig nahm sie ihre eigenen Servietten und warf sie in die Luft, sodass sie sich auflösten und wie weiße Vögel herabsegelten.

»Ärgere dich nicht, Charlotte«, sagte Aurora. »Es ist nicht schlimm, wenn du so etwas nicht kannst. Dafür hast du ja Debbie und mich.«

Charlotte reichte es für diesen Tag. Wie sehnte sie sich in diesem Moment nach dem Palmenhaus und einer halben Stunde unter dem stillen Blätterdach. Sie konnte es kaum erwarten, wieder in ihre grüne Welt einzutauchen.

An ihrem ersten Arbeitstag im neuen Jahr lief Charlotte die letzten Meter zum Haupteingang von Kew Gardens.

Ein paar Kollegen mit Kisten auf den Armen kreuzten ihren Weg und grüßten. Die Forschungstruppen in den Kolonien hielten sich nicht an Feiertage, die gingen ihrer Arbeit nach wie jeden Tag im Jahr und schickten ihre Fundstücke auf die weite Reise nach England. Die nächsten Wochen würden alle damit beschäftigt sein, die neuen Pflanzen zu kategorisieren, Setzlinge in den Gewächshäusern zu pflanzen, getrocknete Blüten im Herbarium zu archivieren. Doch bevor sie sich den botanischen Neuzugängen widmen konnte, gab es wichtige Dinge zu erledigen: Zunächst musste sie in ihrem Postfach nachschauen, ob ein weiterer Brief von Dennis eingetroffen war.

Drei Minuten später hielt sie mit vor Freude pochendem Herzen den über und über mit Marken versehenen Brief aus Übersee in den Händen. Dennis' Schrift erkannte sie sofort. Sie schnupperte an dem Brief und meinte, Gewürze wie Muskat, Zitronengras und Kardamom zu riechen. Was für einen langen Weg das Schreiben hinter sich hatte, was für ein dünner Faden, der sie mit Dennis und ihren verlorenen Hoffnungen verband. Vorsichtig öffnete sie den Umschlag mit dem kleinen Finger und ließ sich auf die Holzbank nieder, um sich in die Zeilen zu vertiefen.

Er schrieb von den faszinierenden Landschaften, von undurchdringlichen Wäldern und weiten Steppen und wie das feuchtwarme Klima ihnen allen zusetzte. Jeden zweiten Tag verlegten sie ihr Lager ein Stück weiter in die unerforschten Regionen. Die größte Plage waren die Insekten, die ihre schwitzenden Körper umschwirrten. Er schilderte ein paar Entdeckungen, von denen er Ableger genommen hatte, die hoffentlich die Fahrt nach England überleben würden, und er erzählte, wie alles andere an Bedeutung verlor, wenn man tagaus, tagein nach unbekannten Schätzen der Natur suchte. Am Abend sei er so erschöpft, dass er wie ein Stein auf sein Lager falle, und morgens begannen sie bei Sonnenaufgang mit der Arbeit. *Du fehlst mir, Charlotte. Ich bin sicher, du hättest hier deine Berufung gefunden, und im Vertrauen: An die Pferde und Maultiere gewöhnt man sich nach einigen Tagen. Ich kann inzwischen sogar wieder auf einem Stuhl sitzen.*

Tränen brannten in Charlottes Augen. Ja, die Feldforschung am Ende der Welt wäre ihre Berufung gewesen, aber das Schicksal hatte andere Pläne mit ihr gehabt, und hatte sich nicht die Entscheidung für ihre Familie und gegen die Forschungsreise als goldrichtig erwiesen? Sicher, sie mussten sich noch zusammenraufen, jedoch litten sie keine existenzielle Not, für alle Windleys war bestens gesorgt.

Charlotte las Dennis' Brief ein zweites und ein drittes Mal, bevor sie ihn wieder faltete und in ihren Spind zu Mantel und Tasche legte.

Wenigstens das hatte sie: die Verbindung in die ferne Welt und hautnahe Eindrücke. Dennis' Schilderungen würden sie beflügeln, wenn sie sich vor der Arbeit in den Pflanzhallen auf einen Rundgang durch die Gewächshäuser machte, um zu überprüfen, wie ihre liebsten Palmen, Seerosen und Schlingpflanzen die vergangenen zwei Wochen überstanden hatten.

Die Zeit verging im Flug, und erst als es um sie herum immer stiller wurde, erkannte Charlotte, dass sie mal wieder die Letzte war, die Setzlinge in die Pflanzbehälter steckte und mit einem weißen Schild kennzeichnete. Sie blickte auf die Kiste zu ihren Füßen, die aus der Gegend um den Baikalsee eingetroffen war. Noch drei weitere Ableger, die darauf warteten, Licht, Wasser und Nährstoffe zu bekommen, um hoffentlich auszutreiben. Das schaffte sie noch. Als sie endlich die Tür hinter sich zuzog, war es draußen stockdunkel. Nur eine Notbeleuchtung hing am Ausgang, und die Kabine des Pförtners schimmerte im Schein einer kleinen Lampe. »Immer fleißig, Miss Windley?« Er tippte sich an den Hut.

»Ich habe lange genug gefehlt, es gibt viel zu tun«, gab sie heiter zurück und streifte sich im Gehen die Handschuhe über, bevor sie ihren Schal enger um den Hals wickelte. An der Straße vor Kew Gardens blieb sie stehen und schaute sich um. Ihr Herz machte einen Satz, als sie Victors Ford entdeckte. Wie lieb von ihm, sie abzuholen! Sie eilte auf den Wagen zu. Die Straße war trocken, nach wenigen Schneeflocken über Weihnachten hatte sich das Wetter wieder den englischen Verhältnissen angepasst. Es war zu mild für die Jahreszeit. Wenn Niederschlag fiel, dann war es unangenehmer Nieselregen. In den Morgenstunden wallte Nebel durch die Straßen.

»Wie schön, dich zu sehen!« Sie küsste ihn auf den Mund, als er ausstieg, um ihr die Beifahrertür zu öffnen. Vorausschauend hielt er die Hand leicht über ihren Kopf, weil sie diese Tendenz hatte, sich den Hut beim Einsteigen runterzureißen, doch diesmal ging alles gut. Er drückte einen Zipfel ihres Mantels in den Innenraum, bevor er die Tür schloss. Einen Wimpernschlag lang war es Charlotte eine Spur peinlich, dass ihr Verlobter bei ihr auf solche Dinge achten musste, aber dann kehrte ihr Lachen zurück und sie hakte sich bei ihm ein, als er sich hinter das Lenkrad setzte. »Was verschafft mir die Ehre?«

Seine Miene blieb ernst. »Nun, es sieht so aus, als müsste ich erfinderisch sein, um hin und wieder ein Wort mit meiner zukünftigen Frau wechseln zu können. Die Fahrt nach Summerlight House ist lang genug, dass wir uns mal ausgiebig unterhalten können.«

Sie löste sich von ihm, richtete sich auf und strich Rock und Mantel über ihren Beinen gerade, während er vom Fahrbahnrand auf die Straße lenkte und den Weg Richtung Maidstone einschlug. Der Ford schnurrte geschmeidig.

»Du vergisst, dass wir die letzten beiden Wochen Zeit genug für uns gehabt hätten. Ich jedenfalls war zu Hause, während es dich sogar an Neujahr in die Firma getrieben hat, als müsste Dartford Papers Konkurs anmelden, wenn der Chef einmal nicht nach dem Rechen sieht.«

»Dartford Papers ermöglicht uns das Leben, das wir führen. Ich bin verantwortungsvoll genug, um das nicht aufs Spiel zu setzen. Und dafür solltest du Verständnis haben.«

Sie zuckte die Schultern. »Das habe ich. Mach mir nur keine Vorwürfe, wenn ich meiner eigenen Arbeit wieder nachgehe.« Sie seufzte, legte versöhnlich die Rechte auf seine Hand am Steuer und lachte. »Ich glaube, ich werde heute von all den neuen Pflanzenarten träumen, die uns aus Russland und Brasilien erreicht haben.«

»Dann genieß die Zeit, solange es noch geht. Wann läuft dein Vertrag aus? Anfang Juli?«

Charlotte fühlte sich, als hätte jemand einen Kübel Wasser über ihr ausgeschüttet. Für ein paar Sekunden starrte sie Victor sprachlos an, während er einen langsameren Benz überholte. »Wartest du etwa darauf?«, fragte sie schließlich atemlos. Ihre Kehle war rau und kratzig, als habe sie Sand geschluckt.

»Charlotte, ich bitte dich.« Jetzt war er derjenige, der nach ihrer Hand griff. »Du hast einen Einjahresvertrag, an dem ich auf deinen Wunsch hin auch nicht gerüttelt habe. Aber es stehen genug Botaniker Schlange, um in Kew Gardens zu arbeiten. Sie werden deinen Vertrag kaum verlängern, oder glaubst du, du wärest unentbehrlich?« Es klang wie ein Scherz, aber seine Worte trafen sie unvorbereitet wie ein Schlag ins Gesicht.

»Was weißt du schon von meiner Arbeit? Wie kommst du darauf, ich hätte mich nicht unentbehrlich gemacht? Ich bin eine der kundigsten und engagiertesten Mitarbeiter in Kew Gardens, das bestätigt mir Professor Bone ständig.«

Er blieb gelassen. »Es sei denn, du erscheinst gar nicht erst, weil du den Zug verpasst hast.«

Charlotte war so wütend, dass sie am liebsten mit den Fäusten auf irgendetwas eingetrommelt hätte. »Du warst derjenige, der angeboten hat, mir ein Auto zu kaufen, damit ich weiter als Botanikerin arbeiten kann. Jetzt findest du ständig Ausflüchte.«

Er presste die Lippen aufeinander. »Charlotte, bei aller Liebe … Frauen am Steuer sind ohnehin eine fragliche Angelegenheit, aber du? Mein Angebot war zweifellos etwas unüberlegt. Ich meine, es vergeht kaum ein Tag, an dem dir wegen deiner Zerstreutheit nicht irgendein Malheur passiert. Im Straßenverkehr kann deine Unkonzentriertheit viel größeren Schaden anrichten. Ich würde es nicht ertragen, wenn dir etwas zustieße!«

»Das ist unfair, Victor. Ich habe dich nicht gebeten, mir Summerlight House zu schenken. Aber ich habe nie einen Zweifel daran gelassen, dass ich flexibel sein muss, um meine Arbeit nicht zu vernachlässigen. Ein Automobil, das mir allein zur Verfügung steht, wäre eine große Erleichterung.«

»Schlag dir das aus dem Kopf, Charlotte. Ich habe andere Erwartungen an unsere Ehe als eine Frau, die ihre berufliche Karriere über alles andere stellt. Das hast du finanziell nicht nötig, und Summerlight House bietet genügend Möglichkeiten zur Zerstreuung. Du würdest dich bestimmt nicht langweilen.«

Charlotte schwieg und starrte aus dem Fenster auf die vorbeirauschende graugrüne Landschaft mit den kargen Bäumen. Sie würde sich nicht vorschreiben lassen, wie sie ihr Leben zu leben hatte.

Victor drückte ihren Oberschenkel. »Lass uns nicht streiten, Darling. Ich liebe dich und will, dass es dir und deiner Familie gut geht.«

Sie legte ihre Hand auf seine Finger, drückte sie. Bestimmt war es besser, das Thema ruhen zu lassen und sich nicht in Diskussionen zu verstricken.

»Wobei ich bei Robert meine Zweifel habe«, fügte er mit düsterer Miene hinzu.

»Aurora hat sich seit seinem Ausbruch sehr von ihm zurückgezogen.«

»Ist das ein Wunder?«, gab Victor heftig zurück. Dann seufzte er. »Entschuldige meinen harschen Tonfall. Du kannst nichts dafür, aber dein Bruder ist sensibel wie ein Walross. Wie konnte er Aurora derart brüskieren!«

Charlotte schluckte. »Ja, das war unverzeihlich von ihm. Wir haben alle auf ihn eingeredet, dass er sich entschuldigen soll, aber er glaubt, Aurora würde mit der Zeit wieder zugänglicher werden. Ist dir nicht aufgefallen, dass er sich ausgesprochen freundlich ihr gegenüber gibt? Das ist seine Art, um Verzeihung zu bitten. Mehr geht, glaube ich, in seiner aktuellen Situation nicht.«

»Seine Querschnittslähmung ist kein Freibrief für Unverschämtheiten«, gab Victor zurück. »Ich habe ihn bislang bloß nicht darauf angesprochen, weil ich Angst habe, dass die Situation eskaliert. Und das wäre unverantwortlich für alle Beteiligten.«

»Aurora ist so ganz anders als wir«, sagte Charlotte und überlegte, dass Aurora im völligen Gegensatz zu den Familienwerten von Unabhängigkeit und Selbstständigkeit stand.

Victor zog beide Brauen hoch und sah sie einen Herzschlag lang an. »Haben die Windleys also besondere Ansprüche an diejenigen, mit denen sie sich umgeben, ja?« Sein ätzender Spott stach wie Nadeln. »Es war von Anfang an klar, dass Aurora bei uns wohnen wird. Du hast sie kennengelernt, und du hast zu keiner Stunde einen Einwand erhoben. Wir sind alle unterschiedlich. Es geht nicht ohne ein Mindestmaß an Anpassungsbereitschaft. Dies betrifft uns beide, deine Familie und Aurora.«

»Es geht um grundlegende Dinge«, erwiderte Charlotte. »Ich will bestimmt nicht, dass du Aurora wegschickst, aber vielleicht hilft es, wenn du einmal mit ihr redest. Schon in der Beziehung zu Robert ist sie übers Ziel hinausgeschossen, und wie sie mit Debbie umgeht, widerstrebt dem Erziehungsideal meiner Mutter.«

»Glaubst du nicht, ihr könntet Debbie selbst entscheiden lassen? Warum sie nicht auf ein Leben an der Seite eines gut situierten Mannes vorbereiten? Sie ist attraktiv genug, um Aufmerksamkeit auf sich zu ziehen, und ich würde mich wirklich nicht beklagen, wenn in fünf, sechs Jahren ein Mann die Verantwortung für sie übernimmt. Das würde uns in den gesellschaftlichen Kreisen hervorragend vernetzen.« Er lachte auf. »Noch eine Frau im Haus mit verrückten Ambitionen mag ich mir nicht ausmalen.«

Charlotte hatte das Gefühl, dass alles Blut aus ihrem Kopf gewichen war, ein Schwindel erfasste sie. Victor fuhr fort: »Ich kann mir gut vorstellen, dass in eurer ach so liberal denkenden Familie die Struktur gefehlt hat. Jeder machte das, wonach ihm der Sinn stand, und Debbie fühlte sich von allen alleingelassen. Deswegen hat sie sich an ihren zwielichtigen Freund geklammert, weil sie von dem ernst genommen wurde. Jetzt ist Aurora an seine Stelle getreten. Es tut mir leid, Charlotte, aber ich könnte mir gefährlichere Verbindungen vorstellen.«

Charlotte wurde es abwechselnd heiß und kalt, als starrte sie in einen Abgrund. *In eurer ach so liberal denkenden Familie.* Wie eine Pfeilspitze bohrte sich der Satz in ihre Brust. Zu ihrem Ärger bildete sich ein Kloß in ihrem Hals. Einen Moment lang war sie sprachlos und starrte durch die Frontscheibe auf die graue Straße, die sich zwischen den Wiesen und Hügeln hindurchschlängelte.

Victor schaute sie mehrmals von der Seite an. Schließlich seufzte er schwer und griff wieder nach ihrer Hand. Sie ließ sie ihm wie etwas, das nicht zu ihr gehörte. »Ich bin ein Idiot, Charlotte, bitte entschuldige. Ich hatte einen wirklich furchtbar anstrengenden Tag in der Firma, einer unserer größten Auftraggeber ist abgesprungen, und ich fühle mich gereizt und erschöpft. Ich wollte dir nicht wehtun. Vergiss alles, was ich gesagt habe.«

Selbstverständlich konnte sie so tun, als hätte er nie abfällig über ihre Familie geredet, aber es gab Bemerkungen, die konnte man nicht zurücknehmen. Die klammerten sich mit Widerhaken in den Verstand. Charlotte hatte tatsächlich angenommen, Victor würde sie vor allem deswegen schätzen, weil sie nicht dem klassischen Bild einer jungen englischen Lady entsprach. Weil sie Ziele und Ideen hatte, die über die Pflichten einer Ehefrau, die gesellschaftliche Anerkennung und die Haushaltsführung hinausgingen.

»Bitte sei mir nicht länger böse, Charlotte. Wir sehen uns nur wenige Stunden am Tag, die möchte ich nicht mit Streit verbringen. Ich verspreche dir, ich denke darüber nach, ob wir uns ein zweites Auto zulegen. Das wäre auch ohne deine regelmäßigen Fahrten von Interesse für die anderen Familienmitglieder, und du könntest es hin und wieder für kurze Ausflüge nutzen, sobald du die Fahrlizenz hast. Ja?«

Er kam auf sie zu, erkannte sie, und sie würde sich nicht stur stellen.

»Ich werde mir auf jeden Fall ein Automobil zulegen, ob mit oder ohne deine Unterstützung«, erwiderte sie. »Ich kann es mir nicht erlauben ...« Sie stockte, als sie ihn von der Seite ansah und erkannte, dass aus seiner Nase ein rotes Rinnsal lief. »Du lieber Himmel, Victor! Du blutest!«

In dem Moment bemerkte er es selbst, weil Tropfen auf seine helle Hose fielen. Das Auto geriet ins Schlingern, als er die Hand vom Lenkrad löste, um sich das Blut abzuwischen. Der Blutfluss verstärkte sich.

»Fahr an den Rand, Victor, sofort!« Charlotte konnte seine Versuche, das Auto in der Spur zu halten, kaum ertragen. Zu ihrer Erleichterung lenkte er tatsächlich in die Einbuchtung zu einem Feldweg. Der Motor surrte, während Charlotte Victor ein Taschentuch reichte, mit dem er sein Gesicht notdürftig säuberte, aber es tropfte immer weiter.

»Was ist denn das?«, fragte Charlotte. »Hast du das öfter?«

»Lange nicht mehr. Gelegentlich als Kind. Es ist bestimmt nicht tragisch, ich kann schon weiterfahren.«

»Gar nichts wirst du«, erwiderte sie, stieg aus, ging um das Automobil herum und öffnete die Fahrertür. Sanft fasste sie ihn am Oberarm, um ihn herauszuführen, und zu ihrem Erstaunen wehrte er sich nicht. Den Kopf in den Nacken gelegt, das blutige Tuch vor der Nase, ließ er sich auf den Beifahrersitz führen, und ehe er noch protestieren konnte, nahm Charlotte hinter dem Steuer Platz.

In ihren Adern kribbelte es vor Aufregung. Sie hatte nicht nur Dorothy Levitts Buch mehrmals gelesen, sie hatte auch keine Gelegenheit ausgelassen, Victor auf die Hände zu schauen, wenn er fuhr. Konzentriert schaute sie nun auf die sechs Hebel und die beiden Pedale im Fußraum, bevor sie die Handbremse löste, den Zündhebel nach vorn schob und die Luftzufuhr regulierte.

»Was tust du, Charlotte?« Victor war alle Farbe aus dem Gesicht gewichen. Vermutlich lag es nicht nur am Blutverlust.

»Ich fahre«, erwiderte sie, ohne den Blick von der Straße zu nehmen. Sanft setzte sich das Automobil in Bewegung, als sie den ersten Gang einlegte. Sie gab mehr Gas, bevor sie in den zweiten und schließlich in den dritten Gang wechselte. Was für ein unfassbares Wunder, wie dieses Fahrzeug ihrem Willen gehorchte! Wie geschmeidig sich all die Hebel und Pedale betätigen ließen, wie leicht es war, mit dem Lenkrad die Spur zu halten, und was für ein erhebendes Gefühl, wenn sie selbst den Fahrtwind produzierte, der in ihren Haaren spielte. Victor saß stocksteif neben ihr und krallte sich mit einer Hand am Griff fest.

Es stimmte, was Levitt in ihrem Buch geschrieben hatte: *Wenn ein Chauffeur oder dein Mann mit dir im Auto fahren, kannst du die Tour genießen. Aber das wirklich wahre Vergnügen liegt darin, selbst am Steuer zu sitzen.*

Ruhig glitt der Ford über die Landstraße, Charlotte strahlte vor Freude, und endlich entspannte sich auch Victor neben ihr. Behutsam bremste sie den Wagen ab, als sie an eine Kreuzung kamen, und schaltete einen Gang herunter, als es den Berg hinaufging. Schon nach wenigen Meilen hatte sie das Gefühl, das Auto kommuniziere mit ihr. Sie brauchte nur auf die Motorengeräusche zu achten, um zu wissen, was zu tun war.

»Das ist so einfach, Victor! Und unfassbar schön! Was für eine Schande, dass Männer so tun, als wäre das Autofahren Hexenwerk. Ich werde mir bei den London County

Council Offices in Spring Gardens die Fahrlizenz besorgen, die kostet ja nicht viel.«

»Charlotte, ich bitte dich! Wir sind hier auf einer schnurgeraden Landstraße. Das ist mit dem Verkehr in der Stadt nicht zu vergleichen.«

»Aber du musst zugeben, dass dein Ford unter meinen Händen schnurrt wie ein Kater.« Sie lachte übermütig und strich sich Haarsträhnen zurück, die ihr quer übers Gesicht flogen.

»Gut, gut, Charlotte, ja, ich gebe es zu, du machst das prima, aber meine Nase blutet nicht mehr, und bevor wir Summerlight House erreichen, möchte ich lieber wieder mit dir den Platz wechseln. Fährst du bitte an den Fahrbahnrand?«

Charlotte stieß einen Seufzer aus. Wie schade, dass es schon vorbei war. Sie hätte den Tank leer fahren können an diesem Abend.

Victor hatte sich notdürftig gesäubert, als sie die Plätze wieder wechselten. Auf dem Beifahrersitz überwältigte Charlotte eine bleierne Müdigkeit. Sie würde niemals wieder in einem Automobil sitzen können, ohne davon zu träumen, es selbst zu fahren.

Kapitel 24

Wie ein unwillkommener Gast schlich Aurora seit Weihnachten durch die Räume von Summerlight House. An den meisten Tagen war Debbie die Einzige, mit der sie sprach. Hin und wieder gesellte sich Charlotte zu ihnen, aber nie für lange. Selten verließ Aurora ihren Bereich, nahm das Essen an vielen Tagen in der Küche mit dem Personal ein und zog sich am Abend in ihren Wintergarten zurück. Sie fühlte sich, als hingen zentnerschwere Gewichte an Händen und Füßen, und an manchen Tagen überlegte sie morgens, warum sie aufstehen sollte. Wen interessierte es, ob sie korrekt gekleidet und frisiert den Tag verbrachte oder im Nachthemd zwischen den Laken.

Nun, Debbie interessierte es, aber sonst niemanden. Fast war es Aurora lästig, wie sie jeden Tag bei ihr anklopfte und mit munteren Geschichten ihre Laune heben wollte. Manchmal quälte Aurora sich ein Lächeln ab, doch meistens wollte sie sich lieber die Decke über den Kopf ziehen und einfach darauf warten, dass es Abend wurde.

»Du wolltest mir heute ein paar Tänze zeigen«, sagte Debbie, nachdem Aurora sie eingelassen und sie sich auf den geblümten Sessel am Fenster hatte fallen lassen. Sie breitete beide Arme aus. »Ich bin bereit. Die Tanzschuhe habe ich schon an. Soll ich das Grammophon in Gang setzen?«

Aurora massierte sich mit zwei Fingern die Schläfe und schüttelte den Kopf. Sie trug heute ein durchgeknöpftes Hauskleid aus grünem Leinen. Es schmeichelte ihr nicht, aber es war bequem, und auf nichts anderes legte sie momentan Wert. »Ich kann nicht, Debbie, bitte.« Sie hörte selbst, wie schwach ihre Stimme klang.

Debbie sprang auf. »Hör auf, in deinem Selbstmitleid zu baden!«, rief sie. »Ja, es war ungeheuerlich, was Robert sich erlaubt hat, doch warum gibst du ihm so eine Macht über dich? Er ist kein schlechter Mensch, er ist nur leicht zu reizen, seit er im Rollstuhl sitzt. Es tut ihm leid, was er zu dir gesagt hat.«

»Warum entschuldigt er sich dann nicht?« Wie ermattet ließ Aurora sich in den zweiten Sessel am Fenster fallen.

»Das tut er. Du merkst es nur nicht. Er ist ausgesprochen freundlich zu dir. Davon abgesehen ist er inzwischen ganz verrückt nach Baxter. Man sieht ihn kaum noch ohne ihn. Dreimal am Tag ist er mit ihm draußen auf den Wiesen, und wenn ich mal mit Baxter spielen will, schickt er mich weg, als habe er Angst, der Hund könne noch jemand anderen so mögen wie ihn. Wenn das nicht ein deutliches Zeichen ist, dass er seine Worte bereut ...«

»Eine Entschuldigung, von der ich nichts merke, ist keinen Pfifferling wert. Außerdem gibt es Dinge, die man nicht zurücknehmen kann, egal, wie oft man sich entschuldigt. Das Schlimme ist: Er hat ja recht. Ich weiß selbst, dass ich hässlich bin, aber es stört mich, dass Robert annimmt, ich könnte es auf ihn abgesehen haben.« Unvermittelt stiegen ihr wieder die Tränen hoch. Sie schlug die Hände vors Gesicht und schluchzte.

Es war ihr ein bisschen peinlich, als die Zwölfjährige sie umarmte und drückte. Dem Kind gegenüber sollte sie die Starke sein, diejenige, die wusste, wie es im Leben lief. In dieser Minute fühlte sich Aurora schutzlos wie ein Vogelkind, das aus dem Nest gefallen war. Und genau das war ihre größte Sorge: Würden all die Probleme, die sich in Summerlight House entwickelt hatten, letzten Endes dazu führen, dass ihre neu geschaffene Welt wieder auseinanderbrach? Was wurde dann aus ihr? Würde sich Victor immer noch an sein Versprechen halten, sich um sie zu kümmern?

»Ich werde mit Robert reden«, erklärte Debbie und spielte gedankenverloren mit den Anhängern des silbernen Armbands, das sie nie ablegte. Aurora zog ein mit Spitze umhäkeltes Taschentuch aus ihrem Ärmel, putzte sich dezent die Nase und tupfte ihre Wimpern trocken.

»Keine gute Idee. Er wird annehmen, ich hätte dich geschickt.«

Debbie schüttelte den Kopf. »Mein Bruder kennt mich. Der weiß, dass ich mich nicht schicken lasse. Ich werde ihm sagen, dass er den Hausfrieden gefährdet, wenn er sich nicht mit dir versöhnt. Und ich werde ihm erklären, dass er sich in dir täuscht. Du hättest es gar nicht nötig, nach einem Mann zu suchen.«

Aurora stieß ein freudloses Lachen aus. »Er wird das anders sehen. Ich sollte meine Sachen packen und nach London ziehen. Vermutlich bin ich nicht dazu geschaffen, in einer familiären Gemeinschaft zu leben.«

Debbie verdrehte die Augen. »Natürlich bist du das!« Sie wandte sich mit entschlossenen Schritten zur Tür. »Bis später!«

Aurora stieß einen lang gezogenen Seufzer aus, als Debbie verschwunden war. Das Mädchen war anstrengend.

Nichts lief in Summerlight House für Aurora so, wie sie es sich gewünscht hatte, obwohl die ersten Tage so vielversprechend begonnen hatten. Robert mit seiner Überheblichkeit und Rücksichtslosigkeit war das größte Übel, aber Aurora war sensibel genug, um auch die abwehrende Haltung von Elizabeth wahrzunehmen. Was mochte sie sich vorstellen? Sie kümmerte sich selbst kaum um Debbie, war mit ihrer Krankheit beschäftigt, traf sich mit anderen Betroffenen und bestellte sich Bücher aus Bibliotheken, um alles über die Schüttellähmung zu erfahren. Wenn sie nicht um ihre eigene Krankheit kreiste, ließ sie Debbie antreten, um ihr Zeitungsartikel zu diktieren, die dann mit der Post nach London gingen. Glaubte sie ernsthaft, sie behielte so den Einfluss auf die Zwölfjährige? Ein Mädchen in Debbies Alter brauchte mehr als eine Hilfstätigkeit und Vorwürfe darüber, dass sie keine eigenen Talente entwickelte. In ihrem Inneren war Aurora davon überzeugt, dass niemand das Mädchen besser verstand als sie, aber was nützte das, wenn es ihr die Familie verübelte und mit Kälte und Schroffheit auf ihre Bemühungen reagierte?

Charlottes Einstellung war ihr fremd, manchmal meinte Aurora, sie würden in zwei Paralleluniversen leben. Sie konnte nicht nachvollziehen, dass die zukünftige Mrs Victor Bromberg in aller Früh nach dem Rundgang durchs Haus bei Wind, Regen oder Nebel mit wehendem Mantel und aufgelöster Frisur über die Feld- und Waldwege bis nach Maidstone radelte, wo sie ihr Fahrrad abstellte, bevor sie die Eisenbahn in die Stadt nahm. Und wie sie aussah, wenn sie abends heimkehrte! Kein Wunder, wenn es Victor peinlich war, falls sie jemand aus dem Dorf gesehen hatte. Und das Personal tuschelte hinter vorgehaltener Hand über die Hausherrin. Nur zu verständlich, auch Aurora hieß es nicht gut, dass Victor und Charlotte zusammen unter einem Dach lebten, ohne verheiratet zu sein.

Manchmal zweifelte sie, ob diese junge Botanikerin wirklich die richtige Frau für ihren Cousin war, mit der er den Rest seines Lebens teilen wollte. Andererseits betete sie dafür, dass sie sich nicht trennten, denn von der Verbindung hing schließlich viel für sie ab.

Der Duft nach einem deftigen Stew wehte durch das Haus. Aurora spürte Hunger, zumal sie auf das Frühstück verzichtet hatte und sich nur eine Tasse Tee hatte bringen lassen. Sie sollte sich beeilen und in die Küche gehen, um dort einen Teller Eintopf zu essen. Wenn die anderen dann nach ihr riefen, konnte sie guten Gewissens erwidern, dass sie bereits gegessen habe, und auf die Tischgesellschaft mit Robert und Elizabeth verzichten.

Sie wollte gerade zur Tür hinaus, als sie ein Winseln und ein Scharren davor hörte. Sie richtete sich auf, das Herz plötzlich heftig bis in den Hals hinein pochend. Da hörte sie ein Klopfen und Roberts leise Stimme: »Aurora, können wir reden?«

Instinktiv sah sie sich nach einer Fluchtmöglichkeit um, bevor sie sich selbst eine Närrin schalt. Sie drückte das Kreuz durch und öffnete langsam die Tür.

Der Labrador warf sie fast um, als er sie ansprang, bevor er weiterhechtete, um die Umgebung zu erkunden. Robert rollte vorsichtig heran, den Blick in ihr Gesicht gerichtet, fragend, forschend, ein bisschen ängstlich.

Sie verzog keine Miene. »Was willst du?«

Robert hob in einer hilflosen Geste die Hände. »Aurora ... ich ... ich bin es nicht gewohnt, dass man sich um mich kümmert«, brachte er schließlich hervor. Sie musterte ihn und versuchte in seiner Miene zu lesen, aber darin entdeckte sie vor allem Verzweiflung und etwas wie Reue.

Sie trat zur Seite, ließ ihn an sich vorbeirollen und schloss die Tür. »In den Wintergarten bitte«, sagte sie und lief um ihn herum, um einen der Bistrostühle zur Seite zu stellen. »Du hast es schön hier«, sagte Robert, als sei er zum Plaudern gekommen und als würde er nicht sehen, dass die Blätter vieler Kübelpflanzen sich gelb verfärbten.

»Was willst du? Du brauchst nichts zu bekräftigen. Ich habe verstanden und dich in den letzten Wochen in Ruhe gelassen.«

Er starrte an ihr vorbei aus dem Fenster. »Mitleid ist für mich unerträglich, Aurora. Du kennst mich nur als gebrochenen Mann. Vor dem Unfall war ich derjenige, der den Ton angegeben hat, der bestimmt hat, wann eine Beziehung beginnt und wann sie endet. Und dann taucht eine Frau wie du auf, die Tag für Tag um mein Wohl besorgt ist und mir jeden Wunsch von den Augen ablesen will …« Er sah sie an. »Du bist ein herzensguter Mensch, Aurora, aber deine Güte beschämt mich und bringt mich auf. Der Mann, den du einmal heiraten wirst, kann sich glücklich schätzen, nur ich bin der Falsche.«

»Ich hatte nie derartige Absichten. Es tut mir leid, dass du mich so komplett missverstanden hast. Ich … ich wäre gerne mit dir befreundet.« Sie schluckte und spürte, wie ihr das Blut ins Gesicht stieg. »Ich hatte nie viele Freunde und war dankbar, als Victor erklärte, dass die Familie seiner Verlobten mit ins Haus ziehen würde. Ich habe mir das alles … weniger kompliziert vorgestellt.«

»Es ist für uns alle eine neue Situation. Jeder von uns hat seine Art, damit umzugehen. Die Stimmung ist oft gereizt, zumal meine Schwester nicht immer an den Mahlzeiten teilnimmt, weil sie ihrem Beruf den Vorzug gibt. Sie war schon immer eigensinnig.«

»Auch deine Mutter zeigt mir gegenüber eine Schroffheit, die ich mir nicht erklären kann.«

»Du pflegst Traditionen, die meine Mutter manchmal für veraltet hält. Es passt ihr nicht, dass du dich an Victor orientierst, statt dich um dich selbst zu kümmern. Es gefällt ihr nicht, wenn du auf Debbie Einfluss nimmst und sie auf ein Leben in der zweiten Reihe hinter ihrem späteren Gatten vorbereiten willst.«

»Aber das sind nützliche Tipps! Trotz ihrer Schönheit wird sie schwer vermittelbar sein, wenn sie nicht weiß, wie man gepflegte Konversation betreibt und wie man mit dem Personal umgeht. Ich will doch nur ihr Bestes ...« Wie es sich anfühlte, vergessen und übergangen zu werden, erfuhr Aurora am eigenen Leib. Merkte denn niemand, dass sie aus Liebe und Fürsorge handelte? Dass sie wollte, dass es Debbie einmal besser erging als ihr? Mit jedem Jahr, das ins Land zog, verschlechterten sich Auroras Chancen, eine eigene Familie zu gründen und einem treu sorgenden Ehemann die aufopferungsvolle Gattin zu sein. An ihrem gesellschaftlichen Stil hatte es jedenfalls nie gelegen. Sie hatte inzwischen aufgehört, sich nach einem geeigneten Mann zum Heiraten umzuschauen. Dass Robert sie dermaßen missverstanden hatte, kratzte mehr als alles andere an ihrer Würde, und mit einer lässig vorgebrachten Entschuldigung war es nicht getan. Aurora wusste, dass sie Zeit brauchte, um über diese Verletzung hinwegzukommen, einerlei, wie viel Mühe Robert verwandte, wieder ihre Sympathie zu erringen.

Robert seufzte. »Lass uns versuchen, den Frieden in Summerlight House wiederherzustellen. Bitte nimm meine Entschuldigung an, damit wenigstens zwischen uns beiden alles geklärt ist.«

Baxter hatte seinen Rundlauf durch Auroras Räumlichkeiten beendet und sprang mit Anlauf auf Roberts Schoß. Übermütig leckte er ihm das Gesicht ab, Robert wehrte ihn lachend ab. Aurora lachte mit und kraulte den Welpen hinter den Ohren, während er sich auf Roberts Beinen einrollte, die Ohren aufgerichtet, damit er nichts Spannendes verpasste.

»Und noch etwas, Aurora. Ich ... ich habe mich geirrt. Es war eine wundervolle Idee von dir, mir diesen Hund zu schenken. Ich kann mir ein Leben ohne Baxter gar nicht mehr vorstellen.« Robert stieß ein Lachen aus. »Er erinnert mich tagtäglich daran, dass es Grund gibt, sich zu freuen.« Er hob den Blick und sah ihr in die Augen. »Danke. Und ... verzeih mir.«

Sie nickte zögernd. »Ich brauche Zeit«, sagte sie schließlich. »Du hast mich sehr verletzt. Aber ich stimme dir zu, dass es wichtig ist, den Frieden wiederherzustellen. Ich danke dir, dass du gekommen bist. Lass mich jetzt bitte allein.«

Robert nickte, griff nach ihrer Hand und drückte sie. Aurora ging um ihn herum, um die Tür für ihn zu öffnen. Ohne weiteren Blickkontakt rollte er an ihr vorbei ins Foyer. Baxter sprang von seinem Schoß und lief ihm voran.

Hatte es wirklich seine zwölfjährige Schwester gebraucht, um ihn an seinen Anstand zu erinnern? Manchmal erschrak Robert über sich selbst. Die Schussverletzung hatte ihn über die Lähmung hinaus zu einem anderen Menschen gemacht. Der Wunsch, seinem Leben ein Ende zu setzen, den er in den ersten Wochen empfunden hatte, war jedoch in den Hintergrund getreten. Summerlight House war kein Ort, an dem einem der Tod in den Sinn kam. Der junge Labrador tat sein Übriges, um Momente der Freude in sein Leben zurückzubringen.

An manchen Tagen jedoch lauerte Robert darauf, dass Victor ihm einen Anlass gab, mit allem hier zu brechen. Nur einmal musste er herablassend sein und ihn daran erinnern, wer für all die Vorzüge in seinem neuen Zuhause verantwortlich war, und Robert würde Konsequenzen ziehen. Aber Victors Verhalten war tadellos, stets gab er ihm das Gefühl, an allen Entscheidungen beteiligt zu sein, wies ihm die Rolle eines gleichberechtigten Partners zu. Robert gestand sich ein, dass sein Respekt Victor gegenüber Tag für Tag gewachsen war. Und so war eben Aurora Opfer des Ausbruchs geworden, der sich seit Wochen in ihm aufgestaut hatte.

Es fiel ihm unendlich schwer zu akzeptieren, dass die Dinge ihm entglitten waren. War es ein Fehler gewesen, Tricia den Laufpass zu geben? Mit ihr hätte er wenigstens einen Teil seiner Vergangenheit hinüberretten können, eine Frau an seiner Seite, um die ihn alle beneideten, und mit einem wohlhabenden und großzügigen Schwiegervater.

Aber jetzt war es zu spät.

Er rollte Baxter hinterher, der nach draußen sprang. Es dämmerte bereits, doch ein paar Minuten konnte er den Hund herumlaufen lassen. Er liebte es, dem Tier zuzuschauen, wie es rannte und sprang, als gehörte ihm die Welt. Für einen Moment vergaß Robert dann, dass er mit nutzlosen Beinen in einem Rollstuhl saß.

Er hatte wieder angefangen, in seinen Fachbüchern zu lesen, nachdem er in den ersten Wochen nach dem Unfall geglaubt hatte, sich niemals wieder mit Medizin zu beschäftigen. Er hatte sich verschätzt – der Wunsch, Arzt zu werden, war in ihm verankert, aber in seiner jetzigen Situation sah er nicht die geringste Möglichkeit, dieses Ziel zu erreichen.

Hoffentlich würde die Zeit zeigen, welche Möglichkeiten sich noch ergaben, und vielleicht würde er irgendwann zugreifen, wenn sich ihm eine Chance bot. Bis dahin würde er daran arbeiten, nicht alle Menschen, die es gut mit ihm meinten, vor den Kopf zu stoßen, obwohl er das Gefühl hatte, dass Freundlichkeit und Mitmenschlichkeit von ihm abgefallen waren.

Die Sonne ging am graublauen Himmel vollends unter, die Wolken wichen wie Kulissen zur Seite, und der Mond betrat die Bühne. In sich hineinhorchend, rollte Robert in die Villa zurück. Er würde darum kämpfen, einen Teil seiner selbst zu bewahren.

Kapitel 25

Bereits der Februar brachte die ersten warmen Tage. Die Feld- und Waldwege, auf denen Charlotte morgens zum Bahnhof radelte, waren inzwischen trocken. An manchen Tagen während der Winterzeit hatte sie durch Schlammlöcher und Spurrillen balancieren müssen und war nicht selten mit Dreck bespritzt in Kew Gardens angekommen. Zum Glück bedeutete das im Botanischen Garten keine Katastrophe. Die wenigsten hier hatten saubere Fingernägel und makellose Säume. Und abends, wenn sie heimkehrte, suchte sie als Erstes ihr Badezimmer auf, um sich gründlich zu säubern und umzukleiden.

An diesem Morgen schaute sie von ihrem Balkon aus hinab auf das Grundstück, das Quinn inzwischen bis zum Teich hin eingeebnet hatte. Steinbrocken beförderte er in einer Schubkarre an die Grundstücksgrenze. Sie sah sein breites Kreuz, die wollene Jacke und zwischen Schafspelzkragen und Schirmkappe seine schwarzen Haare, die sich kringelten. Überall türmte sich schwerer schwarzer

Mutterboden, durchzogen von Fahrrillen und den Sohlenabdrücken. Die Sonne war gerade erst aufgegangen und warf ein milchiges Licht über die Landschaft, drüben in der alten Linde zwitscherten ein paar Sperlinge, wohl in der Annahme, der Frühling kündige sich an.

Charlotte eilte in ihr Zimmer zurück und wählte ihre robusten Stiefel, den taillierten Wintermantel und einen pelzgefütterten Glockenhut. Die weiten Capes, die sie bei feierlichen Anlässen trug, waren zu unpraktisch auf dem Fahrrad.

Victor hatte bereits vor einer Stunde das Haus verlassen. Bevor er ging, hatte er sie mit einem liebevollen Kuss geweckt, ihr einen schönen Tag gewünscht und ihr versichert, wie sehr er den Abend herbeisehne, wenn sie sich wiedersehen würden.

Charlotte fand es ungewöhnlich, wie Victor sich für seine Firma einsetzte. Ihre Landsleute, die Fabriken besaßen oder auf andere Art zu Geld gekommen waren, gaben sich gern den Anschein entspannter Lässigkeit. Victor hingegen war fast rund um die Uhr in der Fabrik und schien sich um alles selbst kümmern zu wollen. Diese hemdsärmelige Umtriebigkeit, das Verantwortungsgefühl und Pflichtbewusstsein ließen bei Engländern gern den Eindruck entstehen, man habe es nötig, sich selbst um alles kümmern zu müssen. Möglicherweise aber gab es größere Schwierigkeiten in der Papierfabrik, die er vor ihr verbergen wollte? Sie nahm sich vor, ihn bei Gelegenheit darauf anzusprechen und ihm zu versichern, dass er mit ihr über alles reden könne.

Sie sprang die Freitreppe hinab, nickte der Köchin zu, die gerade mit einer Kiste Äpfel aus dem Keller ins Foyer trat. Vor einer halben Stunde noch hatten sie die Einkaufsliste für die kommende Woche zusammengestellt. »Das sieht nach dem Pie aus, der für heute auf dem Plan steht«, rief Charlotte.

»Richtig«, erwiderte Emily Duncan, ohne eine Miene zu verziehen. »Ich wünsche Ihnen einen besonders schönen Tag, Miss Windley. Hoffentlich lässt Ihnen die Familie ein Stück für den Abend übrig.«

Charlotte bedankte sich lächelnd und fragte sich gleichzeitig, ob sie inzwischen zu empfindlich wurde. Lag da nicht ein spöttischer Klang in den Worten der Angestellten? Sie würde sich diesen Ton verbitten, falls die Köchin sie ein weiteres Mal auf diese unterschwellige Art kritisieren sollte.

Vor dem Haus empfing sie die noch frische Morgenluft. Drüben auf dem Hof des Pächters krähte ein Hahn, ein Wachhund antwortete mit einem Bellen. Aus dem Verschlag hinter der Hauswand zog sie das Fahrrad und schob es zur anderen Seite, wo Quinn gerade die Steine aus der Schubkarre zu einem Haufen auftürmte. Sie hörte leises Stöhnen, bemerkte, dass ihm ein Schweißtropfen die Schläfe hinablief, obwohl er gerade erst angefangen haben konnte. In einem Anflug von schlechtem Gewissen biss sie sich auf die Lippen. »Guten Morgen, Quinn. Sie sind früh hier.«

Er richtete sich auf, drehte sich um und nahm die Kappe vom Kopf, bevor er sich mit dem Handrücken über die Stirn wischte. »Ich komme immer mit meiner Frau zusammen. Ihre Arbeit beginnt ja um halb sieben. Die Morgenfrische ist ideal, um die anstrengenden Arbeiten zu erledigen. Am Nachmittag kümmere ich mich um die durchgehende Bepflanzung mit Buchsbaum an der Grundstücksgrenze entlang. So war es geplant, nicht wahr?«

Charlotte nickte und zog sich den Hut ins Gesicht, weil der Wind auffrischte. »Ich überlege nur, ob wir es verantworten können, Sie das alles alleine erledigen zu lassen. Brauchen Sie Helfer?«

Quinn schüttelte den Kopf. »Auf gar keinen Fall. Wenn keine Eile notwendig ist, arbeite ich mich Stück für Stück voran. Ich denke, im Sommer sollten Sie den Garten in Ihrem Sinne nutzen können.«

Charlotte nickte. »Wichtig wäre, dass wir im Mai die Hochzeit hier draußen feiern können. Schaffen Sie das, Quinn?« Sie beobachtete, wie sich seine Stirn in Falten legte. Seine Augen funkelten in dem vom Wetter gegerbten jungen Gesicht mit dem schwarzen Bartschatten.

»Verlassen Sie sich darauf.« Er wies auf ein paar Mauerreste, die an der Grundstücksgrenze und in der Nähe des Teiches aufragten. »Wie wäre es, diese Mauern stehen zu lassen? Wir könnten sie bepflanzen, um wenigstens ein paar Farbtupfer im Grün zu haben. Ich dachte da an …«

Während er sprach, warf sie einen Blick auf ihre Armbanduhr. »Wie es Ihnen gefällt, Quinn. Entscheidend ist nur, dass wir hier im Mai mit der Hochzeitsfeier die Saison der Gartenpartys eröffnen können. Das ist uns sehr wichtig.«

Quinn deutete eine Verbeugung an. »Selbstverständlich, Miss Windley.«

Charlotte fragte sich, ob sie heute mit dem verkehrten Fuß aufgestanden war, denn schon wieder erschien ihr eine Geste an diesem Morgen anzüglich. Sie zog eine Braue hoch. Aber sein Lächeln wirkte so ehrlich, dass sie die kurze Verunsicherung vergaß. Ihre Nerven schienen blank zu liegen.

Dies lag nicht nur an der Stimmung im Haus, sondern auch daran, dass sie seit einigen Tagen vergeblich auf einen Brief von Dennis wartete. Im Januar war eine weitere Nachricht gekommen, zwei eng beschriebene Doppelseiten, in denen er ihr bislang unbekannte Arten von Rhododendren beschrieb, dazu Zeichnungen von einer goldenen Clematis. *Clematis tangutica*, las sie und wusste, sie würde den Namen nicht mehr vergessen, genau wie *Meconopsis punicea*, der rote Scheinmohn, den Dennis in allen Einzelheiten beschrieb und auf welcher Höhe und in welcher Umgebung er die Blumen entdeckt hatte.

Charlotte hatte jedes Wort verschlungen. Es war ihr leichtgefallen, seine Begeisterung zu teilen. Vor ihrem geistigen Auge wuchsen die Pflanzen empor. Sie sah, wie Dennis sich ihnen behutsam näherte, um mit spitzen Fingern Ableger oder Samen, Wurzelstücke oder Blütenblätter zu entnehmen. Ein halbes Dutzend Sendungen mit exotischen Gewächsen waren bereits aus der Nord-Mandschurei in Kew Gardens eingegangen.

Dennis' letzter Brief hatte jedoch mit einer beunruhigenden Nachricht geendet. Vom zeitlichen Ablauf her sollten sie ihre Aufgaben in China längst erledigt haben und die Überfahrt nach Australien antreten. Aber Henry und James hatten plötzlich hohes Fieber entwickelt und mussten in Quarantäne liegen. Mehrmals hatte Dennis versichert, dass es ihm selbst, Ethan und Arthur hervorragend gehe. Er ahnte offenbar, in welche Sorge sie die Krankheitsfälle versetzen würden.

Sie ärgerte sich darüber, dass er sich mit dem nächsten Brief so viel Zeit ließ. In ihrer Fantasie warf sich Dennis im Fieberwahn auf der Pritsche hin und her, während unbekannte Viren in ihm tobten. Die medizinische Versorgung der Expeditionsgruppen galt als hervorragend, doch genau wie sie immer wieder Pflanzen entdeckten, die kein Europäer zuvor je gesehen hatte, kamen die Forschungsgruppen auch mit Krankheiten in Berührung, denen ihre Körper nicht gewachsen waren und gegen die es keine Wirkstoffe gab. Manchmal verursachten sie Übelkeit, Schwindel, Schläfrigkeit und Durchfall. Und manchmal führten sie zum raschen Tod. Wann immer Charlotte an die Expeditionsgruppe dachte, schickte sie ein Stoßgebet zum Himmel.

Als sie knapp zwei Stunden später Kew Gardens erreichte, hatte sich der Himmel verdunkelt. Schwere Regenwolken bildeten eine dunkelgraue Decke, die den Großteil des spärlichen Sonnenlichts schluckte. Es sah ein bisschen nach Weltuntergang aus. Charlotte hoffte, dass dies kein böses Omen für den Tag war. Sie freute sich auf die Arbeit im Steingarten, die heute für sie auf dem Plan stand.

Ein Surren schien in der Luft zu liegen wie kurz vor einem

Gewitter, aber das wäre an einem Februarmorgen wirklich merkwürdig. Charlotte zog sich in der Umkleide um, legte ihre persönlichen Sachen in den Spind, fischte ihre Arbeitsliste aus der Postbox und registrierte enttäuscht, dass wieder kein Brief von Dennis für sie bereitlag.

Sie eilte die Treppe zum Großraumbüro hinauf, um die Kollegen zu begrüßen. Sonderbarer Lärm drang zu ihr. Was war da los? Als sie die erste Etage betrat, bemerkte sie zu ihrem Erstaunen, dass sich sämtliche Mitarbeiter in der Halle versammelt hatten. Alle drehten ihr den Rücken zu und blickten zum entgegengesetzten Ende, wo Sir Prain die Arme hob und um Ruhe bat.

Was für ein außergewöhnliches Ereignis. Sir Prain ließ stets ausgewählte Mitarbeiter in seinem Büro antreten. Charlotte hatte noch nie erlebt, dass er sich dazu herabließ, in einer Arbeitshalle eine Rede zu halten. Vor sämtlichen Arbeitern ... Ihr Herz klopfte unruhig. Sir Prains Stirn war von Sorgenfalten gezeichnet, das konnte sie selbst aus der Entfernung gut erkennen. Sein Gesicht war blass, graue Schatten lagen um seine Augen.

»Ladys und Gentlemen«, begann er, und das allgemeine Murmeln verebbte. Die Aufmerksamkeit aller war auf den Direktor des Botanischen Gartens gerichtet. Charlotte stellte sich auf Zehenspitzen, um über die Köpfe der Gärtner und Botaniker hinwegsehen zu können. »Leider komme ich heute mit sehr traurigen Nachrichten zu Ihnen.«

Charlotte nahm einen Atemzug bis in den Bauch hinein. Wenn sie bloß dieses ungute Gefühl abschütteln könnte. Vielleicht wurden irgendwelche Gelder zurückgezogen, vielleicht wurde der Bau eines weiteren Gewächshauses nicht genehmigt ... Alles, alles war ihr lieber als das, was sich hinter ihrer Stirn festsetzte und ihr einen Schauer des Grauens über den Rücken laufen ließ.

»Die Expeditionsgruppe, die im Oktober in die Mandschurei aufgebrochen ist ...«

Im Raum war es mäuschenstill. Charlottes Knie wurden weich, alles begann sich um sie zu drehen. *Jetzt bloß nicht umkippen.* Sie versuchte, ihren Atem zu beruhigen.

»... ist zu unserem größten Bedauern vom Schwarzwasserfieber heimgesucht worden. Die Krankheit ist nicht ansteckend, sie müssen alle von infizierten Mücken gestochen worden sein. Es ist ein außergewöhnlicher Unglücksfall.«

Charlotte fühlte sich wie bei schwerem Seegang hin- und hergeworfen. Übelkeit drohte sie zu überwältigen.

»Der einzige Überlebende der fünf hat versichert, dass die einheimischen Führer und Ärzte der Gruppe alles getan hätten, um den Männern zu helfen. Letzten Endes vergeblich.«

Sie schaffte es kaum, einen vernünftigen Gedanken zu fassen, aber in ihrem Verstand setzte sich *der einzige Überlebende* fest, und an diese Aussage klammerte sie sich mit aller Kraft, während sie die Fäuste ballte und die Zähne aufeinanderbiss. Einzelne Laute der Bestürzung drangen aus der Versammlung, gezischte Sätze, Schluchzer. *Red weiter, sag mir, dass Dennis lebt!*, hallte es in ihren Gedanken, während sie Sir Prain fixierte.

»Selbstverständlich haben wir veranlasst, dass Ethan

Seeger auf dem schnellsten Weg nach England zurückkehrt. Es ist ihm nicht zuzumuten, dass er nach dem Tod seiner Kollegen nach Australien reist und dort weiterforscht. Die sterblichen Überreste unserer Männer werden an Ort und Stelle mit einem christlichen Begräbnis beerdigt. Ich bitte Sie um eine Schweigeminute für die tapferen Wissenschaftler, die in der Ausübung ihrer noblen Tätigkeit von uns geschieden sind.« Er senkte den Kopf und faltete die Hände, alle im Saal taten es ihm nach.

Charlotte ließ sich auf den nächsten Stuhl fallen, presste die Hände vors Gesicht und weinte lautlos. Ihr Körper bebte, durch ihre Finger quollen die Tränen, aber sie gab keinen Laut von sich, bis sich die Versammlung mit allgemeinem Gemurmel auflöste. Keiner beachtete sie, wie sie da allein auf dem Holzstuhl saß, alle hatten genug mit ihrer eigenen Erschütterung zu tun. Nach einer Unendlichkeit, wie es ihr schien, erhob sie sich und wischte sich mit ihrem Taschentuch über das Gesicht. Ihre Atemzüge waren von Schluchzern begleitet.

Dennis, lieber Dennis.

Hatten sie wirklich geglaubt, dass sie unsterblich waren? Sie kannten die Gefahren, die mit Reisen in ferne Länder verbunden waren. Immer wieder kam es vor, dass Wissenschaftler nicht zurückkehrten. Aber natürlich hatten die Forscher nicht damit gerechnet, dass es sie selbst treffen würde. Vermutlich gehörte es zu dem Enthusiasmus der Männer, dass sie die Gefahren verdrängten und nur von Ruhm, Ehre und neuen wissenschaftlichen Erkenntnissen träumten.

In Charlottes Gedanken tauchten Bilder auf, wie Dennis mit dem Tod gekämpft und ein Freund oder Arzt am Ende ein weißes Laken über sein Gesicht gezogen hatte. Irgendwo fern von der Heimat, am Ende der Welt. Hätte sie es nicht spüren müssen, als er starb? Hätte nicht ein Ruck durch ihren Körper gehen müssen? Sie waren so eng miteinander verbunden gewesen, und er war ohne ihren Beistand gestorben. Charlotte wusste nicht, wie sie die Tränen zurückhalten sollte, sie liefen immer weiter und tropften von den Wangen auf ihren Pullover, während sie mit hängenden Armen in der Halle stand.

Auf einmal realisierte sie, dass alle wieder an ihren Plätzen saßen oder zu ihren Arbeitsstellen gegangen waren, als ginge das Leben weiter. Wut stieg in ihr hoch. Die Welt sollte stehen bleiben! Einige unterhielten sich flüsternd. Die Illustratorin Matilda schaute kummervoll in ihre Richtung und nickte ihr zu. Auch Rhonda warf ihr einen Blick zu, presste aber die Lippen aufeinander, als verkniffe sie sich einen Kommentar.

Charlotte starrte aus dem Fenster. Die Regenwolken hatten sich verzogen, die Februarsonne blitzte wieder hervor. Was für ein Hohn. Ein Unwetter hätte besser gepasst, ging es ihr zusammenhanglos durch den Sinn.

Sie würde heute nicht arbeiten können. Sie wusste nicht, wo sie anfangen und wie sie es schaffen sollte, sich zu konzentrieren. Und wie sollte sie über irgendetwas anderes reden als darüber, dass Dennis nicht mehr lebte? Und, Himmel, die anderen. Henry, der Spaßmacher. Was gäbe sie darum, wenn er sie noch ein einziges Mal aufziehen würde, um sich dann später mit all seinem jungenhaften Charme zu entschuldigen. Oder der biedere, treu sorgende James, auf den Frau und Kinder zu Hause vergeblich warten würden. Der erfahrene Arthur, dessen Kompetenz ihn nicht davor geschützt hatte, am Schwarzwasserfieber elendig dahinzusiechen.

Was für eine unfassbare Tragödie.

Mit steifen Beinen schlug sie den Weg zu Professor Bones Büro ein. Sie vergaß anzuklopfen, als sie eintrat, aber der Professor nahm es ihr nicht übel. Er sprang sofort auf und kam um seinen Schreibtisch herum auf sie zu. Charlotte spürte seine knochigen Finger auf ihren Schultern, wie er sie an sich drückte und ihren Rücken tätschelte. Sie roch das Aroma von Tee, das er ausströmte, und hielt sich stocksteif, um ihre Fassung ringend. Als er sie losließ, weil er offenbar ihr Unbehagen bemerkte, küsste er sie noch rasch auf großväterliche Art auf die Stirn. »Mein liebes, liebes Kind, der Verlust ist für uns alle unermesslich. Ich verstehe so gut, wie erschüttert Sie sind. Sie hätten dabei sein können.«

Charlotte wischte sich mit dem zusammengeknüllten Taschentuch über die Nase und schüttelte den Kopf. »Es geht nicht um mich«, erwiderte sie. »Ich trauere um meine Freunde und Kollegen.«

»Sie hatten ein besonderes Verhältnis zu Dennis Lloyd, nicht wahr?«

Sie hob die Schultern. »Ja, er war ein Freund«, sagte sie.

»Gehen Sie für heute nach Hause, meine Liebe. Lassen Sie sich von Ihrem Verlobten trösten. Das wird Ihnen guttun.

Die Trauer wird sich noch eine Weile halten, wir müssen dennoch nach vorn blicken. Dies ist nicht die erste Expeditionsgruppe, die nicht in die Heimat zurückkehrt, und sie wird nicht die letzte sein. Wir wissen alle um die Gefahren, wir nehmen sie für unsere Forschungsarbeit in Kauf. Dennis Lloyd und die anderen haben mehrere Sendungen mit bislang unbekannten Pflanzen geschickt, die wir so noch nie gesehen haben. Ich werde dafür Sorge tragen, dass die neuen Namen an die vier verstorbenen Forscher erinnern. Hoffentlich ein kleiner Trost, auch für Sie, liebe Charlotte.«

Nichts war ihr ein Trost, dennoch war sie dankbar für seine Worte.

»Ich würde das Angebot gerne annehmen und meinen Verlobten anrufen, wenn Sie es gestatten.« Sie wies auf sein Telefon. »Ich hoffe, er kann mich abholen.«

Professor Bone wies auf das Gerät. »Selbstverständlich.« Er ging zur Tür. »Ich lasse Sie solange allein.«

Charlotte wählte die Telefonnummer von Dartford Papers und bat kurz darauf Victors engsten Vertrauten Albert darum, ihren Verlobten an den Apparat zu holen.

»Danke, dass du gekommen bist!« Charlotte ließ sich in Victors Arme fallen, als er mit ausholenden Schritten durch den Haupteingang des Botanischen Gartens auf sie zueilte. Er trug seinen Burberry-Mantel, hatte aber auf den Bowler verzichtet, was ihn nahbarer wirken ließ. Sie hatte gerade Kew Gardens verlassen wollen, um an der Hauptstraße nach ihm Ausschau zu halten, doch er entdeckte sie zuerst. Er hielt sie umschlungen, wiegte sie, streichelte sie.

»Das muss dir so nahegehen, mein Liebling. Es tut mir unendlich leid«, flüsterte er. Sein Körper fühlte sich an wie ein Fels, an den sie sich in tobender See klammerte. Selten zuvor hatte sie Victors Stärke so genossen. Sie staunte über seine Sensibilität, als er nun vorschlug, durch den Garten bis zum Arboretum zu spazieren, statt nach Hause zu fahren. Es fühlte sich an, als schlösse sich ein weiteres Band um sie beide, weil er ihre Liebe zu den Pflanzen als Heilmittel für die Seele erkannte. Unter den Buchen und Erlen, Birken und Kastanien zu wandeln würde sie daran erinnern, wie unbedeutend der Mensch war, wie erhaben die Natur.

Zwischen den immergrünen Sträuchern und Gräsern am Hauptweg hing noch Nebel. Halb getrocknete Pfützen dampften in der Wärme der höher steigenden Sonne. Auf vielen Blättern glitzerten Regentropfen wie Diamanten. Träge tropften sie herab. Gärtner waren um diese Uhrzeit bereits unterwegs, um den Rasen zu vertikutieren, die Bäume zu schneiden und das vorwitzig hervorstechende Unkraut zwischen den allmählich zu Leben erwachenden Beeten zu entfernen. Für Besucher war es noch zu früh.

Charlotte fühlte sich, als wären Victor und sie die einzigen Menschen in einem grünen Paradies. Das war ein tröstlicher Gedanke. Sie hatte sich bei ihm eingehakt, ließ sich schwer an ihm hängen, den Kopf auf seinen Oberarm gelegt.

»Das haben die jungen Kerle nicht verdient«, presste Victor zwischen den Zähnen hervor. »Alles erforschen die Wissenschaftler, aber gegen Malaria finden sie nichts. Es ist eine Schande, wirklich. Dir lag sehr viel an diesem Dennis, nicht wahr?«

Charlotte schluckte. Dennis war nie ein großes Thema zwischen Victor und ihr gewesen. Vielleicht, weil Victor mit der Arroganz des Älteren und Erfolgreicheren angenommen hatte, Dennis könne keine Konkurrenz für ihn sein. Zwar hatte er mitbekommen, mit welchem Schmerz sie ihn hatte fortgehen lassen und mit welcher Freude sie seine Nachrichten empfing, aber er wusste nicht, dass Charlotte ihn geliebt hatte. Er mochte sich seine eigenen Gedanken gemacht haben, aber er hatte sie nie mit Nachfragen gequält.

»Er war mein bester Freund.« Das wurde ihm gerecht, fand sie. Erneut liefen die Tränen wie Sturzbäche über ihre Wangen.

Mit seinem Taschentuch tupfte Victor ihr Gesicht trocken. »Vermutlich war es ein siebter Sinn, der mich dazu gebracht hat, dir diese Expedition auszureden. Wärest du mitgefahren, müsste ich dich jetzt betrauern. Ich weiß nicht, ob ich das verkraftet hätte, Charlotte. Gott sei Dank, dass ich dich hier und heute in meinen Armen halten kann.«

Charlotte löste sich von ihm, richtete ihren Mantel. An der nächsten Abzweigung wählte sie den Weg, der unter Blätterdächern und vorbei am See zurück zum Haupteingang führte. »Kew hat ständig Expeditionsteams überall auf der Welt. Tödliche Infektionen sind selten. Es gibt die Gefahr, ja, doch wenn alle Wissenschaftler das Risiko gescheut hätten, befänden wir uns heute noch im Mittelalter.

Es ist richtig und wichtig, die wissenschaftliche Arbeit für die nachfolgenden Generationen über das eigene Wohlergehen zu stellen.«

Victor hob einen Mundwinkel. »Märtyrer im Dienst der Botanik? Ich bitte dich, Charlotte.«

Charlotte wusste selbst nicht, warum er sie so leicht in Kampfesstimmung versetzen konnte. Auf jeden Fall war dieser Zorn, der plötzlich in ihr schwelte, weniger qualvoll als die Trauer. »Ich garantiere dir: Hätte jemand Dennis auf seinem Krankenlager gefragt, ob er es bereut, bei der Expedition dabei zu sein, er hätte es verneint.«

»An Expeditionen hätte er noch mehrere Jahre teilnehmen können, wenn er sich nicht infiziert hätte«, gab Victor lakonisch zurück, legte den Arm um Charlottes Schultern und zog sie an sich. »Ich weiß, mir fehlt die Leidenschaft, die euch Wissenschaftler verbindet. Ich bin ein Pragmatiker, der gerne noch möglichst lange leben und trotzdem der Welt wichtige Impulse bringen will. Versprich mir nur eines, Charlotte: Bewirb dich niemals mehr wieder für eine Forschungsgruppe. Es ist kein Geheimnis, dass Frauen eine schwächere Konstitution als Männer haben. Du wärest in der Mandschurei die Erste gewesen, der man den Totenschein ausgestellt hätte. Ein gütiges Schicksal und weise Voraussicht haben dich davor bewahrt. Fordere das Glück nicht heraus.«

Charlotte schwieg. Ließ sich von ihm führen, durch den Ausgang am Pförtner vorbei und zum Wagen.

Die Trauer würde noch lange in ihr wüten. Aber sie würde sich von niemandem brechen lassen. Die Erinnerung an Dennis würde sie in ihrem Herzen tragen, genau wie ihre gemeinsame Hoffnung, die Wissenschaft voranzutreiben.

Bevor sie in das Automobil stiegen, drehte Charlotte sich in Victors Armen, umfing sein Gesicht mit den Händen und küsste ihn sanft auf den Mund. Dann flüsterte sie dicht an seinem Ohr: »Danke, dass du mich in dieser Situation nicht alleingelassen hast, Victor.«

»Ich liebe dich, Charlotte«, erwiderte er und küsste sie erneut, bis die Blicke von Passanten unangenehm wurden und sie in das Automobil stiegen. Charlotte graute es bei dem Gedanken, ihrer Familie von Dennis' Tod zu erzählen und alles noch einmal ertragen zu müssen. Aber Victor würde ihr zur Seite stehen.

Elizabeth war außer sich, als Charlotte ihrer Familie unter Tränen von dem Todesfall berichtete. Sie nahm die Tochter in die Arme. Charlotte spürte ihren bebenden zerbrechlichen Körper, was ihren Kummer nur noch verstärkte, und ließ ihre Hände von Robert drücken, der vom Rollstuhl aus mitleidsvoll zu ihr aufsah.

Überall schienen Krankheit und Tod zu lauern. Das sollte nicht sein. Debbie streichelte ein bisschen ungeschickt ihre Schulter. Charlotte schenkte ihr ein wackeliges Lächeln und bemerkte, dass ihre Augen in Tränen schwammen. Sie kannten Dennis nur flüchtig und meist aus ihren Erzählungen, aber alle wussten, dass er ihr viel bedeutet hatte. Erstaunlich aber, dass in ihrer Familie niemand die gedankliche Verbindung zog, dass sie bei dieser Expedition hätte dabei sein können. Alle trauerten mit ihr um Dennis, und genau das tat Charlotte gut. Auch Aurora sprach ihr das Beileid aus. Charlotte nahm sie kurz in den Arm, dankbar für ihre aufrichtigen Worte. Zum ersten Mal entpuppten sich die Bewohner von Summerlight House als Quell der Verlässlichkeit und Stärke. Hier wurde sie aufgefangen, hier ging sie in all dem Trübsinn nicht unter.

Die nächsten Tage verbrachte sie wie in Trance, in Gedanken ständig in einer Fantasiewelt, in der Dennis und sie gemeinsam nach exotischen Pflanzen suchten und fachsimpelten. Sie erinnerte sich an all die zärtlichen und witzigen Momente, die sie mit ihm geteilt hatte, die Art, wie er seinen Kopf kaum merklich drehte, um kein Wort zu verpassen, die steile Falte zwischen seinen Brauen, wenn ihm etwas gegen den Strich ging, sein unbedingter Glaube an ihr Talent als Feldforscherin.

Mit Professor Bone hatte sie von Summerlight House aus telefoniert und ihn gefragt, ob sie die restliche Woche freihaben könne. Sie müsse das Geschehene verarbeiten, bevor sie sich wieder auf ihre Arbeit konzentrieren konnte. Er hatte sofort zugestimmt und sie gebeten, sich so viel Zeit zu nehmen, wie sie nur brauche.

Victor kümmerte sich liebevoll um sie, sorgte dafür, dass sie regelmäßig etwas aß, und nahm sie voller Zärtlichkeit in die Arme, wenn die Trauer sie übermannte. Er überredete sie auch, regelmäßig nach draußen zu gehen.

Daher gesellte sie sich an diesem Tag kurz vor dem Lunch zu Quinn in den Garten, um ihm über die Schulter zu schauen.

An diesem Tag vollendete der Gärtner die Ebene. Mit einem Rechen fuhr er über die Schicht aus schwarzem Mutterboden und sammelte kleinere Steine, Geröll und Äste ein. Er blickte über die Schulter, als Charlotte über den Pfad aus Kopfsteinpflaster, den er bereits gelegt hatte, auf ihn zukam und ihn begrüßte.

»Nanu? Ungewöhnlicher Besuch. Schön, Sie zu sehen.« Er lächelte ihr zu, und für einen Wimpernschlag hatte Charlotte das Gefühl, er mustere sie vom Kopf bis zu den Füßen. Instinktiv sah sie an sich hinab, schließlich war sie es gewohnt, dass Leute peinliche Dinge an ihr bemerkten, aber das königsblaue Kleid mit der tiefen Taille, die dicke Jacke darüber und ihre Fellstiefel waren einwandfrei.

Obwohl es noch früh im Jahr war, hatte Quinn bereits den wettergegerbten Teint, der so typisch für alle Menschen war, die im Winter wie im Sommer im Freien arbeiteten. Auf seinen Wangen leuchteten hellrote Flecken von der Frische des Februartages. »Es … es ist etwas geschehen«, sagte sie. »Ein Todesfall.« Sie schluckte, starrte kurz auf ihre Stiefelspitzen, dann in Quinns Gesicht, dessen Züge weicher wurden.

»Das tut mir leid. Ein enger Vertrauter?« Er nahm seine Mütze ab und knetete sie in den Händen.

Charlotte schüttelte den Kopf. »Ich will nicht darüber reden. Ich bin hier und will sehen, wie es mit dem Garten vorangeht.«

Quinn setzte die Kappe wieder auf und fuhr mit der Arbeit fort. »Ich wollte heute mit der Aussaat des Rasens beginnen. Wir müssen so früh loslegen, wenn Sie im Mai bereits eine begehbare Fläche haben wollen. Wenn das Wetter mitspielt, sollte das kein Problem sein.«

Sie nickte mit ernster Miene und wies auf den Teich. »Sehen Sie zu, dass der Teich gesichert ist. Nicht, dass uns da noch jemand hineinfällt.«

Quinn hob die Brauen. »Aber der Teich ist die Attraktion, den sollten wir nicht umzäunen. Ein paar Seerosen würden zwischen dem Schilf gut zur Geltung kommen. Wir könnten eine Brücke aus Holz darüber ziehen, die den Weg fortsetzt, und …«

»Das ist viel zu aufwendig, Quinn. Wir wollen nicht, dass die Hochzeitsgäste im Mai auf einer Baustelle feiern. Was jetzt zählt, sind der Rasen, die Hecke an der Grundstücksgrenze und ein Beet an der Seitenwand, das ich für persönliche Zwecke nutzen möchte.« Sie deutete mit der Hand an, in welcher Größe sie es sich vorstellte. »Und, ach ja, vergessen Sie nicht, auf der anderen Seite des Hauses ein paar Quadratmeter für Auroras Küchengarten abzustecken. Mehr ist erst einmal nicht zu tun.« Sie schaute sich um. »Brauchen Sie Hilfe bei der Aussaat?«

Er lachte. »Nein, Miss Windley, das schaffe ich wohl noch allein. Bis zum Abend werde ich das Saatgut eingearbeitet und ein paar Vogelscheuchen aufgestellt haben, um die Samen zu schützen.«

»Sehr gut, Quinn.« Sie drückte ihm die Schulter, zog aber die Hand, als er auf ihre Finger starrte, rasch wieder weg, als hätte sie sich verbrannt. Sie drehte sich um und eilte ins Haus zurück.

»Möchtest du noch einen Schluck Wein, Charlotte?«, erkundigte sich Aurora.

»Gehst du gleich ein Stück mit mir spazieren? Du bist blass, Liebes.« Ihre Mutter.

»Ich kann dir mein Dessert geben, wenn du magst.« Debbie.

»Schön, dass du wieder mit uns zusammen isst. Du fehlst sonst, Charlotte.« Robert wechselte einen Blick mit Victor, der ihm bestätigend zunickte.

»Ohne dich ist das Haus leer und kalt. Du bist das Herz von Summerlight House«, setzte Victor noch einen drauf.

Charlotte ließ klirrend Messer und Gabel fallen, mit denen sie ein Stück Roastbeef in Stücke geschnitten hatte, und tupfte sich mit der Leinenserviette die Lippen ab, bevor sie den Stoff faltete und mit Schwung neben ihren Teller warf. »Ihr braucht mich nicht wie ein rohes Ei zu behandeln. Ja, ich bin traurig, und ja, mir ist ständig zum Weinen, aber ich würde mich wirklich besser fühlen, wenn das Leben hier weiter seinen Gang nähme. Ihr kanntet Dennis kaum ... Ich komme schon zurecht.«

»Du musst niemandem etwas beweisen, Charlotte«, erwiderte Robert.

»Das habe ich auch nicht vor«, gab sie zurück. »Und deswegen überlege ich«, sie warf einen Blick zu Victor, »ob es angemessen ist, in drei Monaten Hochzeit zu feiern.« Sie biss sich auf die Lippe, während sich Stille über die Tischgesellschaft legte.

Victor fand als Erster die Sprache wieder. Seine Stimme drang schneidend über den mit Kerzenleuchtern erhellten

Tisch. »Ich denke nicht, dass wir in dieser Runde darüber debattieren sollten«, fuhr er sie an. »Wir haben uns Weihnachten verlobt und uns auf Mai festgelegt. Die Vorbereitungen sind bereits im vollen Gange. Mein Mitarbeiter Albert hat einen Grafiker beauftragt, der die Einladungskarten gestalten soll.« Er sackte leicht in sich zusammen, während sich sein Tonfall änderte. Alles Scharfe verschwand daraus, als er sie fast anflehte: »Charlotte, tu das nicht, bitte. Ich lebe nur für diesen Tag im Mai, an dem du endlich meine Frau wirst. Zudem möchte ich endlich von den Nachbarn akzeptiert werden, und das geschieht nur, wenn wir in geordneten Verhältnissen leben. Ist dir nicht aufgefallen, dass uns bislang weder die Stewarts noch die McLarens zum Tee oder Dinner eingeladen haben? Sie zögern, weil sie nicht wissen, was sie von unserer Beziehung halten sollen. Ich mag mir gar nicht ausmalen, wie sie sich über uns die Mäuler zerreißen.«

Debbie und Aurora schauten ihn mit offenen Mündern an, Robert ergriff Victors Partei: »Deine Trauer ist verständlich, Schwesterherz, aber dieser furchtbare Vorfall ist kein Grund, deinen Verlobten unglücklich zu machen. Sagst du nicht immer, Dennis sei dein bester Freund gewesen? Ein bester Freund hätte gewollt, dass du dich an dein Versprechen hältst.«

Eine schallende Ohrfeige hätte Charlotte nicht mehr verletzen können als Roberts zynische Worte. »Du weißt gar nichts, Robert«, zischte sie ihn an. »Ich kann nicht glauben, wie sehr du dich seit deinem Unfall verändert hast. Wo sind dein Charme und deine Höflichkeit geblieben?«

Robert zuckte die Schultern und langte über den Tisch zur Obstschale, um sich eine Weintraube abzuzupfen.

Elizabeths Stimme war sanft und leise, aber als sie zu sprechen anhob, verstummten die anderen. »Aus heutiger Sicht ist es nachvollziehbar, dass dir nicht zum Feiern zumute ist, Charlotte. Besprich dich mit Victor und höre auf dein Herz. Mir ist es egal, ob dieses oder nächstes Jahr Hochzeit gefeiert wird. Ihr seid für mich ein wunderbares Paar, ob mit oder ohne Trauschein. Lasst doch die Leute reden ... Wollen wir darauf anstoßen?«

»Es ist schon in Ordnung, wir heiraten im Mai, wie besprochen«, sagte Charlotte und spürte die Erleichterung am Tisch fast körperlich. Victor nickte ihr lächelnd zu und formte mit den Lippen: *Ich liebe dich.*

Obwohl die Stimmung wiederhergestellt war, verabschiedete Charlotte sich an diesem Abend früh, um sich zurückzuziehen. Seit dem Aufwachen hatte es hinter ihrer Stirn geschwirrt. Nun verstärkten sich die Kopfschmerzen, als würde jemand mit einem Hammer gegen ihre Schläfen pochen.

Die Abenddämmerung war hereingebrochen, doch als sie aus ihrem Schlafzimmer in den Garten schaute, sah sie Quinn immer noch bei der Arbeit. Er setzte für eine Begrenzungsmauer zur Einfahrt hin einen Backstein auf den anderen. Charlotte musste sich eingestehen, dass sie sich in dem Gärtner getäuscht hatte. Er schien nur darauf gewartet zu haben, endlich wieder eine sinnvolle Aufgabe zu bekommen. Ein Lächeln flog über ihr Gesicht. Sollte sie auf einen Plausch zu Quinn gehen? Sie entschied sich dagegen, aber er erinnerte sie daran, dass sie vor dem Frühjahr noch eine wichtige Aufgabe zu erledigen hatte. Sie öffnete die Kammer, in der sich neben Wintermänteln, Schuhen und Schirmen auch ein Säckchen mit Erde, eine Handschaufel und ein Dutzend Pflanzschalen befanden, die sie aus Kew Gardens mitgebracht hatte. Sie hatte Professor Bone um Erlaubnis gebeten, und der alte Mann hatte wohlwollend genickt. Jetzt, Ende Februar, war es höchste Zeit, die Astern aus den Samen vorzuziehen, die sie im vergangenen Jahr aus Victors erstem Blumenstrauß gelöst hatte. Sie lagen gut geschützt und trocken in einem Schraubglas.

Charlotte tauschte ihr Abendkleid gegen ein schmuckloses Kleid aus dunkelrotem Leinen, das sie am liebsten bei der Arbeit trug, dazu ein paar dicke Strümpfe und ihre Clogs. Von ihrem Frisiertisch nahm sie eine Spange, die sie sich zwischen die Lippen klemmte, bevor sie ihre mittlerweile wieder bis zu den Schultern reichenden Haare zu einem nachlässigen Knoten hochsteckte. Immer wieder hatte sie zwischendurch überlegt, ob sie sich die Haare wieder auf Kinnlänge abschneiden lassen sollte. Das war praktischer, und sie fand, dass es ihr besser stand. Victor jedoch liebte es, dass ihre Haare wuchsen, und griff oft mit den Händen hinein, wenn er sie küsste. Charlotte sah keinen Sinn darin, mit ihm in diesem Punkt zu streiten. So wichtig war ihr die Haarlänge nicht – es gab andere Aspekte, bei denen sie nicht einen Millimeter nachgeben würde.

Sie brachte Samen und Pflanzutensilien auf den Balkon, der zu ihrem Trakt gehörte. Darauf war gerade Platz für einen runden Tisch und zwei Stühle, aber das reichte, um die Erde in die Schalen zu füllen und das Saatgut Stück für Stück mit dem Finger hineinzudrücken. Bei solchen Detailarbeiten verzichtete Charlotte gern auf Handschuhe, weil sie ein besseres Gespür für die Samen und die Erde in den Fingerspitzen hatte. Der Tisch war voller Schalen. Eine fast meditative Ruhe breitete sich in Charlotte aus, während sie ihr Werk vollendete. Alle Grübeleien schienen auf Wolken wegzufliegen, während sie sich vorstellte, wie das Saatgut zu keimen begann, wie sie es später pikierte und nach den Eisheiligen draußen in das Beet an der Häuserwand setzen würde. Sie hatte den Boden noch keiner eingehenden Prüfung unterzogen, hoffte aber, dass er durchlässig und nährstoffreich genug war, um für eine reiche Blütenpracht zu sorgen. Der Standort im Halbschatten jedenfalls war ideal. Astern waren pflegeleicht, sie mussten nur feucht gehalten werden, um die Ausbreitung des Mehltaus zu verhindern, Kompost im Frühjahr und Herbst sorgte für kräftiges Wachstum, und ein professioneller Schnitt brachte sie in eine ansprechende Form. Charlotte war sicher, dass Quinn damit nicht überfordert sein würde, und Victor würde sie hoffentlich mit diesem einzigen Beet am Rande des Rasengrüns eine Freude machen. Sie erinnerte sich noch genau an seine Worte, dass ihn ihre Augen an Sterne erinnerten und dass deswegen keine Blume so gut zu ihr passen würde wie die Aster.

Der Abendwind frischte auf, Charlotte lief ein Frösteln über den Rücken, aber sie würde die Arbeit heute abschließen. Am Ende würde sie die kleinen Behälter dicht an dicht auf die breite Fensterbank stellen und im Lauf der nächsten

Tage und Wochen beobachten, wie die Pflänzchen austrieben.

Sie hörte die Tür klappen, dann Victors Stimme. »Darling?« Schließlich entdeckte er sie und näherte sich mit einem vorsichtigen Lächeln. Er lehnte sich in den Rahmen der Balkontür und verschränkte die Arme vor der Brust. Das Lächeln ließ in seinem Gesicht tausend Fältchen entstehen. Victor in dieser Stimmung war unwiderstehlich. Warum konnte er nicht immer so zugewandt und munter sein?

Sie lächelte zu ihm auf, während sie mit zwei Fingern die letzten Saatkörner in die Erde drückte.

»Du bist zauberhaft mit deinen verdreckten Händen und den braunen Flecken an Kinn und Wange.«

»Oh.« Charlotte wischte sich mit dem Handrücken übers Gesicht. Sie hatte nicht bemerkt, dass sie sich beschmutzt hatte. Ihre Wangen nahmen Farbe an, wie sie an der Hitze spürte, die ihr in den Kopf stieg.

Victor fasste sie am Ellbogen, um ihr beim Aufstehen zu helfen, während sie sich die Hände an der Rückseite des Kleides abwischte und unsicher den Kopf schüttelte. »Nicht, Victor, ich müsste erst ein Bad nehmen.«

Er lachte, zog sie an sich und küsste sie mit einer Intensität, dass ihr schwindelig wurde. Nach der ersten Überraschung erwiderte sie seinen Kuss, presste ihren Körper an seinen und ließ sich von ihm ins Schlafzimmer ziehen.

Victor warf sie auf das Bett, bevor er anfing, ihr die Kleidung abzustreifen und ihren Körper mit Küssen zu bedecken.

Er war ein erfahrener Liebhaber, der genau wusste, welche Zärtlichkeiten Charlotte zum Glühen brachten, und vielleicht war es das, was sie jetzt brauchte: bedingungslose Zuwendung, das Gefühl, am Leben zu sein, begehrt und gebraucht zu werden, und die Hoffnung, dass die Zukunft nicht verloren war. Ihr letzter Gedanke, bevor das Begehren sie überwältigte, war, ob Quinn von unten wohl gesehen hatte, wie sie sich geküsst hatten.

Kapitel 26

Die Zeit bis Mai verlief rasend schnell. Charlotte brummte von all den Hochzeitsvorbereitungen oft der Kopf. Zum Glück halfen Debbie und Aurora tatkräftig mit, und das Personal zeigte sich umsichtig. Victor hatte sich Charlottes Wunsch nach einer Feier im möglichst kleinen Rahmen gefügt, sodass sie nicht mehr als zwanzig Leute sein würden.

Der Duft der Rosen mischte sich mit dem der Wildwiesen, die an das Grundstück von Summerlight House angrenzten: nach Grasnelken, Fenchel, Baldrian und nach dem schweren süßen Geruch von Ginster.

Für solche romantischen Details waren Debbie und Aurora verantwortlich, aber Charlotte ließ es ihnen durchgehen, zumal die von Quinn geschaffene Gartenlandschaft nach ihren Wünschen ein grüner Teppich geworden war, der sich bis zur Grundstücksgrenze zog und nur vom Teich in der Mitte und einigen wenigen Mauerresten aufgelockert wurde. Für die Astern, die sie vor wenigen Tagen entlang der Hauswand eingepflanzt hatte, da sie die Pflanzschalen mit ihren Wurzeln fast sprengten, war es noch zu früh. Sie hoffte, dass sie spätestens im Juli ihre Blüten austreiben würden.

Als der große Tag gekommen war, wollte Charlotte noch einmal alles kontrollieren. Sie trug noch Alltagskleidung und war gerade im Eilschritt auf dem Weg durchs Foyer in den Garten, um die Dekoration der Stehtische und die Standfestigkeit der offenen Zelte zu überprüfen und dem Personal letzte Anweisungen zu geben. Der Mai zeigte sich von seiner schönsten Seite. In der Luft lagen die Vorfreude auf einen blauen Sommer, der Duft nach perlendem Sekt und das Gequake der Frösche aus dem Teich. In zwei Stunden würde der Geistliche aus Canterbury kommen, der unter einem mit weißen Rosen geschmückten Torbogen die Trauungszeremonie durchführen sollte.

»Damit wäre das Geschäft also besiegelt«, sprach Robert sie von der Seite an, als sie sich im Foyer trafen.

Charlotte verharrte, sah zu ihrem Bruder, der mit Baxter an seiner Seite neben ihr Richtung Rampe rollte. Zahlreiche graue Haare durchzogen seinen Schopf, und einen neuen Schnitt brauchte er auch. Im Nacken stippten die Fransen auf den Kragen. In sein Gesicht hatten sich Falten des Unmuts gegraben, über seine Stirn zogen sich Furchen, die Mundwinkel hingen hinab. Sein Blick erschien ihr, als brauche er hundert Jahre Schlaf.

Hätte sie sich in den vergangenen Monaten mehr um ihn kümmern müssen? Hätte sie verhindern können, dass dieser bitterböse Zynismus von ihm Besitz ergriff? »Du weißt, dass es mich verletzt, wenn du von unserer Hochzeit als von einem Geschäft sprichst«, gab sie zurück. »Warum tust du mir das an meinem Hochzeitstag an?«

»Aber Schwesterherz«, er lachte ohne Erheiterung, »wann wirst du endlich deine Naivität ablegen und die Welt so sehen, wie sie wirklich ist? Nichts passiert hier aus Liebe oder gutem Willen. Hinter allem steckt Kalkül. Dass du Victor heiratest, verschafft deiner Familie eine Zukunft in Sicherheit und Geborgenheit. Das ist doch ein hehres Ziel! Ich weiß gar nicht, wie ich jemals aufhören könnte, dir auf Knien zu danken – ach nein, auf Knien geht nicht, aber – glaub mir – aus tiefster Seele.«

Charlotte fand es unerträglich, ihrem Bruder weiter zuzuhören. Hoffentlich würde Robert sich wenigstens während der Hochzeitsfeier zusammenreißen. Sie ließ ihn stehen und ging in den Garten.

Quinn hatte den Rasen vor zwei Tagen zum ersten Mal gemäht. Makelloses Grün erstreckte sich vor ihnen. Am Tag der Hochzeit hatte Charlotte ihm freigegeben. Das übrige Personal von Summerlight House war vollauf mit den Vorbereitungen beschäftigt und würde außerdem die Gäste bewirten.

Victor hatte darauf bestanden, den benachbarten Landadel einzuladen. In Zukunft würde man sicher noch öfter miteinander zu tun haben. Da waren Lord und Lady McLaren mit ihren beiden halbwüchsigen Söhnen. Alex, der Ältere, würde irgendwann den Gutsbetrieb übernehmen. Benjamin, der Jüngere, strebte eine akademische Karriere in Oxford an. Victor fand den Kontakt zu den McLarens schon aus dem Grund wertvoll, damit Debbie rechtzeitig passende Heiratskandidaten kennenlernte. Es konnte nicht schaden, diesbezüglich die Fühler auszustrecken, bevor andere junge Damen ihre Netze auswarfen, meinte er. Charlotte verdrehte über solche Vorsorge nur die Augen. »Sie macht sowieso, was sie will. Verschwende keine Energie damit, sie in eine Form zu pressen«, kommentierte sie Victors Taktieren.

Die Nachbarn in östlicher Richtung waren die hochbetagten kinderlosen Stewarts, die möglicherweise in absehbarer Zeit einen Käufer für ihr Landhaus suchen würden. Victor hatte sein Interesse an dem Anwesen bekundet. Gut möglich, dass ihm in Zukunft der Sinn danach stand, das eigene Grundstück zu vergrößern. Vielleicht brauchten Aurora oder Debbie irgendwann ein eigenes Zuhause?

Auf dem Rasen tummelten sich alle Angestellten, richteten hier eine Serviette, polierten da die Gläser, und zwischen allen ging Elizabeth in einem sonnengelben Chiffonkleid und auf hochhackigen Halbschuhen über die gepflasterten Wege, die Hände hinter dem Rücken verschränkt, weil so das Zittern am wenigsten auffiel. Als sie Charlotte sah, breitete sie die Arme aus. In ihrem Gesicht stand der Schreck. »Du bist noch gar nicht fertig, Lottie!« Sie zog sie an sich, küsste ihre Wangen und hielt sie dann an den Schultern von sich weg, um ihr Gesicht zu mustern.

Charlotte musste lächeln. »Na, was siehst du?« Sie setzte eine betont muntere Miene auf, was ihre Mutter zum Lachen brachte.

»Du siehst gut aus, Charlotte! Freust du dich auf die Hochzeit?«

Charlotte stieß einen Seufzer aus. In ihrem Leib kitzelte es, wenn sie an die letzten milden Frühlingsnächte dachte, in denen Victor und sie sich in den duftenden Laken geliebt hatten. Er machte sie glücklich und betete sie an. Was wollte sie mehr?

»Ich freue mich sehr.« Sie schluckte, als aus dem Nichts das Bild von Dennis in ihr hochstieg und sie sich vorstellte, wie er den Kopf nach links drehte, um das alles zu verstehen. Ihre Stimme brach, und sie rang um ihre Fassung. Wer hatte bloß das Märchen in Umlauf gebracht, dass die Zeit die Wunden heilte? Dennis war seit drei Monaten tot, und es tat immer noch so weh, als hätte sie es soeben erfahren. Ja, man gewöhnte sich an den Schmerz, man hielt ihn aus, aber er verging nicht, und von Heilung konnte erst recht keine Rede sein.

Vergangene Woche war Ethan Seeger heimgekehrt, im Gepäck auch die Rucksäcke der verstorbenen Wissenschaftler. Charlotte hatte geweint, als sie Dennis' Ausrüstung entgegennahm. In der Tasche seiner Jacke hatte sie das Medaillon gefunden, in dem Dennis eine weitere Blüte verewigen wollte, eine, die ihren Namen trug. Die *Lobelia dortmanna* war noch immer allein, erkannte Charlotte, als sie das Schmuckstück aufschnappen ließ.

Elizabeth streichelte mit mitfühlender Miene ihre Schulter. »Ich weiß, mein Liebling, es tut weh. Doch du bist stark, du hältst das aus, und wenn Dennis dich von irgendwoher sieht, wird er stolz auf dich sein, weil du dich für den richtigen Weg entschieden hast.«

Charlotte ließ sich von der Mutter halten und fragte

sich, ob das Elizabeths Weg war, mit dem Verlust von geliebten Menschen umzugehen. Stellte sie sich vor, dass ihr verstorbener Mann sie bei allem, was sie tat, wohlwollend beobachtete?

»Ich bin ein bisschen verwundert, dass du aus Kew Gardens nicht mehr Kollegen eingeladen hast«, bemerkte Elizabeth, als sie sich bei Charlotte einhakte und sie zurück ins Haus begleitete, damit sie sich für die Hochzeit umzog.

Charlotte hob die Schultern. »Wir wollten nur einen kleinen Rahmen«, erwiderte sie. »Außer Professor Bone mit seiner Gattin fühle ich mich keinem gegenüber verpflichtet.«

»Was ist mit Sir Prain?«

Charlottes Wangen wurden heiß. »Ach, wenn der zu jeder Feier seiner Angestellten gehen würde, käme er zu nichts anderem mehr. Ich habe ihm die Peinlichkeit einer Absage erspart und ihn gar nicht erst eingeladen.«

»Und Ivy? Ihr wart so gute Freundinnen während des Studiums. Sie wird es dir übel nehmen, wenn sie bei deiner Hochzeit nicht dabei ist.«

Charlotte schluckte. »Ich hätte sie sehr gern dabeigehabt, aber meine letzten beiden Briefe an sie sind zurückgekommen mit dem Stempel *Unbekannt verzogen*. Ich hatte noch keine Zeit, weiter nach ihr zu recherchieren. Meine letzte Information am Jahresende war, dass sie mit ihrem Mann in Heidelberg lebt.«

»Du solltest deine Freunde wirklich nicht vernachlässigen, Liebes«, sagte Elizabeth ein bisschen vorwurfsvoll. »Ich selbst habe mich immer nur um meinen Beruf und um euch gekümmert, ich hätte Freundschaften pflegen sollen. Ich bedauere, keine Vertraute zu haben, mit der ich jetzt über alles reden kann.«

Charlotte drückte ihren Arm. »Ich bin doch immer für dich da, Mama.«

»Ich weiß, mein Schatz.« Sie sah sie dankbar von der Seite an. »Aber lieb von euch, dass ihr Sir Alcott für mich eingeladen habt. Ich verspreche dir, wir werden nicht nur über diese vermaledeite Krankheit reden, obwohl es das ist, was uns verbindet.«

Charlotte wusste, dass ihre Mutter in regem Briefkontakt mit Sir Walther Alcott stand, der bis vor zwei Jahren Direktor einer Jungenschule in Canterbury gewesen war und den die parkinsonsche Krankheit ebenfalls aus dem Nichts heraus überfallen hatte. Er legte viel Energie darein, eine Society zu gründen, die Spendengelder zur Erforschung der Schüttellähmung sammelte. Elizabeth unterstützte ihn dabei und blühte angesichts der neuen Aufgabe zusehends auf.

»Aber das ist doch selbstverständlich. Wie schön, dass du einen Gefährten gefunden hast.«

Elizabeth lachte. »Immer langsam mit den jungen Pferden«, erwiderte sie übermütig. »Er ist nur ein guter Bekannter.«

Charlotte stimmte in ihr Lachen ein und sprang dann die Stufen hinauf, um sich umzuziehen.

»Wie schön sie sein kann.« Debbies gezischte Bemerkung drang aus der Menschentraube um sie herum an Charlottes Ohr. Auch die übrigen Gäste sparten nicht mit *Ahs* und *Ohs* angesichts des bis zu den Knöcheln reichenden cremeweißen Seidenkleids, über das weiße Spitze in perlengeschmückten Zipfeln hing. Dazu trug Charlotte einen weißen Glockenhut, unter dem ihre Haare in üppigen Locken hervorquollen, weiße Spitzenstrümpfe und Schnürschuhe. In ihrem Arm wogte ein buntes Gebinde aus den herrlichsten Wiesenblumen, wie sie es sich gewünscht hatte. Diese Blumen verteilten hinreichend Samen, da, wo sie wuchsen. Sie abzuschneiden und zu kunstvollen Sträußen zu binden empfand Charlotte als entschuldbares Vergehen an der Natur. Davon abgesehen stellte der Wiesenblumenstrauß alles in den Schatten, was sie je auf Hochzeiten gesehen hatte. Der Florist hatte außergewöhnliche Arbeit geleistet und Mohnblüten, Schafgarbe, Glockenblumen und Margeriten mit Gräsern zusammengebunden. *Papaver, Achillea, Campanula, Leucanthemum.* Charlotte lächelte, als ihr die lateinischen Namen in den Sinn kamen. Wie unpassend. Und auf magische Weise beruhigend, dass sich so profane Dinge wie wissenschaftliche Bezeichnungen in ihrem Leben nie ändern würden.

Als Trauzeugen hatte Victor seinen Assistenten Albert ausgewählt, der würdevoll im schwarzen Anzug mit Einstecktuch neben dem attraktiven Bräutigam stand. Victor trug zum Frack eine Nadelstreifenhose und italienische Schuhe aus schwarzem und weißem Leder. Die Haare hatte er mittig gescheitelt, Kinn und Wangen glatt rasiert, am Revers leuchteten drei zusammengesteckte Margeriten, wie sie sich im Hochzeitsstrauß wiederfanden.

Charlotte sah zu ihm auf, als sie an seiner Seite unter den Rosenbogen trat. Nie war er ihr attraktiver erschienen als in diesem Moment, da er zu ihr hinablächelte und in seinen Augen alles Glück der Erde zu leuchten schien.

An Charlottes linker Seite hielt sich Aurora in einem zweiteiligen Ensemble aus puderrosa Seide und Spitze. Zur Feier des Tages hatte sie Lippenrosé aufgelegt und die Haare mit einem seitlichen Schmuckkamm verziert. Sie war Charlotte um den Hals geflogen, als sie sie gebeten hatte, ihre Trauzeugin zu werden, und Charlotte hatte sich ein wenig geschämt, weil sie sich nur für Aurora entschieden hatte, weil ihr sonst niemand einfiel, dem sie dieses ehrenvolle Amt übertragen könnte. Debbie war definitiv noch zu jung, wie man aus ihrem Ausruf einmal mehr erkennen konnte. Charlotte sah zu ihr hinüber. In ihrem lila Chiffonkleid und auf halbhohen Absätzen war sie von den beiden McLaren-Jungen flankiert. Hoffentlich vergaß sie angesichts dieser reizenden Gesellschaft ihre Enttäuschung darüber, dass Charlotte und alle anderen aus der Familie vehement abgelehnt hatten, Tom Emerson zur Feier einzuladen.

»... und nun frage ich euch ...« Der Geistliche kam zum Höhepunkt der Trauung und hob die Stimme. »... vor Gott, euren Familien, euren Freunden: Charlotte und Victor, glaubt ihr, dass Gott euch einander anvertraut hat und euch in eurer Ehe segnen will? Wollt ihr nach seinen Geboten leben, euch lieben und ehren? Wollt ihr im Vertrauen auf Jesus Christus einander in Freud und Leid die Treue halten, solange ihr lebt, so antwortet: Ja.«

»Ja, mit Gottes Hilfe«, antwortete Victor, an den Geistlichen gewandt, und Charlotte sprach es ihm nach.

Dann wandte sich ihr Victor mit feierlicher Miene zu, und Charlotte erkannte, dass er ein Liebesversprechen vorbereitet hatte. Ein kurzer Anflug von Panik stieg in ihr auf, weil sie selbst nicht daran gedacht hatte, aber mit seinen ersten Worten verging die Aufregung, und ihr Herz flog ihm zu.

»Der Weg, der vor uns liegt, wird nicht immer leicht sein, Charlotte. Vielleicht werden wir Höhen erklimmen, vielleicht Täler durchschreiten. Doch ganz egal, was um uns herum geschieht, ich werde treu an deiner Seite stehen. Ich werde immer der Mann sein, der dich liebt, und will dir ein guter Freund und ein verlässlicher Gefährte sein. Ich möchte dir Sicherheit, Kraft und die Freiheit geben, auch deine eigenen Schritte zu gehen. Bis zum Ende meiner Zeit werde ich dich lieben. Nimm diesen Ring als Zeichen meiner Liebe und Treue.«

Charlotte fühlte sich in ihrem Innersten berührt. Eine Träne löste sich und lief über ihre Wange. Victor hatte genau die richtigen Worte gefunden, um ihr in diesem denkwürdigen Moment zu versichern, dass sie sich richtig entschieden hatte.

Die Menschen um sie herum jubelten und klatschten, als sie nun die Ringe tauschten. Wie das Schmuckstück an ihrer rechten Hand funkelte! Sogleich nahm sie den Verlobungsring ab und setzte ihn ebenfalls an die Rechte. Die beiden harmonierten vortrefflich miteinander und strahlten im Licht der Maisonne.

Victor zog sie an sich und küsste sie. Gläser wurden gehoben, jemand stimmte die Nationalhymne an, und dann begann die Drei-Mann-Kapelle, die sie an einer der restaurierten alten Mauern platziert hatten, leise zu spielen.

Nachdem sich die Gäste am Buffet gestärkt und das Brautpaar die Geschenke auf einem extra dafür bereitgestellten Tisch abgestellt hatte, dankte Victor allen und sprach einen Toast auf seine wunderschöne Frau aus. Dann drehten sie sich auf der mit Fähnchen und Lampions abgesteckten Tanzfläche im Hochzeitswalzer, bevor sich die Gäste nach und nach dazugesellten.

»Bist du glücklich, Darling?«, flüsterte Victor in ihr Ohr. Seine Wangen glühten, sein Lächeln verursachte ihr ein Prickeln im Magen. Hoffentlich würde das niemals aufhören.

»Ja, Victor. Was für ein unfassbar schöner Tag! Ich danke dir für alles.«

Er legte das Gesicht in ihre Halsbeuge, als wolle er seine Ergriffenheit vor ihr verbergen. »Ich bin derjenige, der zu danken hat, Charlotte. Du machst mich zum glücklichsten Mann in England.«

Als Charlotte drei Tage später wieder nach Kew Gardens kam und dort von den Kollegen, die sie nicht gut genug kannten, um sie beim Vornamen zu rufen, mit *Mrs Bromberg* angesprochen wurde, musste sie sich erst einmal daran gewöhnen. Sie war jetzt eine verheiratete Frau, und tatsächlich schimmerte in den Mienen und Grüßen der anderen eine Spur mehr Respekt durch, als wäre sie nach der Hochzeit aus ihrer Haut geschlüpft und nun eine andere. Eine solche Anerkennung hatte sie weder beim Abschluss ihres Studiums erlebt, noch als sie die Anstellung in Kew Gardens bekam. Vielleicht würden sich die Zeiten niemals ändern und eine Frau war nur halb so viel wert, solange sie keinen Ehemann hatte. Möglicherweise würde auch das Personal in Summerlight House sie nun endlich als wahre Hausherrin akzeptieren und ihr Respekt entgegenbringen.

Als sie die Arbeitshalle an diesem Freitag im Mai betrat, bereits umgezogen, in Clogs und mit hochgesteckten Haaren, trat Professor Bone aus seinem Büro, als hätte er hinter der Tür stehend auf sie gewartet. »Ach, Charlotte, würden Sie auf zehn Minuten in mein Büro kommen?«

»Ich komme sofort, Professor.« Sie mochte es, dass ihr Mentor dazu übergegangen war, sie mit Vornamen anzusprechen.

Die Blicke der anderen folgten ihr. Die meisten lächelten wohlwollend, nur Rhondas Miene war von Missmut gezeichnet. Charlotte wusste nicht, wann sie ihr zu nahe getreten war oder was sie verbrochen hatte, um diese Feindseligkeit zu verdienen. Aber sie hatte aufgehört, sich darüber den Kopf zu zerbrechen. Frauen wie Rhonda, die nur arbeiteten, weil sie keinen Ehemann hatten, würden möglicherweise nie verstehen, was in Frauen wie Charlotte vor sich ging. Zwei Welten mit kaum einer Schnittmenge. Manch einer mochte ihr vorwerfen, dass sie niemanden aus ihrem Arbeitsumfeld zur Feier eingeladen hatte. Dennoch hatten sich die Kollegen zusammengetan und ihr einen

Japanischen Ahorn mit purpurfarbenen Blättern in einem aufwendig geschnitzten Kübel geschenkt. *Acer japonicum.* Professor Bone hatte ihr das Geschenk im Namen aller überreicht. Charlotte hatte sich über die Aufmerksamkeit gefreut und das Gewächs gleich in sonniger Lage auf der Terrasse platziert.

Hoch erhobenen Hauptes spazierte Charlotte an den anderen vorbei. »Meine Liebe«, empfing Professor Bone sie und wies auf einen der Sessel. »Ich habe gute Neuigkeiten«, begann er, nachdem er ihr gegenüber Platz genommen hatte und den Stuhl zurechtrückte. »Sir Prain hat die drei Wochen im Juni bewilligt. Sie sind also frei zu tun, was immer Jungvermählte tun.« Er zwinkerte vergnügt und hob die Arme. »Er hat nicht lange gezögert, zumal Ihr Vertrag sowieso Ende Juni ausläuft. Selbstverständlich bekommen Sie bis dahin noch das volle Gehalt. Niemand soll Kew Gardens nachsagen, dass wir kleinlich wären.« Er lachte jovial.

Charlotte starrte ihn an, als wären ihm plötzlich Hörner gewachsen. Hinter ihrer Stirn fuhren die Gedanken Karussell, während sie zu begreifen versuchte, was sie da eben gehört hatte. »Was um Himmels willen soll ich mit drei Wochen Urlaub im Juni?«

Professor Bone riss die Augen auf. Auf seinen Wangenknochen bildeten sich rote Flecken. »Oh, mein Gott, habe ich da ein Geheimnis verraten? Was bin ich für ein Trampeltier«, schalt er sich selbst. »Vermutlich wollte Ihr Ehemann Sie mit den Flitterwochen überraschen, und ich plappere alles aus. Es tut mir leid, Charlotte, das habe ich nicht gewollt.« Sein Gesicht war eine knautschige Miene der Verzweiflung.

Charlotte hob eine Hand, um ihn zu stoppen. »Habe ich das richtig verstanden, dass mein Mann bei Ihnen nachgefragt hat, ob ich im Juni drei Wochen freihaben kann?« Ihr Herz fühlte sich an, als griffen eiskalte Finger danach.

»Genau das. Er hat erzählt, dass er Sie gerne in die Flitterwochen entführen wolle und dass er deswegen vorab klären müsse, ob das mit Ihrer Arbeit hier zu vereinbaren sei. Ich hatte ihm gesagt, dass ich das mit Sir Prain besprechen muss und dass ich mich schnellstmöglich dazu äußern würde. Ich habe ein Geheimnis ausgeplaudert, nicht wahr?« Er schüttelte über sich selbst erschüttert den Kopf. »Bitte verzeihen Sie mir …«

Charlotte hörte ihm nur halb zu, von den eigenen Gefühlen überwältigt. Wie konnte Victor es wagen, über ihren Kopf hinweg Urlaubsvereinbarungen mit ihrem Arbeitgeber zu treffen? Wie hatte er es in seinem Eheversprechen gelobt: *Ich möchte dir Sicherheit, Kraft und die Freiheit geben, auch deine eigenen Schritte zu gehen.* Was waren *Freiheit* und *eigene Schritte* wert, wenn er die Fäden zog? Und was nicht minder schwer wog: Hatte Professor Bone soeben tatsächlich angekündigt, dass ihr Vertrag nicht verlängert wurde?

Den Urlaub würde sie am Abend mit Victor klären, aber für die Vertragsverlängerung würde sie hier und jetzt eine Lösung finden. »Professor Bone, gibt es irgendetwas an meiner Arbeit auszusetzen?«, erkundigte sie sich, um Sachlichkeit bemüht.

»Aber nein, liebe Charlotte! Sie stehen den anderen Botanikern in Kew Gardens in nichts nach, Sie übertreffen die meisten sogar mit Ihrem Fleiß und Ihren Spezialkenntnissen.«

»Und was bewegt Sie dann, meinen Vertrag auslaufen zu lassen?«

Professor Bone blähte die Wangen. »Ehrlich gesagt war ich davon ausgegangen, dass Sie sich künftig den familiären Angelegenheiten widmen wollen. Mr Bromberg deutete etwas in der Art an, und ich habe dafür vollstes Verständnis.«

Die Wut in Charlotte begann zu kochen, ihr Atem ging stoßweise. Sie zwang sich zur Ruhe. »Ich brauche diese Arbeit hier, die Atmosphäre in den Gewächshäusern, das Gefühl der Muttererde zwischen meinen Fingern, den Geruch des Palmengartens, die Üppigkeit der Wasserpflanzen und die Ahnung von fernen Welten in der gesamten Vegetation. Ich brauche das alles wie die Luft zum Atmen. Mein Leben wäre öde und leer, wenn ich meine Leidenschaft aufgeben müsste. Ich habe mich immer danach gesehnt, hier im Botanischen Garten zu arbeiten, Teil dieser internationalen Gemeinschaft zu sein, die sich um die Pflanzen der Welt verdient macht. Wenn Sie sagen, dass meine Arbeit von Wert für Kew Gardens ist, dann bitte ich Sie: Lassen Sie mich hierbleiben.«

Professor Bone war angesichts ihrer enthusiastischen Rede der Schweiß ausgebrochen. Mit einem Taschentuch tupfte er sich Stirn und Nacken ab. »Das habe ich nicht geahnt, Charlotte ... Ich wusste zwar, mit welcher Leidenschaft Sie Botanikerin sind, sonst hätte ich Sie niemals eingestellt. Aber ich dachte wirklich, mit der Heirat hätten sich Ihre Prioritäten verschoben. Wir dürfen nicht außer Acht lassen, dass Sie die Einwilligung Ihres Mannes brauchen, wenn Sie tatsächlich weiter hier beschäftigt sein wollen. Das können wir nicht über seinen Kopf hinweg regeln, das verstehen Sie, oder?«

»Um meinen Mann kümmere ich mich.« Charlotte stand auf und streckte Professor Bone, der sich ebenfalls erhoben hatte, die Hand hin. »Geben Sie mir nur Ihr Wort, dass ich auf Sie zählen kann.«

»Das können Sie, Charlotte, selbstverständlich.« Er wiegte den Kopf. »Aber vergessen Sie nicht, dass ich die Entscheidungen nicht allein treffe. Das letzte Wort hat immer Sir Prain.«

»Dann bitte ich Sie, Einfluss auf ihn zu nehmen«, wagte sich Charlotte vor, bevor sie dem Professor zunickte und sich zur Tür wandte. Am liebsten wäre sie noch in dieser Stunde nach Dartford gefahren, um Victor in seiner Fabrik zur Rede zu stellen. Aber sie musste ihren Zorn unterdrücken und sich auf ihre Tagesaufgaben konzentrieren. Heute stand das Pflegen und Düngen der krautigen und laubabwerfenden Orchideen, die im Steingarten zwischen Moosen und Baumstümpfen wuchsen, auf dem Plan. *Pleione formosana*. Und sie würde an diesem Tag nicht weniger sorgfältig und gründlich sein als an allen anderen Tagen in Kew Gardens.

»Wie konntest du das tun! Du hättest es mit mir besprechen müssen!«, fuhr Charlotte Victor an, als sie an diesem Frühsommerabend zu einem Spaziergang rund um Summerlight House aufbrachen. Sie wollten bei den Pächtern und seinen Tieren nach dem Rechten sehen und prüfen, ob die Grundstücksgrenzen inzwischen deutlich und korrekt markiert waren. Als sie das Haus verließen und das goldene Licht der Abendsonne sie einhüllte, fiel Charlottes Blick nach rechts, wo Quinn gerade seine Gartengeräte verstaute. Er grüßte mit einem Tippen an seine Schirmkappe, die Augen im Halbschatten nicht zu sehen, den Mund zu einem feinen Lächeln gezogen. Charlotte betrachtete das Beet an der Hauswand, das mit Natursteinen abgesteckt war. Ihre Asternpflänzchen fühlten sich wohl hier. Viele waren kräftig gewachsen und reckten ihre Blätter der Sonne entgegen. Um die Stecklinge herum hatte Quinn zerbröselte Eierschalen gelegt, worüber Charlotte trotz ihrer Verstimmung kurz lächeln musste. Sehr umsichtig von ihm, auf diese Art den Schneckenfraß zu verhindern. Die Schnecken liebten die jungen Triebe besonders und konnten an einem einzigen Abend ein Beet kahl fressen.

»Es sollte eine Überraschung sein«, gab Victor zerknirscht zurück. »Ich konnte ja nicht ahnen, dass dein geliebter Professor solch eine Plaudertasche ist.«

»Das ist er nicht. Ich bin ihm dankbar, dass er es mir erzählt hat. Ich muss meine Arbeit planen, wenn ich drei Wochen nicht zur Verfügung stehe, verstehst du das? Ich arbeite nicht mit totem Papier, sondern mit lebenden Pflanzen. Die verzeihen keine Nachlässigkeit.«

Charlottes Wut hatte sich im Lauf des Tages gelegt, was vor allem daran lag, dass ihr Professor Bone versichert hatte, er würde sich dafür einsetzen, dass sie weiterhin in Kew

Gardens arbeiten dürfe. Victor konnte sie keinen Vorwurf machen. Er wollte ihr schließlich mit den Flitterwochen eine Freude bereiten. Es passte zu seinem Charakter, dass er alle Eventualitäten vorab klärte.

»Ach, Charlotte.« Er stieß einen Seufzer aus. »Ich liebe ja deinen Schwung, wann immer es um die Botanik geht, aber manchmal geht mir das wirklich zu weit. Ich habe geplant, im Juni drei Wochen mit dir nach Cornwall zu reisen. Ich denke, für eine Botanikerin gibt es in England kein lohnenderes Ziel, oder? Man munkelt, da wachsen subtropische Arten und sogar Palmen am Strand. Reizt dich das denn gar nicht?«

Gegen ihren Willen musste Charlotte lächeln. Cornwall! Sie liebte den Landstrich, in dem ihre Großeltern gelebt hatten und in dem sie als Kind einige Male die Ferien verbracht hatte. »Cornwall ist paradiesisch«, erwiderte sie, nun besänftigt. »Ja, Victor, ich freue mich sehr darauf! Danke!« Sie blieb stehen, hielt ihn zurück und legte die Arme um seinen Hals. Mitten auf dem Feldweg stehend, von der Sonne mit Goldglanz übergossen, küssten sie sich. Ein letzter Rest Zorn über seine Eigenmächtigkeit blieb, aber die Vorfreude auf die gemeinsame Zeit im Südwesten Englands überwog.

»Professor Bone meinte, du hättest angedeutet, dass ich meinen Vertrag nicht verlängern will«, sagte sie, als sie Hand in Hand weitergingen.

Sie spürte sein Erschrecken neben ihr. »Um Himmels willen, nein! Das muss er missverstanden haben. Ich weiß doch, wie sehr du an deinem Job hängst.«

»Das heißt also, du gibst mir die Erlaubnis, auch weiterhin zu arbeiten?« Sie stellte die Frage wie eine Nebensächlichkeit, spürte aber ihr Herz hart gegen ihren Brustkorb klopfen. Wenn Victor es darauf anlegte, konnte er sie ans Haus binden.

Sein Schweigen dauerte zu lange. Suchend sah sie ihm in die Augen, er hielt ihrem Blick stand. »Glaubst du wirklich«, begann er nach einer scheinbaren Ewigkeit, »ich würde dich zu einem Leben zwingen, das dir nicht zusagt? Ich weiß doch, was dir Kew Gardens bedeutet.«

Sie unterdrückte ein erleichtertes Aufatmen. »Dann ist es gut.«

Kapitel 27

Allein die Fahrt von Kent nach Cornwall war spektakulär. Victor hatte den Weg an der Küste entlang gewählt, und abends machten sie halt in luxuriösen Strandhotels. Der Blick auf das anbrandende Meer raubte Charlotte immer wieder den Atem.

Die meiste Zeit ließen sie das Verdeck des Ford offen und genossen den Wind und die salzige Luft. In Brighton lenkte Victor den Wagen ins Zentrum der Stadt und parkte ihn. »Überraschung«, flüsterte er Charlotte ins Ohr, bevor er ihr aus dem Wagen half und ihre Hand nahm.

Charlotte mochte es lieber, wenn er mit ihr besprach, welchen Weg sie nahmen, aber als er für sie die Tür zu einem edlen Modegeschäft mit einem »Tadaa!« öffnete, schlug sie vor Begeisterung die Hände vor den Mund.

»Hier soll ich einkaufen? O Victor, wie wunderbar.«

»Und nichts anderes ist meiner Frau würdig«, gab er zurück und küsste ihre Wange. »Such dir die schönsten Kleider aus, mein Schatz!«

Um Mode hatte Charlotte sich nie viele Gedanken gemacht, aber die Kreationen, die ihr die Verkäuferinnen nun vorlegten, ließen ihr Herz höherschlagen. Schals aus Chiffon, riesige Stoffblüten, Zipfelsäume aus dunkelroter Spitze, breitkrempige Hüte mit Federn … Wie auf Wolken lief sie vor Victor auf und ab, posierte und freute sich, wenn er applaudierte oder anerkennend nickte.

Mit übergeschlagenen Beinen saß er in einem Sessel, die Arme lässig auf den Lehnen, und betrachtete sie so liebevoll, dass es Charlotte fast peinlich wurde. Die Verkäuferinnen tuschelten und kicherten, weil sie vermutlich selten einen Mann erlebt hatten, der mehr Begeisterung bei der Ausstaffierung seiner Frau zeigte. Er fragte nicht nach dem Preis, sondern ließ Charlotte alles auswählen, was ihr gefiel.

Bislang hatte es wenig Anlässe für sie gegeben, auf ihre Garderobe zu achten. Ihre Kleidung war stets zweitrangig gewesen, aber sie verstand, dass sie als die neue Mrs Bromberg ihren Mann blamieren würde, wenn sie das Falsche wählte. Und es ging auch darum, sich eine gewisse Attitüde zuzulegen. Sie war nicht mehr die Studentin, die in Clogs und Hosen in den Hörsaal stapfte.

»Sie haben eine bemerkenswerte Stilsicherheit«, bescheinigte ihr eine ältere Verkäuferin, als sie die ausgewählten Stücke verpackte. Charlotte lächelte sie überrascht an. So ein Kompliment hatte ihr noch niemand gemacht.

Mit jeder Meile, die sie sich Cornwall über Southampton, Bournemouth, Exeter und Plymouth näherten, füllten sich ihre Gepäckstücke mit modischen Kleidern, Blusen,

Röcken, Perlenketten, Federboas, Miedern, Strümpfen und seidenen Unterhemden. Jetzt verstand sie auch, wieso Victor ihr geraten hatte, die Koffer nicht zu voll zu packen. Sie hatte angenommen, ihm schwebe eine Reise unter einfachen Bedingungen mit Bed & Breakfast vor und überflüssiges Gepäck würde sie nur behindern. Aber nun erkannte sie, dass sie sich getäuscht hatte. Ein Victor Bromberg gab sich niemals mit weniger als dem Besten zufrieden.

Ohne die Familie in Summerlight House und ohne Kew Gardens als Charlottes Fixstern gab es keinerlei Anlass zum Streit zwischen Charlotte und Victor. Beide fühlten sich wie in einer rosa Blase, während sie im Hafen von Plymouth umherschlenderten. Während Victors Blick zu den Schiffen und den Ständen der Fischhändler ging, musterte Charlotte die Felswände.

»Halt!«, rief sie unvermittelt und krallte ihre Finger in seinen Arm. Sie hielt den Blick auf die Steine gerichtet und deutete mit dem Zeigefinger in einige Meter Höhe. »Kann es sein, dass dort ein Enzian wächst? Ein *Gentiana*? Das wäre äußerst ungewöhnlich. Das will ich mir anschauen.«

Victor zuckte zusammen. »Wie bitte? Wie willst du da hochkommen?«

Sie wandte ihm ihr Gesicht zu. »Ich habe schon ganz andere Hürden genommen«, erwiderte sie, raffte den Rock und stieg auf den ersten Stein, der sich als Tritt anbot. Schritt für Schritt kletterte sie höher. Victor folgte ihr ohne Begeisterung und stieß hinter ihr einen Fluch aus. »Das ist bestimmt verboten«, knurrte er. »Und was sollen die Leute denken, wenn du hier in den Felsen herumhangelst? Von unten kann man dir bestimmt unter den Rock schauen.«

Charlotte trug an diesem Tag Schnürstiefel und einen bequemen Rock aus Tweedstoff, der ihr viel Bewegungsfreiheit ließ. Ein Enzian in dieser Umgebung war ausgesprochen selten, sie würde in Kew Gardens davon erzählen! Leider erledigte es sich, als sie beim Näherkommen erkannte, dass es sich um Glockenblumen handelte.

Gespannt sah sie sich um. Die Felsen boten an vielen weiteren Stellen Kräuter und Stauden, die Charlotte sich näher anschauen wollte. Später würde sie sich Notizen machen, um in Kew von der Vegetation der Hafenstadt zu berichten.

»Ich habe Hunger, Charlotte, und ich mag nicht mehr wie ein Affe an den Felsen hängen.«

Als Charlotte Victor ins Gesicht schaute, prustete sie los, weil seine Miene so verzweifelt wirkte und sein Haar in alle Richtungen abstand. Sie strich darüber, um es zu glätten, und küsste ihn auf die Wange. Er nutzte die Gelegenheit sofort, packte sie und küsste sie, an die Felswand gelehnt, leidenschaftlich. »Können wir für heute die Botanik vergessen?«, fragte er sehnsuchtsvoll.

»Du hast diese Reise selbst organisiert und mir von der Vegetation vorgeschwärmt. Jetzt wundere dich auch nicht über meine Begeisterung und ...«

Er ließ sie nicht zu Ende reden, sondern küsste sie erneut, bis sie beide keine Luft mehr bekamen. Sie verzichteten auf einen Restaurantbesuch, eilten Hand in Hand in ihr Hotel zurück und warfen sich aufs Hotelbett.

Vielleicht war dies das Schönste an ihren Flitterwochen: dass sie sich jede Nacht und auch tagsüber lieben konnten.

»Nicht auszudenken, wenn du die körperliche Liebe bereits in jungen Jahren entdeckt hättest«, sagte Victor an diesem Abend. »Ich fürchte, ich wäre dir nicht mehr gewachsen, du kleiner Nimmersatt.«

Charlotte trommelte lachend mit den Fäusten auf ihn ein und ließ sich nur zu gern von ihm überwältigen, als er sie kurzerhand auf den Rücken warf, sich auf sie legte und ihre Hände hinter ihrem Kopf festhielt, damit sie keine Dummheiten mehr anstellen konnte.

Tatsächlich empfand Charlotte alles, was sie mit Victor im Bett trieb, wie ein himmlisches neues Spiel. Und Victor mit seiner Liebe zu ihr und seiner Erfahrung war der ideale Begleiter auf diesem Weg. Dass ihr Herz seinen Rhythmus nicht veränderte, dass die Wärme fehlte, die sie in mancher Minute in Dennis' Armen empfunden hatte, das verdrängte Charlotte. Die tieferen Gefühle würden sich schon noch einstellen.

Es war ein guter Schritt gewesen, gemeinsam in die Flitterwochen zu fahren. Ihr Leben wurde viel zu sehr von äußeren Einflüssen bestimmt. Jetzt waren sie auf sich selbst zurückgeworfen, und Charlotte fühlte sich wohl mit ihrem Mann, wenn er nach dem Liebesspiel Champagner und Muscheln aufs Zimmer bestellte und sie auf dem Bett liegend aßen und aus dem Fenster aufs Meer sahen.

»Denkst du oft an deine Firma?«, fragte Charlotte, während sie sich ein Stück Baguette abbrach und mit Knoblauchsoße bestrich.

Victor erschrak, setzte das Glas ab, von dem er gerade nippen wollte, und schaute sie mit großen Augen an. »Mache ich den Eindruck, abwesend zu sein?«

Charlotte schüttelte den Kopf. »Bestimmt nicht. Es wundert mich nur, dass du drei Wochen die Kontrolle aus der Hand gibst. Das hätte ich dir gar nicht zugetraut.«

»Tja, da siehst du mal wieder, dass wir uns noch viel zu wenig kennen. Im Lauf unserer Ehe wirst du noch mehr faszinierende Dinge über mich erfahren«, versprach er und küsste sie auf den Hals.

»Du vertraust Albert?«

»Absolut. Ich könnte mir keinen zuverlässigeren Assistenten wünschen.«

Charlotte nahm ihr Champagnerglas und trank einen Schluck. Noch ehe sie länger darüber nachdenken konnte, kamen ihr die Worte über die Lippen: »Ich hatte in den vergangenen Wochen hin und wieder das Gefühl, die Papierfabrik laufe nicht mehr so gut wie noch vor einigen Monaten.«

»Du liebe Zeit, nein!«, widersprach er heftig. »Unsere Auftragsbücher sind voll!«

»Sicher?« Sie musterte ihn skeptisch. »Du warst in jeder freien Minute in Dartford, und bei deiner Rückkehr wirktest du oft gestresst.«

»Ach, du.« Er umfing ihr Gesicht und drückte einen Kuss auf ihre Lippen. »Bitte zerbrich dir nicht meinen Kopf, Charlotte. Der Firma geht es gut, und ich habe alles im Griff.«

»Aber du würdest es mir sagen, wenn sich die Lage verschlechtern sollte, oder?«

»Wie könnte ich ohne den Rat meiner klugen Frau überhaupt existieren?«

Er schien das Spöttische in seiner Antwort amüsant zu finden, aber Charlotte ärgerte sich. Sie hasste es, wenn er sich darüber lustig machte, dass sie nicht wie ein kleines Mädchen behandelt werden wollte, von dem man alles Übel der Welt fernhielt.

Er schien ihre Verstimmung zu spüren. »Im Spätsommer werde ich in der Fabrik kürzertreten können. Dann sollten wir langsam damit beginnen, uns einen Bekanntenkreis aufzubauen. Was meinst du? Würde es dir gefallen, zu Winston Churchill eingeladen zu werden oder andere Politiker, Künstler, Schriftsteller in Summerlight House begrüßen zu können?«

Charlotte sog die Luft ein. Ihr schwindelte bei der Vorstellung, mit prominenten Gästen umzugehen. »Ich weiß nicht, ob ich schon so weit bin. Ich muss wahnsinnig viel lernen, wenn ich die perfekte Gastgeberin sein will.«

Manches würde sie sich nicht aus der Hand nehmen lassen, wie die Auswahl der Musik und der Speisenfolge, aber wenn es darum ging, Pinguine aus Servietten zu falten, würde sie vermutlich bis an ihr Lebensende Debbie beauftragen müssen.

Victor lachte. »Du wirst das herausragend meistern, mein Schatz, und bald die interessantesten Persönlichkeiten zu unserem Freundeskreis zählen. Warte es nur ab.«

Am nächsten Tag erreichten sie bei strahlendem Sonnenschein Penzance, bezogen ihre Hotelzimmer und statteten wenig später dem neuen Besitzer des großelterlichen Gestüts einen Besuch ab.

»Charlotte, wie schön, dass du es jetzt doch einrichten konntest«, begrüßte sie der grauhaarige Aldwyn, der den Betrieb nach dem Tod der alten Leute übernommen hatte. Es roch nach Pferdedung und Heu, als sie sich am Rande der Weide die Hände schüttelten. Ein Hengst und zwei Stuten grasten friedlich auf der Wiese.

»Ja, ich freue mich auch. Ich möchte dir gern meinen Mann vorstellen.« Victor und Aldwyn begrüßten sich, und Victor erkundigte sich, ob er ihnen zwei Pferde für einen Ausritt vermieten könnte.

»Aber natürlich.« Aldwyn wies mit dem Kinn auf den braunen Hengst und die gescheckte Stute. »Die beiden sind ganz friedlich und freuen sich über einen Ausflug. Ich gebe gleich meinem Stallburschen Bescheid, dass er euch zwei bequeme Sattel heraussucht.«

Von einer Sekunde auf die andere fühlte sich Charlotte zurückversetzt in den Konferenzraum von Sir Prain, als es hieß, man solle sich für die Expedition mit einem möglichst komfortablen Sattel ausrüsten. Damals hatte sie sich von Aldwyn beraten lassen und zur Vorsicht noch ein paar Reitstunden nehmen wollen, bevor sie zur Expedition aufbrach.

Aber die Dinge hatten sich anders entwickelt.

Sie nahm einen tiefen Atemzug und zwang sich zu einem Lächeln, als Aldwyn sie zu den Pferden führte. Der alte Mann musterte sie unauffällig von der Seite, und Charlotte ahnte, dass sie ihm nichts vorspielen konnte. Aber er war diskret und fragte nicht nach den Gründen, warum sie den Besuch letztes Jahr erst so dringend gemacht und dann abgesagt hatte. »Geht es dir gut, Charlotte?«, fragte er leise, während Victor sich mit dem Hengst vertraut machte.

Charlotte schrak zusammen und schlug einen lockeren Ton an. »Aber ja doch, Aldwyn! Wie sollte es einer Frau, die die Flitterwochen in Cornwall verbringen darf, anders gehen?« Sie seufzte heimlich vor Erleichterung, als sich der alte Mann mit dieser Antwort zufriedengab.

Wenig später ritten sie an der Steilküste entlang, über ihnen nur Tupfen von Wolken auf sattblauem Himmel. Sie erkundeten mehrere Dörfer mit ihren schmucken Häusern und aßen am Abend Krabben aus der Tüte.

Manche Gartenanlage faszinierte Charlotte so sehr, dass sie sie am nächsten Tag ein zweites Mal besuchen wollte. Victor machte keinen Hehl daraus, dass er bei dem herrlichen Wetter lieber an den Strand gefahren wäre oder ein kühles Bier in einer Strandbar getrunken hätte, aber er beugte sich ihrem Willen.

Charlotte versank in der blühenden Fülle, locker miteinander verflochtene Harmonien von Sommer- und Winterstauden, gepflanzt mit einem Sinn für Farben und Texturen. Manche Gärtner entfalteten sich wie Maler mit Farbpaletten. Duftende Rabatten aus Lavendel und Schleierkraut, wie Kaskaden schäumende Kletterrosen über Trockenmauern in den Farben des Sommers. Mit jedem Luftzug wehten wunderbare Düfte heran, Schmetterlinge taumelten durch die Gartenparadiese.

Einmal forderte Victor sie zwinkernd auf, heimlich ein paar Ableger abzuzupfen. »Das würde gut in unserem Garten zur Geltung kommen«, sagte er und deutete auf Hibiskus, Keulenlilien, Lavendel und Rittersporn.

Charlotte beugte sich zu den Pflanzen hinab, begutachtete sie, beschnupperte und streichelte sie, aber sie nahm weder Zwiebeln noch Triebe mit. »Ein solcher Garten macht viel Arbeit. Wenn alles blüht, sieht es magisch aus, doch die Vorarbeit ist unglaublich intensiv. Manche Gärtner pflanzen so geschickt, dass es das ganze Jahr über blüht und die Farben von Monat zu Monat wechseln wie bei einem Feuerwerk. Ja, das ist hinreißend, aber nebenbei als Hobby ist das nicht zu schaffen.« Sie richtete sich seufzend auf. »Außerdem ist es unrecht, heimlich Ableger zu stibitzen. Das will auch in Kew Gardens kein Mensch.« Sie lächelte ihn an, um ihren Worten die Schärfe zu nehmen.

Victor erwiderte nichts darauf, sondern presste nur die Lippen aufeinander. Manchmal schien trotz aller nächtlichen Leidenschaft eine Wand aus Glas zwischen ihnen zu stehen.

An einem späten Abend Ende Juni kehrten sie heim. Victor fuhr mit lautem Hupen in die Einfahrt von Summerlight House. Der Erste, der zu ihrer Begrüßung herausstürmte, war Baxter, der inzwischen die Größe eines Kalbes hatte, aber immer noch so verspielt war wie als Welpe. Ihm folgten Robert, Debbie, Aurora, Elizabeth und die Angestellten, die es sich nicht nehmen ließen, die Hausherren willkommen zu heißen.

Charlotte küsste ihre Schwester und ihren Bruder,

umarmte die Mutter und Aurora und reichte den Angestellten lachend die Hand. Ein Gefühl von Geborgenheit durchströmte sie. Ja, es war schon etwas Besonderes, eine Familie zu haben, die zu einem gehörte, und ein Haus, unter dessen Dach sich alle zusammenfanden.

Nach einem kleinen Umtrunk mit Weißwein und Sandwiches verabschiedeten sich Victor und Charlotte von den anderen. Die anstrengende Fahrt steckte ihnen noch in den Knochen.

Erst am nächsten Morgen kamen sie dazu, die Post durchzuschauen, die während der drei Wochen für sie eingegangen war. Es gab ein paar Rechnungen und die neueste Ausgabe des *Botanic Magazine*, das Charlotte abonniert hatte.

Während Victor duschte, blätterte Charlotte, bereits frisiert und in einem leichten, hellblauen Sommerkleid, die Zeitschrift durch. Auf Seite zehn stutzte sie. Mitten aus dem Heft heraus strahlte Ivy Henderson sie in all ihrer Schönheit an. Sie war perfekt getroffen mit dem Tropenhelm über ihren schwarzen Haaren. Im Hintergrund sah man Ausläufer des Regenwalds. Brasilien, wie Charlotte mit klopfendem Herzen in der Überschrift des Artikels las. Sie überflog den Text, ihr Atem ging schneller. Die Blätter raschelten in ihren Händen. Ivy Henderson, ihre ehemalige Kommilitonin, die nach dem Studium das Land verlassen hatte, um ihrem Mann nach Heidelberg zu folgen. Ivy Henderson, deren Noten all die Studienzeit hinweg im unteren Drittel rangiert hatten. Ivy Henderson, der nie übermäßiger wissenschaftlicher Ehrgeiz anzumerken gewesen war.

Diese Ivy Henderson war zusammen mit ihrem Mann auf Expedition an den Amazonas gegangen und hatte sich mit der Entdeckung einer bislang unbekannten Orchideenart die Anerkennung der Linnean Society errungen. Ivy, die Orchideen-Expertin, wurde in dem Artikel öfter zitiert als ihr Mann Justus. Sie berichtete, unter welchen schwierigen Verhältnissen sie zu der Blüte vorgedrungen waren, welch widrige klimatische Verhältnisse ihnen die Arbeit erschwerten und mit welcher Anzucht und Pflege es gelingen konnte, diese besonders widerstandsfähige Art in England anzusiedeln.

Fassungslos las Charlotte den Artikel ein ums andere Mal, starrte immer wieder auf das Foto ihrer Freundin. Sie erinnerte sich, dass sie bei ihrer letzten Begegnung vermutet hatte, Ivy könnte etwas vor ihr verbergen. Hatte Ivy zu dem Zeitpunkt schon gewusst, dass sie auf Forschungsreise gehen würde? Hatte sie dies ihr gegenüber verheimlicht, um ihren Neid nicht zu wecken? Charlotte wäre es lieber gewesen, sie hätte es von ihr statt aus der Zeitschrift erfahren.

Unter der Dusche hatte Victor zu singen begonnen.

Sie legte die Zeitschrift beiseite.

Deswegen waren die Briefe zurückgekommen. Ivy war ohne eigenes Zutun hineingeraten in die Feldforschung an der Seite ihres Mannes.

Wie ungerecht war das Schicksal?

Charlotte nahm, während sie die Treppen hinabstieg, einen langen Atemzug. Sie sollte nicht ungerecht sein, sondern sich für ihre Freundin freuen und hoffen, dass sie glücklich geworden war. Das Foto von Ivy im Magazin jedenfalls sprach Bände.

Der Vormittag trug bereits die Wärme des Sommertages mit sich, als Charlotte in die Einfahrt von Summerlight House trat. In der Mitte blühte der Sanddorn in dem Rondell, und der Brunnen plätscherte leise. Quinn oder Owen hatten ihn offenbar wieder zum Laufen gebracht.

Sie ging um das Haus herum und blieb in der nächsten Sekunde abrupt stehen. Vor ihr, entlang der Hausmauer, zog sich das Beet mit den Astern, die an diesem Morgen offenbar zum ersten Mal ihre Blüten geöffnet hatten. Ein himmelblauer Teppich voller Sterne, von der Morgensonne mit silbrigem Licht überworfen. Sie bildeten einen herrlichen Gegensatz zu dem Rasengrün und den grauen Steinen, die Quinn als Begrenzung gewählt hatte. Am Übergang zur Terrasse entdeckte Charlotte eine Ansammlung von flitternd funkelnden Ziergräsern, die sich malerisch in das Asternbeet einschmiegten. Noch bevor er sprach, spürte Charlotte, dass Quinn hinter sie getreten war.

»Gefällt es Ihnen?«, fragte er. In seiner Stimme schwang ein Lächeln mit.

Sie drehte sich halb zu ihm. »Es ist eine Pracht. Ich danke Ihnen, Quinn. Das haben Sie großartig gemacht. Eine Augenweide.«

Er hob die Schultern. »Sie haben die Saat gesät und die Pflanzen pikiert. Sie sind die Magierin.«

Sie lachte auf und folgte ihm zu der frisch gestrichenen Bank am Schuppen, auf der eine Tasche aus abgewetztem Leder lag. Von dort aus überschauten sie das Asternbeet, das Grün, den Teich, die Mauerreste und die Grundstücksbegrenzungen mit den alten Bäumen und Hecken.

Quinn zog eine Feldflasche aus der Tasche, schraubte sie auf und reichte sie Charlotte. Sie sog den Duft nach Eistee mit Zucker und Zitronen ein, bevor sie einen langen Schluck nahm. Quinn trank nach ihr und wischte sich mit dem Handrücken über den Mund.

»Summerlight House sieht aus wie ein rotgoldenes Glanzstück. Die Leute werden Sie darum beneiden. Wir könnten hier etwas wirklich Großes schaffen.«

Sie schaute über die Häuserwände hinauf bis zum Dach und zum Schornstein und wieder zurück zur Gartenanlage. Sie ließ Bilder in sich aufsteigen von stilvoll gekleideten Damen und Herren, Musik erklang. Helles Lachen verwob sich mit Gläserklirren und Gesprächen zu einem Geräuschteppich. An Victors Arm schlenderte sie, im schönsten Kleid ihrer neuen Garderobe aus mintgrüner Seide und mit Taillenschärpe, von einer Menschentraube zur nächsten, trug dafür Sorge, dass sich alle amüsierten und das Fest und die Gastgeber in bester Erinnerung behielten.

Ja, es gab eine Zeit nach Dennis, und sie würde darüber hinwegkommen, dass Ivy die international hoch anerkannte Wissenschaftlerin geworden war, die sie selbst hatte sein wollen. Irgendwann würde sie es schaffen, ihr diesen Erfolg von Herzen zu gönnen.

Bis dahin würde sie lernen, all das Wundervolle wertzuschätzen, was das Leben ihr zu Füßen legte. *Schau nicht zurück, Charlotte, schau nach vorn.*

Nachwort

Wie in all meinen historischen Büchern habe ich auch in diesem Roman um »Die englische Gärtnerin« Fakten und Fiktion miteinander verknüpft und den historischen Figuren eine Riege von erfundenen Charakteren zur Seite gestellt.

In dem Jahr, in dem die fiktive Charlotte Windley ihren Abschluss in Botanik an der Universität von London macht, war ihre Ansprechpartnerin tatsächlich Professor Dr. Helen Gwynne-Vaughan, deren beeindruckende Karriere ich im Roman angerissen habe.

Es ist leider traurige Wahrheit, dass in der Zeit, in der Charlotte von einer Anstellung als Botanikerin in Kew Gardens träumt, keine Frauen dort beschäftigt wurden. Abgesehen von den Illustratorinnen, wie ich sie beispielhaft mit Matilda Smith erwähnt habe, deren Arbeiten über Jahrzehnte hinweg in *Curtis' Botanical Magazine* erschienen sind. Ihre junge Kollegin Rhonda dagegen ist fiktional. Weil ich Charlotte gern in den Royal Botanic Gardens ihre

Leidenschaft ausleben lassen wollte, habe ich mich, wie im Roman beschrieben, eines vertraglichen Hilfskonstrukts bedient, das für mich denkbar wäre.

Nach dem ersten Weltkrieg wurden Frauen, die die Jobs ihrer Männer in Kew Gardens – und in vielen anderen öffentlichen Posten – übernommen hatten, zurück an den Herd geschickt. Erst Jahrzehnte später erkämpften sie sich ihren Platz im öffentlichen Leben. Frauen wie Charlotte Windley waren ihre Wegbereiter.

1913 verwüsteten einige besonders radikale Suffragetten einen Teil von Kew Gardens, wie im Roman beschrieben.

Das *Kew Guild Journal*, in dem Charlotte hin und wieder liest, war eine Art humorvolles Jahrbuch, das wichtigste interne Kommunikationsorgan. Verschiedene Ausgaben waren eine wertvolle und unterhaltsame Hilfe für mich bei der Recherche.

Direktor von Kew Gardens war 1905 bis 1922 der berühmte Botaniker Sir David Prain. Professor Edward Bone hingegen, der sich zu Charlottes Mentor entwickelt, habe ich mir ausgedacht. Mir gefällt der Gedanke, dass es solche liberal denkenden Männer tatsächlich gegeben hat.

Bei der Beschreibung von Kew Gardens habe ich mich an Reiseführern aus den 1920er Jahren orientiert. Möglicherweise entspricht das nicht immer dem Bild, das sich heutige Touristen von Kew Gardens machen. Die *Victoria amazonica* jedenfalls war zu dieser Zeit die größte Attraktion; das Foto von einem auf dem Blatt sitzenden Mädchen ging um die Welt.

Ich freue mich, wenn Sie Charlotte auch auf ihrem künftigen Weg begleiten. Er wird Sie, ihre Liebsten und ihre Freunde zu den schönsten Gärten, auf die Hebriden und weit über England hinaus führen.

Kontaktieren Sie mich gern auf Facebook für Lob und Kritik und um immer auf dem Laufenden über »Die englische Gärtnerin« zu sein. Ich freue mich auf die weitere gemeinsame Reise!

Martina Sahler, im November 2019

Martina Sahler

Die Stadt des Zaren

Der große
Sankt-Petersburg-Roman

Taschenbuch.
Auch als E-Book erhältlich.
www.ullstein-buchverlage.de

Der große Roman über die Gründung von Sankt Petersburg

Zar Peter setzt im Mai 1703 den ersten Spatenstich. Er will eine Stadt nach westlichem Vorbild bauen: Sankt Petersburg. Ein monumentales Vorhaben, das Aufbruch und Abenteuer verheißt. Aus allen Himmelsrichtungen reisen die Menschen an. Auch der deutsche Arzt Dr. Albrecht mit seinen Töchtern. Während die Jüngere mit einem holländischen Tischlergesellen abenteuerlustig durch die Sumpflandschaft streift, verliert die Ältere ihr Herz an einen Mann, der zum Mörder wird. Langsam wächst eine Stadt heran ...

»Ein opulentes Leseerlebnis.«
Freie Presse